metro

Attica Locke
Bluebird, Bluebird

metro wurde begründet
von Thomas Wörtche

Zu diesem Buch

Abseits des Highway 59 in Texas dröhnt in Genevas Café unablässig der Blues aus der Jukebox, und Stammgäste und müde Trucker bekommen einen anständigen Ochsenschwanzeintopf serviert. Eine halbe Meile die Straße runter in Wallys Eishaus sieht das Bild anders aus: Konföderierten-Flaggen, Pin-up-Girls und Countrymusik. Als innerhalb einer Woche im nahe gelegenen Bayou die Leichen eines schwarzen Mannes und einer jungen weißen Frau gefunden werden, sind die Schuldzuweisungen schnell zur Hand. Der Texas Ranger Darren Mathews vermutet eine Verbindung zur Arischen Bruderschaft und beginnt, sich in der gespaltenen Kleinstadt umzuhören. Er stößt auf steife Höflichkeit, offene Ablehnung und schwelenden Hass – der mit jedem Tag, den das Verbrechen ungeklärt bleibt, gefährlicher wird.

»Attica Locke wirft einen scharfen analytischen Blick auf Amerikas Süden. Ihr Roman bietet keine schlichten Antworten, sondern stellt grundlegende Fragen. *Bluebird, Bluebird* ist ein kluges, sehr differenziertes Buch über Vorurteile und Rassismus sowie ein packender Roman über die unheilvolle Verklammerung von Hass und Liebe.« *Deutschlandfunk*

Die Autorin

Attica Locke (*1974 in Houston) ist Schriftstellerin und Drehbuchautorin, studierte an der Northwestern University und war Fellow am Feature Filmmakers Lab des Sundance Institute. Sie hat mehrere Kriminalromane verfasst und u. a. an den Serien *Empire* und *When They See Us* mitgewirkt. Für ihr literarisches Schaffen erhielt sie den Harper Lee Prize for Legal Fiction, den Edgar Award, den NAACP Image Award sowie den Los Angeles Times Book Prize und stand auf der Shortlist für den Women's Prize for Fiction. Locke lebt in Los Angeles.

Die Übersetzerin

Susanna Mende (*1965) studierte Hispanistik, Kunstgeschichte und Germanistik in Hamburg. Sie übersetzt Erzählungen, Romane und Essays aus dem Spanischen und dem Englischen, u. a. Werke von Carlos Eugenio López, Antonio Dal Masetto und Raúl Argemí. Mende lebt in Berlin.

Mehr über die Autorin und ihr Werk auf *www.unionsverlag.com*

Attica Locke

Bluebird, Bluebird

Kriminalroman

Aus dem Englischen von
Susanna Mende

Unionsverlag

Die Originalausgabe erschien 2017 bei Mulholland Books, New York.
Die deutsche Erstausgabe erschien 2019 im Polar Verlag, Stuttgart.

Im Internet
Aktuelle Informationen, Dokumente und Materialien
zu Attica Locke und diesem Buch
www.unionsverlag.com

Unionsverlag Taschenbuch 1004
© by Attica Locke 2017
© der deutschen Ausgabe by Polar Verlag, Stuttgart 2019
Diese Ausgabe erscheint mit freundlicher Genehmigung des Polar Verlags.
Originaltitel: Bluebird, Bluebird
Neptunstrasse 20, CH-8032 Zürich
Telefon +41 44 283 20 00
mail@unionsverlag.ch
Alle Rechte vorbehalten
Reihengestaltung: Heinz Unternährer
Umschlagfoto: Stephen Allen (Alamy Stock Foto)
Umschlaggestaltung: Sven Schrape
Druck und Bindung: CPI – Clausen & Bosse, Leck
ISBN 978-3-293-71004-7

Der Unionsverlag wird vom Bundesamt für Kultur mit einem
Verlagsförderungs-Strukturbeitrag für die Jahre 2021–2024 unterstützt.

Für die Männer und Frauen der Familien
Hathorne
Jackson
Johnson
Jones
Locke
Mark
McClendon
McGowan
Perry
Sweats
Williams,
die alle Nein sagten

I told him: »No, Mr. Moore«
Lightnin' Hopkins, »Tom Moore Blues«

Shelby County

Texas, 2016

Geneva Sweet zog ein orangefarbenes Verlängerungskabel an Mayva Greenwood, Geliebte Ehefrau und Mutter, *Möge sie beim himmlischen Vater in Frieden ruhen,* vorbei. Die Vormittagssonne fiel in dünnen Strahlen durch die Bäume und bildete ein gepunktetes Muster auf dem Bett aus Kiefernnadeln zu Genevas Füßen, als sie das Kabel zwischen Mayvas Schwester und ihrem Ehemann Leland, *Vater und Bruder in Christus,* entlangführte. Sie zog einmal kräftig daran und erklomm den kleinen Hügel, achtete darauf, nicht auf die Gräber zu treten, sondern nur auf den Furchen zwischen den Grabsteinen zu gehen, die wie Zähne eines Bettlers in krummen Winkeln zueinander standen.

Sie hatte eine Papiertüte von Brookshire Brothers in Timpson dabei, gemeinsam mit einem kleinen Radio, aus dessen Lautsprecher Muddy Waters dudelte, und zwar eines von Joes Lieblingsstücken – *Have you ever been walking, walking down that ol' lonesome road.* Als sie den letzten Ruheplatz von Joe »Petey Pie« Sweet erreichte, *Ehemann und Vater* und, vergib ihm, Herr, ein Teufel auf der Gitarre, stellte sie das Radio vorsichtig auf den polierten Granitstein und klemmte das Stromkabel an seinen verborgenen Platz hinter dem Grabstein. Der Stein daneben war von identischer Form und Größe. Er gehörte noch einem Joe Sweet, vierzig Jahre jünger, aber genauso tot. Geneva öffnete die Einkaufstüte und holte einen mit Alufolie bedeckten Pappteller heraus, eine Opfergabe für ihren einzigen Sohn. Zwei handgemachte Teigtaschen, perfekt geformte, in Fett ausgebackene Halbmonde, gefüllt mit braunem Zucker und Obst – Genevas Spezialität und Lil' Joes Lieblingsspeise. Sie konnte die Wärme durch den Tellerboden spüren, und der buttrige Duft überlagerte den intensiven Kieferngeruch in der Luft. Sie legte den Teller mittig auf den Grabstein und beugte sich hinunter, um heruntergefallene Nadeln von den Gräbern zu wischen, wobei sie, sich ihrer arthritischen Knie stets bewusst, eine Hand auf die Granitplatte stützte. Unten donnerte ein Sattelzug über den Highway 59 und schickte einen Schwall heißer, benzingeschwängerter Luft zwischen den Bäumen empor. Für Oktober war es einer der wärmeren Tage, doch das waren sie heutzutage alle. Knapp sechsundzwanzig Grad, und sie fand, dass es an der Zeit war, die Weihnachtsdekoration aus dem Trailer hinter ihrem Laden zu holen. *Klimawandel nennen sie das. Wenn das so weitergeht, lebe ich wahrscheinlich noch lange genug, um die Hölle auf Erden mitzuerleben.* Das alles erzählte sie den beiden Männern in ihrem Leben. Erzählte ihnen von dem neuen Stoffladen in Timpson. Dass Faith ihr wegen eines Autos in den Ohren lag. Von dem hässlichen Gelbton, in dem Wally sein Eishaus gestrichen hatte. *Sieht aus, als hätte jemand einen großen Batzen Schleim abgehustet und an die Wände der Kneipe geworfen.*

Allerdings erwähnte sie nicht die Morde oder den Ärger, der sich im Ort zusammenbraute.

Diesen kleinen Frieden ließ sie ihnen.

Sie küsste ihre Fingerspitzen und berührte damit zuerst den einen und dann den anderen Grabstein. Beim Grab ihres Sohnes verweilte sie einen Moment und stieß einen müden Seufzer aus. Der Tod hatte anscheinend vor, sie ihren Lebtag nicht in Ruhe zu lassen. Er war wie ein heimlicher Schatten in ihrem Rücken, so zielgerichtet wie ein Hund auf der Jagd – und genauso treu. Hinter sich hörte sie Kiefernnadeln knirschen und Blätter rascheln, die von den Pappeln geweht worden waren, und als sie sich umdrehte, stand Mitty vor ihr, der inoffizielle schwarze Friedhofswärter. »Es gibt Batterien für die Dinger«, sagte er und nickte zu dem kleinen Radio hin, während er sich auf den Betongrabstein von Beth Anne Solomon, *Viel zu früh von uns gegangene Tochter und Schwester*, stützte.

»Schick mir die Stromrechnung, sobald du sie kriegst«, sagte Geneva.

Mitty war älter als Geneva, an die achtzig schätzungsweise. Er war ein kleiner, dunkelhäutiger Mann mit Beinen so dürr wie Zweige und aschfahl. Er verbrachte die Nachmittage in der kleinen Hütte auf dem Grundstück und vertrieb streunende Hunde und Gesindel. An fünf Tagen der Woche war er mit einem Motorsportmagazin und einem Zigarrenstumpen hier draußen, wachte über die versammelten Toten und hatte ein Auge auf sein zukünftiges Zuhause. Er tolerierte Genevas spezielle Art, sich um ihre Verstorbenen zu kümmern – die Steppdecken im Winter, die Lichterketten an Weihnachten, das Gebäck und das fortwährende Bluesgedudel. Er beäugte den Teller und hob mit einem Finger die Folie an, um besser sehen zu können. »Sie verpetzen dich«, sagte Geneva, »und dein Name steht auch nicht drauf.«

Der Weg den Hügel hinunter war für ihre Knie jedes Mal eine größere Tortur als der hinauf, und auch heute war es nicht anders. Sie zitterte vor Schmerzen, als sie zu ihrem Wagen ging und dabei die Strickjacke ihres Mannes auszog, eine der letzten in ausreichend gutem Zustand, um sie täglich zu tragen. Ihr 98er Grand Am stand auf einem Gelände aus Grasflecken und roter Erde am Rand des vierspurigen Highways. Sie hatte noch nicht einmal die Schlüssel aus ihrer Handtasche genommen, als sie Mitty eine der Teigtaschen essen sah. Geneva rollte mit den Augen. Der Mann hatte nicht einmal den Anstand, wenigstens so lange zu warten, bis sie weggefahren war.

Sie stieg in ihren Pontiac und rumpelte langsam von dem provisorischen Parkplatz, wobei sie nach Sattelschleppern und zu schnell fahrenden Wagen Ausschau hielt, bevor sie auf den Highway 59 abbog und Richtung Lark fuhr. Sie tuckerte die Dreiviertelmeile bis zu ihrem Laden in aller Stille, während sie in Gedanken eine Bestandsaufnahme machte. Sie hatte nur noch zwei Halbliterdosen Fruchtcocktail, acht Salatköpfe, Sirup für den Getränkeautomaten, Dr Pepper, von dem sie nie ausreichend Vorrat hatte, außerdem ein oder zwei Flaschen Ezra Brooks Whiskey, den sie für ihre Stammgäste unter der Kasse aufbewahrte. Sie fragte sich, ob der Sheriff wohl schon da war, ob sich dieses Mädchen, das einsam in ihrem Hinterhof gelegen hatte, noch immer dort befand. Sie war ein wenig besorgt darüber, wie sich das auf ihr Geschäft auswirken würde, doch hauptsächlich versuchte sie zu verstehen, was in Gottes Namen mit dem kleinen Ort passierte, in dem sie die ganzen neunundsechzig Jahre ihres Lebens verbracht hatte.

Zwei Leichen in einer Woche.

Was zum Teufel war nur los?

Vor Geneva Sweet's Sweet, einem niedrigen Flachbau, der rotweiß gestrichen war, fuhr sie vom Highway runter. Das Café hatte geraffte Vorhänge in den Fenstern und ein Schild an der Ladenfront mit einem beleuchteten Pfeil, der auf die Eingangstür zeigte. Schwarzrot gestreifte Buchstaben verkündeten BBQ PORK SANDWICH $4.99 und DIE BESTEN TEIGTASCHEN IN SHELBY COUNTY. Sie parkte auf dem gewohnten Platz, den ausgefahrenen Reifenspuren von der Breite eines Pontiacs, neben dem Café, zwischen der Holzwand des Gebäudes und dem Unkraut auf dem öffentlichen Parkplatz auf der anderen Seite. Sie war seit Jahrzehnten an diesem Ort, seit damals, als er nur Geneva's geheißen hatte und eine von Hand errichtete Bretterbude war, die aus einem einzigen Raum bestanden hatte. Die asphaltierten Parkplätze neben der Zapfsäule waren für Gäste. Und für Wendy natürlich, mit der Geneva gelegentlich Geschäfte machte. Ihr alter grüner Mercury parkte direkt vor dem Eingang. Der rostige, zwanzig Jahre alte Wagen sah aus wie eine Piñata, auf die man zu lange eingeschlagen hatte, und er war vollgestopft mit gebrauchten Nummernschildern, Eisenpfannen, zwei Perückenständern, alten Klamotten und einem kleinen Fernseher, dessen Antenne aus dem hinteren linken Fenster ragte.

Die winzige Messingglocke an der Cafétür bimmelte leise, als Geneva eintrat.

Zwei ihrer Stammgäste blickten von ihren Plätzen am Tresen auf: Huxley, ein Rentner aus dem Ort, und Tim, ein Fernfahrer, der Woche für Woche die Strecke Houston-Chicago zurücklegte. »Der Sheriff ist da«, sagte Huxley, als Geneva hinter ihm vorbeiging. Am Ende des Tresens öffnete sie die Klappe, die zu ihrer »Zentrale« führte, dem Bereich zwischen Küche und Gästen. »Ist vor dreißig Minuten aufgekreuzt «, sagte er, und sowohl er als auch Tim machten lange Hälse, um ihre Reaktion zu sehen.

»Muss den ganzen Weg hundertvierzig Sachen draufgehabt haben«, bemerkte Tim. Geneva presste die Lippen aufeinander und schluckte ihre Wut hinunter.

Vom Haken neben der Tür, die zur Küche führte, nahm sie eine Schürze. Sie war alt und verwaschen, mit zwei ausgeblichenen Rosen auf den Taschen.

»Bei andern hat's n' ganzen Tag gedauert – das hast du doch gesagt, oder?« Tim hatte sein Schinkensandwich zur Hälfte gegessen und redete mit vollem Mund. Er schluckte und spülte mit einem Schluck Cola nach. »Van Horn hat sich alle Zeit der Welt gelassen.«

»Der Sheriff?«, fragte Wendy von ihrem Hocker am anderen

Ende des Tresens aus. Sie saß vor einer Reihe Einmachgläser, die mit dem Besten aus ihrem Garten gefüllt waren, dicken roten Paprikas, gehackten grünen Tomaten, eingelegt mit Kohl und Zwiebeln, und ganzen, in Essig konservierten Okraschoten. Geneva hob die Gläser der Reihe nach hoch, hielt sie gegen das Licht und prüfte den Dichtungsgummi.

»Ich habe noch ein paar andere Sachen draußen«, sagte Wendy, als Geneva einen Filzstift aus ihrer Schürzentasche zog und einen Preis auf jeden Deckel schrieb.

»Du kannst das eingelegte Gemüse und die Okra-Pickles dalassen«, sagte Geneva, »aber bei dem ganzen anderen Kram, den du zu verkaufen versuchst, muss ich nein sagen.« Sie nickte zum Fenster hin, vor dem Wendys Wagen stand. Wendy und Geneva waren im gleichen Alter, wobei Wendy je nach Zuhörer oder Stimmungslage ihr Alter anzupassen pflegte. Sie war eine kleine Frau mit männlich breiten Schultern und gespielter Gleichgültigkeit, was ihr Aussehen betraf. Ihr Haar war grau und mit Hilfe von Pomade zu einem strengen Dutt gebunden. Zumindest war es das gewesen, als sie es das letzte Mal gekämmt hatte, was zwischen drei und sieben Tage her sein durfte. Sie trug das Unterteil eines gelben Hosenanzugs, ein verwaschenes T-Shirt der Houston Rockets und Herrenhalbschuhe.

»Geneva, die Leute kaufen gern alten Kram am Wegrand. Das gibt ihnen das Gefühl, im Wohlstand zu leben. Sie nennen es Antiquitäten.«

»Ich nenne es Schrott«, sagte Geneva. »Und die Antwort lautet nein.«

Wendy warf einen Blick durch das Café – von Geneva zu Tim und Huxley und weiter zu den beiden anderen Gästen in einer der Sitznischen aus Kunstleder – bis zum anderen Ende des Ladens, wo kein Essen mehr serviert wurde und Isaac Snow viereinhalb Quadratmeter gemietet hatte, die einen Spiegel und einen erbsengrünen Friseurstuhl beherbergten. Isaac war ein schmächtiger Mann in den Fünfzigern mit hellbrauner Haut und kupferfarbenen Sommersprossen. Er redete nur so viel wie nötig, doch für einen Zehner schnitt er jedem, der darum bat, die Haare. Ansonsten ließ Geneva ihn ein wenig fegen, damit er sich die drei Mahlzeiten am Tag verdiente, die er in ihrer Küche zu sich nahm.

Der Herr hatte keine Seele erschaffen, die von Geneva nicht etwas zu essen bekam.

Ihr Laden war aus der Idee heraus entstanden, Schwarzen, die in diesem County sonst nirgendwo einkehren konnten, einen Rastplatz zu bieten. Man konnte eine ordentliche Mahlzeit und einen Schluck Whiskey bekommen, sofern man es für sich behielt; sich einen anständigen Haarschnitt verpassen lassen, bevor man weiter zu den Verwandten im Norden oder einem Job fuhr, der hoffentlich noch zu haben war, wenn man auf der anderen Seite von Arkansas ankam, weil es sonst keinen Grund gab, sich auf den Weg zu machen, wenn man Arkansas nicht hinter sich lassen wollte. Etwas über vierzig Jahre nach dem Tod von Jim Crow hatte sich nicht viel geändert: das Geneva's war noch genauso wie früher, einschließlich der vergilbten Kalender an den Wänden des Cafés. Es war eine feste Größe am Rand des Highways, auf dem unaufhörlich Menschen vorbeizogen.

Wendy blickte in die schwarzen Gesichter im Raum und versuchte, den Grund für die gedrückte Stimmung und das, was in der Luft lag, zu finden. Die Jukebox hinter ihr spielte einen der fünfzig Songs, die rund um die Uhr dudelten, diesmal eine Ballade von Charley Pride mit einem Gospelwehklagen, einer flehentlichen Bitte um Gnade.

Einen Moment lang sagte keiner etwas.

An Geneva gewandt bemerkte Wendy schließlich: »Wieso bist du heute Morgen so gereizt?«

»Sheriff van Horn ist draußen«, sagte Huxley und nickte zur

Rückwand des Cafés, die mit sich wellenden Wandkalendern der letzten fünfzehn Jahre bedeckt war – die für alles Mögliche warben, von Malzlikör über das örtliche Bestattungsinstitut bis hin zur gescheiterten Kandidatur von Jimmie Clark zum County Commissioner. Hinter der Rückwand befand sich die Küche, wo Dennis einen Topf mit Ochsenschwänzen zubereitete. Geneva konnte Lorbeerblätter riechen, die in Rinderfett mit Knoblauch, Zwiebeln und Flüssigrauch durchzogen. Hinter der Fliegengittertür der Küche lag ein weitläufiges Grundstück, auf dessen roter Erde Butterblumen und Fingerhirse wuchsen, und das sich bis zum Ufer eines rostfarbenen Bayous erstreckte, der die westliche Grenze von Shelby County bildete. »Er hat drei Deputys mitgebracht.«

»Was ist los?«

Geneva seufzte. »Sie haben heute Morgen eine Leiche aus dem Bayou gezogen.«

Wendy blickte entgeistert. »Noch eine?«

»Eine weiße diesmal.«

»So ein Mist.«

Huxley nickte und schob seinen Kaffee weg. »Erinnert ihr euch noch, wie unten in Corrigan ein weißes Mädchen ermordet wurde? Sie haben fast jeden Schwarzen im Umkreis von dreißig Meilen verhaftet. Haben sie aus Kirchen und Spelunken geholt, aus den Geschäften, die im Besitz von Schwarzen waren, haben jeden, der ihrer Vorstellung von einem Mörder entsprach, verfolgt.«

Geneva spürte, wie sich in ihrer Brust etwas löste, wie die Furcht, die sie in Schach zu halten versucht hatte, in ihr aufstieg, bis sie sie beinahe von innen heraus erstickte.

»Aber wegen dem Schwarzen, der letzte Woche ein Stück die Straße rauf ermordet wurde, hat niemand auch nur einen Finger gerührt«, sagte Huxley.

»Sie verschwenden keinen Gedanken mehr an den Mann«,

sagte Tim und warf eine fettige Serviette auf seinen Teller. »Nicht, wenn ein weißes Mädchen tot aufgefunden wird.«

»Merkt euch meine Worte«, sagte Huxley und blickte ernst in jedes schwarze Gesicht im Café. »Jemand wird dafür einfahren.«

Erster Teil

1

Wie es ihm sein Onkel beigebracht hatte, legte Darren Mathews seinen Stetson mit der Krempe nach unten auf die Balustrade des Zeugenstands. Für den Gerichtstermin ließen ihn die Ranger die offizielle Uniform tragen – ein fast zu Tode gestärktes Button-down-Hemd und eine gebügelte dunkle Hose. Die silberne Marke war an der linken Brusttasche befestigt. Er hatte sie seit Wochen nicht getragen, nicht seit der Untersuchung wegen Ronnie Malvo, die zu seiner Suspendierung geführt hatte; auch seinen Ehering hatte er seither nicht mehr am Finger gehabt. Er gehörte ebenfalls zu seiner heutigen Aufmachung. Er widerstand dem Bedürfnis, daran herumzuspielen und das Metall am Ringfinger seiner unerklärlicherweise geschwollenen Hand zu drehen.

Seine Gedanken umkreisten erneut die einzige verbliebene Erinnerung an den Vorabend nach zwanzig Uhr: Ein Styroporteller mit geräuchertem Hühnchen, ein Fernsehtablett, eine Flasche Jim Beam und Blues aus der Hi-Fi-Anlage seines Onkels. Das Klirren der Eiswürfel, der erste Schluck, den er sich eingoss, das war das Letzte, woran er sich erinnerte. Und an das erlösende Gefühl natürlich, das mit der Kapitulation einherging. Ja, er war machtlos, was seine Ehe betraf, Schritt eins. Schritt zwei, sich drei Fingerbreit einschenken und das mehrmals. Schritt drei, Johnnie Taylors raue Stimme übernehmen lassen – seine unverhohlene Männlichkeit, das Einfordern von Dingen, die ein Mann in seinem Leben haben sollte, einschließlich der Liebe einer guten Frau, ihrer Loyalität und Bereitschaft, mit einem, falls nötig, durch Scheiße zu waten, um auf die andere Seite zu gelangen. Die melancholische Gitarre und die Wärme des bernsteinfarbenen Bourbons waren vage Erinnerungen. Und dann war da nichts mehr bis auf das harte Holz auf der hinteren Veranda des Familiensitzes, wo Darren im Morgengrauen erwacht war.

Er hatte einen Holzsplitter in der Wange und keine Ahnung, was mit seiner Hand passiert war. Geblutet hatte sie nicht, nur die Fingerknöchel waren geschwollen, und der pochende Schmerz wollte erst nach vier Ibuprofen nachlassen, doch er war eindeutig mit etwas auf dem Grundstück in Kontakt gekommen, etwas, das kräftig zurückgeschlagen hatte. Der vertraute Katzenjammer danach, in dem er lebte, seit Lisa und er getrennt waren, hatte seine Neugier gedämpft, und er hatte gar nicht erst zu rekonstruieren versucht, was genau passiert war. Die Fakten, soweit er sie kannte: Er hatte allein getrunken und war allein aufgewacht. Seine Autoschlüssel lagen noch immer im Eisfach, wohin er sie in einem Moment weiser Voraussicht gelegt hatte. Er schien nur sich selbst wehgetan zu haben, und damit konnte er leben. Er war es allerdings leid, allein zu schlafen, allein zu essen und einfach nur zu warten: auf die Ergebnisse der Grand Jury und darauf, dass seine Frau ihn bat, nach Hause zu kommen.

»Und woher kennen Sie den Angeklagten?«, fragte Frank Vaughn, der Bezirksstaatsanwalt von San Jacinto County, von seinem Platz auf dem Podium aus.

»Mack hat für …«

»Wie bitte?«

»Rutherford McMillan … Mack«, erklärte Darren. »Er arbeitet seit über zwanzig Jahren für meine Familie.«

Weshalb es Darren an dem Abend, als Mack Ronnie Malvo mit

einer Schusswaffe bedroht hatte, von Houston zu Macks Haus im San Jacinto County in weniger als einer Stunde geschafft hatte. Lisa hatte ihn angefleht, nicht zu fahren. Er sei doch gar nicht im Dienst, hatte sie gesagt. Doch sie wussten beide, dass es so etwas nicht gab. Er war gerade erst nach einem Monat Außendienst zurückgekommen, und sie war wütend gewesen, dass er sie so bedenkenlos wieder allein ließ. *Darren, tu's nicht.* Er hatte sie trotzdem allein gelassen und war Mack zu Hilfe geeilt, und jetzt war er Zeuge in einer Mordermittlung. Seitdem hatte er für Lisas *Ich hab's dir gesagt* bezahlt. Sie schien zu ahnen, dass alles ein böses Ende nähme – seit er seinen Diensteid abgelegt hatte.

Vaughn nickte und warf einen Blick zu den Geschworenen hinüber, Männer und Frauen aus der Region, die man von ihren Farmen und aus Postämtern und Friseurläden geholt hatte, und für die ein Tag bei Gericht wirklich aufregend – wenn nicht gar unterhaltsam – war, auch wenn das Leben eines Menschen auf dem Spiel stand. Der Bezirksstaatsanwalt hatte das Talent eines Geschichtenerzählers, was Tempo und überraschende Wendungen anging, indem er Schlüsselinformationen nur nach und nach preisgab. Es gab keinen Richter, sondern nur einen Gerichtsdiener, den Staatsanwalt, einen Gerichtsreporter und die zwölf Mitglieder der Grand Jury, welche die bedeutungsvolle Aufgabe hatten zu entscheiden, ob Rutherford McMillan des Mordes angeklagt würde. Weil sämtliche Verfahren mit einer Grand Jury unter Ausschluss der Öffentlichkeit stattfanden, waren die honigfarbenen Bänke auf der Galerie leer. Der Richtertisch war aus Respekt vor dem Staat erhöht. Weder dem Angeklagten noch seinem Anwalt war es erlaubt, eine Erklärung zu den vom Staat vorgelegten Beweisen abzugeben. Darren war scheinbar im Namen der Staatsanwaltschaft hier. Doch er wollte alles tun, um in den Köpfen der Geschworenen Zweifel zu säen. Der Trick bestand darin, das zu tun und trotzdem seinen Job zu behalten, ein Risiko, das er bereitwillig einging. Er wollte einfach nicht glauben, dass Mack jemanden kaltblütig ermordet hatte.

»In welcher Funktion ist er für Ihre Familie tätig?«, fragte Vaughn.

»Er kümmert sich um unser Grundstück im County, fünfzehn Morgen in Camilla. Ich bin in dem Haus aufgewachsen, doch es wohnt niemand mehr dort, jedenfalls nicht die ganze Zeit, schon seit Jahren nicht«, sagte er. »Im Moment wohne ich allerdings dort. Wissen Sie, meine Frau und ich haben zurzeit einen Konflikt, und sie braucht ein wenig Abstand, um …«

Einspruch: Irrelevant.

Das hätte er an Vaughns Stelle gesagt, wenn das ein richtiger Prozess gewesen wäre.

Doch es gab keinen Richter. Und Darren, der ehemalige Jurastudent, wusste, dass er das auch zu seinem Vorteil nutzen konnte. Er wollte, dass ihn die Geschworenen kennenlernten, wollte, dass sie bereit waren zu glauben, dass er die Wahrheit sagte. Er vertraute nicht auf seine Marke, nicht, wenn er so aussah: Die Achseln seines Anzughemds waren feucht und aus seinen Poren drang ein übler Gestank. Er spürte die erste Welle eines Katers, den die Schmerzen in der Hand überdeckt hatten. Sein Magen rebellierte und etwas Saures stieß ihm auf.

Er hatte eine der Grundregeln seiner Onkel verletzt: Geh nie in die Stadt, wenn du jämmerlich oder heruntergekommen aussiehst oder gar wie ein Mann, der sich fünfzehn Mal am Tag entschuldigt. Selbst sein Onkel Clayton, ein ehemaliger Strafverteidiger und Professor für Verfassungsrecht, pflegte zu sagen, dass für *Männer wie uns* eine ausgebeulte Hose oder ein heraushängender Hemdzipfel ein »hinreichender Verdacht auf zwei Beinen« seien. Sein Zwillingsbruder und ideologischer Gegenspieler William, ein Gesetzeshüter und selbst Ranger, stimmte darin vollkommen mit ihm überein. *Gib ihnen keinen Anlass, dich an-*

zuhalten, mein Sohn. Die beiden Männer hatten wenig gemeinsam – und widersprachen damit dem gängigen Klischee von Zwillingen, die mit einem Verstand dachten – bis auf die Tatsache, dass sie der Mathews-Familie angehörten, einer Sippe, die seit Generationen in Osttexas lebte, Schwarze, deren Selbstachtung sowohl ein natürlicher Zustand als auch eine Überlebensstrategie war. Seine Onkel hielten sich an diese alten Regeln des Lebens im Süden, weil sie begriffen hatten, wie schnell sich das alltägliche Verhalten eines schwarzen Mannes in eine Sache auf Leben und Tod verwandeln konnte. Darren hatte stets glauben wollen, dass sie die letzte Generation waren, die so leben musste, dass der Wandel im Weißen Haus seine Wirkung entfalten würde.

Doch in Wirklichkeit war genau das Gegenteil passiert.

Als Folge von Obama hatte Amerika sein wahres Gesicht gezeigt.

Trotzdem waren sie Giganten für ihn, Männer mit einer Haltung und Überzeugungen, die beide in ihrem jeweiligen Beruf eine Möglichkeit gefunden hatten, das Land irgendwie erträglich für schwarzes Leben zu machen. Für William, den Ranger, war es das Gesetz, *das* sie rettete, indem es sie beschützte – indem Verbrechen gegen Schwarze genauso zielstrebig verfolgt wurden wie gegen Weiße. Nein, sagte Clayton, der Verteidiger: Das Gesetz ist eine Lüge, *vor* der Schwarze beschützt werden müssen – ein Regelwerk, das schon damals, als Tinte zum ersten Mal Pergament berührte, gegen sie verfasst worden war. Es war ein uralter Streit, in dem schwarzes Leben als heilig und lebenswert und schutzbedürftig behandelt wurde, ein Streit, dem Darren beiwohnte, seit er zwischen ihren langen Beinen unter dem Küchentisch herumgekrabbelt war, als die Brüder noch unter einem Dach gewohnt hatten, bevor es zwischen ihnen wegen einer Frau zum Zerwürfnis gekommen war. Sie hatten sich von Anfang an um Darren gekümmert, und er hatte sein Leben lang die ideologische Trennung der Familie zu überbrücken versucht.

Vaughn schnitt ihm das Wort ab und machte mit der nächsten Frage weiter. »Als Mr. McMillan Sie an diesem Abend angerufen hat, war das als Freund oder als Texas Ranger?«

Einspruch: Spekulativ, dachte Darren.

»Beides, denke ich«, sagte er.

»Und wissen Sie, weshalb Mr. McMillan Sie angerufen hat, anstatt die 911 zu wählen?«

Lisa hatte ihn dasselbe gefragt. In einem verwaschenen SMU-T-Shirt hatte sie auf dem Bett gesessen und gefragt, weshalb Mack nicht die örtlichen Behörden angerufen hatte, wieso Darren da überhaupt mit hineingezogen worden war. Darren hatte ihr versichert, dass Mack die Cops angerufen hatte. Doch wie sich später herausstellte, war das ein Irrtum, was er der Grand Jury allerdings nicht erzählte. »Ich glaube, ihm war wohler, mit jemandem zu tun zu haben, den er kennt«, sagte er.

Vaughn zog seine sandfarbenen Brauen zusammen. Er war ein Weißer Mitte vierzig, ein paar Jahre älter als Darren, mit haselnussbraunen Haaren, die zwei Töne dunkler waren als seine Brauen. Darren vermutete, dass er sie färbte, und plötzlich hatte er das unselige Bild vor sich, wie Vaughn die Reihen im Brookshire Brothers Lebensmittelladen auf der Suche nach Miss-Clairol-Haarfärbemittel abschritt.

Vaughn war durch und durch Beamter, in einem schlichten blauen Anzug mit polierten hellbraunen Ropers an den Füßen. Man hatte ihm berichtet, dass Darren dieses Verfahren nicht wollte, dass er glaubte, die Ranger und der Staat Texas machten einen Fehler. Und seit ihrem ersten Treffen zur Vorbereitung von Darrens Zeugenaussage hatte er versucht, etwas zu finden, das ihn aufs Glatteis führen würde.

»Den er kennt, jawohl«, sagte Vaughn und warf einen Blick zu den Geschworenen hinüber. »Einen Gesetzeshüter. Aber trotzdem ein Freund, wollen Sie das sagen?«

Darrens Antwort war unbestimmt. »Ein freundlicher Mensch, ja.«

»Sie sind also von Houston heraufgefahren, um ihm zu helfen. Ich glaube nicht, dass Sie das für jeden tun würden.«

»Der Mann hatte einen einschlägig vorbestraften Kriminellen auf seinem Grundstück.«

»Hat Mack ihn nicht einen Proleten genannt?«

»Nachdem Malvo ihn einen Nigger genannt hatte«, erwiderte Darren.

Das Wort erzeugte eine gewisse Unruhe im Gerichtssaal. Mehrere weiße Geschworene waren auf einmal sichtbar angespannt, als glaubten sie, dass allein das Aussprechen des Worts in gemischter Gesellschaft zu Gewalt anstacheln oder den Bürgerrechtler Al Sharpton auf den Plan rufen konnte.

Doch Darren wollte eine Klarstellung: Ronnie »Redrum« Malvo war ein über und über tätowierter Weißer mit Verbindungen zur Arischen Bruderschaft von Texas, einer kriminellen Organisation, die mit der Herstellung von Meth und dem Verkauf illegaler Waffen ihr Geld verdiente – eine Gang, deren Initiationsritus es war, einen Nigger zu töten. Ronnie hatte Macks Enkelin Breanna, eine Studentin am Angelina College, wochenlang belästigt – er war ihr in seinem Wagen gefolgt, wenn sie zu Fuß in die Stadt oder nach Hause ging, hatte ihr Worte zugerufen, die sie nicht wiederholen wollte, war vor ihrem Zuhause auf- und abgefahren, wenn er wusste, dass sie da war, beschimpfte sie wüst wegen ihrer Hautfarbe, ihrem Körper und der Art, wie sie ihr krauses Haar trug. Das Mädchen war verständlicherweise verängstigt. Es war allgemein bekannt, dass Ronnie einen Hund erschossen hatte, weil dieser in seinen Garten geschissen hatte, und dass er das und mehr jedem Schwarzen androhte, der sich der windschiefen Hütte, die er sein Zuhause nannte, auch nur näherte. In der Highschool hatte er andere Jungs verprügelt, auf Farmen im Besitz von Schwarzen mutwillig Schaden angerichtet, indem er Feldfrüchte herausgerissen und Zäune umgeworfen hatte, und war einmal dafür verhaftet worden, dass er in einer afrikanisch-methodistischen Episkopalkirche im benachbarten Camilla, Darrens Heimatort, Feuer gelegt hatte. Ronnie war wie ein Hydrant gebaut, klein, mit breitem Oberkörper und einem spitz zulaufenden Schädel mit dünner werdendem Haar, das er unter Bandanas verbarg. Mack war ein siebzig Jahre alter Schwarzer, der sich noch an den Klan erinnerte, daran, wie er sich hinter seinem Daddy, der eine Schrotflinte trug, versteckt hatte, an die Angst vor nächtlichen Überfällen und Geschichten von Klansmännern, die aus Ortschaften wie Goodrich und Shepherd heraufgeritten waren. Doch es war das Jahr 2016, und Rutherford McMillan wollte sich das nicht mehr gefallen lassen.

»Das ist richtig«, sagte Vaughn. »Ein Krimineller und, wie Sie sagen, bekannter weißer Suprematist hat den Angeklagten bedroht …«

»Ich weiß nicht genau, ob Ronnie ihn bedroht hat.« Er blickte zur ersten Reihe der Geschworenen, vier Männern und zwei Frauen, alle weiß. »Doch er hatte jedes Recht, sein Grundstück zu verteidigen«, sagte Darren. Zwei der weißen Geschworenen nickten.

Es gab Grundschüler in Texas, die die Castle-Doktrin, das »Stand-your-ground«-Gesetz des Staates, genauso rezitieren konnten wie den Fahneneid.

Das mit Mack war ein Fall wie aus dem Lehrbuch.

Ronnie Malvo hatte im Schutz der Dunkelheit Macks Grundstücksgrenze überschritten, indem er in einem brandneuen Dodge Charger, aufgemotzt mit zwanzig Zoll hohen Reifen und wahrscheinlich mit Drogengeldern bezahlt, in seine Auffahrt gefahren

war. Er hatte bei ausgeschalteten Scheinwerfern den Motor angelassen, und warme Abgase waren aus dem doppelten Auspuffrohr
über die Wipfel der Kiefern aufgestiegen, die Macks Stückchen
Land am Rand von San Jacinto County säumten. Der nächste
Nachbar war mindestens eine Viertelmeile entfernt und nur über
einen einspurigen Feldweg erreichbar, der an Macks Haus vorbeiführte.

Breanna, die allein zu Hause war, war auf die Veranda des
Schindelhäuschens getreten, in dem sie mit Mack lebte, und hatte
versucht zu erkennen, wer da im Dunkeln saß und das Haus beobachtete. Als sie den Dodge mit Ronnie Malvos Silhouette auf
dem Vordersitz erkannte, schrie sie auf und ließ ihr Handy fallen,
woraufhin dessen Glasabdeckung zerbrach. Sie rannte hinein, ver-
riegelte die Tür und rief ihren Großvater vom Küchentelefon aus
an. Aus dem alten Ford Pick-up hatte Mack dann Darren angerufen, während er von einem Job im nahe gelegenen Wolf Creek
nach Hause gerast war. Als Mack in die Auffahrt einbog, ver-
sperrte er Ronnie Malvos Wagen den Weg.

Mack brüllte Breanna zu, ihm seine Pistole aus dem Haus zu
holen. Sekunden später war sie mit einem kurzläufigen 38er Revolver zurückgekehrt. Mack wusste nicht, ob Ronnie bewaffnet
war. Doch der schnellste Weg es herauszufinden, war mit Sicherheit, dem anderen eine Waffe unter die Nase zu halten.

Bei Darrens Ankunft hatten sich die Männer bereits in einer
Pattsituation befunden.

Er war mit ausgeschalteten Scheinwerfern auf Macks Grundstück zugerollt und hatte seinen Truck auf der FM 946, einer
Farm-to-Market-Street, unter den Zweigen einer großen Eiche
geparkt. Nachdem er leise die unbefestigte, mit Schotter bedeckte
Auffahrt hinaufgegangen war, wurde Darren mit folgender Situation konfrontiert: Mack, der zwischen dem Gerümpel in seinem
Garten stand, hielt Ronnie eine Pistole an den Kopf, während

dieser schwor, dass er nur mit dem Mädchen habe reden wollen, und sagte: »Aber ich steh hier nicht einfach rum und lass mich von dem Nigger kaltmachen.« Er hatte eine 357er auf Macks Brust gerichtet, eine Waffe mit mehr Feuerkraft als der 45er Colt, den Darren aus seinem Holster zog. Ronnie schien die Idiotie der Situation wütend zu machen. Der »Nigger mit Baumwolle im Kopf« müsste erst mal seinen verdammten Truck wegfahren, wenn er so dringend wollte, dass er, Ronnie, von seinem Grundstück verschwand. Mack befahl Ronnie, seinen »bigotten weißen Arsch« zuerst in seinen Dodge zu befördern. Speichel spritzte, Gesichter glänzten vor Wut.

»Nimm die Waffe runter, Malvo«, sagte Darren. »Lasst uns die Sache friedlich regeln.«

»Erzähl das dem Nigger«, sagte Ronnie und nickte in Richtung Mack.

»Mit welchem Nigger redest du gerade, Ronnie?«, fragte Darren. »Und bevor du antwortest, denk daran, dass einer der Nigger ein Texas Ranger ist, der wegen dem Zirkus hier sein Bett verlassen hat. Strapaziere also nicht meine Geduld.« Im Colt spiegelte sich das Licht der Verandalampe. Einen Augenblick lang wirkte Ronnie in die Enge getrieben und ängstlich, doch Darren wusste, dass das nicht unbedingt gut war. Ronnie begann zu zucken. Angesichts der beiden Waffen, die auf seinen Kopf gerichtet waren, zitterte er in seinen Bikerstiefeln, nachdem er zu spät erkannt hatte, dass er es zu weit getrieben und sich, nachdem er auf Widerstand gestoßen war, zum Narren gemacht hatte. Das mit dem Stolz war eine teuflische Sache, und Darren wusste, dass so mancher schon wegen viel weniger erschossen worden war.

Er änderte rasch seine Taktik.

»Mack, lass die Waffe fallen«, sagte Darren. Von den beiden war es wohl eher Mack, den man zur Vernunft bringen konnte. Doch weit gefehlt.

»Den Teufel werd' ich«, sagte der.

»Ich übernehme das, Mack.«

»Ich will keinen Ärger, Mann«, sagte Ronnie.

Darren konnte hören, wie Breanna auf der Veranda weinte.

»Ich will, dass das Arschloch von meinem Grundstück verschwindet«, sagte Mack.

»Nimm die Waffe runter, Mack. Das ist es nicht wert.«

»Ich habe jedes Recht, mein Grundstück zu verteidigen.«

»Ja, aber mit jeder Minute, die du diese Pistole auf ihn richtest, manövrierst du uns tiefer in eine Situation hinein, aus der ich dich nicht mehr rausbringe. Hör mir zu, Mack. Lass nicht zu, dass du wegen ihm ins Gefängnis kommst. Ich kriege ihn wegen unerlaubten Betretens dran, wenn du die Waffe runternimmst, okay?«

»Kümmre dich nicht darum«, sagte Mack, und seine wässrigen Augen glänzten. »Ich will, dass er entweder verschwindet oder stirbt, nichts dazwischen.«

»Fahren Sie den Truck weg, und ich verschwinde«, sagte Ronnie. »Ich hab nur das Mädchen ein bisschen angemacht. Die kann froh sein, wenn überhaupt einer ihren Affenarsch anschaut.«

»Wirf Bre deine Schlüssel rüber, Mack«, sagte Darren. Der alte Mann tat, wie ihm geheißen, doch er ließ die Pistole nicht sinken, die in seiner großen Hand wie ein Spielzeug aussah. Darren forderte Breanna auf, in Macks Ford zu steigen und ihn auf die Straße zu fahren, um Ronnie Malvo Platz zu machen, damit er die Auffahrt und damit das Grundstück verlassen konnte.

Inzwischen war Mack den Tränen nahe und Speichel sammelte sich in seinen Mundwinkeln, während er hervorpresste: »Der hat kein Recht, auf meinen Grund und Boden zu kommen und sich an mein kleines Mädchen ranzumachen. Ich muss mir von so 'nem weißen Pisser nichts gefallen lassen.«

Darren spürte, wie sich Macks Atemzüge in ein Schnauben

verwandelten. Er dachte, sie hätten nur noch Sekunden, bis der alte Mann seiner Wut, die jeden Muskel seines sehnigen Körpers durchzuckte, freien Lauf ließe. »Fahr sofort den Truck weg!«

Als Breanna von der Veranda zu Macks Ford stürzte, nutzte Darren die Ablenkung, um Mack außer Gefecht zu setzen. Er griff nach seinem rechten Handgelenk und drückte es mit einer Bewegung herunter, wobei er den Colt auf Ronnie gerichtet hielt. Mack fluchte, gab dann aber nach und sank ins Gras. Ronnie nahm augenblicklich seine Waffe herunter. Er warf sie durch das offene Seitenfenster in seinen Dodge und sprang auf den Fahrersitz, als wäre ihm der Teufel auf den Fersen.

Darren krönte seine Aussage, indem er die Castle-Doktrin zitierte.

Vaughn nahm eine drohende Haltung ein. »Ich bin hier für das Gesetz verantwortlich, Mr. Mathews.«

»Es heißt Ranger Mathews.«

»Tatsache ist, Ranger Mathews, dass – anstatt die 911 zu wählen – der Angeklagte sich entschloss, einen Ranger anzurufen, den er kennt, einen afroamerikanischen Kumpel, der auf jeden Fall den Zorn, den der Vorfall auslöste, verstehen würde …«

»Einspruch.« Diesmal sagte Darren es laut.

Vaughn blickte ihn vom Podium aus wütend an und umklammerte dessen Brüstung so fest, dass seine Fingerknöchel weiß wurden. »Mr. Mathews …«

»Ich bin ein Texas Ranger, Counselor.«

»Dann verhalten Sie sich entsprechend.«

Sobald er das ausgesprochen hatte, wusste Vaughn, dass er zu weit gegangen war. Die zwei Frauen in der vorderen Geschworenenbank schüttelten den Kopf, so redete man nicht mit einem Mitglied der meistgeachteten Strafverfolgungsbehörde im Staat. Einer der beiden Schwarzen in der zweiten Reihe verschränkte ostentativ die Arme und schob einen Zahnstocher, der direkt auf den Bezirksstaatsanwalt gerichtet war, wie einen kleinen Dolch von einem Mundwinkel zum anderen.

»Fragen Sie etwas anderes«, sagte Darren, seinen Vorteil nutzend.

»Ist Mr. Malvo an jenem Abend aus freien Stücken gegangen?«

»Ja. Malvo hat seine Waffe in sein Fahrzeug geworfen und sich davongemacht.«

Zwei Tage später, nachdem man Ronnie in einem Graben, der in der Nähe seiner Bretterhütte verlief, mit zwei Kugeln einer 38er in der Brust gefunden hatte, war es Darrens Bericht gewesen, weshalb Mack auf der Liste der Verdächtigen gelandet war. Er fühlte sich für den ganzen Schlamassel verantwortlich. Hundertmal am Tag wünschte er sich, er wäre in der Nacht nicht dort aufgetaucht, hätte den Bericht nie geschrieben. Er hatte sogar gezögert, hatte die Seiten nach dem Ausdrucken kritisch betrachtet, wohl wissend, dass allein die Erwähnung von Macks Namen in dem Bericht, egal ob Opfer oder nicht, eine Tür öffnete, durch die Mack vielleicht nie mehr zurückkehren würde, wenn er einmal hindurchgegangen war. Sobald ein schwarzes Leben mit Kriminalität in Berührung kam, war das ein schwer zu beseitigender Makel. Doch Darren war ein Cop, weshalb er seiner Pflicht nachkam. Er hatte sich an die Regeln gehalten, was sie alle hierher gebracht hatte – vor eine Grand Jury, die darüber entschied, ob Mack des Mordes angeklagt werden sollte. Falls ja, würde er vor Gericht gestellt, ein Mann um die siebzig, der sein Leben lang nichts anderes getan hatte, als zu arbeiten und seine Familie zu lieben. Falls er verurteilt würde, drohte ihm die Todesstrafe.

In Wahrheit gehörte Ronnie Malvo zu einer der gewalttätigsten Gangs der amerikanischen Geschichte, Leute, die ihre eigenen Anhänger kaltblütig umbrachten, vor allem diejenigen, die sie im Verdacht hatten, dass sie von ihnen verraten wurden. Darren hatte von einem Captain der Arischen Bruderschaft von Texas gehört, der einen besonders grausamen Mord an einem der Handlanger verübt haben sollte, der verdächtigt wurde, mit den Cops geredet zu haben. Sie fanden den neunzehn Jahre alten angeblichen Spitzel am Zaun auf einer Weizenfarm in Liberty County an dem bisschen Fleisch aufgeknüpft, das er noch auf den Knochen hatte. Jeder hätte Ronnie Malvo töten können, der tatsächlich ein krimineller Informant der Bundesregierung gewesen war. Darren war – bis auf den Staatsanwalt – der Einzige im Gerichtssaal, der das wusste. Er war in der Ranger-Dienststelle in Houston stationiert, und ein paar Monate vor dem Mord an Malvo hatte er sich darum bemüht, einer behördenübergreifenden Einheit zugeteilt zu werden, die gemeinsam mit den Feds gegen die Arische Bruderschaft von Texas, kurz ABT genannt, ermittelte. Natürlich war es ihm nicht erlaubt, auch nur ein Sterbenswörtchen darüber verlauten zu lassen, doch er wusste, dass die Bruderschaft Gründe gehabt hätte, Ronnie zu beseitigen – falls jemand herausgefunden hatte, dass er plauderte.

»Mr. McMillan war an dem Abend ziemlich aufgebracht, meinen Sie nicht?«

Darren stufte es herab auf »besorgt« und fügte hinzu: »Er schien nicht auf Rache aus zu sein, wenn Sie das meinen.«

»Wir wollen nicht, dass Sie spekulieren.«

»Ich kann nur berichten, was ich gesehen habe, und Mack hat niemanden erschossen.«

Vaughn presste die Lippen aufeinander. Das wich vom Drehbuch ab, und Darren wusste es.

»Ronnie Malvo ist mit einem Revolver vom Kaliber 38 erschossen worden, korrekt?«

»Ich habe die Ermittlungen nicht durchgeführt.«

»Und weshalb nicht?«

»Ich bin nicht damit beauftragt worden«, sagte er beiläufig.

»Lieutenant Fred Wilson meinte, Sie wären zu nah dran, nicht wahr?«

»Ja, Ronnie Malvo wurde mit einer 38er erschossen.« Zumindest das gestand er ihm zu.

»Und an dem Abend, als Sie auf seinem Grundstück waren, haben Sie gesehen, wie Mr. McMillan einen Revolver vom Kaliber 38 auf den Verstorbenen gerichtet hat, korrekt?«

»Den er nicht abgefeuert hat.« Darren rutschte auf seinem Stuhl herum. »Er wollte nur seine Ruhe haben, sich sicher in seinem Zuhause fühlen. Deshalb hat er mich gebeten zu bleiben.«

In dem Moment, als Ronnie mit aufheulendem Motor in einer Wolke aus Staub und spritzendem Schotter von Macks Grundstück geflohen war, hatte sich Darren neben Mack gekniet. Er hatte ihn in zwanzig Jahren nicht ein einziges Mal auch nur schniefen sehen, ganz zu schweigen davon, in aller Öffentlichkeit zu weinen, wie er es an diesem Abend tat, zutiefst erschüttert davon, beinahe einen Menschen getötet zu haben. Darren sagte, dass er Ronnie folgen oder bei ihm und seiner einzigen Angehörigen bleiben könnte.

Leise bat Mack ihn zu bleiben.

Mit der Pistole in der Hand verbrachte Darren schließlich die ganze Nacht auf Macks Veranda und hielt Ausschau nach irgendwelchen Scheinwerfern, die sich dem Haus näherten. Er hielt Wache, bis tiefe, rostrote Morgenwolken aufzogen, die die Erde von Osttexas am Himmel spiegelten. Er hatte in diesem Zipfel des Staates Wache gehalten, damit Rutherford McMillan endlich einmal die ungestörte Nachtruhe hatte, die ihm sein Leben lang versagt geblieben war.

Zwei Tage später wurde Ronnie Malvo tot hinter seinem eigenen Haus gefunden.

»Was mich zu meiner letzten Frage bringt«, sagte Vaughn, die Hände auf dem Rücken verschränkt. Darren sah, wie er ganz leicht die Mundwinkel hochzog. »Sie waren aber nicht die darauffolgenden achtundvierzig Stunden bei dem Angeklagten, oder?«

»Ich bin am nächsten Morgen nach Hause gefahren. Und dann zur Arbeit gegangen.«

Und zurück zu Lisa, die ihm sagte, er solle das Jurastudium wieder aufnehmen. *Denk darüber nach, Darren.*

Er wusste, dass es so einfach wäre.

Entscheide dich für ein Leben, das sie versteht, und kehre nach Hause zurück.

»Heißt das nein?«

»Nein, ich war nicht bei ihm.«

»Sie können also nicht wissen, ob Mr. McMillan in diesen achtundvierzig Stunden sein Zuhause mit derselben Waffe verlassen und Mr. Malvo damit getötet hat?«

»Nein«, sagte Darren. Schweiß rann ihm auf der rechten Seite seines Körpers herunter. Er machte sich Sorgen, dass man es durch das Hemd hindurch sehen konnte, ebenso wie er befürchtete, Mack gerade zum Tode verurteilt zu haben.

2

»Die Waffe ist immer noch nicht aufgetaucht.«

»Weshalb sie keinen Fall haben«, sagte Greg am Telefon.

»Glaubst du wirklich, die guten Menschen von San Jacinto County scheren sich um die Bedingungen für einen Indizienprozess?«, fragte Darren und kippte den Rest der Big-Red-Limonade hinunter, die er sich bei Kay's Kountry Kitchen gegenüber vom Bezirksgericht geholt hatte, wobei er heute den diskriminierenden Gebrauch des Buchstaben K ignorierte – ein offenkundiger Akt von Mikroaggression, wie er für Texas typisch war –, denn das Café hatte geöffnet und war in der Nähe, und er musste sich um seine Hand kümmern. Während er trank, achtete er darauf, das Eis im Glas zu lassen und kippte die schmelzenden rosa Klümpchen in ein Stofftaschentuch, das er im Handschuhfach gefunden hatte. Er verknotete die Ränder des Taschentuchs und drückte den selbst gemachten Eisbeutel auf die wunden Knöchel seiner linken Hand. »Ach zum Teufel, die Hälfte von denen wünscht sich wahrscheinlich, sie hätte ihn selbst erschossen. Ronnie Malvo ist das, was man Güteklasse A von weißem Abschaum nennt, und der Hass auf jemanden wie ihn ist so ziemlich das Einzige, was in dieser ach so politisch korrekten Welt noch gesellschaftsfähig ist …«

»Vielleicht werden sie McMillan ja wie einen Helden behandeln – und ihm eine Anklage ersparen.«

»Von den Leuten hier, die Mack für einen Mörder halten, ist nichts Gutes zu erwarten«, sagte Darren, während er mit dem Rücken an der Fahrertür seines Chevys lehnte. »Für ihn gelten nicht dieselben Regeln, und das weißt du, Greg«, sagte er und sah zu dem kleinen Gemeindeplatz von Coldspring hinüber. Es gab nur eine einzelne Blinkleuchte an der einzigen Kreuzung, in deren Umgebung sich Antiquitätengeschäfte und Kommissionsläden befanden, die alles Mögliche führten, von alten Waffen über gebrauchte Kinderbetten bis hin zu rostigen Lone Star-Blechschildern, die auf Holzveranden standen. Ins San Jacinto County kam nie etwas Neues. Die Wirtschaft dort beruhte auf Resteverwertung.

»Die Feds versuchen lediglich, ihre Ermittlungen zu schützen«, sagte Darren.

Agent Greg Heglund, derzeit bei der Außenstelle der Criminal Investigation Division des FBI in Houston stationiert, seufzte in gespielter Verärgerung. Sie hatten sich vor Jahren in ebendieser Stadt kennengelernt, nachdem Darrens Onkel Clayton ihm einen Platz in einer privaten Highschool in Houston verschafft hatte, weil er, was seinen Neffen betraf, nichts in San Jacinto County für gut genug befand. Lisa und Greg waren die ersten Freunde gewesen, die Darren an der Schule gefunden hatte, wo er später auch seinen Abschluss machte. Alle drei hatten sie einen Beruf ergriffen, der mit der Justiz zu tun hatte, und er und Greg waren all die Jahre in Kontakt geblieben.

Greg war ein Weißer, der die meiste Zeit seines Lebens mit Schwarzen verbracht hatte – mit ihnen Basketball gespielt und schwarze Mädchen gedatet hatte, Step Shows anstelle des Two-Step bevorzugte, das ganze Paket. All das hörte natürlich in dem Moment auf, als er beim FBI anfing und seine Jordans gegen Johnston & Murphys eintauschte. Doch Darren machte ihm keinen Vorwurf daraus. Wenn auch nur durch Osmose, hatte er Greg in der Kunst des Code-Switching unterwiesen. Für Darren war das ein netter Zeitvertreib, in dem jeder Schwarze geschult sein sollte. Neben Basketball war das ihr eigentlicher Trumpf. Bei geselligen Zusammenkünften der Ranger hatte Darren eine Liebe zu Vince Gill oder Kenny Chesney vorgegeben, die er nicht empfand, und hatte sich mit Lisa dazu auf der Tanzfläche gedreht. Er konnte Johnny Cash und Hank Williams ertragen, die klassische Countrymusik, mit der er großgeworden war – am liebsten war ihm Charley Pride –, doch Blues war das wahre Erbe eines schwarzen Texaners. Er hatte Greg Sachen von Clarence »Gatemouth« Brown und Freddie King vorgespielt, lange bevor einer von ihnen von Jay Z oder Sean Combs gehört hatte. Entscheidend war, dass sich Darren vor Greg nicht verstellen musste, nie. Und so hielten sie es auch seit jeher.

Greg gehörte nicht zu der Einheit, die die Arische Bruderschaft von Texas unter die Lupe nahm und deren Aktivitäten innerhalb und außerhalb der staatlichen Justizvollzugsanstalten genau überwachte – einschließlich des Verkaufs von Methamphetamin und automatischen Handfeuerwaffen, der zahlreichen Morde und Verabredungen zu Straftaten –, doch er war über die Ermittlungen im Bilde. Ronnie Malvo war vor ein paar Monaten als Kronzeuge aufgetreten, um seiner eigenen Verurteilung zu entgehen, indem er zu gegebener Zeit aussagen würde. Er hielt in seinen tätowierten Händen genügend Beweise, um mehrere Captains der ABT ans Messer zu liefern. Falls irgendjemand innerhalb der Bruderschaft Wind von seinen Plänen bekommen hatte, war Ronnie Malvo schon so gut wie tot gewesen, auf die eine oder andere Weise. Diese Einschätzung hatte Darren in den letzten Wochen schon öfter geäußert. »Die Sache stinkt gewaltig nach ABT.«

Greg argumentierte dagegen. »Zwei saubere Schusswunden und kein Gemetzel? Das ist nicht gerade ihr Markenzeichen.« Er mahnte Darren, sich nicht in etwas zu verrennen, daran zu denken, was es ihn kosten könnte, sich hinter Mack zu stellen.

»Das ist so unsinnig wie die Vorstellung, dass Mack es getan hat, nur weil er eine 38er besitzt.«

»Eine 38er, die verschwunden ist.«

»Er hat diese Waffe als gestohlen gemeldet.« Darren wusste, dass das keinen guten Eindruck machte.

»Er hat es am Tag, bevor Malvos Leiche gefunden wurde, gemeldet. Du weißt, dass wir diesem Zufall nicht die geringste Bedeutung beimessen«, sagte Greg und zog dabei scherzhaft jeden einzelnen Vokal lang. »Glauben die noch immer, dass du was damit zu tun hast?«

»Keiner hat die Eier, es mir ins Gesicht zu sagen«, stellte Darren fest. »Für's Protokoll: Sie behaupten lediglich, dass ich wegen meiner Freundschaft mit Mack an dem Abend nicht in dienstlicher Funktion hätte hinfahren sollen. Oder ich hätte Mack allein lassen und Malvo verfolgen sollen. Aber die Suspendierung ist natürlich ein bequemer Weg, um mich aus der Sondereinheit rauszukicken, weil meine Hautfarbe an der Front Probleme verursacht. Sie bringt mich weg von der ABT.«

»Du bist bestimmt nicht der erste Ranger, der sich mit ihm angelegt hat.«

»Soll ich mich deswegen jetzt besser fühlen?«

Das Getuschel hatte begonnen, kurz nachdem Darren Mitglied der Sondereinheit geworden war. Sein Lieutenant, Ranger Fred Wilson, hatte zuerst gezögert, aus Gründen, die er nicht nennen wollte oder konnte, ohne die eine Sache zu erwähnen, über die Ranger eisern schwiegen: Rassenzugehörigkeit. Sie waren in erster Linie Ranger – und erst in zweiter Männer oder Frauen, weiß, braun oder schwarz. Doch Darren begriff nicht, wie die Feds mit Hilfe der Texas Ranger gegen eine Organisation namens Arische Bruderschaft von Texas ermitteln konnten, *ohne* Rassenzugehörigkeit zu erwähnen. Die Feds wollten, dass die ABT wegen Drogenmissbrauchs und Verabredungen zu Verbrechen angeklagt wurde, und Lieutenant Wilson wollte, dass Darren das begriff, wenn er ihn in die Ranger-Einheit aufnahm, die die Feds von Houston aus unterstützte. »Das ist hier nicht so'n Deal wie in *In der Hitze der Nacht,* Mathews«, sagte er. »Diese Typen betreiben ein ernst zu nehmendes und ausgeklügeltes kriminelles Unternehmen und machen Millionen mit ihren illegalen Aktivitäten überall in diesem Staat.« Wohl wahr. Doch zu versuchen, die Bruderschaft zur Strecke zu bringen, ohne sich ebenfalls um den tief sitzenden Rassenhass zu kümmern, war, als wollte man im Fluss baden, ohne sich nass zu machen.

Ein paar Wochen, nachdem er seine ersten Befragungen im Auftrag der Einheit durchgeführt hatte, hatte Mack angerufen, um ihm mitzuteilen, dass in den Familiensitz in Camilla, das Farmhaus, wo Darren aufgewachsen war, eingebrochen worden sei. Hundekot – und der von Menschen, wie Mack vermutete – war innen und außen an die Wände geschmiert worden und zwei Handfeuerwaffen waren verschwunden, darunter ein dreißig Jahre alter Revolver mit Perlmuttgriff, der Onkel William gehört hatte. Das fraß besonders an Darren. Es gab nur noch wenige Dinge, die er von seinem Onkel besaß. Das meiste, einschließlich seiner Dienstmarke und des Stetsons, mit dem er seine Pensionierung angetreten hatte, waren an Williams Sohn Aaron gegangen, einen State Trooper, der es Darren furchtbar übelnahm, dass er die Beziehungen der Familie Mathews zu den Texas Rangern genutzt hatte, bevor *er* es hatte tun können. Darren wollte gern glauben, dass sein Diplom aus Princeton und die zwei Jahre an der juristischen Fakultät ihn zu jemandem machten, der es aus eigener Kraft geschafft hatte, doch er wusste, dass Aaron nicht ganz unrecht hatte. Wenn er nicht William Mathews' Neffe gewesen wäre, hätte man ihn wahrscheinlich schon vor Wochen wegen dieser Sache mit Mack gefeuert. In gewisser Weise hielt sein Onkel noch immer seine Hand über ihn.

Über den Vorfall war ein Bericht geschrieben und vom System erfasst worden, aber allem Anschein nach passte er nicht in das Gewaltprofil der Bruderschaft, die viel stärker auf den Überraschungsmoment setzte, viel mehr Blut vergoss und keine leeren Drohungen ausstieß. Darrens Name war allerdings auf ein paar ABT-Webseiten und im Sumpf der sozialen Medien aufgetaucht, wo weiße Nationalisten wie Pilze aus dem Boden schossen, eine Tatsache, die Greg jetzt herunterspielte. »Die Berichte über deinen bevorstehenden Tod sind ziemlich übertrieben«, sagte er, um die Situation ein wenig zu entschärfen, was nicht funktionierte. »Das ist Gewäsch – Gerüchte, mehr nicht, wirklich. Wenn da mehr dran wäre, das verspreche ich dir, hätte man uns eingeschaltet. Du bist völlig sicher.«

»Erzähl das meiner Frau.«

Lisa hatte sich nie mit seiner Berufswahl und der Tatsache abgefunden, dass sie sich in der Hochzeitsnacht mit einem zukünftigen Anwalt ins Bett gelegt und Jahre später mit einem Cop aufgewacht war. Seine kultivierte Frau, die jeden Tag Strickwaren von St. John trug und ihren Lexus im privaten Parkhaus der Anwaltskanzlei abstellte, bei der sie arbeitete, verstand nicht den Drang, sich dem Irrsinn da draußen zu stellen – von der Anziehungskraft der Texas Ranger und des fünfzackigen Sterns, den er trug, ganz zu schweigen. *Was ist bloß an diesem Abzeichen dran?* Es kann dich nicht beschützen, sagte sie, weil das nie so vorgesehen war. *Jedenfalls nicht für dich.* Sie würde ihm niemals verzeihen, sagte sie, wenn er getötet würde.

»Wenn sie Mack anklagen, können sie ihre Geschichte als rassistisch motiviertes Verbrechen verkaufen, eine unbedeutende Sache, die nun wirklich nichts Neues ist«, sagte Darren. »Wenn es sich herumspricht, dass Ronnie Malvo angeblich einem Mord zum Opfer gefallen ist, wird das die Bruderschaft warnen, und vielleicht ändert sie ihre Gewohnheiten oder beendet ganze Operationen, was die Ermittlungen der Feds zurückwerfen würde. Ich finde nicht, dass Mack mit seinem Leben dafür bezahlen sollte, damit sie ihren Fall retten.«

»Hast du's getan?«, fragte Greg schließlich. »Hast du Mack mit der Waffe geholfen?«

»Herrgott, nicht du auch noch.«

»Ich weiß doch, was du Mack gegenüber empfindest … und einem Typen wie Malvo auch.«

»Ich bin zuallererst ein Cop.« Doch nicht einmal, als er es aussprach, war er sich dessen ganz sicher. Heute Morgen war er einem Meineid ziemlich nahegekommen, jedoch nicht nah genug, um in Handschellen abgeführt zu werden. Er fand einfach, dass ein Schwarzer dafür, dass er eine Waffe auf einen Typen wie Malvo gerichtet hatte, nicht ins Gefängnis wandern sollte. Und irgendwo tief in seinem Innern dachte er vielleicht sogar, dass auch niemand dafür ins Gefängnis wandern sollte, einen Typen wie Malvo zu erschießen.

»Sie werden dich nämlich drankriegen, Darren. Und ich spreche nicht nur vom Job. Sie werden dich anklagen, wenn sie glauben, dass du Beweismittel unterschlägst.«

»Denkst du, ich weiß das nicht?« fragte er. »Ich habe nichts getan. Und Mack auch nicht.«

»Bist du sicher? Nachdem sich der Typ bei seiner Enkelin so danebenbenommen hat. Wenn es andersrum gewesen wäre, wäre Mack in früheren Zeiten allein dafür aufgeknüpft worden. Vielleicht hat der alte Mann nur selbst für ein wenig Gerechtigkeit gesorgt, wenn auch auf die knallharte Tour.«

»Jetzt klingst du wie Lisa.«

»Ich werde mich da nicht reinhängen«, sagte Greg. »Und deswegen habe ich dich auch nicht angerufen.«

Darren schüttelte das hellblaue Taschentuch aus und sah dabei zu, wie Eisstückchen auf den Boden fielen. Auf dem Bürgersteig vor seinem Wagen starrte ein etwa fünfjähriger Junge Darren mit offenem Mund an, bis seine Mutter ihn wegzog und sagte: »Komm jetzt.« Darren, der sich daran erinnerte, welche Ehrfurcht ein waschechter Texas Ranger in einem Kind wecken konnte, tippte sich lächelnd an den Hut.

»Hast du von dem Ärger oben in Lark gehört?«, fragte Greg.

»Ich hab noch nie was von Lark gehört.«

»Shelby County, direkt hinter der westlichen Grenze, winziger Ort. Ich glaube nicht, dass er mehr als zweihundert Einwohner hat.«

»Ja«, sagte Darren, der sich an ein kleines Café am Highway erinnerte, wo er einmal eine Cola getrunken hatte. »Ich bin mal durchgefahren.«

»Man hat innerhalb von sechs Tagen zwei Leichen gefunden. Die eine von einem Schwarzen aus Chicago, ein wenig jünger als wir, fünfunddreißig, glaube ich. War anscheinend nur auf der Durchreise. Zwei Tage später hat jemand seine Leiche aus dem Attoyac Bayou gezogen.«

»Herrje.«

»Und heute Morgen ist noch eine aufgetaucht«, sagte Greg. »Ein weißes Mädchen aus dem Ort, zwanzig Jahre alt.« Durch das Telefon hörte Darren Papierrascheln auf dem Schreibtisch in Gregs Arbeitsnische. Er war erst seit ein paar Jahren beim FBI und hatte bisher keinen großen Fall gelöst, nichts, was ihm einen Karrieresprung verschafft hätte. »Melissa Dale.«

»Haben sie miteinander zu tun?«

»Das wüsste ich gern. In Lark hat es seit Jahren keinen Mord gegeben, und jetzt haben sie zwei in einer Woche.«

»Kein Zufall, was?«, sagte Darren.

»Da ist was im Busch.«

Darren spürte, wie bei der Erwähnung eines rassistisch motivierten Mordes im Staat sein Puls beschleunigte, eine Reaktion, gegen die er nichts machen konnte. »Woher weißt du das?«

»Ich hab meine Spitzel«, sagte Greg.

»Wie heißt sie?«

Greg lachte leise, denn er genoss seinen Ruf als Mann mit einem Schlag bei den Frauen, vor allem bei denen, die leicht zu erobern waren, was Darren nicht sonderlich beeindruckte. »Sagen wir, ich habe einen Anruf von jemandem aus der Rechtsmedizin im Dallas County bekommen. Shelby County hat sie damit beauftragt, die Autopsie des Mannes durchzuführen.« Noch mehr Papierrascheln, dann nannte Greg den Namen: »Michael Wright. Sobald sie den Leichensack geöffnet und einen gründlichen Blick auf ihn geworfen hatten, hatten sie eine Menge Fragen an den Sheriff.«

»Wieso?«

»Hat was mit dem Zustand der Leiche zu tun. Das ist alles, was man mir am Telefon verraten hat.«

»Was ist die Todesursache?«

»Ertrinken«, sagte Greg. »Doch das heißt nur, dass er noch geatmet hat, als er im Wasser gelandet ist. Der Sheriff hält zweifellos an Ertrinken fest und schließt jede andere Möglichkeit aus. Niemand will ein zweites Jasper.«

Die Erwähnung von Jasper, Texas, traf bei Darren einen Nerv, wie Greg wusste. Darren war 1998 ein dreiundzwanzigjähriger Jurastudent im zweiten Jahr gewesen, der noch immer den überraschenden Tod seines Onkels William betrauerte. Er war in einem Aufenthaltsraum für Studenten, um sich zwischen den Seminaren ein Sandwich zu holen, als die Berichte über den zu Tode geschleiften James Byrd Jr. über die Fernsehbildschirme flimmerten. Darren verpasste das nächste Seminar. Er blieb dort und sah sich stundenlang die Berichterstattung auf CNN an. Die Wut, die er angesichts der Tatsache verspürte, dass jemand einen Schwarzen mit einem Pick-up durch einen Ort geschleift hatte, bis es ihm buchstäblich den Kopf abriss, war schwer in Worte zu fassen.

Er schämte sich für sein Land und er schämte sich für seinen Heimatstaat.

Doch er verspürte auch einen brennenden Zorn auf die Studenten und Professoren um ihn herum, von denen die meisten weiße Nordstaatler waren, die mit der Zunge schnalzten und auf eine Art und Weise *Texas* flüsterten, die sowohl Mitleid als auch Verachtung für einen Staat ausdrückte, den Darren liebte, einen Staat, der aus ihm gleichermaßen einen Gentleman und Kämpfer gemacht hatte. Es war schwer, das überhaupt in Worte zu fassen. Also versuchte er es gar nicht erst. Er verließ einfach die Fakultät. Am Ende des Sommers hatte er sich beim Texas Department of Public Safety beworben, um State Trooper zu werden, der erste Schritt in dem fast ein Jahrzehnt dauernden Bemühen, Mitglied der ehrwürdigen Strafverfolgungsbehörde, bekannt als Texas Rangers, zu werden, die antrat, wenn die lokalen Behörden ein Verbrechen nicht aufklären konnten oder *wollten*. Darren hatte das aufgrund des einzigen Gesetzes entschieden, das damals für ihn gültig war: Beide Beine fest auf dem Boden, eine Marke und ein Colt Kaliber 45. Seine innere Werteskala ähnelte der von Onkel William, und daran war nicht zu rütteln. Als Clayton, der Anwalt, erfuhr, dass sein Neffe das Jurastudium abgebrochen hatte, sagte er lediglich: »Ich bin zutiefst enttäuscht von dir, mein Sohn.«

»Wurde er als Erster getötet?«, fragte Darren Greg.

»Man hat ihn am Freitag aus dem Bayou gezogen, vor drei Tagen also. Das Mädchen erst später, eine Viertelmeile stromabwärts, heute Morgen.«

Seltsam, dachte Darren.

Die Geschichten aus dem Süden wurden normalerweise in umgekehrter Reihenfolge erzählt: auf eine weiße Frau, die getötet worden war oder anderweitig Schaden genommen hatte, tatsächlich oder eingebildet, folgte, wie der Mond der Sonne, der Tod eines Schwarzen. »Was ist bei ihr die Todesursache?«, fragte er.

»Es gibt noch keine Autopsie. Man weiß nur, dass sie unter ganz ähnlichen Umständen gefunden wurde wie die erste Leiche. Ich dachte, dass vielleicht Gerüchte wegen sexuellem Missbrauch die Runde machen.«

»Wieso schickst du keinen Ermittler rauf?«

»Der Sheriff hat keinen angefordert und auch sonst um keine Hilfe von außerhalb gebeten, abgesehen davon bin ich nicht autorisiert, so etwas zu entscheiden.«

»Was soll ich also tun?«

»Fahr rauf und hör dich um, mal sehen, ob da mehr dran ist, als der Sheriff zugeben will. Irgendwas mit dem Klan oder Schlimmeres. Wie hast du es noch bezeichnet … irgend so ein Rassending, wie es das schon ewig gibt? Ich finde, in der Sache sollte ermittelt werden. Und ich weiß, dass du dich wegen solcher Fälle für die Marke entschieden hast.«

»Ich bin suspendiert, Greg. Also keine Marke.«

Doch als er an sich hinunterblickte, wurde ihm bewusst, dass er wegen seines Auftritts bei Gericht den fünfzackigen Stern noch immer trug, und seine Uniform ebenfalls. »Und was versprichst du dir davon?«

»Du meinst, abgesehen von Gerechtigkeit?«

»Ich meine, sei ehrlich zu mir.«

»Wenn da etwas dran ist, wenn das was Größeres ist, als der Sheriff zugibt, irgend so ein Rassending, das sie da draußen verbergen wollen, und ich derjenige bin, der das rausfindet, könnte mich das aus diesem winzigen Kabuff hier befreien, wie du weißt.«

»Komm schon, Greg«, sagte Darren, der den unverhohlenen Ehrgeiz seines Freundes sowohl missbilligte als auch verstand. Greg war unglücklich an seinem Schreibtisch in Houston, wo er hauptsächlich an Fällen von Korruption und Wirtschaftskriminalität arbeitete. Als Gesetzeshüter wurde er, Darren, erst dann so richtig munter, wenn er das wahre Dasein eines Texas Rangers führte, im Außeneinsatz nämlich. Der Sondereinheit beizutreten hatte sein Leben verändert, doch es hatte seine Ehe schwer belastet. Die Zeit, die er auf der Straße verbrachte, hasste Lisa an dem Job am meisten.

»Die Sache da draußen stinkt, Darren, und du weißt das.«

Er hatte keinen blassen Schimmer.

Allerdings passierte es nicht oft, dass die Leiche eines Schwarzen in einem Fluss auftauchte.

»Widme der Sache ein, zwei Tage«, sagte Greg. »Wenn dir bis dahin nichts komisch vorkommt, fahr wieder nach Hause.«

Doch Darren war sich im Augenblick nicht mehr sicher, wo zu Hause war.

»Ich mach's«, sagte er.

Er hatte bereits gewusst, dass er hinfahren würde, hatte es in dem Moment gewusst, als Greg ihm den Vorfall in Lark geschildert hatte. Sowohl seine Verärgerung über die Grand Jury und Mack als auch seine Verbitterung gegenüber den Rangern, die ihm Steine in den Weg legten, trieben ihn dazu.

»Und lass dich nicht aus der Reserve locken. In Shelby County gibt es ebenfalls ABT.« Als müsste Greg ihm das extra mitteilen. Er nickte grimmig, als er in die Kabine seines Trucks stieg und seine wunde Hand um das Lenkrad legte.

3

Doch zuerst fuhr er zu seiner Mutter, weil er ihr das versprochen hatte. Sie wusste, dass er zurzeit in Camilla wohnte, nur ein paar Fahrminuten von ihr entfernt, und sie wusste, dass er selten da war. Bell Callis lebte an der östlichen Grenze des San Jacinto Countys, am Ende eines unbefestigten Feldwegs aus roter Erde, der von Weihrauchkiefern und Amerikanischen Linden gesäumt war, deren Zweige Darrens Truck seitlich streiften. Durch die Bäume hindurch sah er die schwarzen Teerdächer ihrer Nachbarn, die kleinen Anbauten und schmalen, langen Häuser zwischen dem Unkraut. In der Nähe verbrannte jemand Müll, dessen beißender Rauch über Darrens Truck hinwegzog, der vertraute Geruch nach einem harten Leben. Hinter einer Kurve nickte Darren dem Vermieter seiner Mutter zu, einem Weißen in seinen Achtzigern namens Puck, der Bell ein Stückchen Land hinter seinem Haus verpachtet hatte. Er winkte Darren von seiner Veranda aus zu und betrachtete dann wieder die Bäume, womit er die meiste Zeit des Tages verbrachte. Darren bog nach links auf das Grundstück ein und folgte der doppelten Reifenspur im wuchernden Gras, die zum Trailer seiner Mutter führte.

Sie saß auf den zementierten Stufen vor dem Wohnwagen, rauchte eine Newport und kratzte Nagellack von ihrem großen Zeh. Ein Bier stand neben ihren Füßen, doch Darren war nicht dumm. Der harte Stoff war im Trailer. Sie blickte auf und sah den silbernen Truck, in dem ihr einziger Sohn saß, doch ihre gleichgültige Miene verriet nicht, dass sie ihn während der letzten vier Tage pausenlos angerufen hatte.

»Du siehst dünn aus«, sagte sie, als er aus dem Truck stieg.

»Gleichfalls«, erwiderte er.

Sie war nur sechzehn Jahre älter als er, und sie hatten die gleichen Arme und Beine – hager und schlaksig, bis auf die Muskeln, die Darren sich am Oberkörper und an den Beinen antrainiert hatte, und das Fettpolster um die Hüften, das Bell sich bewahrte, während der Rest von ihr mit dem Alter zu schrumpfen schien. Seinen Vater hatte er nie kennengelernt.

Zumindest äußerlich ähnelte Darren seiner Mutter sehr.

»Wann warst du das letzte Mal im Laden, Mama?«

Mit *Mama* konnte man sie stets besänftigen.

Sie hatten sich erst kennengelernt, als Darren bereits acht Jahre alt war. Davor hatte sich sein Interesse für seine leiblichen Eltern auf Geschichten über seinen Vater beschränkt, je abenteuerlicher, desto besser – obwohl Darren »Duke« Mathews in den neunzehn Jahren seines Lebens nicht viel mehr getan hatte, als ein Mädchen vom Land zu schwängern, mit der er es ein- oder zweimal getrieben hatte, und dann bei einem Hubschrauberunfall in den letzten bitteren Tagen von Vietnam zu sterben. Seine Mutter war für ihn eine Rarität gewesen, die in seinem wirklichen Leben so wenig eine Rolle spielte wie der Caddo-Indianer im weit verzweigten Stammbaum der Mathews'. In den ersten Jahren war sie *Miss Callis*, später dann *Bell*, als er in die Highschool und aufs College ging. Doch kurz nach seinem vierzigsten Geburtstag platzte er mit dem Wort Mama heraus, als wäre es ein Körnchen, das all die Jahre zwischen seinen Zähnen gesteckt und sich schließlich gelöst hatte.

»Ich habe ein paar Würstchen und Bohnen auf dem Herd stehen«, sagte sie und griff nach der Dose Pearl-Lagerbier; in dem Anglergeschäft neben den Resort-Hütten am Lake Livingston, wo Bell drei Tage die Woche als Putzfrau arbeitete, konnte man noch immer einzelne Dosen kaufen. »Hast du Hunger? Soll ich dir was warmmachen?«

»Ich kann nicht bleiben, Mama.«

»Natürlich nicht.«

Sie stand auf und wehrte seine ritterlich ausgestreckte Hand ab. Sie kippte das Bier runter und drehte sich zu der Fliegengittertür an ihrem Trailer um. »Aber auf einen Drink bleibst du, so viel weiß ich.« Sie schwankte ein wenig auf der obersten Stufe, bevor sie die Fliegengittertür öffnete und drinnen verschwand. Darren folgte ihr in den Trailer mit den zwei Zimmern, dessen Fußboden mit einem verfilzten kittfarbenen Teppichboden ausgelegt war.

»Wie viele hattest du heute schon?«, fragte Darren und warf einen Blick auf seine Armbanduhr.

Falls es mehr als acht Drinks vor dem Mittag waren, musste er ihr den Wagenschlüssel abnehmen und aus Sicherheitsgründen zu Puck bringen, etwas, das sowohl Sohn als auch Mutter äußerst ungern sähen, wenn auch aus unterschiedlichen Gründen. »Ich amüsiere mich«, war alles, was sie sagte, und ließ sich auf das dünne Kissen sinken, das auf dem L-förmigen Sofa lag, das an Wohnzimmerwand und Kochnische entlangführte. Sie war eine siebenundfünfzig Jahre alte Frau, die den Großteil ihres Erwachsenenlebens Alkoholikerin gewesen war, etwas, das Darren als Teenager verwirrt und später Angst eingeflößt hatte. Bell hob eine kleine kegelförmige Flasche Cutty Sark und nuckelte daran wie an einer Brust. Die kleinen, ursprünglich für Fluggesellschaften produzierten Flaschen wurden im Anglerladen für fünfzig Cent pro Stück verkauft und Bell hatte sie auf dem Fenstersims aufgereiht wie Patronenhülsen eines Gewehrs.

»Es ist mein freier Tag.«

»Was willst du, Mama?«

»Bist du dir zu fein, um mit deiner Mama einen zu trinken?«, fragte sie und klopfte auf das Sitzkissen mit Paisleymuster neben sich. Ihre Haare waren zu einem Knoten geflochten, und auf dem Tisch stand ein Fläschchen Nagellack. Sie will heute Abend irgendwohin, dachte er.

»Ich bin im Dienst.«

»Nein, bist du nicht. Lisa hat es mir erzählt.«

»Nö, hat sie nicht.«

Das hatte es noch nie gegeben, dass Lisa und seine Mutter gesprochen hatten. Bell war nicht einmal bei der Hochzeit gewesen, war auf Drängen von Lisa und Clayton, die eine heftige Abneigung gegen Bell Callis hegten, nicht auf die Gästeliste gekommen. Sein Onkel William hatte ihr jeden Monat eine Kleinigkeit zukommen lassen, jedoch nie gefragt, was mit dem Geld passierte. Doch damit war an dem Tag Schluss, als er starb. Clayton hielt sie auf Distanz und wurde jedes Mal bei der Erwähnung ihres Namens ganz angespannt, als glaubte er, sie könnte eines Tages Anspruch auf Darren erheben, könnte auftauchen und seine gesamte Kindheit umkrempeln, indem sie Clayton den einzigen Sohn nahm, den er hatte. Weihnachten wurde stets bei den Mathews' gefeiert – Clayton, Naomi, Williams Witwe, und ihre beiden Kinder Rebecca und Aaron. Ostern waren sie dann bei Lisas Eltern, ihrem zweiten Zuhause in New Mexico. An Thanksgiving waren sie bei Freunden, normalerweise bei Gregs und Darrens umfangreicher Ranger-Familie. Darren glaubte nicht, dass seine Mutter und seine Frau je im selben Raum waren. Dass Lisa seiner Mutter von seinen beruflichen Problemen berichtet haben sollte, bedeutete entweder, dass Bell log, oder seine Frau viel wütender war, als er dachte.

»Ich möchte in meinen eigenen vier Wänden nicht als Lügnerin bezeichnet werden«, sagte Bell. »Ich habe ein paarmal in

Houston angerufen, nachdem du im Mathews-Haus nicht rangegangen bist.« Sie sprach von seinem Zuhause stets auf diese seltsam förmliche Weise, um eine klare Linie zwischen sich und dem Ort zu ziehen, an den sie nicht gehörte. Seine Eltern hatten nie eine Beziehung gehabt, nicht im eigentlichen Sinn des Wortes, und Duke hatte Bell nie nach Hause begleitet. Sie hatten eine Affäre mit heimlichen Knutschereien im Wald gehabt, sie mit dem Rücken an der rauen Rinde einer Eiche, und Duke hatte sie bei Einbruch der Dunkelheit zu Hause abgesetzt. Als Duke starb und Darren ein paar Monate später zur Welt kam, war Clayton innerhalb weniger Tage vorgeprescht und hatte seinen Neffen zu sich geholt. »Sie sagt, du hast Probleme bei der Arbeit, etwas wegen einer Schießerei und Rutherford McMillan, und sie wüsste nicht, wo du gerade steckst, aber ich habe deinen Truck in Camilla gesehen, Darren.«

»Wir haben bloß eine kleine Auszeit genommen, das ist alles.«

»Hätte dir sagen können, dass es schwer ist, jemand'n zufriedenzustellen, der nicht da ist«, sagte sie und beugte sich vor, um ihre Finger in eine offene Packung Newport zu stecken. Sie zündete sich eine an und blies einen Schwall Rauch aus. »Hast mich aber nicht gefragt, was?«

Er war nur einen Schritt über die Schwelle getreten. Er hatte seinen Hut unterm Arm und stieß mit dem Kopf beinahe an die Decke. »Du warst auf der Suche nach mir, und jetzt bin ich hier. Was willst du also, Mama?«

»Du musst mit Fisher reden.«

»Ich will nichts damit zu tun haben.«

»Aber er bezahlt mich nicht regelmäßig. Ich nage am Hungertuch, Darren.«

»Du hast gesagt, du hättest was zu essen gemacht.« Er warf einen Blick auf den zweiflammigen Herd und sah die Reste von etwas, das mindestens schon vor einer Woche zubereitet worden war. Die Würstchen und Bohnen waren eine Wunschvorstellung gewesen, eine Geste der Mutter, die sie gerne sein wollte.

»Wieso hat er dich nicht bezahlt?«, fragte Darren, wobei er wusste, dass – wie immer – etwas anderes dahintersteckte. Fisher war Bells Arbeitgeber bei Starfish Resort Cabins und RV Hook-Up in der Nähe vom Lake Livingston. Er war auch ihr Liebhaber und mit dem anderen Dienstmädchen auf der Gehaltsliste verheiratet. Es war eine traurige Seifenoper, aus der sich Darren am liebsten heraushielte.

»Er behauptet, ich hätte hundert Dollar aus seiner Brieftasche genommen.«

»Herrgott, Mama, du kannst froh sein, dass er dich nicht gefeuert oder angezeigt hat.«

Sie schnalzte mit der Zunge und nahm lächelnd das nächste Fläschchen vom Fenstersims. »Das wird er nicht tun, weil er weiß, dass ich einen Ranger zum Sohn habe.«

»Keinen Ranger – jedenfalls im Moment nicht«, sagte er auf der Suche nach einem Ausweg.

»Das weiß er nicht«, erwiderte sie triumphierend. »Wie lange darfst du die da noch tragen?« Sie nickte in Richtung der silbernen Marke, die er an seiner Brust trug.

»Sie werden nach mir suchen, wenn ich morgen nicht damit auftauche.«

»Dann bleibt Zeit genug.«

»Wie viel brauchst du?«, fragte er, weil es so einfacher war. Nichts zu tun, brachte sie dazu, gereizt zu reagieren, das Schmollen einer erwachsenen Frau, die sich fortwährend missachtet fühlte und wütend darüber war. Sie hatte das Gefühl, dass die Männer in ihrem Leben, vor allem ihr Sohn, ihr mehr schuldeten als Gutes taten. Und obwohl seine Mutter ihn nicht großgezogen hatte, es jahrelang nicht einmal fertiggebracht hatte, ihm eine Weihnachtskarte zu schicken, hatte auch er das Gefühl, ihr etwas dafür zu schulden, dass es ihn gab. Er wusste nur nicht, was. Heute waren es zweihundert Dollar in bar, fast alles, was er bei sich hatte.

Sie nahm das Geld ohne viel Federlesen und steckte es in die Tasche ihrer Bluse. »Und besorg dir was zu essen«, sagte er. »Gib mindestens fünfzig davon für Lebensmittel aus.«

»Vielleicht, mal sehen«, sagte sie und griff nach dem nächsten Fläschchen auf dem Fenstersims.

4

Der US Highway 59 führt direkt durch das Herz von Osttexas, ein Faden auf der Landkarte, an den Kleinstädte geknüpft sind, von Laredo bis Texarkana an der nördlichen Grenze. Für Schwarze, die in den ländlichen Gemeinden entlang der Nordsüd-Route aufgewachsen waren, versprach der Highway eine Fülle von Möglichkeiten, war er die asphaltierte Hoffnung, die nach Norden führte.

Allerdings nicht für Darrens Familie.

Er war Texaner durch und durch, und sein Stammbaum reichte zurück bis zur Zeit der Sklaverei. Bis zur Wiedereingliederung der Südstaaten in die Union hatte bis auf ein paar Onkel und Cousins mütterlicherseits, die vor dem Gesetz geflohen waren, keiner die Kiefernwälder des östlichen Grenzgebiets verlassen. Die Familie seiner Mutter war geblieben, weil sie arm war; die Mathews', weil sie es nicht waren. Von Anfang an gehörte ihnen fruchtbares Ackerland, das ihnen der Mann hinterlassen hatte, der seinen Lieblingssklaven den Nachnamen Mathews gab, so ging jedenfalls die Legende, und Schwarze ließen einen solchen Reichtum nicht einfach zurück, um an irgendeinem fremden und kalten Ort von vorn zu beginnen. Nein, die Mathews' gruben tiefer in der Erde, pflanzten Baumwolle und Mais und gründeten eine richtige Familie – und keine Vermögensgemeinschaft, die beliebig gegen

Bares eingetauscht werden konnte. Sie arbeiteten hart auf dem Feld und verdienten genug, um Generationen von Männern und Frauen zu ernähren und Dutzende von ihnen aufs College und zur Graduiertenfakultät zu schicken; sie führten ein Leben, das es mit dem, was in Chicago oder Detroit oder Gary, Indiana möglich war, aufnehmen konnte. Sie waren nicht bereit, einen gesamten Staat dem Hass von einem Haufen sich am Sack kratzender, Tabak spuckender Weißer zu überlassen. Geld machte es möglich. Doch Geld verpflichtete auch zu einem gesellschaftlichen Beitrag, und die Mathews' waren bereit, ihn zu zahlen. Sie bauten in Camilla eine Schule für Farbige, vergaben Kredite an Kleinbetriebe, wenn sie konnten, und stellten ihr Leben in den Dienst der Öffentlichkeit, wurden Lehrer und Landärzte und Anwälte und, wenn nötig, Kämpfer für eine Sache.

Doch niemals wären sie davongelaufen.

Der Glaube, dass sie etwas Besonderes waren, dass sie die Kraft hatten, Dinge auszuhalten, die andere nicht ertragen konnten, war das eigentlich Texanische an ihnen. Es war eine Überheblichkeit, geboren aus echter Seelenstärke und einer gewissen Dickköpfigkeit, die sechs Generationen zurückreichte, ein Schutzschild gegen die engherzigen Eifersüchteleien und tödlichen Ungerechtigkeiten, mit denen sich die Weißen ihre freie Zeit vertrieben und ihre angsteinflößenden und aufdringlichen Blicke auf sämtliche Bereiche schwarzen Lebens richteten – angefangen beim Essen über die Partnerwahl bis zur Kleidung, die man trug, der Musik, die man spielte, und der Art, wie man seine Haare trug oder sich auf der Straße grüßte. Die Mathews-Familie erkannte es als das, was es war: eine fiebrige Obsession, die eigentlich nichts mit ihnen zu tun hatte, eine Beschäftigung, die Menschen schwächte, weil sie ihren Blick stets auf andere und nie auf sich selbst richteten.

Nein, wir sind nirgendwohin gegangen.

Wie oft hatte Darren das gehört.

Man konnte abhauen, keiner würde einen dafür verurteilen. Aber man konnte auch bleiben und kämpfen. Bei Sonnenuntergang auf der hinteren Veranda ihres alten Zuhauses in Camilla hatte William, den Hut mit der Krempe nach unten auf dem Geländer abgelegt, immer gesessen, den Blick über den Familienbesitz schweifen lassen und zu Darren gesagt: »Das Noble ist der Kampf, mein Sohn, in all seinen Facetten.«

Wegen dieses Kampfes war Darren vor vielen Jahren zurückgekehrt und fuhr jetzt auf dem Highway 59 in Richtung Norden nach Shelby County.

Er teilte Gregs Vermutung, dass die Morde miteinander zu tun hatten, dass die Hautfarbe irgendwie eine Rolle spielte, dass es sich lohnte, zumindest nachzufragen. Er gestand sich ein, ein besonderes Interesse an Tötungen mit einem rassistischen Hintergrund zu haben – Morde mit einem speziellen Makel, etwas an der Tötungsweise oder dem Motiv, das unser besseres Selbst beschämte, das geahndet werden musste, damit eine Nation weiterhin den Kopf hochhalten konnte. Darren war allerdings so umsichtig, sie nicht Hassverbrechen zu nennen, nachdem er recht schnell festgestellt hatte, dass Cops in Texas bemüht waren, kein Verbrechen abscheulicher zu finden als ein anderes. Er hatte im ersten Jahr in seinem Job Ärger bekommen, als er vorgeschlagen hatte, eine Einheit für Hassverbrechen zu gründen, das dem Public Corruption Department der Ranger und ihrem Ermittlungsteam für ungelöste Fälle gleichgestellt wäre. Er stellte sich eine Einheit vor, die nicht an eine Region gebunden war, sondern sich an der Ähnlichkeit der Fälle selbst orientierte. Er schrieb einen Bericht über das Wesen von Hassverbrechen – wobei er die Rechtsprechung und erfolgreiche Verurteilungen in anderen Staaten anführte – und legte ihn seinem Lieutenant und Captain der Company A in Houston und dem Hauptquartier der Ranger in

Austin vor. Der Bericht sorgte lediglich dafür, dass man ihn für jemanden hielt, der ein übertriebenes persönliches Interesse daran hatte, was ihm wenig Respekt von seinen Vorgesetzen einbrachte und bei mehreren weißen Rangern eine gewisse Feindseligkeit hervorrief. Der Vorschlag war rundweg abgelehnt worden. Das und jetzt die Sache mit Mack, der vielleicht angeklagt wurde, stellten seine Loyalität gegenüber den Rangern auf eine harte Probe.

Es war eine zweistündige Fahrt nach Shelby County, beschattet von zahlreichen Kiefern entlang des Highways und Zypressen hier und da, die in den Bächen und Bayous standen, die vom San Jacinto River abgingen. Er überquerte eine verrostete Stahlbrücke außerhalb Leggetts und fuhr dann mehrere Meilen bergauf, als er einen an eine Sichelblättrige Eiche genagelten, von Hand beschriebenen Streifen Pappe entdeckte. Das Schild warb für gekochte Erdnüsse, doch das Mädchen, das auf der Ladefläche seines Pick-ups einen Verkaufsstand eingerichtet hatte, verkaufte auch Birnen und hausgemachtes Paprikagelee, und als sie den fünfzackigen Stern auf seinem Hemd bemerkte, bot sie ihm umsonst einen Kürbis an. Sie hatte eine Kiste mit dicken Flaschenkürbissen neben sich stehen. Er lehnte höflich ab und zahlte stattdessen einen bescheidenen Betrag für die Erdnüsse und zwei Birnen. Er aß sein provisorisches Mittagessen in der Kabine seines Trucks, wobei er sich die Ärmel aufrollte und den Birnensaft über seine Unterarme laufen ließ. Sein Telefon piepte; es war eine Textnachricht von Mack. *Wie ist es gelaufen?*

Darren war eigentlich nicht autorisiert, über die geheimen Beratungen der Grand Jury zu sprechen, und er wollte sich auch nicht noch mehr Ärger im Job einhandeln, indem er eine digitale Kontaktspur mit dem Angeklagten hinterließ. Stattdessen rief er seinen Onkel an in der Hoffnung, ihm eine harmlose Nachricht zu hinterlassen – die der dann an Mack übermitteln konnte –, doch er erwischte Clayton in einer Unterrichtspause. Er hörte das Plappern von Studenten im Hintergrund und das leise Schnaufen und Keuchen eines Mannes Ende sechzig, der den weitläufigen Campus überquerte. Naomi, die Witwe seines Bruders, hatte Clayton letztes Jahr zu Weihnachten einen Fitbit geschenkt. Jetzt ging er während seiner Vorlesungen zum Verfassungsrecht auf und ab, anstatt vom Podium aus Hof zu halten, und machte an jedem Tag, an dem es nicht regnete, einen Spaziergang. Naomi hat mir eine zweite Chance gegeben, sagte er mindestens einmal im Monat, ohne Rücksicht auf das Unbehagen, dass er bei Darren oder Naomis Kindern aus ihrer Ehe mit William, Claytons Nichte und Neffe, auslöste. »Ich wünschte, ich hätte früher von dir gehört«, sagte Clayton.

Seine Stimme ähnelte der seines Bruders so sehr – wohlklingend und ein bisschen rau –, dass sich Darren jedes Mal, wenn er mit Clayton sprach, einen kurzen, traurigen Moment in die Zeit zurückversetzt fühlte, als William noch am Leben war. Ihre verblüffende Ähnlichkeit machte den Verlust desjenigen, den er am liebsten um sich gehabt hätte, noch deutlicher, weckte einen Wunsch nach etwas, das für immer verloren war. Vermutlich erklärte das zum Teil Claytons Beziehung zu Naomi, die an einer ganz ähnlichen DNA festhielt.

»Ich habe Mama besucht«, sagte Darren.

Clayton ging nicht darauf ein. »Dann mal raus damit: Wie hat sich Vaughn geschlagen? Ich weiß, eine texanische Grand Jury ist ein Kinderspiel, aber sag mir bitte, dass sich der Mistkerl irgendeinen Patzer geleistet hat, irgendwas, das Mack den Allerwertesten rettet.«

Darren erzählte ihm die Wahrheit, dass es nicht gut aussah – die gestohlene 38er und all das – und er nicht wisse, ob er genug getan habe, nicht, nachdem ihn der Staatsanwalt dazu gebracht hatte, den Wortwechsel zwischen Ronnie Malvo und Mack an jenem Abend wiederzugeben. »Das hat vielleicht auf zwei von denen Eindruck gemacht«, sagte er und dachte an die beiden schwarzen Geschworenen.

»Du hast getan, was du konntest, mein Sohn, und ich bin stolz darauf. Jetzt ist es an der Zeit, die Marke abzugeben und zu gehen. Hast du mit dem Dekan in Chicago gesprochen? Ist es noch immer derselbe Kerl?«

»Den Job hat jetzt eine Frau.«, sagte Darren. Immerhin hatte er sich die Website angeschaut, die damals, als er sich bei der juristischen Fakultät beworben hatte, eine armselige kleine Seite mit einem Haufen Telefonnummern gewesen war, die man anrufen musste, um weitere Informationen zu erhalten. Heutzutage wurde erwartet, dass man die gesamte Bewerbung online machte, doch Darren hatte außer der Homepage keine weiteren Links angeklickt – jedenfalls nicht, solange er nüchtern war.

»Ganz egal, mein Sohn, du weißt, ich kann dir einen Platz als Student im dritten Jahr hier in Austin beschaffen. Du musst nur die Bewerbung ausfüllen. Du könntest bereits im neuen Jahr anfangen. Texas ist sowieso besser für dich und Lisa«, fügte er leise hinzu.

Sie haben also miteinander gesprochen, dachte Darren.

»Sie rufen ein neues Innocence Project an der juristischen Fakultät ins Leben, bei dem es vor allem um den Verdacht auf Polizeigewalt während Befragungen geht, und mit deinem Wissen über die Kultur der Strafverfolgung könntest du das in ein paar Jahren leiten. Du hast das Talent dazu, mein Sohn, und das Herz. Alles, was du vergeblich angestoßen hast, alles, was man dich nicht hat machen lassen, kannst du dort tun, mein Sohn, und die Leute beschützen. Das mit Mack sollte dir zeigen …«

»Ich habe schon ein paar Leute geschnappt, Pop. Ich habe gute Arbeit geleistet.«

»Zu wessen Wohl, Darren?«

Es war eine Diskussion, die sie schon Dutzende Male geführt hatten, öfter noch, wenn man die Jahre hinzuzählte, als William noch beteiligt war. Clayton vermied es aus strategischen Gründen, sie im Augenblick fortzusetzen. »Komm vorbei, wenn du in Houston mit allem fertig bist«, sagte er. »Naomi und ich machen was Schönes zum Abendessen. Ich führe dich in der Fakultät herum und stelle dich Kollegen vor, die für Leute wie uns etwas bewirken«, sagte er und ignorierte, wie so oft, das Kräftespiel der Klassen, das sein *uns* so kompliziert machte. »Lisa hat von einer möglichen Versetzung in die Niederlassung ihrer Firma in Austin gesprochen. Sie würde das für dich tun, Darren. Du kannst noch einmal von vorn anfangen, mein Sohn.«

Seine Mutter rief dreimal an, bevor er fünfzig Meilen zurückgelegt hatte, und irgendwann legte er das Telefon umgedreht auf den Sitz neben sich, weshalb er Gregs erste Textnachricht verpasste. Die zweite ploppte auf seinem Telefon hoch, als er ein paar Meilen vor Nacogdoches tankte. Drei Worte: *Check deine E-Mails*. Greg hatte Darren von seinem privaten Yahoo-Konto eine E-Mail geschickt, in der er das Wenige erläuterte, was er über *Wright, Michael und Dale, Melissa*, »Missy« genannt, hatte in Erfahrung bringen können. Nach mehreren Google-Recherchen und der uneingeschränkten Nutzung der vielen Datenbanken des FBI hatte Greg Folgendes herausgefunden: Michael Wright war fünfunddreißig Jahre alt und gebürtiger Texaner. Darren saß in seinem tuckernden Truck und las. Michael Wright war in Tyler geboren und hatte dort die Grundschule besucht, bevor er mit seiner Mutter und seinem Vater, beide verstorben, nach Chicago gezogen war. Er war verheiratet, jedoch laut der wenigen Zeugenaussagen, zu denen Greg Zugang hatte, allein gereist. Er hatte keine Vorstrafen, dafür Abschlüsse sowohl von der Purdue als auch der juristischen Fakultät der University of

Chicago und war in seiner Wahlheimat im Norden geblieben. Hier hatte Greg etwas in Klammern angefügt: *Kennst du ihn von der UC?* Doch Greg hatte sich verrechnet, weil Michael Wright noch in der Highschool gewesen sein musste, als Darren sein Studium an der juristischen Fakultät aufgenommen hatte. Aber die Ähnlichkeit ihres Werdegangs blieb ihm nicht verborgen. Es war wie ein plötzliches Wiedererkennen, eine Verbindung, die sofort da war. Auf dem beigefügten Foto – einem Porträt von Wrights Anwaltskanzlei – sah Michael hellhäutiger aus als Darren, dessen Hautfarbe nach ein paar Stunden in der Sonne die satte Farbe von Hickoryholz annahm, und er war eleganter gekleidet. Dennoch hatte er das Gefühl, Michael Wright zu kennen. Trotz des Altersunterschieds von mehreren Jahren hatten sie sich vielleicht an der UC kennengelernt und Geschichten darüber ausgetauscht, wie es war, als schwarze Jungs in Osttexas aufzuwachsen – hatten zusammen Bier getrunken und über Mädchen, Basketball und Verfassungsrecht geredet.

Man hat die Ehefrau verständigt.

Das war Gregs abschließende Bemerkung über Michael Wright, gemeinsam mit dem Namen seiner Frau, Randie Winston, und dem Hinweis, dass ihr Aufenthaltsort zum Zeitpunkt des Mordes noch ungeklärt war. Es gab kein Foto von ihr. Darren musste an Lisa denken – die karamellfarbene Haut, die mit Sommersprossen gesprenkelten Wangen, die weichen Locken, die in Form zu bringen hundert Dollar die Woche kostete. Jahrelang hatte sie in Sorge darüber gelebt, einen solchen Anruf zu bekommen, wie ihn Michael Wrights Frau gerade erhalten hatte.

Der Rest von Gregs E-Mail war ein weit weniger umfangreiches Dossier über Missy Dale. Eine Absolventin der Timpson Highschool; eineinhalb Semester eingeschrieben in Kosmetologie am Panola College; Kellnerin in Jeff's Juice House, einem Eishaus direkt an der 59 in Lark. Die Angaben zu ihrem Leben passten auf eine Postkarte. Die eine Sache, die von Interesse war, hätte Darren beinahe übersehen: Es war die Erwähnung ihrer Ehe mit Keith Avery Dale aus Lark, bei Timpson Timber Holdings angestellt und nach zweijährigem Aufenthalt wegen Drogenbesitzes mit Handelsabsicht im Walls Unit, dem Staatsgefängnis von Huntsville, frisch entlassen.

Greg hatte hinzugefügt: *ABT?*

Die Arische Bruderschaft von Texas war in einem texanischen Gefängnis gegründet worden, und über die Hälfte ihrer Mitglieder hielt sich beständig dort auf – was sie nicht daran hinderte, ihre kriminellen Machenschaften am Laufen zu halten. Das Gefängnis war sogar ihre Brutstätte: Neulinge wurden drinnen zu Fanatikern und kamen mit dem dringenden Wunsch wieder heraus, sich durch Mord einen Platz in der Bande zu erobern. Die Initiation der ABT verlangte eine schwarze Leiche, egal wen, Hauptsache, man häutete sie selbst. Gregs Hinweis, dass Keith Dale wenige Monate nach seinem Aufenthalt in einem texanischen Gefängnis in eine Stadt zurückkehrte, wo innerhalb eines Monats ein Schwarzer und Dales Frau starben, war Darren nicht entgangen. Es wurmte ihn, dass Greg bei seinem Anruf vorhin von einer möglichen Verbindung zur Bruderschaft bereits gewusst, jedoch gewartet hatte, bis Darren auf halbem Weg nach Shelby County war, bevor er damit herausrückte. Darren konnte, nur um ihn zu ärgern, noch immer umdrehen. Doch die Erwähnung der Bruderschaft stachelte ihn an. Bevor es ihm bewusst wurde, war er wieder auf dem Highway und mit fünfundachtzig Sachen unterwegs. Es wäre vernünftig gewesen, sich zuerst einmal zu fragen, ob ihn nicht sein Missfallen gegenüber den Rangern dazu brachte, sich blindlings in eine Sache zu stürzen, über die er kaum etwas wusste. Doch er tat es nicht – jedenfalls noch nicht.

Als er die Grenze von Shelby County passierte, nahm er seine Marke ab und warf den fünfzackigen Stern ins Handschuhfach.

Er stieß gegen einen halb leeren Flachmann Wild Turkey, den er ganz vergessen hatte, und der leise klirrte, ein Sirenenruf, den er für den Augenblick ignorierte. Ohne seine geliebte Marke fühlte er sich nackt, doch durch die Anonymität auch seltsam geschützt. Ohne den Stern würde er keine große Aufmerksamkeit auf sich ziehen und seine Anwesenheit dem Fußvolk der Bruderschaft im County, tollwütigen Hunden, die stets auf der Lauer lagen, nicht kundtun. Auch nach Houston, wo er stationiert war, würde nicht durchdringen, dass er ohne Erlaubnis seine Nase in Dinge steckte, an denen er wohl tatsächlich ein übermäßiges Interesse hatte, als Cop, als Texaner und als Mensch. Solange er den Rangerstern nicht trug, konnte man ihn an gar nichts hindern. Ohne die Marke war er lediglich ein Schwarzer, der allein über einen Highway fuhr.

Zweiter Teil

5

Die Messingglocke an der Eingangstür von Geneva Sweet's Sweets bimmelte leise, als Darren das Café betrat. Es war eine antike Schlittenschelle, die mit einem alten Stück Schleife an der Druckstange befestigt worden war, ein Karostoff in rot und leuchtendem Gelbgrün, dessen Ränder wie ein Wattebausch ausgefranst waren, und die jemand in einem besonders festlichen Dezember vor mindestens einem Jahrzehnt gebunden hatte. Weihnachten wurde im Geneva's anscheinend besonders gern gefeiert. Über der Tür, die zur Küche führte, hing eine Schnur mit bunten Glühbirnen und der Tresen war ebenfalls mit einer Lichtergirlande geschmückt, an deren Kabel an den Stellen, wo man es unter dem gewellten Furnier festgeklammert hatte, getrocknetes Ketchup und Barbecuesoße klebten. Die Kalender an der hinteren Wand neben der Küche waren alle bis zum letzten Monat des Jahres umgeblättert und zeigten Bilder von Weihnachtssternen, von Gebinden aus Kiefernzapfen und vom strahlenden Jesuskind, alle vergilbt von der Nachmittagssonne, die durch die großflächige Fensterfront hereinfiel. Darren hatte bereits zweimal Mahalia Jacksons »Silent Night« aus einer Jukebox gehört, die neben der Nische stand, wo er seit einer Stunde saß. Der ganze Laden war nur ungefähr siebzig Quadratmeter groß und lief für ein Café mitten im Nirgendwo ziemlich gut. Auf dem Schild von

Lark, an dem Darren beim Überqueren der County-Grenze vorbeigefahren war, hatte gestanden: EINWOHNERZAHL 178. Ein Bereich vom Geneva's war zu einem Friseursalon umgestaltet worden, eine Merkwürdigkeit in einem Raum voller Merkwürdigkeiten und wertlosem Plunder. Fünfzig Jahre alte texanische Nummernschilder, eine alte E-Gitarre, Reihen gehäkelter Babypuppen auf einem hohen Regal. Ein sommersprossiger Schwarzer mittleren Alters saß auf einem grünen Friseurstuhl und las in einem Comicheft.

Als Kind war Darren an solchen Orten gewesen. Mary's Market & Eats in Camilla, wo er Snow Cones gekauft und Gerichte mit gebratenem Seewolf geholt hatte, wenn seinen Onkeln der Sinn nicht nach Kochen stand. Das Rochelle's in Coldspring verkaufte Limonade, die so süß war, dass einem die Zähne wehtaten, und an manchen Sommertagen reichte die Schlange beinahe bis zum Gerichtsgebäude. Über Generationen hinweg hatten schwarze Frauen in Texas vier Wände hochgezogen, ein Lieblingsrezept zusammengemantscht und ihre Einnahmen gezählt, während von überall her Farbige kamen, nur um einen Ort zu haben, wo man sie willkommen hieß. Das Geneva's war ein Anachronismus, und Darren fragte sich, ob es solche Orte in zwanzig Jahren überhaupt noch gäbe. Vielleicht, dachte er, wenn das Essen so gut war wie hier.

Bis auf den Imbiss am Straßenrand hatte er noch nichts gegessen.

Er hatte seinen Teller mit Schwarzaugenbohnen und Ochsenschwanz zur Hälfte leergegessen, was er so langsam wie möglich tat, um den Platz am Fenster zu behalten, durch das er einen Blick auf die Umgebung warf. Soweit Darren das beurteilen konnte, war da nicht viel. Es gab das Café und auf der anderen Seite des Highways ein großes Haus mit einem Kuppeldach, das von einem weiß getünchten, makellosen Zaun umgeben war. Eine Viertelmeile nördlich, auf derselben Highwayseite wie das Geneva's, war er an einem altmodischen Eishaus vorbeigekommen, einer heruntergekommenen Kneipe mit einer Veranda auf drei Seiten des Flachbaus, dessen Holz verwittert und stellenweise schwarz und verrottet war. Die Wände waren mit Aluminium verkleidet, das in einem stumpfen Ocker gestrichen war, und auf einem Neonschild vor dem Gebäude stand JEFF'S JUICE HOUSE. Ihm fiel wieder ein, dass Greg es in seiner E-Mail erwähnt hatte.

Was die anderen Kleinode des Ortes betraf, so befanden sie sich entweder irgendwo in der Pampa oder an den schmalen Feldwegen, die wie tiefe Bachbetten aus roter Erde abseits des Highways lagen und sich zwischen Kiefern hindurch zu Häusern und Trailern schlängelten. Sich einen Überblick über Lark zu verschaffen, dauerte so lange wie einmal niesen. Darren war durchgefahren und hatte zweimal kehrtgemacht, bis ihm klar geworden war, dass es mehr nicht gab. Zwei Streifenwagen hatten vor dem Geneva's gestanden, als er in den Ort hineingefahren war, weshalb er zuerst dort gehalten hatte. Ein weißer Trucker war vom Highway heruntergefahren. Durch das Fenster konnte Darren die von Insekten verklebten Nummernschilder sehen: OHIO, DAS HERZ VON ALLEM. Der Mann stand zögernd am Eingang, wo er eine Baseballkappe von seinen verschwitzten Haaren zog und sich umsah, erschrocken angesichts des halben Dutzends schwarzer Gesichter, die seine Blicke erwiderten.

»Was kann ich Ihnen bringen?«, fragte Geneva.

»Ist das der einzige Truckstop hier in der Gegend?«

»Es gibt noch einen oben in Timpson, falls Sie es bis dorthin schaffen.«

Der Trucker warf einen Blick auf seinen Sattelschlepper, der den halben Parkplatz blockierte, und neben dem Genevas einzige Zapfsäule zwergenhaft aussah. Er zögerte.

»Sieht so aus, als könnten Sie was zu essen vertragen, also kommen Sie. Keine Sorge, Sie dürfen am Tresen sitzen.« Sie lächelte und zwinkerte Darren zu, als sie dessen Blick bemerkte. Er konnte nicht anders, als ihr Lächeln zu erwidern. Sie hatten nur ein paar Worte gewechselt, als er bestellt hatte, doch er hatte sie sofort gemocht. Der Trucker bestellte ein Schweinefleischsandwich zum Mitnehmen. Und Darren nutzte die Gelegenheit für eine Unterhaltung. Er setzte sich auf den letzten freien Hocker am Tresen, neben einem Schwarzen in den Sechzigern und einem jüngeren Kerl, der ein Hemd trug, auf dem TRANSWEST ALLIED TRUCKING stand.

»Entschuldigen Sie meine Neugier«, sagte Darren zu Geneva. »Aber Sie haben eine Menge Uniformierter hier. Alles in Ordnung?«

Der Mann in den Sechzigern pfiff leise vor sich hin und strich die Ränder seiner Zeitung glatt, sagte jedoch nichts. Geneva blickte von der Papiertüte auf, in die sie ein paar Erfrischungstücher legte. Sie verweigerte ebenfalls jeden Kommentar. Es war der junge Schwarze, der das Wort ergriff. »Man hat da hinten ein totes Mädchen gefunden«, sagte er und blickte von seinem Handy auf, um Darren kurz zu mustern. Dann, nachdem er zu dem Schluss gekommen war, dass Darren die ganze Geschichte verdiente, fügte er hinzu: »Ein weißes Mädchen.«

Der Trucker aus Ohio blickte auf. »Wie lange dauert's noch mit dem Sandwich?«

»Sie hat ein Baby, stimmt's, Geneva?«, sagte der jüngere Schwarze.

»Wer? Missy?«, fragte Genevas Koch, ein Mann mit weißer Schürze, der aus der Küche kam und ein mit weißem Papier umwickeltes Sandwich in der Hand hielt, an dessen Rändern Barbecuesoße herunterlief. Er legte das Sandwich in eine Papiertüte.

»Vier neunundneunzig«, sagte Geneva zu dem Trucker, während sie alles andere ignorierte.

Ohio legte einen Fünfer vor die Kasse und ging. Ein paar Sekunden später hörte Darren den Motor des Sattelschleppers aufheulen und der Trucker fuhr wieder auf den Highway. Geneva ignorierte Darren weiterhin und beschäftigte sich stattdessen mit einem Stapel Post auf einem aufgeklappten Sekretär an der Rückwand.

»Huxley, hast du irgendwelche Post zu verschicken?«

»Nicht heute«, sagte der ältere Mann.

Der Jüngere meldete sich zu Wort. »Ja, sie hat'n Baby, wie du gesagt hast.«

»Das reicht, Tim«, sagte Geneva. Sie stapelte die ausgehende Post fein säuberlich übereinander und wickelte ein orangefarbenes Haarband darum. Sie schien Darrens Blick bewusst zu meiden. Er gehörte nicht zu ihnen und war somit nicht berechtigt, eines der örtlichen Geheimnisse zu erfahren.

Verständlich.

Darren bezahlte sein Essen in bar und gab ein üppiges Trinkgeld.

Die Glocke hinter ihm läutete, als er das Lokal verließ und zu seinem Truck ging. Hinter dem Vordersitz lag eine marineblaue Reisetasche. Darin war Wechselwäsche, zweihundert Dollar in bar, zusätzliche Magazine für die Waffe, Dörrfleisch vom Hirsch, das ein Freund selbst geräuchert hatte, eine Haarbürste und eine Packung Zigaretten. Er rauchte nicht, doch er hatte gelernt, dass Leute weniger zu Fragen neigten, wenn ein Mann, der nur herumstand, eine Zigarette in der Hand hielt. Er fischte eine Camel aus dem Päckchen und ging um das Café herum auf die Rückseite. Hinter dem Geneva's befand sich ein circa hundert Meter langes Grundstück, auf dessen unebenem Boden Fingerhirse wuchs. Das Stückchen Land führte direkt zu dem mit Unkraut überwucherten Ufer des Attoyac Bayou, einem flachen, etwa drei Meter breiten Wasserlauf, der an manchen Stellen moosgrün und an anderen rostbraun wie ein alter Penny war, je nachdem, in welche Richtung sich die Bäume in der Sonne neigten. Nicht das kleinste Kräuseln war zu sehen, das Wasser war spiegelglatt wie gefärbtes Glas. Schwer zu sagen, wie tief der Bayou war oder welche Tiere darin lebten. Er dachte erneut an die Worte *Zustand der Leiche* und fragte sich, was sie zu bedeuten hatten, falls sich irgendeine Kreatur an Michael Wright gütlich getan haben sollte.

Bei dem Gedanken drehte es Darren den Magen um, und die Ochsenschwänze und Bohnen drohten ihm wieder hochzukommen. Er drehte den Kopf zur Seite, spuckte ins Gras und zwang sich, nicht zu würgen. Der trübe Bayou und der durchdringende, süßliche Geruch nach menschlicher Verwesung gaben Darren das Gefühl, gleich ohnmächtig zu werden. Er bedeckte Mund und Nase. Es brachte zwar nichts, hatte es noch nie, doch es war ein Reflex, gegen den man nicht ankam. Die Leiche war bereits zugedeckt worden, aber er wusste, dass es das Mädchen war. Es sein musste. Michael Wright lag auf dem Tisch eines Gerichtsmediziners in Dallas. Das hier war Missy Dale. Darren schätzte die Entfernung zwischen dem Ufer und dem Hintereingang des Cafés – wo Genevas Koch, der Mann mit der Schürze, im Türrahmen lehnte und ein Auge auf das Ganze hatte. Ein ziemlich großer Trailer stand außerdem dort draußen. Er war weiß mit grünen Zierleisten und viel größer als der seiner Mutter – vielleicht hatte er drei Zimmer.

Wer auch immer darin wohnte, hatte die Tote wahrscheinlich gefunden.

»Sagen Sie Geneva, sie soll dafür sorgen, dass sich die Leute von hier fernhalten «, sagte ein Mann in eng sitzender Hose mit einer Sheriffmarke an seinem weißen Hemd.

Er meinte damit Darren, der dem Tatort ein wenig zu nahe gekommen war. Darren wollte schon etwas erwidern, doch er besann sich eines Besseren, weil er hier draußen ein Niemand war.

Er hatte sein ganzes Berufsleben mit Kleinstadtsheriffs zu tun gehabt. Über die Hälfte der Rangerarbeit geschah im Dienste lokaler Gesetzeshüter, denen es an Ressourcen mangelte, um gründlich ermitteln zu können. Bei manchen waren die Ranger gern gesehen, speziell Darren, weil er als jemand galt, der ein besonderes Händchen im Umgang mit Verdächtigen und Zeugen dunkler Hautfarbe hatte; andere, wie der etwa eins siebzig große fassförmige Mann, den er jetzt vor sich hatte, beargwöhnten jeden Außenstehenden. Sie grollten den Rangern wegen allem, von den beträchtlichen staatlichen Zuwendungen bis zu ihrer Zuständigkeit über County-Grenzen hinweg und der andächtigen Bewunderung, zu der sie die Leute animierten.

Darren war es nur recht, den unbeteiligten Zaungast zu spielen. In dem Maße, wie es im Laufe des Tages kühler geworden war, hatte sich seine schlechte Laune gebessert. Er war müde, denn das schwere Essen spielte seinem Nervensystem Streiche. Er erlaubte sich ein paar Gedanken an zu Hause.

An den Ort in Camilla. Und an Houston, falls Lisa ihn zurücknehmen würde.

Er brauchte unbedingt einen Drink. Vielleicht dringender, als ein Geheimnis aufzuklären. Er konnte bis Sonnenuntergang hierbleiben, für Greg ein paar Fakten sammeln und anschließend nach Houston zurückfahren, wie er es Lieutenant Wilson versprochen hatte. Vielleicht lohnte sich die Einladung seines Onkels zum Abendessen und zu einer Führung durch die Universität in Austin ja doch. Vielleicht konnte es sich Darren nicht erlauben, das mit der juristischen Fakultät zurückzuweisen. Er konnte bereits den Bourbon schmecken, der auf ihn wartete, wenn dieser furchtbar lange Tag vorbei war. Er wäre seine Belohnung dafür, aufgeschlossen zu sein, was seine Zukunft betraf, etwas, das nicht einmal Lisa ihm übel nehmen konnte. Er spürte, wie er in Versuchung kam, klein beizugeben.

Er trat hinter eine unsichtbare Linie auf dem Boden zurück, nur einen knappen Meter von der Hintertür des Cafés entfernt, und der Sheriff nickte zustimmend.

»Haben Sie eine für mich?«, hörte er jemanden fragen.

Als Darren sich umwandte, stand eine vorzeitig gealterte schwarze Frau neben ihm. Sie war nicht größer als ein Mittelschüler, jedoch gekleidet wie ein älterer Mann, der gerade das Konzept fließender Geschlechtergrenzen entdeckt hatte. Offensichtlich hatte sie den Deputys bei der Arbeit zugesehen, als Darren ein Stück zurückgegangen war. Jetzt hatte sie ihre Hand ausgestreckt und zeigte auf seine Zigarette. Er hatte sie noch nicht angezündet, also reichte er sie ihr. Sie verzog das Gesicht, weshalb Darren in seine Tasche griff und für sie eine frische aus dem Päckchen zog. »Schon besser«, sagte sie. Sie bat nicht um ein Feuerzeug, sondern zog ein eigenes aus der Tasche. Es war ein kleines Plastikding mit einem tanzenden Krokodil auf der Vorderseite. Sie zündete ihre Zigarette an und machte Darren Zeichen, sich herunterzubeugen, damit sie ihm ebenfalls Feuer geben konnte. Sie beäugte ihn über die Flamme hinweg. »Wer sind Sie?«, fragte sie.

»Wie bitte?«

»Hab Sie hier noch nie gesehen.«

»Ich bin nur auf der Durchreise.«

»Da haben Sie sich ja den richtigen Tag für ausgesucht«, sagte sie und nickte zu dem düsteren Tatort.

»Das hab ich gemerkt«, sagte er. »Was ist passiert?«

Die Frau spuckte einen losen Tabakkrümel auf den Boden und strich sorgfältig die Seiten ihres Jacketts glatt, als müsste sie gleich die Zehn-Uhr-Nachrichten verlesen. »Eine Katastrophe, das ist passiert. Wissen Sie, zuerst war es einer, der letzte Woche hier durchgekommen ist. Am Mittwoch, hat Geneva, glaube ich, gesagt, und am Freitag taucht seine Leiche auf, und es heißt, er sei ertrunken. Und jetzt diese Kleine, der man weiß Gott was angetan hat«, sagte sie und zeigte auf den Leichnam, eine ungefähr eins fünfzig große Gestalt, die mit einer weißen Plastikplane zugedeckt war. Auf einer Seite schauten nasse blonde Haarsträhnen hervor.

»Michael Wright ist hier gewesen?«, fragte er.

Falls die Frau es seltsam fand, dass Darren der Name des Toten geläufig war, ließ sie es sich nicht anmerken. »Sie haben ihn weiter nördlich gefunden. Hinter dem Eishaus.«

»Aber er war hier, oder? Sie haben etwas über das Geneva's gesagt.«

»Wo soll ein Schwarzer in diesem Ort sonst hin?«

Darren nickte in Richtung Trailer. »Wer wohnt dort?«

»Geneva«, sagte die Frau und zog an ihrer Zigarette. »Manchmal vermietet sie eins der Zimmer, weil es bis zum nächsten Motel sechs Meilen sind, und sie bewahrt Vorräte dort auf und ein paar von Joes Sachen, von damals, als er noch auf Tournee ging.«

»Joe?«

»Erzählen Sie bloß keinem hier, dass Sie noch nie was von Joe Sweet gehört haben.«

Im selben Moment fiel ein Schatten auf ihr Gesicht, und Darren spürte, dass jemand hinter ihm stand und bemerkte den Geruch von Aqua Velva Aftershave und Vitalis Haarwasser. Als er sich umdrehte, sah er einen groß gewachsenen Weißen, der sich zu ihnen gesellt hatte. Mit Stiefeln war er über eins neunzig, hatte einen großen Kopf und schwarze Haare, die er zu einer dünnen Tolle gelegt hatte, und deren Schläfen langsam grau wurden. In der Hand hielt er eine Zigarette und er hatte ein falsches Lächeln aufgesetzt, das jedoch nicht seine perverse Erregung über die grausamen Geschehnisse in dem kleinen Ort verbergen konnte. »Sieht so aus, als hätten wir hier einen Serienmörder«, sagte er und schnippte die Asche ab. Er trug einen Ehering mit einem Diamanten, der größer als der an Lisas Ring war. Er schielte kurz zu Darren hinüber, und als er nichts Interessantes entdecken konnte, schaute er wieder zu den Deputys.

»Wer hat je von einem schwarzen Serienmörder gehört?«, fragte die Frau.

»Sie glauben also, der Mörder ist schwarz?«

»Glauben Sie das etwa nicht?« Sie zog an der Zigarette, die bis zum Filter herunterbrannte.

»Ein weißes Mädchen wird einen Steinwurf vom schwärzesten Ort in Shelby County angeschwemmt. Was denken Sie also?«

»Ich denke, das erklärt, weshalb der Sheriff sofort hier war.«

»Das Mädchen ist von hier, Wendy. Das ist was anderes.«

»Das Mädchen ist weiß. Deshalb ist es was anderes.«

Geneva beobachtete sie von ihrer Hintertür aus, wo sie neben dem Koch stand, der die Arme vor seiner fleckigen Schürze verschränkt und einen gereizten Zug um die zusammengepressten Lippen hatte, während er den Sheriff und seine Männer beobachtete. Die Deputys machten sich Notizen. Während sie schrieben, warfen sie hin und wieder einen Blick in Richtung Café. Darren hatte den Gesichtsausdruck des Kochs schon bei anderen Schwarzen gesehen: eine erschöpfte Ungeduld, dass es doch hoffentlich bald vorbei sein möge – das Abtasten, die Belehrung, die Fragen, der unvermeidliche Augenblick im Scheinwerferlicht. Was, wie man wusste, jedes Mal passierte.

Und tatsächlich kam der Sheriff dann auch zu ihnen, wobei er zuerst dem Weißen zunickte, der neben Wendy stand. »Wally, Sie müssen uns hier unsere Arbeit machen lassen.«

»Na klar, Parker«, sagte Wally.

Die Männer redeten sich mit Vornamen an und die Unterwürfigkeit schien genau auf der falschen Seite zu sein. Darren fand es unpassend, dass der Sheriff wie ein nervöser Schuljunge den Kopf in den Nacken legte, um festzustellen, ob er Wally nicht auf die Zehen trat. Der Sheriff nickte in Richtung Café.

»Geneva«, sagte er.

Sie nickte knapp. »Sheriff van Horn.«

»Machen Sie mir so bald wie möglich eine Liste, solange Ihre Erinnerung noch frisch ist. Von denen, die gestern Abend hier waren … und von denen, die Sie nicht kannten, geben Sie einfach eine Beschreibung. Aber wir brauchen diese Liste sofort.«

Wendy meldete sich zu Wort. »Ach ja, jeder weiß, dass Missy gestern Abend aus Wallys Eishaus gekommen ist.«

»Wir wissen im Augenblick noch gar nichts.«

»Wendy, geh und lass die Männer ihre Arbeit machen«, sagte Geneva. »Je schneller sie das Mädchen von hier wegbringen, desto besser für uns alle. Haben Sie ihre Eltern angerufen, Sheriff?«, fragte sie leise. »Sie hat einen Sohn, wissen Sie?«

»Ich weiß.« Sheriff van Horn seufzte und strich sich mit der Hand durch sein schütter werdendes Haar. Er musste in seinen Fünfzigern sein, untersetzt und gebaut wie ein alternder Baseballspieler, mit Stiernacken und breitem Rücken. »Ihre Familie lebt in Timpson, ich habe meine Männer damit beauftragt, sie zu informieren. Keith hat das Sägewerk verlassen, sobald er es erfahren hat. Jemand muss den Leichnam identifizieren, also …«

Geneva zuckte leicht zusammen, doch ihre Stimme klang fest. »Sie ist es.«

»Jemand von der Familie, Ma'am. Wir brauchen eine Identifizierung durch die Familie.«

»Natürlich.« Geneva nickte, ihr Kopf wirkte so schwer, als trüge sie Treibholz im Nacken, und Darren wusste augenblicklich, dass sie es gewesen war, die Melissa gefunden hatte. Van Horn ging wieder an die Arbeit, was mit einschloss, sich um den Gerichtsmediziner zu kümmern, der gerade in seinem Van angekommen und hupend hinters Gebäude gefahren war, um die Deputys beiseitezuscheuchen, während er über den unebenen Grund holperte. Wally betrachtete die makabre Szene, die sich vor ihren

Augen abspielte, drehte sich dann um und ging in Richtung Café. »Tut mir schrecklich leid, Geneva, wirklich. Die Sorte Ärger brauchst du wirklich nicht«, sagte er wie als Anspielung darauf, dass es sowieso welchen gab, sie jedoch nichts dafür konnte. »Ich werde dich beschützen, wenn ich kann.«

Er ging auf die Hintertür zu.

Geneva hob eine Hand, damit er stehen blieb. »Nein, du gehst nicht durch die Hintertür, als würde dir der Laden gehören«, sagte sie. »Du gehst außenherum zum Vordereingang wie jeder andere auch. Mir ist egal, wer dein Daddy war.«

6

Darren betrat das Café durch den Vordereingang ein paar Schritte hinter Wally, der zum einzigen freien Platz am Tresen ging. Allerdings setzte dieser sich nicht, sondern stand da wie ein Bär, der Futter witterte. Seine Körperhaltung hatte etwas Besitzergreifendes, die Füße mit den Straußenlederstiefeln breitbeinig auf den Linoleumboden gepflanzt, während seine kräftigen Hände mit den Leberflecken den Tresen umklammerten. Tim, der junge Trucker, ging so weit wie möglich auf Distanz zu ihm, indem er sich von seinem Hocker gleiten ließ und in eine Nische am Fenster setzte. Huxley, der alte Mann, der jetzt allein dasaß, beäugte Wally über seine Lesebrille hinweg. Geneva, der Wally nicht einmal ein Nicken schenkte, stellte eine leere Kaffeetasse vor ihn hin und goss ihm aus einer Kanne mit orangefarbenem Deckel ein, die neben der gewölbten Glasvitrine mit den Backwaren stand, eckigen Rosinenbrötchen und Teigtaschen wie die, für die Darren als Kind um Fünf-Cent-Stücke gebettelt hatte. Wally dankte ihr für den Kaffee, und Geneva nickte ihm kurz, aber nicht unfreundlich zu. Darren war vom Umgang der beiden miteinander fasziniert. Als Wally nach seinem Geld griff, um zu zahlen, hielt Geneva bereits das Wechselgeld für den Zwanziger bereit, den er aus seiner silbernen Geldklammer zog. Es gab da eine alte Vertrautheit, die jedoch ziemlich reserviert war.

Wallace Jefferson III., wie Darren herausfinden sollte, gehörte das seltsame Backsteingebäude auf der anderen Straßenseite, von dessen Wohnzimmer aus man einen Blick auf Geneva Sweet's Sweets hatte. »Eine echte Schande, das Ganze«, sagte Wally mit rauer Raucherstimme. »Über den Highway kommt alles mögliche Gesindel hierher. Van Horn und seine Männer finden das bestimmt verdächtig, dass dieses Mädel hinter deinem Laden gefunden wurde. Du hast hier Kontakt zu 'ner Menge Leute, Trucker von Chicago und Detroit hoch im Norden bis zu welchen aus Laredo. Jeder von ihnen könnte was damit zu tun haben. Es heißt, Missy sei vielleicht vergewaltigt worden.«

»Haben Sie ein Telefon, das ich benutzen kann?«, fragte Darren.

»Was ist mit dem in Ihrer Hand?«, fragte Geneva mit einem Nicken zu seinem Handy. Ihre Freundlichkeit von vorhin, als sie das Essen serviert hatte, war verschwunden. Sie sah ihn jetzt an, als verstünde sie nicht, weshalb er noch immer hier war. Er hatte gegessen und bezahlt und war mit niemandem hier verwandt oder befreundet. Sie war damit beschäftigt, Salz- und Pfefferstreuer aufzufüllen, und das in einer düsteren Stimmung, die sie unverhofft wie eine Sturmflut getroffen hatte.

»Der Akku ist leer«, erwiderte er.

»Irgendwann sind die Akkus von unseren Gehirnen auch leer, wenn man zu viel mit den Dingern rumhantiert«, sagte Wendy, die gerade aus der Küche kam. Offensichtlich war sie Geneva durch die Hintertür gefolgt. Sie ließ sich seufzend auf einen Kunstlederstuhl mit gerader Lehne sinken, der in einer Ecke hinterm Tresen stand. Geneva zeigte mit einem Pfefferstreuer auf ein Münztelefon in einer Ecke hinter einem Plastikvorhang, auf den Enten aufgedruckt waren. Darren dankte ihr und durchquerte den Raum, wobei er zweimal »Entschuldigung« sagen musste, bevor Tim seine Beine anzog, die er aus der Nische gestreckt hatte. Tim hatte anscheinend beschlossen, sich Genevas Spielchen anzuschließen und ihm ebenfalls die kalte Schulter zu zeigen. Weshalb er sich Zeit damit ließ, Darren vorbeizulassen.

Wie Darren vermutet hatte, lag auf einem schmalen Holzbrett hinter dem Vorhang ein Telefonbuch von Timpson und Umgebung – so dünn wie ein Grundschuljahrbuch. Besser zufällig auf das Telefonbuch stoßen als den ganzen Laden darauf aufmerksam zu machen, dass er jemanden suchte. Er blätterte es durch auf der Suche nach Keith Dale, Missy Dales Ehemann und ehemaliger Insasse des Texas State Penitentiary in Huntsville, Tummelplatz der Arischen Bruderschaft von Texas. Es war nur eine vage Spur in einem Doppelmord, zu vage, um einen Durchsuchungsbefehl zu rechtfertigen. Ohne Marke konnte er hier nicht viel ausrichten und er stellte fest, dass er ihre Macht vermisste.

Er dachte an das erste Mal, als er eine aus der Nähe gesehen hatte.

Darren war zwölf gewesen, als William Mathews zu einem der ersten schwarzen Texas Ranger in der beinahe zweihundertjährigen Geschichte des Departments ernannt wurde. Er hatte mit den Gatney-Jungs von nebenan mit Wasserspritzpistolen gespielt, als der Onkel eines Tages in seinem blauen GM Pick-up vorgefahren war und ihn zu sich gewinkt hatte. Er sollte ein paar Fallakten aus dem Sheriffbüro im benachbarten Shepherd abholen.

Komm, fahr mit, mein Sohn.

Darrens feuchte Beine klebten auf dem Plastiksitz in der Fahrerkabine. Er starrte die ganze Zeit auf die Waffe, die Pop an seiner Seite trug, eine Kaliber 357 mit einem Griff aus poliertem Walnussholz, auf dem sich ein Sonnenstrahl spiegelte, der durch das Beifahrerfenster fiel, als sie durch den südlichen Teil des Countys fuhren. William, der frisch verheiratet und dabei war, mit Naomi in Houston eine Familie zu gründen, war in Huntsville stationiert. Clayton, der seit der Grundschule in Naomi verliebt gewesen war, hatte sie jahrelang heftig umworben, sie aber an seinen Zwillingsbruder verloren, während er auf der juristischen Fakultät war. Es tut mir leid, Clay, hatte Naomi gesagt, als sie und William ihre Verlobung bekanntgegeben hatten. Von da an hatte Clayton nicht mehr mit William gesprochen und ihn sogar aus ihrem gemeinsamen Geburtshaus in Camilla verbannt.

Sie lauschten einem John-Lee-Hooker-Song im Autoradio und William versprach ihm eine eiskalte Cola aus dem Laden im Ort. Darren war stolz, anderen Kindern im Vorbeifahren zuzuwinken, die keinen Ranger als Onkel hatten. Doch er wurde sichtlich angespannt, als sie am Highway-Schild von Shepherd vorbeikamen: EINWOHNERZAHL 1674. Sein Leben lang hatte man ihm eingebläut, die Ortschaft zu meiden, die, solange sich seine Onkel erinnern konnten, eine Klanhochburg im County gewesen war. Man hatte Darren eingeschärft, nie mit dem Fahrrad auf einer der Straßen zu fahren, die nach Shepherd führten.

Aber mit der Marke änderte sich das.

Die weißen Deputys vor Ort mussten zweimal hingucken, als William die Dienststelle betrat. Und sie erwiesen ihm einen solchen Respekt, wie Darren ihn noch nie von Weißen erlebt hatte. Ihnen blieb nichts anderes übrig: William hatte einen höheren Rang als sie alle. Bis zum heutigen Tag glaubte Darren, dass ihn sein Onkel auf diese Fahrt mitgenommen hatte, um ihm die Macht der Rangermarke zu demonstrieren. William ging schon damals davon aus, dass er den Kampf um die juristische Fakultät für Darren gewinnen würde, wie er auch den Kampf um Naomi gewonnen hatte.

Darren hörte Tim sagen: »Wir lassen uns das auf keinen Fall anhängen.«

»Wer ist *wir*, mein Sohn?«, fragte Wally. »Du bist doch'n Junge aus Houston, oder?«

»Lass das mit dem Jungen.«

»Ihr seid vielleicht empfindlich«, sagte Wally und betrachtete nacheinander das halbe Dutzend Schwarzer im Café. »Genau davor hat van Horn Angst, dass einer von euch hier auf die Idee kommt, dass irgendwas an der Sache mit dem Kerl, der ertrunken ist, faul ist …«

»Du meinst den, der ermordet wurde«, sagte Geneva.

»Dafür gibt's nicht den geringsten Beweis, das weißt du genau.«

»Wir wissen gar nichts. Man erzählt uns ja nichts.«

Darren fand eine Adresse von Keith Dale, doch ohne Durchsuchungsbefehl gab es keine legale Möglichkeit, in die Wohnung des Mannes zu gelangen. Ein Schwarzer, der ohne Marke herumschnüffelte, würde sofort bezichtigt, einen Einbruch zu planen. Erneut fragte er sich, ob es richtig gewesen war, hierherzukommen. Was zum Henker glaubte er hier ausrichten zu können? Er war suspendiert, Herrgott noch mal. Ohne die Marke war er ein Niemand. *Fahr nach Hause.*

Doch der Durst zerrte ebenfalls an ihm. Es war bald fünf Uhr und er war sich nicht sicher, ob er es ohne einen kleinen Schluck, um die Anspannung zu lindern, bis Houston schaffen würde. Ein Drink, höchstens zwei.

»So was hatten wir hier nicht mehr, seit Joe gestorben ist«, sagte Huxley.

»Welchen von beiden meinst du?«, erwiderte Tim.

»Das reicht, Tim«, warf Geneva ein.

»So 'n Verbrechen«, sagte Wally, »halten ein paar Leute bestimmt für 'ne gute Gelegenheit, dich hier rauszudrängen. Sag mir, wenn du reden willst. Mein Angebot steht noch. Ich sorge dafür, dass du weiter dran teilhast.«

»Wenn ich dir den Laden verkaufen wollte, hätte ich das längst getan.«

Darren unterbrach sie, indem er sich zwischen Huxley und Wally schob, Ellbogen auf den Tresen gestützt. Er versuchte, Augenkontakt zu Geneva herzustellen, bevor er ging; seine Erziehung verlangte das, für ihre Zeit und das Essen. Wenn sie außerdem eine Kundenliste der letzten Tage anfertigen sollte, wollte er als völlig harmlos gelten. Für einen Mann, der ohne Kenntnis seiner Vorgesetzten unterwegs war, hatte er schon mehr Aufmerksamkeit auf sich gezogen als geplant.

»Danke, Ma'am.«

Geneva erwiderte nichts.

»Ich habe Laura gesagt, ich würde ihr was mitbringen«, sagte Wally.

»Wir haben Pfirsich und Apfelkraut.« Geneva zeigte auf die Teigtaschen in der Vitrine. »Wie viele willst du?«

»Vier von denen mit Pfirsich und zwei mit Apfelkraut.«

Sie schob den schweren Glasdeckel der Kuchenvitrine zurück. »Die mit dem Apfelkraut sind ein Experiment. Dafür berechne ich dir nichts.«

Wieder hielt Geneva das Wechselgeld bereit, bevor Wally einen weiteren Zwanziger hervorholen konnte – offenbar sein bevorzugtes Zahlungsmittel, egal wie hoch die Rechnung war. Darren fragte sich, ob er einen Haufen unbenutzter Fünfer und Zehner in der Kabine seines Siebzigtausend-Dollar-Trucks hortete, an dessen Windschutzscheibe noch immer die Schilder des Händlers klebten, und den er einen Steinwurf vom Eingang von Genevas Café abgestellt hatte. Als Darren draußen war, ging er an Wallys schwarzem Ford F-250 vorbei, der so auf Hochglanz poliert war, dass er sein müdes Gesicht darin sehen konnte. Es war ein langer Tag gewesen, den er mit einem gerechten Zorn begonnen hatte. Er kletterte in seinen neun Jahre alten Chevy, ließ den Motor an und fuhr auf dem Highway 59 in Richtung Eishaus. Das Mädchen, Missy Dale, hatte dort gearbeitet, weshalb sich Darren einreden konnte, hier draußen etwas Gutes zu tun, wenn er weiter Steine umdrehte.

7

Er achtete darauf, Lisa vor seinem ersten Drink anzurufen.

Er saß in seinem Truck auf dem Parkplatz des Eishauses, und die Wärme der untergehenden Sonne fiel durch die Heckscheibe in die Chevy-Kabine. Morgen würde er neu anfangen. Das waren die Worte, die er seiner Frau sagen wollte. Er übte sie, während das Telefon an seinem Ohr trillerte, und er sich nicht sicher war, ob sie überhaupt rangehen würde. Sie war noch immer bei der Arbeit, was als Vorwand genügte, um ihn zu ignorieren. Doch Darren wusste, dass Clayton Lisa in dem Moment angerufen hatte, in dem er das Telefonat mit ihm heute Morgen beendet hatte, um ihr von dem Gespräch zu berichten. *Er ist so weit.* Darren musste es nur aussprechen. Ihre Beziehung war von Anfang an so gewesen – eine gerade Linie zwischen zwei Personen, die häufig zu einem Dreieck wurde, wenn sich sein Onkel Clayton einschaltete. Er war mit Lisa fast von dem Moment an einverstanden gewesen, als Darren sie zum ersten Mal mit seinem gebrauchten Toyota Tercel den ganzen Weg nach Camilla gefahren und ihre Hand gehalten hatte, sobald der Wagen im fünften Gang war. Darren hatte gewollt, dass Lisa genau erfuhr, wer er war: Ein Junge vom Land, der im Schatten von Kiefern aufgewachsen war, nie ein Pferd besessen hatte, aber jedes, das man ihm überließ, reiten konnte; ein Junge, der mit seiner Cousine Rebecca jedes

Jahr an Weihnachten auf der hinteren Veranda Red Mud Pies zubereitet hatte; ein Junge, der Jahre vor dem Stimmbruch ein Gewehr vom Kaliber zwölf abgefeuert hatte. Lisas Eltern besaßen ein zweites Haus in Santa Fe; Darrens Familie hatte ihr altes Haus in Camilla und er war stolz wie die wilden Pfaue, die an der Grundstücksgrenze entlangstreiften, das seiner Freundin zeigen zu können. Lisa lächelte und aß von einem Hausschwein, was sie vorher nicht kannte, wischte Erde vom Sitz einer grünen Veranda-bank aus Metall, bevor sie sich zum Essen hinsetzte, und er liebte sie dafür, wie viel Mühe sie sich gab, wobei er irrtümlicherweise glaubte, in ihr eine Leidenschaft fürs Landleben entfachen zu können. Jahre später lachte sie, wenn er vorschlug, eines Tages dorthin zu ziehen. Clayton, der von Austin gekommen war, wo er sich während der Herbst- und Frühjahrssemester aufhielt, fand, dass Lisa perfekt zu Darren passte. Und wenn es irgendwelche Zweifel auf dem mühsamen Weg zu Lisas und Darrens Hochzeit gegeben hatte – den Jahren, die sie an weit voneinander entfern-ten Universitäten verbracht hatten –, war Clayton stets da gewe-sen, um Darren zu sagen, dass er da durch müsse. *So ein Mädchen findest du nicht noch einmal.* Was Darren als Kompliment für Lisa verstand, jedoch auch als leisen Zweifel an seiner Eignung als Ehe-mann. Er glaubte ebenfalls, dass er niemals wieder jemanden fände, der ihn so lieben würde wie Lisa es tat.

»Darren«, sagte sie, als sie ranging.

Es klang wie ein Seufzen, doch eher erleichtert als gereizt. Er hörte etwas gegen das Telefon klicken, dann herrschte einen Au-genblick Stille und er wusste, sie hatte ihren Ohrring abgenom-men. Sie war bereit, mit ihm zu reden, eine Tatsache, bei der ihm das Herz aufging. »Ich vermisse dich«, sagte er, die Worte kamen wie von selbst, wie Perlen, die ihm aus ungeschickten Fingern glitten und sich überall verteilten. In der Stille, die folgte, schie-nen sie beide den Atem anzuhalten.

»Komm nach Hause«, sagte sie.

Es klang so selbstverständlich, dass er sich nicht sicher war, was er sagen sollte, ob er dem Frieden trauen konnte.

»Es war nicht richtig, dich darum zu bitten, für Mack weniger zu tun, als du für jeden anderen getan hättest. Es ist dein Job«, sagte sie. Es klang mehr nach einem Vorwurf als nach einem Zugeständnis. »Ich hatte einfach Angst. Ich habe noch immer Angst. Ich will dich nicht verlieren.« Was nicht stimmte, wie er in diesen letzten Wochen, in denen sie getrennt waren, festgestellt hatte. Was Lisa nicht wollte, war, ihn zu teilen – mit seinem Job, mit mitternächtlichen Anrufen, mit dem gesamten Staat Texas, mit Fremden, denen er seine Loyalität geschworen hatte.

Er wusste, dass er sie dafür nicht noch mehr lieben sollte – für diese Kleinmütigkeit, einen Teil von ihm ganz allein für sich haben zu wollen –, aber er tat es. »Wenn dir etwas zustoßen würde …«, sagte Lisa, unfähig, den Satz zu beenden.

»Es ist mein Job«, sagte er und wiederholte damit ihre Worte.

»Ich war zu streng. Das weiß ich.«

Ein Teil von ihm wusste, dass sie das nur sagte, weil sie glaubte, er wäre mit den Rangern fertig, doch es war ihm egal. Er hatte wochenlang darauf gewartet, diese Worte zu hören, wäre vielleicht sogar bereit gewesen, seine Marke dafür einzutauschen. »Ich liebe dich, Lisa.«

Sie war nicht die einzige Frau, mit der er zusammen gewesen war, er war jahrelang ein sexhungriger College-Student gewesen, mit einer Freundin, die über tausend Meilen entfernt war; es waren Dinge geschehen, über die sie in gegenseitigem Einvernehmen nicht redeten –, doch sie war die einzige Frau, die er je geliebt hatte. Es schadete auch nicht, dass Clayton sie ebenfalls vergötterte.

Es war ihm peinlich, wie viel ihm das bedeutete.

»Das Trinken gefällt mir nicht«, sagte sie, bereit, Zugeständnisse zu machen.

»Das habe ich unter Kontrolle«, sagte er, während er auf dem Parkplatz einer Bar stand.

Er würde sich nur kurz umsehen, um des eigenen Seelenfriedens willen, bevor er dieses Provinzkaff wieder verließ. Und man konnte nicht guten Gewissens in eine Bar gehen und nichts trinken. Er brauchte zumindest eine Requisite. Ein Bourbon war für ihn wie die Zigarette in Genevas Hinterhof, nur dass er diesmal inhalieren würde.

»Ich muss hier noch was erledigen.«

»Wo bist du?«

»Ich tue Greg einen kleinen Gefallen.«

»Greg«, sagte sie, und die einzelne Silbe klang hart wie Stein.

Darren wollte nicht wissen, was der eisige Tonfall zu bedeuten hatte. Dafür war er seinem Zuhause viel zu nahe. Er legte seine Pläne dar: Er würde morgen seine Marke abgeben, wie von Lieutenant Wilson erwartet, und sie würden abwarten, was als Nächstes geschah, ob Mack angeklagt würde oder nicht, und was das für Darren bedeutete. Lisa sagte kein Wort über die juristische Fakultät, nichts, was über den morgigen Tag hinausging, und er liebte sie dafür.

»Ich liebe dich auch«, sagte sie.

Er fühlte sich so gut, dass er kurz überlegte, das mit der Bar sein zu lassen und gleich aufzubrechen. Der Highway 59 führte schnurgerade nach Houston. Er könnte rechtzeitig zu einer der Sendungen, die Lisa gern sah, dort sein – *Scandal* oder *Real Housewives of Somewhere* oder was auch immer. Aber nein: Auf ihn wartete ein Drink.

Er hatte in seinem Leben schon eine Menge Spelunken gesehen, war im zweiten Studienjahr in den Captain eines Drillteams verknallt gewesen – bevor es mit ihm und Lisa ernst wurde – und hatte fast jedes Wochenende jenes Herbstsemesters Benzin verbraucht, um zu einem Tanzschuppen in Victoria beinahe zwei Stunden vor der Stadt zu fahren, wo Kids trinken konnten, ohne dass irgendjemand Fragen stellte. Er hatte nie den Two Step gelernt oder mehr als einen Kuss auf die Wange von dem Mädchen bekommen, das zu ihm sagte, er sei süß, aber dass ihr Daddy sie umbringen würde, wenn sie mit einem Schwarzen nach Hause käme. Doch die Weißen an seiner Highschool waren entspannt gewesen. Er durfte an ihrem Tisch sitzen und sie luden ihn sogar auf ein oder zwei Bier ein. Es waren die anderen, die ein Problem darstellten. Die Frauen, die mit den Augen rollten, wenn er ihnen auf der Tanzfläche zu nahe kam; die Männer, die ihn jedes Mal, wenn sie an ihm vorbeikamen, einen Schubs gaben und dabei so laut *Nigger* oder *Coon* murmelten, dass er es mitbekam; die stechenden Blicke, die man ihm unter Schirmen von Baseballmützen und Krempen von Cowboyhüten zuwarf. Dieselben Blicke spürte er jetzt, als er Jeff's Juice House betrat.

Ein Pool-Spiel war im Gange.

Zumindest war es das gewesen, bevor Darren hereingekommen war.

Bis zum letzten Mann standen die Spieler, die alle grasbefleckte Wrangler trugen – einer hatte ein T-Shirt mit *Cruz for President 2016* darauf an –, reglos mit den Queues in der Hand um den Billardtisch herum und beäugten den Schwarzen, der gerade über die Kneipenschwelle getreten war. Die Einrichtung des Eishauses erinnerte an ein überdimensioniertes Spielzimmer, mit einer Station für Poolbillard, zwei Flippern, einer Dartscheibe und einer Jukebox, die, anders als das alte Ding im Geneva's, CDs spielte. Countrymusik natürlich. George Strait sang »Easy come, girl, easy go.« Überall hing die Konföderierten-Flagge, war neben Highway-Schildern und Konzertpostern von Luke Bryan und Lady Antebellum in Houston und Dallas an die Wand gepinnt. Es war eine hauptsächlich männliche Klientel, und es gab eine vollbusige Barkeeperin. Sie sah aus, als wäre sie über vierzig, hatte dünnes, mattbraunes Haar und ein hübsches Gesicht, das entweder von einer Akne-Spätphase oder von Meth gezeichnet war.

Er ging zum Tresen und bestellte einen Bourbon, pur, und sie verschwendete keine Zeit, die Feindseligkeit, die ihm von allen Seiten entgegenschlug, in Worte zu fassen.

»Hab'n Sie sich verlaufen?«, fragte sie.

»Überhaupt nicht«, sagte er und hob die linke Hüfte, als er sich auf den Barhocker setzte, damit man das Holster mit seiner 45er sah. Die Barkeeperin registrierte es mit finsterem Blick. Darren beobachtete sie dabei, wie sie einschenkte und darauf achtete, dass es ja nicht zu viel war. Als sie ihm den Drink hinschob, hob er das Glas und sagte: »Auf das offene Tragen von Waffen.« Er legte einen Zwanziger auf den Tresen, um zu signalisieren, dass er eine Weile bleiben würde, drehte sich dann um und suchte sich weiter hinten einen Platz.

Ein zweites Mädchen war im Dienst, eine Kellnerin in abgeschnittenen Jeans und einem eng anliegenden T-Shirt mit Jeff's-Juice-House-Aufdruck, der gleichen Uniform, die Missy am Vorabend während ihrer Schicht getragen haben musste. Er warf einen Blick auf die anwesenden Männer, die zwischen neunzehn und fünfzig waren, und nahm die angriffslustige Energie im Raum wahr, den Geruch nach Zigaretten und Schweiß und die Bilder der Titten und Ärsche, die überall an den Wänden hingen. Brüste auf Motorrädern, auf der Motorhaube einer Corvette. Überall waren Fotos von fast nackten Mädchen. Womöglich war keine Frau sicher, die in diesem Kaff allein wegging. Das musste berücksichtigt werden, würde er Greg sagen, der mit einer Kopie der Obduktionsberichte viel mehr für Michael Wright und Melissa Dale tun konnte als Darren, indem er hier Staub aufwirbelte. Er lehnte sich zurück und ließ den Bourbon wirken, der ihm wie warme Butter durch die Adern lief und ihn entspannte. Hinter ihm öffnete sich eine Toilettentür und er war nicht nur völlig überrascht, dass das Eishaus tatsächlich eine Damentoilette hatte, sondern auch, dass eine Frau herauskam, die schwarz war.

Sie wischte sich ein paar Wassertropfen aus dem Gesicht. Ein paar davon sahen auf dem cremefarbenen Mantel, den sie trug, karamellfarben aus. Es war nicht das passende Kleidungsstück für diesen Ort. Sie war ganz grau im Gesicht und presste eine teuer aussehende Handtasche an sich, als sie zwischen den klebrigen Tischen hindurchging, ohne jemanden anzuschauen, auch nicht Darren, der einen Moment lang seinen Blick nicht von ihr abwenden konnte. Ganz selten in seiner Laufbahn als Cop hatte er eine solche Gewissheit verspürt wie in diesem Moment.

Man hat die Ehefrau verständigt.

Sie saß allein an einem Tisch auf der anderen Seite, redete mit niemandem, sondern sah sich nur um – die Konföderiertenflaggen, die weißen Männer, die sich in ihrer Gegenwart gegenseitig anstießen, die Teller, auf denen Schweinefleisch, Bohnen und Toast in der Größe von Lehrbüchern aufgehäuft waren –, als versuchte sie, in einem fremden Land die Verkehrszeichen zu entziffern, ohne zu wissen, wo sie sich befand und wie sie dort hingekommen war. Ohne darüber nachzudenken, stand Darren auf. Erst als er ihren Tisch erreicht hatte und sie nicht erleichtert, sondern verwirrt zu ihm aufblickte, fiel ihm wieder ein, dass er keine Marke trug und hier eine unbedeutende Rolle spielte. »Alles in Ordnung?«, fragte er. Ihre Antwort ging im Lärm der Musik, der Elektronikspiele und der beiden Fernseher, die *Monday Night Football* übertrugen, unter. Er setzte sich ihr gegenüber und sah, wie sie zurückwich. Er nannte seinen Namen – ganz ohne Titel. Sie nickte und sagte etwas, das er nicht verstand, weshalb er sich vorbeugte und die müde Haut unter ihren rotgeränderten und feuchten Augen sah. Sie schüttelte den Kopf und sagte: »Ich weiß nicht, weshalb ich hier bin.« Hastig stand sie auf, wobei sie mit ihrer Tasche ein Wasserglas umstieß. Das Wasser schwappte in flachen Wellen über die Tischfläche und lief Darren in den Schoß. »Ich hätte nicht kommen sollen«, sagte sie und ging auf die Tür zu, die zur Veranda und zum Parkplatz führte. Darren packte sie an der Hand und stand auf, um ihr zu folgen. »Fassen Sie mich nicht an«, sagte sie und riss sich los.

Jetzt hatten sie den anderen eine handfeste Szene geliefert.

Die Barkeeperin nickte einem Kerl in schwarzem T-Shirt mit einer Steelers-Kappe am anderen Ende des Tresens zu. Er löste die verschränkten Arme, die fleischig und tätowiert waren, und kam auf sie zu. Michael Wrights Frau drängte sich an Darren vorbei und ging entschlossen auf die Vordertür zu. Er folgte ihr durch einen Raum voller Männer, die sie alle anstarrten. Draußen war die Musik gedämpft, ein Sattelschlepper donnerte Richtung Süden am Eishaus vorbei und hüllte den Parkplatz in eine Wolke aus Abgasen. Die Sonne war untergegangen und das Neonschild der Kneipe warf bernsteinfarbenes und bläulich weißes Licht auf den Boden, der Name des Eishauses spiegelte sich in den Windschutzscheiben der Pick-ups auf dem Parkplatz.

Darren stand unten an der Verandatreppe, als er Schritte hinter sich hörte. Er drehte sich um und sah, dass der Typ mit der Steelers-Kappe jetzt an der Eingangstür stand. »Macht, dass ihr wegkommt«, sagte er und wedelte mit der Hand, als verscheuchte er streunende Hunde. »Ihr beide, los, verschwindet hier.«

Darren suchte den Parkplatz mit den Augen nach ihr ab.

»Ich will keinen Ärger«, sagte er zu dem Mann im schwarzen T-Shirt.

»Dann bist du hier am falschen Ort.«

Der Mann trat so weit vor, dass Licht vom Neonschild auf ihn fiel, genug für Darren, um die Tattoos auf seinen Armen zu erkennen. Er zählte mindestens drei, die Ärger bedeuteten. Dazu passende Wappen auf beiden Bizepsen, schwarzumrandet und mit den Buchstaben A und B gekrönt und in der Mitte von einem T-förmigen Dolch durchstoßen, von dem ein winziger Tropfen Blut fiel. Und ein gezacktes Doppel-S auf seinem Handgelenk.

Die Tür hinter dem Kerl wurde aufgestoßen, und vier weitere Männer traten auf die Veranda, zwei waren bewaffnet. Darren war das zwar auch, aber es waren zu viele. Er wusste, dass schon eine Bewegung in Richtung seines Holsters ihn – und vielleicht auch Michael Wrights Frau – in Sekunden töten konnte. Sie war hinter ihm aufgetaucht. »Ich will wissen, was passiert ist«, sagte sie mit rauer Stimme. Sie sprach mit den Männern, die vor dem Eishaus standen. Es klang irgendwie anklagend. Darren hörte es und wusste, dass der Mob auf der Veranda es ebenfalls tat. Er streckte einen Arm aus, um sie daran zu hindern, sich den Männern zu nähern, die sie verächtlich anstarrten.

»Jemand hier weiß etwas«, sagte sie.

Chicago, erinnerte sich Darren.

Sie hat keine Ahnung, wo sie ist.

Sie trug Kleidung, die, wie Darren durch Lisa wusste, viel Geld kostete. Nach texanischen Maßstäben war es für Oktober kühl, doch der Mantel war zu warm, und sie begann zu schwitzen. Sie trug ihr Haar offen, ein gewellter Bob, der sich in der feuchten Luft kräuselte. Darren sah ihr in die Augen, die rund und groß waren und den gleichen Bernsteinton hatten, wie er ihn an den meisten Abenden in seinem Glas sah.

»Tun Sie das nicht«, flüsterte Darren.

»Irgendjemand muss etwas gesehen haben«, sagte sie. Inzwischen liefen ihr Tränen übers Gesicht. »Was haben Sie mit ihm gemacht?« Sie ging an Darren vorbei zum Fuß der Treppe, wo ihr einer der Billardspieler entgegentrat. Er war etwa Anfang dreißig und seine zornerfüllten eisblauen Augen unter dem Schirm seiner Baseballmütze glänzten ebenfalls wässrig. Er würde sie nicht weiterreden lassen und müsste wahrscheinlich handgreiflich werden, um sie zum Schweigen zu bringen. Er streckte die Hand aus, als wollte er sie packen.

»Keith!«

Der dicke Typ in Schwarz polterte hinter ihm die Treppe hinunter und legte dem kleineren Mann gebieterisch eine Hand auf die Schulter. *Keith.* Bei dem Namen stellten sich Darren die Nackenhaare auf. War das Keith Dale?

»Lady, lassen Sie das Gezeter und hören Sie auf Ihren Kerl«, sagte der tätowierte Typ in Schwarz. Einer der bewaffneten Männer hinter ihnen klappte den Verschluss seines Holsters auf, während auch er die Stufen herunterkam. Nach Darrens Einschätzung war der Abend kurz davor, eine schlimme Wendung zu nehmen. Die Frau schien überhaupt nicht zu begreifen, was die Tattoos zu bedeuten hatten. Doch sie sah und begriff das mit den Waffen, und zum ersten Mal spürte er, dass sie seinen Schutz suchte. Er musste sie sofort von dort wegbringen, weg von diesen Männern, die voller Hass waren und plötzlich ein lebendiges Ziel für ihren Zorn hatten: Eine Schwarze, die zu viel redete. Darrens Truck stand ganz in der Nähe: »Kommen Sie mit«, sagte er zu ihr. Er packte sie am Ellbogen und führte sie zu dem Chevy.

»Ich habe einen Mietwagen.«

»Wo?«

»Geparkt habe ich …«

Ihr Blick irrte über den Parkplatz, als könnte sie sich nicht daran erinnern, welcher von den amerikanischen Wagen ihrer war. Ford, Chevy, Chrysler – für sie sahen sie alle gleich aus. Panisch und verwirrt überlegte sie, in welche Richtung sie gehen sollte, während alles hinter Tränen verschwamm.

»Lassen Sie nur.«

Als er die Beifahrertür seines Trucks öffnete, sagte sie: »Ich steige nicht mit Ihnen in einen Wagen.« Ihre Hände zitterten, als sie nach dem Schlüssel für den Mietwagen suchte.

Er beugte sich in die Kabine seines Chevys und öffnete das Handschuhfach, sodass seine Marke im Licht des Eishauses glänzte. Als die vertrauten Worte aus seinem Mund kamen, spürte er dasselbe Pflichtgefühl wie beim ersten Mal, als er sie ausgesprochen hatte. »Mein Name ist Darren Mathews, Ma'am«, sagte er. »Und ich bin ein Texas Ranger.«

8

Ihr Name war Randie Winston und sie hatte den Anruf vor drei Tagen erhalten – von ihrem Agenten, der sie in Saint Albans in der Nähe von London erreicht hatte, wo sie im Auftrag der britischen *Vogue* eine Modestrecke fotografieren sollte. Seither war sie nonstop gereist – zuerst eine Zugfahrt nach London, dann ein Achtstundenflug nach New York, wo sie umsteigen musste, um nach Dallas zu kommen, weil man ihr gesagt hatte, dass es von dort näher zum Sheriffbüro von Shelby County sei, wo sie hinfuhr, um Sheriff Parker van Horn zu treffen. Nur dass es nicht der Sheriff war, der sie in der winzigen Polizeistation in Center, Texas, empfing – eine Dreistundenfahrt zusätzlich zu den zwölf Stunden, die sie bereits unterwegs gewesen war –, sondern ein Deputy, höchstens neunzehn Jahre alt mit einem Absolventenring an der rechten Hand, der in seinen wulstigen Finger schnitt. Er war gerade dabei, einen Chili-Hotdog von einer Tankstelle zu verschlingen, als sie hereinkam, und wäre beinahe daran erstickt, als sie ihren Namen nannte. »Michael Wrights Frau«, sagte sie und brachte das letzte Wort kaum heraus, weil es ihr die Kehle zuschnürte.

Sie und Michael hatten seit über einem Jahr getrennt gelebt, doch sie war bis zum Schluss seine Frau gewesen, hatte alles stehen und liegen lassen und trug noch immer die Sachen, in denen sie aufgebrochen war. Sie war eine international gefragte Modefotografin, und Kaschmir und edler Schmuck, die zu ihrem Leben gehörten, machten sie hier zur Außenseiterin. Ihre Kameraausrüstung befand sich noch immer im Mietwagen, Darren versicherte ihr mehrmals, dass er sie holen würde, und wenn er die sechs Meilen zum Eishaus zu Fuß zurücklegen müsste. Er hatte in einem Motel am Highway ein Stück von Lark entfernt Zimmer reserviert. Sie zitterte, als der Truck auf den Highway fuhr und das Eishaus in Darrens Rückspiegel verschwand. Vor Erschöpfung und Trauer sank sie auf dem Beifahrersitz in sich zusammen. Sie war am Ende ihrer Kräfte.

Das Motel war ein hufeisenförmiges Gebäude mit zehn Zimmern und einem Neonschild auf einem etwa sechs Meter hohen Turm aus alten Autoreifen. Es hieß *The Lucky Ten*. Die Empfangsdame bot ihnen zwei Zimmer an, ohne dass Darren darum gebeten hatte, nachdem sie ihren Blick von dem Ehering an seiner Linken zu Randies Hand hatte gleiten lassen, an dem sich keiner befand. Sie trug eine wahrscheinlich selbst gemachte Dauerwelle, mit festen, spröden Löckchen in der Farbe von angelaufenem Silber. Sie war um die sechzig, hatte ein goldenes Kreuz um den fleckigen Hals hängen und sorgte dafür, dass jeder nur einen Schlüssel bekam. Darren hatte Randie das Zimmer mit dem größeren Bett überlassen. Jetzt saß sie auf der Kante und betrachtete die dicken gelben Vorhänge.

Darren saß auf einem Stuhl mit dunkelgrünem Kunstlederbezug. Seine Füße standen nebeneinander auf dem dicken Teppich, und er ließ seine Hände dort, wo Randie sie sehen konnte, und verzichtete auf Notizen. Er wollte, dass sie sich sicher fühlte.

»Der Sheriff hat also gar nicht mit Ihnen gesprochen?«

»Er war nicht im Büro«, sagte sie.

Sie hatte ihren Mantel ausgezogen, saß in Jeans und einem grauen T Shirt da, und Darren konnte sehen, wie dünn sie war.

Sie hatte die Schultern hochgezogen und das Haar zurückgestrichen, und er sah mehr von ihrem Gesicht. Darren wusste, dass van Horn heute Nachmittag in Lark gewesen war, doch er sagte nichts. Er hatte den anderen Leichnam oder den Namen Missy Dale nicht erwähnt, und er würde es auch jetzt nicht tun – zumindest noch nicht.

Er konnte hören, wie auf dem Highway alle paar Minuten Sattelschlepper vorbeifuhren, spätabendlicher Lärm auf dem 59er, gefolgt von Inseln der Stille, wenn außer dem Quaken der Laubfrösche in den umliegenden Wäldern nichts zu vernehmen war.

»Ich habe einen seiner Deputys getroffen«, sagte sie. »Er hat mir eine Plastiktüte mit den Sachen meines Mannes gegeben und gesagt ›Es tut mir leid‹ und ›Der Leichnam ist in Dallas‹ und alles Mögliche, woran ich mich nicht mehr erinnere. Dann hat er mich gebeten, ihn anhand eines Fotos zu identifizieren.«

»Welche Sachen?«

Sie drehte sich um und tastete auf der Bettdecke nach ihrer Handtasche. Sie zog eine kleine Plastiktüte heraus, die feucht vom Kondenswasser und achtloser als jedes Lunchpaket gepackt worden war, ganz zu schweigen von der Unbrauchbarkeit als Beweismaterial. Tod durch Ertrinken hatte im offiziellen Obduktionsbericht gestanden. Doch laut Greg hatte sich der Gerichtsmediziner gefragt, ob es sich nicht doch um Mord handelte. Darren spürte, wie sich die Frage aufdrängte. Sie lag in dem fauligen Geruch, der aus der Plastiktüte drang, dem Gestank des Bayous, der über dem Fall waberte. Er hatte Latexhandschuhe in seinem Wagen, eine ganze Schachtel. Doch er wollte sie jetzt nicht allein lassen. Stattdessen betrachtete er den Inhalt so gut es ging durch das Plastik hindurch. In der Tüte waren eine Brieftasche aus schwarzem Leder, durchnässt und aufgequollen; ein goldener Ehering, ähnlich wie der an Darrens Hand, den er heute Morgen als hoffnungsvolle Geste im Bezirksgericht getragen hatte; ein BMW-Schlüsselanhänger, ein Laubblatt, das, schwarz und zerdrückt, in dem Silberring klemmte, an dem ein halbes Dutzend Schlüssel hingen. Alles, was von Michael Wright übrig war, wog insgesamt weniger als ein Pfund. »Das hat man bei seiner Leiche gefunden«, sagte sie. »Er muss ein paar Tage im Bayou gelegen haben, bevor man ihn entdeckt hat, und er war bis zur Unkenntlichkeit aufgequollen.« Die Stimme versagte ihr. Sie schluckte und versuchte weiterzusprechen. »Es war die Brieftasche – da habe ich gewusst, dass es Michael ist«, sagte sie. »Ich habe sie ihm an unserem letzten gemeinsamen Weihnachten geschenkt.« Sie fing wieder an zu weinen und sank langsam in sich zusammen, während sie salzige Tränen vergoss.

Darren ging ins Badezimmer, wo eine Schachtel mit billigen, rauen Kosmetiktüchern in einer Plastikbox steckte, die mit Abziehbildern von Rosen in pink und rot beklebt war. Er brachte ihr das gesamte Ding und stellte es neben sie aufs Bett, bevor er wieder seinen Platz ihr gegenüber einnahm. Stiefel auf den Boden, Hände gut sichtbar auf den Knien, so saß er unter einer gerahmten Farmlandschaft mit braunen und schwarzen Rindern.

Randie nahm ein Tuch aus der Box und schnäuzte sich. »Was er gesagt hat, ergibt einfach keinen Sinn.«

»Hat der Deputy außer dem Ertrinken noch etwas anderes erwähnt?«

»Er meinte, der Sheriff glaubt, Michael sei ausgeraubt worden.«

Das hörte Darren zum ersten Mal. »Ausgeraubt?«

»Dass er an dem Abend aus dem Eishaus gekommen sei. Der Deputy des Sheriffs meinte, er sei vielleicht betrunken gewesen.«

Wodurch belegt?, dachte Darren und erinnerte sich an Gregs Bemerkung, dass im Obduktionsbericht nichts von einem ungewöhnlichen Blutalkoholwert gestanden hätte, was Darren jetzt unbedingt schwarz auf weiß haben wollte.

Sie griff nach einem weiteren Kosmetiktuch. »Aber seine Kreditkarten sind noch immer in seiner Brieftasche.«

»Haben Sie sie angefasst?«, fragte Darren, obwohl ihm ein Blick auf die Tüte verriet, dass es keine Rolle spielte. Sämtliche Spuren auf den Gegenständen mussten bereits vernichtet worden sein.

»Ich habe sie in Anwesenheit des Deputys geöffnet. Da waren Kreditkarten und über hundert Dollar in bar drin. Vielleicht hat jemand seine Uhr gestohlen oder sie ist ins Wasser gefallen. Doch wie soll er ausgeraubt worden sein, wenn niemand seine Brieftasche angerührt hat?«

»Der Wagen«, sagte er, nicht weil er es unbedingt glaubte, doch jeder Cop müsste das in Betracht ziehen. Randie sah ihn an und nickte. »Michael hatte ein ›wirklich schickes Auto‹, wie es der Deputy ausdrückte, als wäre schon das ein Verbrechen, und er hat gesagt, dass jemand Michael vielleicht deswegen überfallen hätte.«

»Aber sein Wagenschlüssel ist hier«, erwiderte Darren.

»Er hatte einen Ersatzschlüssel im Handschuhfach. Jeder hätte ihn an sich nehmen können«, erklärte Randie. »Michael war nicht von hier, deshalb glauben sie, er hat sich verlaufen – wahrscheinlich, als er durch den Wald gegangen ist – und ist dann in den Bayou gestürzt. Sie sagen, dass der Wagen bestimmt noch auftauchen wird.« Sie schüttelte den Kopf. »Aber Sie haben den Laden gesehen. Michael würde da nie reingehen.«

Derselbe Laden, in dem auch Missy Dale gearbeitet hat, dachte Darren.

»Wie war Ihre Ehe?«, fragte er unvermittelt.

»Wie ist Ihre?«, konterte sie.

Er sah zum ersten Mal die Frau hinter den Tränen, an der Art, wie sich ihre großen Augen zu zwei zornigen Schlitzen verengten und sich ihre Kiefermuskeln anspannten. Sie nahm ihm die Frage übel. Er ließ sich ebenfalls nicht gern übertölpeln. »Sie haben ›getrennt‹ gesagt, das ist alles«, sagte er.

»Er hat mich betrogen.«

Es war eine nüchterne Feststellung und sie überließ es anschließend ihm, die Stille zu durchbrechen.

»Es tut mir leid«, sagte er rasch und bemerkte zu spät, dass er ihr zum ersten Mal sein Beileid ausdrückte, und ausgerechnet dafür, dass ihr Mann eine andere Frau gevögelt hatte.

»Es tut mir leid«, sagte er noch einmal, diesmal wegen seiner Taktlosigkeit. Doch sie winkte ab und schwieg noch immer, während sie auf ihren nackten Ringfinger blickte. »Haben Sie ihn verlassen?«

»Nein«, sagte sie. Sie weinte nicht mehr, brachte die Worte jedoch nur mit Mühe heraus. »Ich habe gar nichts getan. Ich habe mich nicht scheiden lassen, aber ich habe ihm auch nicht verziehen. Ich bin nicht gegangen, aber auch nicht geblieben. Ich war monatelang beruflich unterwegs, habe jeden Auftrag angenommen, den ich kriegen konnte, hab so viel Distanz zwischen uns gebracht, wie ich konnte.«

»Haben Sie ihn geliebt?«

»Spielt das eine Rolle?«

Er sah erst jetzt, dass sie eine wunderschöne Frau war, und er verstand ein Universum nicht, in dem ein Mann, der von so einer Frau geliebt wurde, mit anderen herumvögelte. Aber er musste diese Frage stellen. Er wusste noch immer nicht, wieso Michael allein nach Texas gekommen war. »Hat er sich noch mit anderen Frauen getroffen?«

»Michael und ich haben monatelang nicht miteinander gesprochen«, sagte sie mit einer Förmlichkeit, die zuvor nicht da gewesen war, und mit der sie Darren wohl die kalte Schulter zeigen wollte.

»Wissen Sie, wieso er hierhergekommen ist, die ganzen tausend Meilen von Chicago?«

Sie blickte zum Bettrand, wo die Plastiktüte mit den Habseligkeiten ihres Mannes lag. Die Antwort war dort nicht zu finden. Und sie hatte offenbar auch keine.

»Was gab es in Lark?«

»Ich habe keine Ahnung«, sagte sie. In den sieben Jahren, die sie zusammen waren, sagte Randie, hatte Michael sie kein einziges Mal in seinen Heimatort mitgenommen, von dem sie fälschlicherweise geglaubt hatte, dass er ganz in der Nähe sei, weil sie Timpson mit Tyler verwechselt hatte.

Darren dankte ihr und sagte, er habe ein wenig Wilddörrfleisch und ein paar Cracker in seinem Truck, und sie sei eingeladen, nachdem die Empfangsdame ihnen mitgeteilt hatte, dass die Verkaufsautomaten des Motels nach Mitternacht gesperrt waren. Randie meinte, sie sei am Verhungern und nicht wählerisch.

»Danke.« Sie zeigte ein mattes Lächeln, ein reflexartiger Ausdruck von Dankbarkeit, den Frauen sogar dann zustande brachten, wenn sie litten. Als Darren sich von seinem Stuhl erhob und in Richtung Tür ging, sprang sie vom Bett auf und packte ihn mit Panik im Gesicht am Arm, so als würde er nicht zurückkommen. Sie grub ihre Finger in seine Oberarme. »Finden Sie heraus, was ihm zugestoßen ist. Denn ich habe ihn geliebt – das habe ich«, sagte sie flehentlich, als dächte sie, er würde ihr sonst nicht helfen. »Finden Sie heraus, wer ihm das angetan hat, ja? Deswegen sind Sie doch hier, oder?«

Darren brachte es nicht über sich, ihr zu sagen, dass niemand ihn geschickt oder angefordert hatte, dass sie der einzige Mensch auf der Welt war, der ihn dort haben wollte.

Im Moment genügte das auch.

»Ruhen Sie sich aus«, sagte er und tätschelte ihren Arm. »Ich lasse Sie nicht im Stich.«

Er schickte Lisa erst dann eine SMS, als er wusste, dass sie bereits schlief. Ein Gespräch darüber, dass er noch nicht nach Hause kam, musste bis morgen warten. Randie war eingeschlafen, nachdem sie eine Packung Salzcracker verschlungen hatte, und er hatte leise ihre Zimmertür hinter sich zugezogen, ihren Mietwagenschlüssel in der anderen Hand. Dann wartete er. Er stand vor Zimmer 9 und hielt Wache. Gegen das schmale Stück Wand zwischen ihren Zimmern gelehnt, ließ er den Blick zwischen dem Parkplatz, der bis auf seinen Truck leer war, und dem vierspurigen Highway dahinter hin- und herwandern, bis er überzeugt davon war, dass ihnen niemand gefolgt war – weder die Schlägertypen aus der Bar noch jemand, der inzwischen wusste, dass die Ehefrau da war. Es wäre vor Sonnenaufgang einigermaßen sicher, doch er wartete noch eine Stunde, während er vermutete, dass keine Kneipe in Osttexas länger als bis zur Teufelsstunde um zwei Uhr morgens geöffnet hatte. Dann machte er sich auf den Weg den Highway entlang.

Er ging zu Fuß, Taschenlampe in der Hand, die 45er an der Hüfte, und einen halb vollen Flachmann Wild Turkey in der Gesäßtasche. Es war gerade genug Bourbon, um Lust auf mehr zu bekommen, doch es war besser als nichts. Er bewirkte, dass der Nachthimmel aussah, als wäre er niedrig, und als bestäubten die Sterne die Kiefernwipfel mit Schnee. Die Luft war inzwischen frostig, und er bedauerte es, seine Jacke nicht anzuhaben, doch das weiße Hemd war überlebensnotwendig, ein Reflektor vom Umfang eines Oberkörpers für die Scheinwerfer, die mit siebzig Meilen vorbeirauschten. Er hielt sich die meiste Zeit auf dem Randstreifen, knirschenden Kies und Erde unter seinen Füßen, ein Ohr auf Tiere im Wald gerichtet, der an den Highway grenzte. Um diese Uhrzeit waren die Scheinwerfer spärlich und die Ruhe half ihm, den Kopf freizubekommen. Er nahm ein, zwei Schlucke von dem Bourbon – um sich zu wärmen und um sich, wie er sich eingestand, Mut zu machen. In Lark zu bleiben, würde ihn etwas kosten; er wusste das. Er wusste nur nicht, *was*. Und er wusste auch nicht, was es mit den Morden auf sich hatte, die ihn so beschäftigten. Etwas an ihrer scheinbaren Einfachheit – Mordtheorien, die mühelos aufgestellt wurden, gestützt auf einen uralten Mythos – machte Darren misstrauisch.

Es fing schon mit der Reihenfolge an: Zuerst stirbt ein Schwarzer und *anschließend* das weiße Mädchen. Das war nicht das gewohnte Drehbuch, entsprach nicht den Warnungen, die er von seinen Onkeln erhalten hatte, ja nicht mit weißen Mädchen rumzumachen oder irgendeinen verfänglichen Kommentar ihnen gegenüber abzugeben, und es unterstellte Rachedurst für den Mord an Michael bei der schwarzen Bevölkerung vor Ort, der sinnlos war. Die Gäste im Geneva's hatten nicht den Eindruck auf ihn gemacht, als wären sie zornig auf jemanden, bis auf die Gesetzeshüter vielleicht, die hinter dem Café herumschlichen, und er hatte auch kein böses Wort über Missy Dale gehört. Geneva hatte sogar mitfühlend über das Kind der jungen Frau gesprochen. Tim, der Trucker, schien ebenfalls besorgt zu sein. Es war Wally gewesen, der behauptet hatte, Missy sei wegen irgendwelcher Ressentiments seitens der schwarzen Bevölkerung in Lark gestorben und dass ihr Mord nicht ohne Grund und keineswegs zufällig im Anschluss an den von Michael Wright geschehen sei. Nun, Wally *und* Sheriff van Horn – der Geneva um eine Liste mit den Namen der Gäste gebeten hatte, die am Vorabend im Café gewesen waren – stellten Überlegungen in diese Richtung an. Er hörte Gregs Stimme in seinem Kopf, wurde an das Zögern seiner Sippschaft erinnert, an bloßen Zufall zu glauben – das heißt, der Sippschaft der Strafverfolger. Doch Cops, die dort suchten, wo nichts war, konnten ebenfalls ein Problem sein. Und je länger er darüber nachdachte, desto wahrscheinlicher fand er es, dass jemand das neue BMW-Modell gesehen und es Michael gestohlen hatte, wobei er ihn allein und desorientiert in einer dunklen Nacht wie dieser zurückgelassen hatte. Schon möglich, dass er sich verlaufen hatte. Zumindest musste man es in Betracht ziehen. Und Missys Fall und ihr furchtbarer Tod hatten vielleicht nichts mit Michael

Wright, aber viel mit der Klientel des Eishauses zu tun, den rauen Gesellen, die sie bediente, und von denen einer vielleicht eine Akte voller Anklagen wegen Vergewaltigung hatte. *Man musste es in Betracht ziehen*, sagte er sich erneut, auch wenn er seine Zweifel hätte.

Es waren beinahe sechs Meilen bis zum Eishaus und seine Füße schmerzten in den Stiefeln, einem Paar brauner Rindsleder-Ropers, die bestimmt auseinanderfielen, falls er vorhatte, den Weg ein zweites Mal zurückzulegen. Er war froh, als er den Mietwagen entdeckte, einen blauen, zweitürigen Ford, der allein auf dem dunklen Parkplatz stand. Die Neonreklame der Kneipe war ausgeschaltet und die Lichter im Inneren ebenfalls. Er war darauf gefasst gewesen, den Wagen demoliert vorzufinden, doch er sah unversehrt aus und durch die Scheiben sah er im Licht der Taschenlampe Randies Gepäck auf dem Rücksitz, einschließlich einer schwarzen Fototasche. Er war durchgeschwitzt von dem Fußmarsch und sobald er den Motor angelassen hatte, ließ er die Fenster herunter, um sich beim Fahren den Wind um die Nase wehen zu lassen.

Er fuhr jedoch nicht zum Motel zurück, noch nicht.

Er verließ den Parkplatz und fuhr in die entgegengesetzte Richtung, wobei in dem winzigen Wagen seine Knie beinahe seine Brust berührten, während er den 59er entlangfuhr. Er fand die Abzweigung auf die FM 19, die Landstraße, die durch den Wald zum Attoyac Bayou führte, der an Genevas Café und Wallys Eishaus vorbeiführte. Die beiden Lokale und ihre unterschiedlichen Welten waren nur rund eine Viertelmeile voneinander entfernt.

Darren holperte über den schmalen Streifen Asphalt, der keine Mittellinie hatte. Durch den Fahrzeugboden hindurch spürte er jede Bodenwelle und jeden Riss im Asphalt, und sein Kopf stieß alle paar Sekunden gegen das Wagendach. Er fuhr ein kurzes Stück die Straße entlang, bevor er hielt. Die Fahrertür knarrte, als er sie öffnete, um auszusteigen, das einzige Geräusch in der Dunkelheit außer dem gemeinschaftlichen Zirpen der Grillen und dem Quaken der Laubfrösche. Links und rechts von ihm ragten riesige Kiefern auf, die ihn und den kleinen Ford winzig aussehen ließen, während Mücken im Licht der Scheinwerfer tanzten. Aus Neugier griff er durch das geöffnete Fenster in den Wagen und schaltete die Scheinwerfer aus. Die Dunkelheit war absolut und beinahe zum Greifen, eine schwarze Samtdecke, bestickt mit Sternen, kleinen Lichtpunkten, die kaum hell genug waren, um die Hand vor Augen zu sehen. Darren wusste, dass man Michael hier gefunden hatte, einen Steinwurf vom Eishaus entfernt, doch was hatte er dort überhaupt zu suchen gehabt?

Falls die Theorie des Sheriffs stichhaltig war, war es ausgeschlossen, dass man Michaels Wagen vom Eishaus-Parkplatz gestohlen hatte. Michael war ein intelligenter Mensch, hatte einen Abschluss an der juristischen Fakultät gemacht, Herrgott noch mal. Bestimmt wäre er einfach den relativ gut beleuchteten Highway entlang zum Geneva's zurückgegangen. Nein, irgendetwas hatte Michael auf diese Landstraße geführt und hier war ihm der Wagen gestohlen worden. *Anders konnte es nicht sein.* Um diese Uhrzeit, ohne dass auch nur ein Wagen auf dem Highway entlangfuhr – und die Scheinwerfer einem den Weg aus diesem Wald hätten weisen können –, konnte man im Dunkeln schnell die Orientierung verlieren und sich verlaufen, vor allem nach ein paar Drinks. Darren schätzte, dass er gerade ein Promille intus hatte, für einen Mann mit seinen Gewohnheiten nicht zu viel, um nicht mehr zu wissen, dass er aufhören sollte, doch war er auch nicht betrunken genug, um das Problem an der Theorie des Sheriffs zu übersehen.

Wie er feststellte, lag der Bayou in vielleicht hundert Metern Entfernung vor ihm. Wenn Michael ohne seinen Wagen dort zurückgelassen worden war, wieso sollte er dann auf ein Gewässer zugehen, das er nicht sehen konnte? Niemand, der bei Verstand war, würde das tun, was Darren jetzt tat: durch einen dichten dunklen Wald laufen, wo es keinen Weg gab. Doch sich dem Unbekannten zu stellen, war das, wozu er sich verpflichtet hatte, und noch hatte er die Marke nicht zurückgegeben.

Er ging einfach geradeaus, vorbei an der Stelle, wo die Landstraße eine Kurve gen Süden machte, und setzte seinen Weg zwischen den Bäumen hindurch fort, in die Richtung, in der er den Bayou vermutete. Er duckte sich unter tief hängenden Zweigen hindurch, wobei er die größeren beiseiteschob, in einer Hand noch immer seine Taschenlampe, deren schwacher Strahl in dem dichter werdenden Wald nicht viel ausrichten konnte. Als er sich gerade überlegte, ob er nicht umkehren sollte, um die Scheinwerfer des Fords zur Orientierung wieder einzuschalten, rutschte er aus. Der Sturz war nicht tief, doch vor Schreck konnte er ihn nicht aufhalten. Er drehte sich im Fallen, um sich an der Böschung festzuklammern, doch er fand nicht genug Halt und verlor dabei seine Taschenlampe. Mit den Stiefeln voraus landete er im Bayou, glitt ganz hinein und spürte, wie sich seine Klamotten mit Wasser vollsogen.

Er kniff Augen und Mund zu und ruderte mit den Armen, um an der Oberfläche zu bleiben. Einmal treten mit dem rechten Bein genügte, um den Grund des Bayous zu berühren. Dabei stieß er sich den Zeh in seinem Stiefel. Dem Schmerz folgte ein Erkenntnisblitz. *Steh einfach auf, Mann. Steh auf.* Innerhalb von Sekunden stand Darren, und das Wasser des Bayous reichte ihm gerade mal bis zur Hüfte. Da wusste er, dass Michael Wright unmöglich im Bayou gelandet und dort ertrunken war.

Dritter Teil

9

Er erwachte mit trockenem Mund und verklebten Augen. Sein Handy auf dem Nachttisch neben der Waffe, die er in der Nacht noch auseinandergebaut und zum Trocknen auf ein Handtuch gelegt hatte, klingelte. *Lisa*, dachte er.

Doch es war schlimmer, viel schlimmer.

Wilson, sein Vorgesetzter, rief aus dem Hauptquartier der Company A in Houston an und bevor Darren sich überhaupt räuspern und *Morgen, Sir* sagen konnte, fauchte er: »Was zum Teufel höre ich da über einen Doppelmord in Lark?« Darren setzte sich auf, stammelte »Sir« und wurde augenblicklich unterbrochen. »Erstens hat niemand aus Shelby County um Unterstützung gebeten. Zweitens ist das Tom Randalls Revier. Und drittens und am allerwichtigsten, Sie sind suspendiert, Ranger.«

Darren sah auf die Uhr. Es war nach sieben. Er hätte längst wach sein sollen. Er dachte an die Witwe im angrenzenden Zimmer – versuchte sich angestrengt an ihren Namen zu erinnern – und fragte sich, ob es ihr gut ging oder ob sie allein und verängstigt aufgewacht war. *Randie*. Fast hätte er den Namen geflüstert.

»Erzählen Sie mir nicht, dass Sie gerade in Shelby County sind«, sagte Wilson. »Bitte sagen Sie mir nicht, dass ich den Captain anrufen und ihn bitten muss, über Ihr Schicksal zu entscheiden und Sie wegen Befehlsverweigerung hochkant rauszuschmeißen.«

Wilson hatte ihn vor acht Jahren eingestellt, seine Beförderung vom State Trooper zum Texas Ranger unterstützt und sich sogar bei den hohen Tieren für ihn eingesetzt, die nicht glaubten, dass Darren die passende Ranger-Mentalität mitbrächte, sondern dass Princeton und die juristische Fakultät ihm einen Grad an Intellektualität und Selbstreflexion verliehen hatten, die ihm im Einsatz nur hinderlich wären, wo häufig der Instinkt entschied und die einfachste Schlussfolgerung meistens die richtige war, vor allem, was Mord im ländlichen Texas betraf, dem fast immer vorausging, dass irgendjemand einem anderen in Hörweite der örtlichen Wasserstelle verkündet hatte, dass *bestimmte Dinge einfach nach Mord verlangen.*

Wilson hatte gemeinsam mit Darrens Onkel in der Company A gedient, als William zum ersten schwarzen Texas Ranger des Departments ernannt worden war. Er respektierte die Welt von William und den Namen Mathews und hatte Darrens Aufstieg unterstützt, wobei er vorschlug, dass man ihn im Hauptquartier in Houston behielt, wo er in der Public Corruption Unit des Departments arbeiten und Verbrechen untersuchen sollte, bei denen der Papierkram entscheidend war. Darren war gelangweilt und ruhelos gewesen und hatte darum gebettelt, in die Sondereinheit ABT zu kommen, wobei er immer das Gefühl gehabt hatte, dass Wilson ihn seither anders behandelte, dass er seinen wichtigsten Förderer irgendwie enttäuscht hatte, indem er mit seinem Interesse an schwarzen Themen und seinem Empfinden, dass bestimmte Verbrechen wichtiger waren als andere, nicht hinterm Berg gehalten hatte. Meth und Waffen waren das eine, doch tief drin wusste er, dass er die Arische Bruderschaft von Texas aus anderen Gründen zerstören wollte. Und Wilson wusste es ebenfalls.

»Wir hatten einen Deal, Mathews«, sagte Wilson mit gedämpfter Stimme. Darren kam der Gedanke, dass Wilson im Büro mit leiser Stimme sprach, weil sich die Neuigkeit noch nicht herumgesprochen hatte und Darren womöglich noch immer seine Haut retten konnte. »Ich hatte Sie heute Morgen in meinem Büro erwartet.«

»Woher wissen Sie es?«, fragte Darren.

Plötzlich durchzuckte ihn der Gedanke, dass Greg etwas gesagt haben könnte. Es war paranoid und illoyal, vermutlich sprach der Kater aus ihm. Er stand auf und ging zum Waschbecken, das sich vor dem Badezimmer befand. Er ließ Wasser in seine rechte Hand laufen und trank es gierig, wobei ein paar Tropfen auf sein Unterhemd fielen.

»Die Ehefrau«, sagte Wilson. »Sie hat ein paar Kontakte zu den Medien.«

»Sie ist Fotografin.«

»Richtig. Sie hat jemanden bei der *Chicago Tribune* angerufen, vor noch nicht einmal zehn Minuten habe ich einen Anruf von einem Reporter bekommen, der sich nach einem verdächtigen Todesfall erkundigt hat, ohne dass ich überhaupt wusste, wovon er spricht, bis er auf einmal Ihren Namen erwähnt und fragt, ob die Ranger in einem Hassverbrechen ermitteln und was der Sheriff vor Ort zu verbergen versucht. Was zum Teufel haben Sie da losgetreten, Mathews?«

»Es handelt sich um einen Fall von Ertrinken, der keiner ist, so viel kann ich Ihnen verraten.«

»Ich kenne den Sheriff da draußen. Parker ist ein anständiger Cop.«

»Dann lassen Sie mich mit ihm reden«, sagte Darren. »Lassen Sie mich meinen Job machen.« Er verlangte mehr als eine zehnminütige Unterhaltung mit van Horn und sie beide wussten das. Es war das, was am Vortag in dem Telefonat mit Lisa unerwähnt geblieben war – die Tatsache, dass sein Gewissen ihm nicht erlaubte, den Dienst zu quittieren, dass er zu dem geworden war, was die Marke verkörperte und er nur so sein Leben als Texaner führen konnte. »Es gibt nicht nur ihn«, sagte er. »Den Schwarzen. Es gibt noch eine Leiche, ein Mädchen, weiß und hier aus der Gegend. Sie ist ein paar Tage später im selben Bayou gefunden worden. Michael Wright war in dem Eishaus, wo das Mädchen an dem Abend gearbeitet hat, als er verschwand.«

An Wilsons Ende war es still und Darren wusste, dass er nachdachte – jeder im Polizeidienst wüsste aufgrund dieser Details, dass mehr an der Geschichte dran war. Darren stand kurz vor einem Home Run. »Und wenn die *Tribune* bereits davon ausgeht, dass ein schwarzer Ranger den ungeklärten Tod eines anderen Schwarzen untersucht, würde es überhaupt nicht gut aussehen, wenn ich mich vom Acker mache, nachdem die Presse Blut geleckt hat. Lassen Sie mich ein bisschen rumschnüffeln, mal sehen, was ich über die beiden Todesfälle herausfinden kann. Ich berichte Ihnen täglich, versprochen.«

»Täglich?«, sagte Wilson ungläubig. »Wie lange wollen Sie denn bleiben?«

»So lange wie nötig.«

»Ich will, dass Sie innerhalb einer Woche dort wieder verschwunden sind. Sie melden sich täglich bei mir, Mathews. Wenn ich nichts von Ihnen höre, informiere ich den Captain über die ganze Sache und überlasse ihm, was er mit Ihnen anstellt.«

»Was ist mit der Grand Jury? Irgendwas gehört?«

Wilson seufzte. Bestimmt hielt er Darrens Interesse an dem Fall von Rutherford McMillan, für übertrieben und glaubte, dass ihn erst das in Schwierigkeiten gebracht hatte. *Sie hätten nie dort rausfahren dürfen, mein Sohn.* Er hatte das mehr als einmal gesagt. Im Gegensatz zu anderen glaubte er jedoch anscheinend nicht, dass Darren Beweise hatte verschwinden lassen, um Mack zu decken, und falls doch, würde er nichts sagen. Darren war der Junge von William Mathews und das war in jedem Fall einen Vertrauensbonus wert.

»Keine Anklageschrift … noch nicht«, sagte Wilson. »Und auch sonst nichts.«

Darren war genauso erleichtert wie beunruhigt. Er fragte sich, wie es Mack und Breanna wohl ging. Bereits vor Darrens Zeugenaussage hatte Mack davon gesprochen, sein Haus zu verkaufen und Darren gebeten, sich um seine Enkelin zu kümmern, falls man ihn einsperrte. *Sorg dafür, dass sie die Schule abschließt.* Das Geld für das Haus und seinen Truck würde sie durch das letzte Schuljahr bringen, hatte er gesagt. *Versprich es mir, Darren.*

»Ich werde Sheriff van Horn im Shelby County anrufen«, sagte Wilson. »Werde ihm sagen, dass Sie nur da sind, um ein bisschen zu helfen.«

»Ich brauche eine Kopie des Obduktionsberichts.«

»Beantragen Sie die beim Sheriff«, sagte Wilson. »Halten Sie sich an die Vorschriften und provozieren Sie ihn nicht. Schütteln Sie nicht die Faust und kein Geschrei von wegen Hassverbrechen, bis wir wissen, worum es sich handelt. Ich mein's ernst, Darren«, sagte er, bevor er hinzufügte: »Und pfeifen Sie die Ehefrau zurück.«

Sie musste er als Erste finden.

Der Mietwagen stand nicht mehr auf dem Parkplatz und es herrschte absolute Stille, als er an ihre Zimmertür klopfte. Die Empfangsdame wollte keine seiner Fragen beantworten, auch nicht die grundlegendste: Wie war Randie an den Schlüssel für den Mietwagen in seinem Zimmer gekommen, wenn nur sie an der Rezeption Zugang zu seinem Zimmer hatte? »Ich stecke meine Nase nicht in fremde Angelegenheiten, aber wenn die Dame behauptet, ein Mann hätte ihre Autoschlüssel und sie könnte deshalb nicht wegfahren, nun, dann sehe ich mich zum Handeln gezwungen. Ich schaue *Dateline*.« Offensichtlich hatte sie sich Zugang zu seinem Zimmer verschafft, während Randie vor der Tür gewartet hatte, und hatte Darrens Hosentaschen durchsucht, als er schlief. »Ich will, dass Sie augenblicklich das Zimmer räumen. Ich will Leute wie Sie nicht hierhaben«, sagte sie, während das goldene Kreuz, das sie um den Hals trug, die Morgensonne einfing, die durch die Frontscheibe fiel. Er dachte kurz daran, seine Marke zu zücken und Stunk zu machen, doch er hatte seinem Boss gerade versprochen, genau das nicht zu tun. Er bezahlte für eine Nacht und wollte auch die Kosten für Randies Zimmer übernehmen, doch die Angestellte wehrte ab.

»Hat sie ausgecheckt?«, fragte er, alarmiert von der Vorstellung, dass sie allein in Lark unterwegs war.

»Das würde ich Ihnen nicht einmal sagen, wenn's so wäre«, sagte die Frau. »Sie haben zehn Minuten.«

Darren nahm schnell eine heiße Dusche, um sich von dem Geruch des Bayous zu befreien, zog sich an und setzte den 45er Colt wieder zusammen, stieg in seinen Truck und machte sich auf die Suche nach ihr.

Der Parkplatz vom Eishaus war bereits um halb neun Uhr morgens zur Hälfte belegt, doch der blaue Ford stand weder dort noch ein Stück weiter auf dem Parkplatz vor Genevas Café. Als er neben der Zapfsäule an den Straßenrand fuhr, um zu wenden, sah er durch die Frontscheibe ein fast schon vertrautes Bild: Geneva hinterm Tresen, Wendy in farbenfroher Kleidung auf einem der roten Kunstlederhocker und Huxley mit seiner Zeitung. Das Aufblitzen der Sonne auf den Chromleisten von Darrens Chevy ließ Geneva aufblicken. Als sie Darren hinter dem Steuer des Trucks erkannte, runzelte sie die Stirn. Darren fuhr zurück auf den Highway. Auf Larks Hauptstraße hatte er alles gesehen. Blieben noch die Nebenstraßen. Er wusste auf einmal, wohin Randie gefahren war. Zur nicht gekennzeichneten Fundstelle ihres Mannes.

Er fuhr vom Highway 59 auf die Landstraße FM 19, die zum Wasser führte. Der Ford tauchte so plötzlich auf, dass er auf die

Bremse treten musste, um nicht auf das Heck aufzufahren. Er stellte seinen Truck auf »Parken« und sprang hinaus, die Stiefel noch immer feucht vom Sturz der vergangenen Nacht. Der Fahrersitz war leer, er fand sie erst, als er die asphaltierte Straße zu Fuß verließ und sich durch dasselbe Waldstück wie am Vorabend kämpfte. Im Tageslicht sah er deutlich die Kante, wo die Böschung steil abfiel und das Wasser des Bayous ein Stück weiter unten gegen das Ufer schwappte. Darren war nicht wohl dabei, Randie so dicht an der Kante stehen zu sehen. Sie hatte einen schwarzen Fotoapparat mit Objektiv in der Hand und zielte, wörtlich und im übertragenen Sinne, auf das gegenüberliegende Ufer, als könnte sie nur durch den Fotoapparat erkennen, was sie vor sich hatte. Darren zertrat ein paar Zweige mit dem Stiefelabsatz, damit sie ihn kommen hörte. »Sie haben mir einen Schreck eingejagt«, sagte er, »weil Sie einfach so verschwunden sind.«

Randie drehte sich mit zornigem Blick zu ihm um. Sie trug denselben völlig unpassenden hellen Mantel, der von ihrem Marsch durch das Dickicht mit Erde und Blättern besprenkelt war. Sie trug auch dieselben schwarzen Jeans, dasselbe graue T-Shirt und dieselben hohen Stiefeletten, die jetzt schlammbedeckt und nass waren. »Sie haben mich angelogen«, fauchte sie.

»Hören Sie, Randie …«

»Sie sind gar kein Cop!«

»Das stimmt nicht.«

»Ich habe eine Kontaktperson bei der *Tribune*, die gesagt hat, dass keiner von den Rangern beauftragt ist, Michaels Tod zu untersuchen. Ich habe den Ranger-Officer selbst angerufen, und mir wurde gesagt, dass Darren Mathews derzeit ›suspendiert‹ sei.«

»Nicht mehr«, sagte er mit schuldbewusster Dankbarkeit gegenüber der Frau, deren Verlust sein Leben wieder auf Kurs gebracht hatte. »Ich habe heute Morgen mit meinem Vorgesetzten gesprochen und ich bin jetzt mit der Sache befasst. Ich untersuche den Tod Ihres Mannes.«

Sie drängte sich an ihm vorbei und ging zu ihrem Mietwagen zurück, wobei sie mit den Absätzen in der Erde versank. »Und was haben Sie mit meinem Wagen gemacht? Der Sitz war nass heute Morgen. Außerdem habe ich eine Flasche auf dem Boden gefunden, abgesehen davon stinkt es furchtbar.« Darren griff nach ihrer Hand, um sie auf dem unebenen, mit Kiefernzapfen bedeckten Boden zu stützen.

»Gehen Sie weg«, sagte sie.

»Er ist nicht ertrunken, Randie.«

Sie blieb stehen und drehte sich zu ihm um, ihr Gesicht nur eine Handbreit von seinem entfernt. Sie stand vollkommen reglos mit versteinerter Miene da. Er vermutete, dass sie jemanden brauchte, an dem sie ihre Wut auslassen konnte, und er war dafür genauso geeignet wie jeder andere. Dann setzte sie den Weg zu ihrem Wagen fort, als hätte sie ihn nicht gehört. Er folgte ihr, wollte, dass sie ihm vertraute, sollte erfahren, dass er mehr war als der Mann, den sie vor sich sah, mehr als die zerknitterte, fleckige Hose und die leere Schnapsflasche in ihrem Wagen. »Michael ist nicht ertrunken.«

»Sie wollen sagen, er wurde ermordet.«

Darren nickte grimmig. »Da war auch eine Frau.«

»Was meinen Sie?«

»Ein weiterer Mord«, sagte er.

Sie sah überrascht und erschrocken aus, und sie zitterte, als sie ihren Mantel fester um sich zog. Der Morgen war noch immer recht frisch, der Himmel schiefergrau und das wenige Licht tauchte die Welt in schwarz und weiß.

»Sie ist gestern hinter dem Geneva's aus dem Bayou gezogen worden …«

»Wo?«

»Ein weißes Mädchen wurde ebenfalls ermordet«, betonte Darren.

»Sie haben das gewusst und mir nicht gesagt?«

»Ich war selbst gerade erst angekommen und war mir nicht sicher, womit ich es zu tun hatte.«

»Hat Michael …« Sie wusste einen Moment lang nicht, wie sie es formulieren sollte. »Hat er sie gekannt?«

»Ich weiß es nicht«, sagte Darren. »Aber sie hat im Eishaus gearbeitet, wo Ihr Mann laut dem Sheriff Mittwochabend was getrunken hat. Ich weiß nicht, ob die beiden Todesfälle irgendwie zusammenhängen, aber nach meiner Erfahrung ist die Antwort ja.«

Randie verstummte. Darren konnte schwach das Rauschen des Windes auf der anderen Seite des Bayous hören, das Rascheln der Blätter in den Bäumen.

»Woher soll ich wissen, dass Sie die Wahrheit sagen?«, fragte sie. »Dass Sie im Auftrag der Ranger hier sind?«

»Wenn Sie wollen, können Sie anrufen. Lieutenant Fred Wilson, Company A in Houston. Er hat bereits ein Treffen zwischen dem Sheriff und mir arrangiert.«

Ihr Rücken versteifte sich erneut. »Ich will dabei sein.«

Darren wollte Einspruch erheben, doch Randie blieb stur. »Ich komme mit«, sagte sie.

Pfeifen Sie die Ehefrau zurück.

Aber Darren hatte eine bessere Idee. *Bieten Sie der Ehefrau Schutz. Bieten Sie der Ehefrau Hilfe an.* Wenn er Michael Wright gewesen wäre, hätte Darren auch gewollt, dass das jemand für seine Frau täte. »Ich fahre«, sagte er.

10

Sheriff Parker van Horn hatte vorübergehend ein Zweitbüro direkt in Wally Jeffersons Wohnzimmer eingerichtet, wo Darren erwartet wurde. Doch als sie bei dem stattlichen Gebäude ankamen, sah er neben Wallys Wagenpark – bestehend aus zwei Lincolns, einem Cadillac und einem Chrysler –, keinen Streifenwagen. Das Grundstück, auf dem sich Wallys Haus befand, war sichtbar gepflegt, mit einem saftigen grünen Rasen und Büschen roter Hortensien entlang der Hausfassade, grenzte jedoch an eine urwüchsige Landschaft, die direkt hinter Wallys Grundstück begann.

Darren parkte neben Wallys Truck und hörte Randie schnauben. Es klang beinahe wie ein Lachen. »Sie wollen mich wohl auf den Arm nehmen«, sagte sie und starrte das Haus an. Darren warf einen weiteren Blick durch die insektenverklebte Windschutzscheibe und reckte den Hals, um das Ensemble aus Backstein und weißen Säulen zu betrachten. Er erkannte auf einmal, dass das Haus eine fast perfekte Nachbildung von Thomas Jeffersons Landgut Monticello war. Randie öffnete die Beifahrertür und griff instinktiv nach ihrem Fotoapparat. Unbeeindruckt stieg Darren aus dem Truck. Er hatte an ländlichen Texas-Highways schon Seltsameres gesehen: Leuchttürme in Maisfeldern, lebensgroße Lebkuchenhäuser, eine Scheune mit Donald Trumps Gesicht darauf … offensichtlich wollten die Landeier den Autofahrern auf langen Highway-Abschnitten ein wenig Abwechslung bieten, irgendwas, um die endlosen baumbestandenen Meilen tiefster Provinz ein wenig aufzulockern.

Ihn interessierte weniger das Haus als die Aussicht. Von der Vorderseite von Wallys Haus aus, die nicht weit von der Umzäunung entfernt war, konnte er Genevas Café sehen, das nur wenige hundert Meter entfernt war, konnte durch das Fenster beinahe lesen, was auf der Karte stand. Es kam ihm seltsam vor, dass trotz des weiten Lands auf beiden Grundstücksseiten ausgerechnet diese beiden Nachbarn geworden waren – und zwar solche, die einander nicht leiden konnten, sich aber jeden verdammten Tag ertragen mussten. Vielleicht erklärte das Wallys Versuch, ihr den Laden abzukaufen: um wenigstens seine Aussicht zu verbessern. Darren fragte sich, was zuerst da gewesen war, Wallys Haus oder Genevas Café.

»Sie sehen das, oder?«, fragte Randie.

Als Darren sich umdrehte, bemerkte er, dass sie auf ein kleineres Gebäude hinter dem Haus blickte. Es war eine zwei Meter hohe Hundehütte, die eine perfekte Nachbildung des Weißen Hauses in verkleinertem Maßstab darstellte. Ein schwarzer Labrador lag im Eingang, doch als er Randie mit dem Fotoapparat sah, stand er knurrend auf. Darren stellte sich in dem Moment vor sie hin, als der Hund losstürzte. Der Labrador hatte es auf sein Bein abgesehen, aber Darren kickte mit Sand, um ihn abzuwehren. Der Labrador wich ein Stück zurück, als er aber feststellte, dass man ihn nicht schlug, griff er erneut an, diesmal entschlossener. Er hatte sich gerade Darrens Hosenbein geschnappt, als die Haustür aufging. »Butch!«, brüllte Wally und kam die Stufen herunter. Der Hund ließ Darrens Hosenbein los, trottete friedlich zu seinem Herrchen und leckte die Spitzen seiner fleischigen Finger.

»Sie sind spät dran.«

Falls sich Wallace Jefferson III. an Darren erinnerte, ließ er sich das weder anmerken noch reagierte er auf die Marke, die wieder an Darrens Hemd befestigt war. Wally trug ein Poloshirt, das er in seine Wrangler gesteckt hatte, die eine scharfe Bügelfalte aufwies. Die Haut an seinem Hals war schlaff, doch er hatte eine kräftige rötliche Gesichtsfarbe. Darren konnte nicht sagen, wie alt oder in welcher Branche er tätig war. Auf seinem Land gab es weder Rinder noch Heuballen, weder Weizen- noch Baumwollfelder, keinerlei Anzeichen von Geschäftigkeit. Der Cop in Darren registrierte extremen Wohlstand ohne den geringsten Hinweis auf die harte Arbeit, die diesen ermöglichte.

»Ich bin Darren Mathews.«

»Oh, ich weiß«, sagte Wally, der es sichtlich genoss, zwei Schritte voraus zu sein.

Er wandte sich an Randie und sagte: »Das mit Ihrem Mann tut mir leid, Ma'am. Doch Sie sollten wissen, dass niemand aus der Gegend hier etwas mit der Sache zu tun hat.«

»Nun, das werden wir sehen«, sagte Darren.

Wally schaute leicht amüsiert drein, als er Butch zum Weißen Haus scheuchte, sich dann umdrehte und die Haustür öffnete. »Der Sheriff ist gleich zurück.«

Die Wände im Inneren waren weiß und der dicke Teppich war butterfarben. Wally wies mit einem Nicken auf das Sofa und bat Randie und Darren, Platz zu nehmen. »Laura«, rief er. Randie ließ sich auf das Sofa sinken, das mit rosenbedrucktem Stoff bezogen war, aber Darren blieb stehen, denn er war im Dienst und seine Erziehung gebot es. Randie ließ den Blick durch das Wohnzimmer schweifen, betrachtete den Krimskrams aus Messing und die Porzellanfiguren von Engeln und Quarter Horses und die Fotoporträts von Wally und einer weißen Frau in den Fünfzigern mit rotbraunem Haar, die eine Vorliebe für die Farbe Türkis und

Twinsets hatte. Sekunden später tauchte sie mit einem sich windenden Kleinkind auf der Hüfte auf. Sie war genauso überrascht, Darren zu sehen, wie ihn überraschte, dass sie ein Kind auf dem Arm hielt. Es gab kein einziges Foto von Kindern oder Enkelkindern im Wohnzimmer. Sie strich ihre Bluse an der Stelle glatt, wo sie von dem Gewicht des Kinds hochgeschoben wurde, einem flachsblonden kleinen Kerl, der ungefähr zweieinhalb war. »Ranger«, sagte die Frau höflich. Sie blickte nur ganz kurz zu Randie, als könnte plötzliche Witwenschaft ansteckend sein. Dann trat sie den Rückzug aus dem Wohnzimmer an, wurde aber von Wally aufgehalten. »Laura, bring den beiden ein Glas Wasser oder eine Cola oder so etwas.«

»Möchten Sie etwas, Ranger?«, fragte Laura. »Miss?«

»Nicht nötig«, sagte Randie.

Darren wünschte sich, sie hätte ein *Ma'am* oder ein *Danke* hinzugefügt, wünschte sich, sie würde begreifen, dass man in dieser Gegend gut daran tat, weißen Leuten mit einem Vertrauensvorschuss gegenüberzutreten. Man würde ihre wahre Hautfarbe sowieso bald kennenlernen, weshalb es nicht schadete, besonders höflich zu sein, eine Absicherung, um die nicht zu verärgern, die auf der gleichen Seite standen.

»Nein danke, Ma'am«, sagte er zu Wallys Frau.

Als Laura den Raum verließ, hörte Darren, wie das Quengeln des Kindes leiser wurde.

»Ihres?«, fragte er Wally.

»Das ist Missys Junge, Keith Junior«, sagte Wally. »Laura passt auf ihn auf, bis Missys Familie einen Babysitter organisiert hat. Ich weiß nicht, ob sie hier oder oben in Timpson begraben werden soll, aber Keith kriegt im Augenblick nicht viel auf die Reihe und das mit dem Kind schon gar nicht. Es heißt, er sei dauernd besoffen.«

»Wo ist der Sheriff?«, fragte Randie ungeduldig.

Darren warf ihr einen kurzen Blick zu, bevor er dazwischenging.

»Gehört Ihnen das Eishaus weiter oben am Highway?«

»Michael war dort«, sagte Randie, ihre Worte klangen wie ein versteckter Vorwurf. Darren wünschte sich, sie würde ihm das überlassen.

»Haben Sie irgendetwas gesehen?«, fragte er.

»Ich war am Mittwoch nicht in der Kneipe.«

»Woher wissen Sie, dass es am Mittwoch war?«

»Parker hat mich davon unterrichtet«, sagte Wally. »Ich bin ein angesehener Mann in dieser Gemeinde, ein Grundbesitzer und Geschäftsmann, das Land gehört uns schon in der vierten Generation. Es gibt keine Polizei in Lark, weshalb ich ein Auge auf meinen Ort habe, auf Außenstehende und so. Parker hält mich auf dem Laufenden.«

In dem Moment kam van Horn zur Haustür herein und trat sich die Füße auf der Matte hinter der Schwelle ab, bevor er auf seinen kurzen Beinen auf Darren zuging und »Ranger Mathews« sagte, ihm aber nicht die Hand schüttelte. »Ich will ganz ehrlich sein: Ich will Sie hier nicht haben und ich habe auch nicht darum gebeten. Aber die Ehefrau des Toten und die Gerüchte, dass da was anderes dahintersteckt, lassen mir keine Wahl …«

»Parker«, sagte Wally.

Van Horn unterbrach seine Tirade lang genug, um Randie auf dem Sofa zu bemerken und sein Missgeschick zu begreifen, doch er ging einfach darüber hinweg und redete weiter. Seine Uniform war nicht mehr taufrisch und unter seinen Achseln waren feuchte Flecke zu sehen. Er wirkte sowohl verärgert über die Situation als auch ein wenig überfordert. »Wir regeln das auf die gesittete Tour. Ich bin so nett und akzeptiere Ihre Anwesenheit in meinem County. Aber eins sollte klar sein: Das hier ist meine Angelegenheit. Lieutenant Wilson hat das im Grunde bestätigt. Falls jemand aus Chicago oder New York oder sonst woher auftaucht, um freilaufende Rednecks zu sehen, werden die Ihr Gesicht zu sehen bekommen und wissen, dass bei den Ermittlungen über den Tod eines Afroamerikaners in diesem County alles rundläuft«, sagte er und stolperte dabei über die vielen Silben, die es brauchte, um politisch korrekt zu sein. »Sie sind hier nur 'ne Requisite, mein Sohn, mehr nicht.«

»Na schön, die Requisite hätte gern Kopien sämtlicher Berichte über den Tod von Michael Wright, beginnend mit der Obduktion.«

Van Horn seufzte und blickte zu Wally hinüber, der tadelnd mit den Schultern zuckte, als wollte er sagen *Wenn Sie unbedingt Nachsicht walten lassen wollen.* Es war van Horns Sauerei, die es aufzuräumen galt.

»Ich will ihn ebenfalls sehen«, sagte Randie.

Sie hatte sich weder vorgestellt noch hatte van Horn gefragt, wer sie sei, doch das war nicht nötig gewesen. Der Sheriff entschuldigte sich für seine Bemerkung von vorhin und sprach ihr sein Beileid für ihren Verlust aus. Dann sagte er zu Darren: »Mal sehen, was ich tun kann. Der Leichnam ist in Dallas«, bevor er sich besann, »äh … Ihr Mann, Ma'am. Ich glaube nicht, dass der Gerichtsmediziner die Obduktion bereits abgeschlossen hat.«

Darren wusste, dass van Horn Zeit schinden wollte, dass die Obduktion bereits abgeschlossen war, als Greg ihn gestern angerufen hatte, doch er dachte an Wilsons Befehl. *Halten Sie sich an die Vorschriften.* Also sagte er so freundlich wie möglich: »Ich erbitte außerdem von Ihrem Department eine Kopie von Melissa Dales Obduktionsbericht, wenn er fertig ist.«

»Vielleicht habe ich mich nicht klar genug ausgedrückt: Wilson hat Sie damit beauftragt, die Wright-Sache zu überwachen. Doch Missy ist von hier, geboren in Shelby County.« Wally hinter ihm nickte zustimmend. »Und wir wissen, was wir unseren Leuten schuldig sind.«

»Bestimmt wissen Sie auch, dass die Morde miteinander in Verbindung stehen«, sagte Darren.

»Oh, ich weiß. Ich weiß, wie sie miteinander in Verbindung stehen«, sagte Wally wütend. »Parker, Sie wissen selbst, dass das Geneva's dort drüben die Probleme nur so anzieht. Die letzten beiden Morde, die wir hier hatten, waren Familienangehörige von ihr.«

Der Sheriff schürzte die Lippen, äußerte sich aber nicht dazu.

»Was hat Michael Wright damit zu tun?«, fragte Darren. »Er war nicht einmal aus der Gegend.«

»Er war seit Jahren nicht in Texas gewesen«, warf Randie ein, »und ich habe keine Ahnung, weshalb er ausgerechnet jetzt hierhergekommen ist.«

Darren blickte von van Horn zu Wally, dem Besitzer von Jeff's Juice House.

»Hat Missy Dale am Mittwochabend gearbeitet?«, fragte er Wally.

»Ich sehe mir die Dienstpläne später an«, antwortete van Horn an dessen Stelle, als könnte es Wochen dauern, in einem Ort mit weniger als zweihundert Einwohnern nachzusehen, wer in einer Kneipe an einem bestimmten Tag gearbeitet hatte. Darren spürte eine Hitze in sich aufsteigen, die sich am Rand seines Hemdkragens staute.

»Hören Sie«, sagte er mit einer Mischung aus Verärgerung und gebührendem Respekt. »An dem Abend, als er verschwand, war Michael im Eishaus, wo Missy Dale gearbeitet hat. Und jetzt sind diese beiden Personen tot. Sagen Sie mir, ob Sie das nicht bedeutsam finden.«

»Aha«, sagte van Horn. »Sie glauben also, dass ein paar weiße Arschlöcher gesehen haben, wie Michael und Missy sich an dem Abend unterhalten haben und ihm dann vom Eishaus gefolgt sind?«

»Ich habe nichts davon gesagt, dass Michael und Missy sich unterhalten hätten, aber interessant, dass Sie das tun«, sagte er. »Und ich rede nur über ein weißes Arschloch.«

»Michael war mit diesem Mädchen zusammen?«, fragte Randie.

Sie blickte Darren mit verletzter Miene an, entweder wegen Michael oder weil sie dachte, Darren hätte ihr das ebenfalls verschwiegen.

Sie klang eher tieftraurig als wütend, als sie sagte: »Darren?«

Es war unpassend, dass sie ihn beim Vornamen nannte, weil man das in Texas bei jemandem, der eine Marke trug, nicht tat. Es war ein Zeichen mangelnden Respekts. Doch es von ihr zu hören, gab ihm das Gefühl, er selbst zu sein, machte das Ganze persönlicher.

»Das macht überhaupt keinen Unterschied«, sagte van Horn. »Alles, was wir haben, weist darauf hin, dass der Mann ausgeraubt wurde. Wenn jemand dem Jungen draußen im Wald eine Tracht Prügel verpasst hätte, hätte man den Wagen auf der FM 19 finden müssen. Jemand hätte ihn spätestens bei Sonnenaufgang gesehen. Aber wahrscheinlich ist der Wagen inzwischen irgendwo in Dallas zerlegt worden.« Er war ganz rot im Gesicht.

»Keith Dale«, sagte Darren. »Wo war er am Mittwochabend?«

Van Horn verschränkte die Arme. »Ich habe vor, mit ihm über Missy zu reden, aber das ist nicht Ihre Angelegenheit. Das eine hat mit dem anderen nichts zu tun, mein Sohn.«

»Ranger«, korrigierte Darren van Horn.

Van Horn biss die Zähne zusammen. »Ranger« sagte er mit knappem Nicken.

»Gehört er zur ABT?«, fragte Darren. »Ich weiß, dass er eine Weile in Huntsville war.«

Randie blickte zwischen Darren und dem Sheriff hin und her. »ABT?«

»Arische Bruderschaft von Texas.«

»Dieses County ist frei von solchem Abschaum«, sagte Wally. Van Horn wurde blass, sagte jedoch nichts. Die Erwähnung der ABT änderte die Sachlage und brachte ihn zum Verstummen.

»Arische Bruderschaft?«, echote Randie. Ihre Gesichtszüge wirkten plötzlich angespannt und ihre Augen weiteten sich vor Schreck. Sie sah auf einmal jünger aus, beinahe kindlich, als würde ihr mit einem Schlag klar, dass bestimme Monster tatsächlich existierten. »Sprechen Sie vom Klan?«

»Schlimmer. Es ist der Klan mit Geld und halbautomatischen Waffen«, erklärte Darren.

»In meinem County sind sie unter Kontrolle«, sagte der Sheriff, »und ich habe Wilson gesagt, dass ich nicht gewillt bin, einem Haufen Feds die Tür aufzuhalten, damit sie hier hereinmarschieren und die Bruderschaft ins Visier nehmen. Unsere Aufmerksamkeit gilt dem Mädchen, das hat für mich oberste Priorität.«

Randie hatte den Blick auf ihn gerichtet, doch er erwiderte ihn nicht.

»Lassen Sie mich mit Geneva reden«, sagte Wally zu van Horn. »Sie wissen, dass wir uns schon ziemlich lange kennen. Ich will gern behilflich sein, und sie vertraut mir.«

»Lass die Frau in Ruhe.«

Als Darren sich umdrehte, sah er, dass Laura wieder im Zimmer stand. Das Kind zwischen ihren Knöcheln auf dem Teppich rutschte auf seiner dicken Windel hin und her.

»Wir haben hier eine ernsthafte Unterhaltung, Laura«, sagte Wally. »Machen wir weiter.«

Der Kleine zog sich hoch und tapste in Richtung Randie und Sofa. Laura beugte sich hinunter und hob ihn hoch. Wally sagte zum Sheriff: »Mal sehen, ob ich sie dazu bringen kann, mit der Wahrheit über ein paar von den Typen herauszurücken, die sich wegen dem Toten in was reingesteigert haben. Vielleicht waren sie ja zugedröhnt und suchten Streit.«

»Das ist nicht normal, wie du sie bedrängst«, sagte Laura.

Der Junge patschte gegen ihren Ohrring und steckte sich dann die Finger in den Mund, Sabber tropfte auf Lauras karierte Bluse. Der Blick, den sie Wally zuwarf, war eine Mischung aus Zurechtweisung und Bitte. Darren registrierte es und auch, dass Wally rasch den Blick abwandte. »Genevas Café liegt stromabwärts von deinem Eishaus, Wally«, sagte van Horn, wohl um ihnen beiden mitzuteilen, dass er mit der Untersuchung bereits begonnen hatte. Darren fielen Wendys Worte von gestern wieder ein. *Jeder weiß, dass Missy gestern Abend aus Wallys Eishaus gekommen ist.* »Missy Dale hätte genauso gut dort getötet werden und im Bayou landen können, dann wäre ihre Leiche hinuntergetrieben.« Wally starrte van Horn an, vielleicht in Erwartung einer alternativen Theorie. Darren nahm eine Visitenkarte aus seiner Brieftasche und reichte sie dem Sheriff. »Ich erwarte den Obduktionsbericht«, sagte er.

11

Als sie in seinen Truck stiegen, hatte er Greg bereits am Telefon. »Ich brauche diesen Obduktionsbericht. Auch von Melissa Dale, falls du ihn kriegen kannst.« Randie schloss die Beifahrertür, als Darren den Motor anließ. »Der Lieutenant hat mich inzwischen auf die Sache angesetzt, doch ich könnte ein wenig Unterstützung von außen gebrauchen, weil sich der Sheriff ganz schön Zeit lässt.«

»Was hat Wilson umgestimmt?«, fragte Greg.

»Die Ehefrau …«, begann Darren. Er spürte Randie neben sich und setzte noch einmal neu an. »Ein Reporter hat angefangen, Fragen zu stellen. Das hat genügt.«

»Soll ich raufkommen?«, fragte Greg. »Meinen Supervisor bitten, mich ein bisschen umsehen zu dürfen? Falls es Widerstand von den lokalen Polizeikräften gibt …«

»Ich bin jetzt die lokale Polizeikraft.« Er blickte zu Randie auf dem Beifahrersitz. Das war genauso an sie wie an Greg gerichtet. Er machte ihr ein Versprechen. »Das ist jetzt mein Fall, ob van Horn das weiß oder nicht.«

»Das FBI könnte ebenfalls interessiert sein«, sagte Greg.

Darren dachte daran, wie das Ganze angefangen hatte, wie sehr Greg auf eine berufliche Veränderung drängte. Er wollte weg von seinem Schreibtisch, Darren wusste das. Doch er würde deswegen nicht gegen die Regeln verstoßen, und es gab keine Veranlassung, einen Bundesbeamten einzuschalten.

»Ich glaube nicht, dass das eine gute Idee ist«, sagte er, »wenn jetzt noch jemand hier auftaucht – noch dazu vom FBI. Du weißt, wie dieses Landvolk sein kann. Aber ich möchte, dass du mehr über Keith Dales Zeit in Huntsville herausfindest – seine Gefängnisakte, Zellengenossen, irgendwelche Verbindungen zur Bruderschaft …«

Greg murmelte etwas vor sich hin, entweder Ja oder Nein, das konnte Darren wegen des Motorengeräuschs nicht hören. Klar war nur, dass Greg enttäuscht war, vielleicht sogar wütend darüber, aus einem Fall ausgeschlossen zu werden, den es ohne ihn nicht gäbe, für den Darren ihn jetzt Botengänge machen ließ und ihn somit zwang, hinter dem Schreibtisch zu bleiben, den er so hasste. Verärgert, wie er war, schien er die nächsten Worte, die aus seinem Mund kamen, zu genießen. »Lisa hat angerufen.«

»Was hast du ihr gesagt?«

»Dass ich nicht weiß, wo du bist.«

»Scheiße.« Er hatte ihr bereits erzählt, dass er in Gregs Auftrag unterwegs sei. Jetzt dachte sie bestimmt, er log. Sobald er das Gespräch mit Greg beendet hatte, wollte er sie anrufen.

Doch Randie attackierte ihn, bevor er die Nummer wählen konnte. »Sie hatten die ganze Zeit Zugang zu Michaels Obduktionsbericht? Wozu haben Sie dann überhaupt mit diesem Hinterwäldler-Sheriff geredet? Wozu sind Sie mit dem Hut in der Hand bei denen angekrochen und haben um Informationen gebettelt?«

»Die Dinge werden nun mal auf eine bestimmte Weise gemacht, es gibt Regeln, die man besser befolgt, wenn man es mit Sheriffs in Osttexas zu tun bekommt«, sagte er.

Randie verzog den Mund zu einem bitteren Lachen. »Sie und Michael«, sagte sie zu Darren, der an den Highway heranfuhr und wartete, bis er ihn überqueren konnte. Sie blickte aus dem Seitenfenster auf die ländliche Umgebung, die Kiefern und rote Erde, die Pick-ups auf dem Highway mit ihren senkrecht aufgestellten Gewehren in der Heckscheibe, und Darren spürte etwas Ungezähmtes von ihr ausgehen. »Er sagte immer, Texas ist dies und Texas ist das. Und dass es nicht so schlimm sei. Michael hatte immer Ausreden für diese Rassisten hier unten parat, hatte so eine verdrehte Sehnsucht nach der Zeit, als er hier aufgewachsen ist, was ihn für den Wahnsinn hier blind gemacht hat.«

»Es geht nicht um Ausreden«, sagte Darren. »Es bedeutet zu wissen: Ich bin auch hier. Ich bin auch Texas. Sie haben über diesen Ort hier nicht zu urteilen«, sagte er und nickte in Richtung Wallys Villa hinter ihnen. »Das ist auch meine Heimat.« Er sprach für einen Mann, der es nicht mehr tun konnte, doch er sprach auch für sich selbst. »Was van Horn betrifft, schadet es nicht, wenn er denkt, wir halten uns an die Spielregeln.«

Doch Randie war in Rage und ließ sich davon nicht beeindrucken.

»Er hätte nie hierherkommen dürfen«, sagte sie, die Hände zu Fäusten geballt, die sie auf ihre Oberschenkel presste, als hielte sie sich an einer unsichtbaren Boje fest, als glaubte sie, dass ihre Wut auf Michael sie davor bewahren könnte, in einen Strom der Trauer gerissen zu werden, der gerade erst ihre Füße umspülte. »Was zum Teufel hat er denn geglaubt, was an so einem Ort passieren würde?«

»Das fragt man sich nicht, wenn man nach Hause kommt.«

»Das war nicht sein Zuhause«, sagte sie.

Doch das war es und Darren verstand das viel besser als Randie. Natürlich nicht Lark, aber dieser schmale Landstrich, der sie beide geprägt hatte, Darren und Michael. Die rote Erde von Osttexas war wie ein Teil ihrer DNA. Darren wusste um die Bedeutung von Heimat, wusste, was es hieß, auf dem Boden zu stehen, aus dem die Vorväter ihre Zukunft mit eigener Hände Arbeit geschaffen hatten. Er wusste, wie es sich anfühlte, auf der hinteren Veranda des Familiensitzes in Camilla zu stehen und den Atem seiner Vorfahren in den Bäumen zu spüren. Das und viel mehr hätte er Randie gern erzählt. Doch sie hatte dichtgemacht, saß stocksteif da, das Kinn wütend vorgestreckt, was nicht ewig so bleiben würde. Gott stehe ihr bei, dachte Darren, wenn sie sich gegen den Schmerz nicht mehr wehren kann.

Alles lief beim Geneva's zusammen, sämtliche Hoffnungen Darrens, eine rassistisch motivierte Treibjagd auf Missy Dales Mörder zu verhindern. Es war seine größte Chance, um Gerechtigkeit für Michael Wright und Klarheit über die Ereignisse in den letzten Stunden seines Lebens zu bekommen.

Michael sei im Café gewesen, hatte Wendy gesagt.

Darren verfolgte diese Spur und fuhr direkt von Wally auf den Parkplatz des Cafés. Er hatte gerade in einer Lücke neben der Zapfsäule geparkt, als sein Handy klingelte. Lisas Foto tauchte auf dem Display auf, ein Schnappschuss von einer Mexikoreise, die sie nach ihrem Abschluss an der juristischen Fakultät gemacht hatten. Ihre mit Kajal umrandeten Augen spähten unter der Krempe eines großen Strohhuts hervor. Randie sah das Bild ebenfalls. Sie schaute es sich eine Sekunde zu lang an und nickte dann, als er sie bat, einen Augenblick zu warten. Er stieg aus, um den Anruf entgegenzunehmen und lehnte sich gegen die Ladefläche, einen Stiefelabsatz gegen einen der Hinterreifen des Chevys gestützt.

»Was machst du gerade, Darren?«, fragte Lisa. Sie klang müde auf eine Weise, die nichts Gutes verhieß; sie war mit ihrer Geduld am Ende. Er hatte das bisschen guten Willen, den sie ihm entgegengebracht hatte, überstrapaziert, indem er gestern Abend nicht nach Houston zurückgefahren war.

»Wilson hat mich auf etwas angesetzt.«

»Du hast deine Marke abgegeben, Darren.«

»Nein, habe ich nicht.« Er ließ das irreführende *noch* weg.

»Ich dachte, du und Clayton hättet geredet«, sagte sie. »Über die Fakultät.«

»Wenn es etwas gibt, das du mich fragen willst, Lis, dann tu's. Du musst nicht meinen Onkel vorschieben.«

Sie seufzte und sagte: »Ich mache das nicht noch einmal mit.«

»Ich auch nicht«, sagte er in dem Glauben, sie meinte ihren Streit. »Ich habe zwei Leichen hier, Baby. Es gibt Leute, die darauf vertrauen, dass ich mich der Sache hier annehme.« Durch die Heckscheibe der Fahrerkabine warf er einen Blick auf Randie. Sie sah zur Vorderseite des Cafés, auf die gerafften Vorhänge in den Fenstern und das Schild draußen, das Teigtaschen anpries.

»Und du hast eine Frau, die in Houston lebt.«

»Du hast mich rausgeworfen. Was erwartest du von mir?«

»Nun, jetzt bitte ich dich, nach Hause zu kommen.«

»Nein.«

Die Antwort kam ohne jedes Zögern und er meinte es auch so, doch er hatte noch immer das Gefühl, eine Grenze zu überschreiten, hinter der er nicht mehr richtig atmen konnte, wo die Luft um ihn herum dünn und verbraucht war. »Lisa …« Sie legte in dem Moment auf, als Randie die Tür öffnete und aus dem Wagen stieg.

Wendy saß in einem geflochtenen Gartenstuhl, dessen gelbe und blaue Fransen in der Herbstbrise wehten. Sie knackte Pekannüsse über einer Papiertüte. Zu ihren Füßen lagen diverse Gegenstände auf einer Decke ausgebreitet: eine Nähmaschine, staubige Colaflaschen, eine alte Gitarre samt Schild, auf dem stand SAITEN NICHT INKLUSIVE, eine Handvoll Blechbüchsen und mehrere Pillendosen aus Perlmutt. Oben auf dem Mercury neben ihr stand ein weiteres Schild: NIMM EIN STÜCK TEXAS MIT NACH HAUSE. Randie betrachtete den provisorischen Basar, als Darren um den Wagen herumkam. Wendy nickte dem vertrauten Gesicht zu und entdeckte dann die Marke auf seiner Brust. »Ist das Ding echt?«, fragte sie. »Falls nicht, gebe ich Ihnen dreißig Dollar dafür.«

»Es ist echt«, sagte er. »Ranger Darren Mathews, Ma'am.«

»Das ist doch mal was.«

Sie sah, wie Randie eine flache, runde Dose betrachtete, deren grüne Aufschrift stellenweise verrostet war. Wendy zeigte darauf und sagte: »Die hat mal meiner Mama gehört.«

»Und Sie verkaufen sie?«, fragte Randie.

»Was soll ich mit einer Blechdose mit Pomade von 1949?«, erwiderte Wendy und steckte sich eine Pekannuss in den Mund. Sie war von Kopf bis Fuß in Rot gekleidet und ihr ebenfalls knallroter Lippenstift hatte auf ihre Vorderzähne abgefärbt. »Vor einer Woche ist hier 'ne Lady durchgekommen, die hat mir für so 'ne Dose glatt zehn Dollar gegeben. Ich glaube, meine Mama hat dafür zehn Cent bezahlt.« Sie nahm noch eine Pekannuss und knackte die Schale mit einem silbernen Nussknacker. »Wenn Ihnen was gefällt, sagen Sie mir Bescheid.«

»Wir sind wegen Michael Wright hier«, sagte Darren.

»Wer?«

»Der Schwarze, der gestorben ist.«

»Oh nein«, sagte Wendy und betrachtete Randie. »Sind Sie etwa mit ihm verwandt?«

»Er war mein …«

Darren unterbrach sie: »Haben Sie ihn gesehen, als er hier war, oder sich mit ihm unterhalten?«, fragte er Wendy.

»Nee. Das war Geneva«, sagte sie, als plötzlich etwas auf dem Highway ihre Aufmerksamkeit erregte. Sie machte ein erschrockenes Gesicht und Darren dachte, dass sie womöglich älter war, als er geschätzt hatte. Die blanke Angst in ihrem Gesicht verwandelte sich in Entrüstung. Er drehte sich um und folgte ihrem Blick.

»Na, sieh mal einer an«, sagte sie. Ein blauer Dodge kroch im Schneckentempo den Highway entlang am Café vorbei. Der Fahrer war weiß, doch im Profil konnte Darren nicht viel von seinem Gesicht erkennen. »Das ist jetzt das dritte Mal«, sagte sie.

»Der Truck?«

Wendy nickte. »Keith Dale.«

»Das ist Keith Dale?«, fragte Randie und konnte gerade noch das Fahrzeugheck verschwinden sehen, als der Truck beschleunigte. »Er war gestern Abend im Eishaus«, sagte sie und wandte sich mit fragendem Blick zu Darren um.

»Da war er bestimmt nicht der Einzige«, sagt Wendy. »N' Haufen von denen sind vom Eishaus hier raufgefahren und haben in den Laden reingeglotzt, um Geneva zu verstehen zu geben, dass sie beobachtet wird. Ich habe ihr meine Pistole angeboten, bis sich der Aufruhr wieder gelegt hat, doch sie hat ihre Zwölferflinte geladen unter der Kasse liegen.«

Darren blickte dem Truck hinterher und fragte sich, ob er zurückkommen würde.

Warum wird Keith Dale nicht in diesem Moment befragt?, dachte er.

Er packte Randie am Arm. »Gehen wir lieber rein.«

Er hielt ihr die Tür auf und drehte sich zu Wendy um. Er hatte auch sie gemeint. Doch die alte Dame hob nur eine Rockfalte, unter der eine 22er zum Vorschein kam. Das Ding sah zwar aus, als könnte es keiner Fliege was zuleide tun, doch mehr brauchte sie nicht, um zu sagen *Ich lass mich nicht von meinem Stand vertreiben*. Ihre Ecke auf Genevas Parkplatz würde sie nicht kampflos aufgeben. Darren hoffte inständig, diesen Fall zu lösen, bevor es einen weiteren Mord in Lark gab.

Geneva stand hinterm Tresen, wo sie einen Teller mit Folie bedeckte und in einen Pappkarton auf dem Tresen stellte, auf dem Heinz Ketchup stand. Sie wischte ihre Hände an der Schürze ab, auf der eine Sternenexplosion in gelb und orange abgebildet war, und schob dann die Abdeckung der Kuchenvitrine zurück. Das Café war mit dem Duft von Butter, Zucker, Pfirsich und Birne erfüllt. Huxley saß mit seiner Zeitung am gewohnten Platz. Neben ihm saß ein schwarzes Mädchen Anfang zwanzig. Sie hatte einen milchigen, sehr hellen Hautton und die Nase in ein Brautmagazin gesteckt. Als Geneva ein paar Teigtaschen in Folie wickelte, zeigte das Mädchen auf ein langes Brautkleid und sagte: »Wie findest du das hier, Grandma?« Geneva warf nur einen flüchtigen Blick darauf und zuckte mit den Schultern.

»Sieht wie 'ne weiße Reklametafel aus.«

Das Mädchen sog scharf die Luft ein und blätterte um.

Geneva bemerkte Randie und fragte: »Kann ich etwas für Sie tun?«

Das Mädchen drehte sich um und war sogleich neugierig auf die Fremde. Sie betrachtete Randie unverhohlen, die schwarze Jeans, das edle Leinen-T-Shirt, das bis zu den Ellbogen aufgerollt war, die winzigen goldenen Kreolen, die sie trug. »Ich mag Ihre Haare«, sagte sie.

Randie nickte leicht, doch Darren war sich nicht ganz sicher, ob sie das Mädchen überhaupt gehört hatte. Sie besah sich die Inneneinrichtung des Cafés. Die Weihnachtskalender und rostigen Nummernschilder. Die blau erleuchtete Jukebox, während Lightnin' Hopkins seine Gitarre aufheulen ließ, und am anderen Ende des Linoleumfußbodens der hellhäutige schwarze Friseur in mittleren Jahren, der mit seiner Schere am Haaransatz eines Teenagers entlangschnippelte. Der Geruch von Pomade mischte sich mit dem von Schweineschmalz, der aus der Küche kam, und Darren meinte zu spüren, dass sich eine fettige Schicht auf seinen Gaumen legte. Aus unerfindlichen Gründen hatte Randie noch immer ihren Fotoapparat über der Schulter hängen. Darren spürte, wie ihre Hand in Richtung Kamera zuckte, spürte, wie sie einen Filter zwischen sich und das, was direkt vor ihr war, bringen wollte, um Abstand zu den Bewohnern von Osttexas herzustellen. Sie sah wie eine Touristin aus, doch Geneva wusste Bescheid.

»Sind Sie aus Dallas?«, fragte das Mädchen neugierig.

»Nein, Faith, sie ist nicht aus Dallas«, sagte Geneva und sah dabei ihn und nicht Randie an. »Stimmt's, Ranger?«

Darren nickte ihr zu. »Ma'am«, sagte er.

»Ich weiß nicht, was für ein Spiel Sie hier treiben, aber ich mag keine Leute, die mir ins Gesicht lügen, junger Mann, nicht in meinem Laden.«

»Ich mach nur meine Arbeit, Ma'am.«

»Sie hätten was sagen können, als Sie gestern hier waren, aber Sie sind ohne Marke reinspaziert und haben kein Wort darüber verloren, dass Sie ein Ranger sind. Man hat Sie hierhergeschickt und Sie haben sich hier eingeschlichen, weil Sie dachten, wir würden in Ihrer Anwesenheit etwas sagen, das wir vor van Horn nicht sagen würden.«

»Niemand hat mich geschickt, Ma'am«, sagte Darren. »Und wenn Sie bereit sind, ein paar Fragen zu beantworten, kann ich beim Sheriff vielleicht ein gutes Wort für Sie einlegen.«

»Missy Dale war nicht hier am Sonntagabend, van Horn weiß das schon. Mehr hab ich nicht zu sagen.«

»Sie können mit ihm reden oder mit mir.«

»Ich versuch's mit dem Übel, das ich schon kenne«, sagte Geneva.

Es versetzte ihm einen Stich, musste Darren zugeben, von dieser Frau, der er nichts Böses wollte, so geringgeschätzt zu werden. Die Schürze, der Geruch nach Essen, der Geneva umgab, der wissende Blick – es war ein Bild schwarzer, mütterlicher Wärme, das eine Sehnsucht in ihm weckte, von der Darren manchmal nicht mehr wusste, dass er sie hatte. Seine Mutter hatte ihm höchstens Dosen mit Pearl-Bier serviert. Er hatte seinen ersten

Drink tatsächlich bei ihr bekommen, auf den Stufen ihres Trailers. Er war dreizehn gewesen. Damals unterrichtete Clayton bereits Verfassungsrecht an der UT in Austin und war wochentags meistens dort. Tagelang sich selbst überlassen, fuhr er mit dem Fahrrad manchmal zu seiner Mutter, etwas, das Clayton nicht gern sah. Bell gab ihm ein Bier, während sie selbst vier oder fünf trank, und sie unterhielten sich – über die Schule, wobei sie nur so tat, als hörte sie zu, und über Mädchen, was sie viel interessanter fand. Bell war eine Romantikerin, sie wollte, dass sich ihr Sohn wie ein Gentleman benahm. *Sorg dafür, dass du sie vorher zum Abendessen ausführst,* schärfte sie ihm ein, wenn sie an seine zukünftige Freundin dachte, etwas, das sich Darren damals nicht vorstellen konnte. Clayton schickte ihn auf die Highschool in Houston, sowohl um ihm die Ausbildung an einer Vier-Sterne-Schule zu ermöglichen als auch, um ihn vom Einfluss seiner Mutter fernzuhalten. An dem Abend, als er zum ersten Mal Sex hatte – mit Lisa, damals seine Freundin –, gab er jeden Cent, den er gespart hatte, für einen Restaurantbesuch einer Kette in der West Oak Mall aus. *Was immer du willst.*

Hinter ihm ertönte laut eine Stimme: »Die gehört mir!«

Es klang wie ein Bellen, das aus Randies Mund kam, und sowohl Darren als auch Geneva drehten sich um. Darren begriff überhaupt nicht, was los war und warum Randie aussah, als hätte sie einen Geist gesehen.

»Die gehört mir«, sagte sie noch einmal. Sie starrte zur hintersten Nische, die eine spezielle Dekoration hatte. Die Wand darüber war mit fünfzig Jahre alten Postern von Bluskonzerten vollgehängt. Lightnin' Hopkins im Eldorado Ballroom in Houston. Albert Collins als Headliner einer Revue im Third Ward, einem der historischen Bezirke von Houston. Bobby »Blue« Blands Auftritt mit einer neuen Band in Dallas. Eine Show im Club Pow Pow, bei der Joe »Petey Pie« Sweet auftrat. Und direkt über der

Nische befand sich auf einer niedrigen Ablage eine Gibson Les Paul von 1955, deren helles Holz zerkratzt und an einer Stelle abgerieben war. Sie war es, die Randie so sehr aus der Fassung gebracht hatte, dass ihr, wie Darren sah, die Hände zitterten.

»Wie bitte?«, sagte Geneva.

»Die ist aus meiner Wohnung. Sie gehört mir. Ich meine, sie hat Michael gehört.« Sie ging auf die Nische zu und wollte die Gitarre herunternehmen.

»Wagen Sie es nicht.«

Etwas in Genevas Stimme ließ Randie erstarren.

»Die hat meinem Mann gehört«, sagte die alte Frau. »Und die bleibt, wo sie ist.«

Sie warf Würzmittel in die Kiste mit Lebensmitteln und ging dann damit zur Tür. Sie fragte Huxley, ob er Post habe, und rief Faith auf dem Weg zur Tür zu: »Kommst du?«

Faith rollte mit den Augen. »Lebensmittelverschwendung«, sagte sie leise.

»Sie ist noch immer deine Mama«, sagte Geneva, worauf Faith nichts erwiderte.

Die Glocke an der Tür bimmelte, als Geneva hinausgehen wollte. Darren griff nach ihrem Handgelenk und spürte Knochen unter der papiernen Haut.

»Nur eine Sache, Ma'am. Sagen Sie uns, ob Michael Wright hier war.«

Geneva blickte ihn an und sagte: »Sie haben die Gitarre gesehen, oder nicht?«

Damit drängte sie zur Tür hinaus, und die Glocke hinter ihr bimmelte erneut. Er hörte, wie der Motor ihres Pontiacs angelassen wurde. Dann beobachtete er, wie sie den riesigen Wagen auf den Highway lenkte. »Wohin fährt sie?«, fragte Darren. Huxley zog eine Braue hoch, sagte aber nichts. Faith seufzte und klappte ihr Brautmagazin zu.

»Nach Gatesville«, sagte sie.

»Gatesville?«

Darren kannte keine Menschenseele, die nach Gatesville fuhr, außer um jemanden in Untersuchungshaft im Texas Department of Criminal Justice zu besuchen. In der Stadt gab es acht Gefängnisse, fünf davon für Frauen.

»Besucht sie jemanden, der einsitzt?«

Faith stand auf und sagte: »Meine Mutter ist seit zwei Jahren in Hilltop Unit.«

Sie ging zu dem großen Spiegel am anderen Ende des Cafés, schob sich an dem Friseurstuhl vorbei und betrachtete ihr Spiegelbild. Sie hob ihr gewelltes Haar, türmte es auf ihrem Kopf auf und drehte sich zu Randie um, der modisch gekleideten Fremden. »Was meinen Sie? Mit ein wenig Schleierkraut oben drauf? Rodney sagt, er bezahlt mir vor der Hochzeit einen Salonbesuch in Timpson.«

In Genevas Abwesenheit unternahm Randie einen erneuten Versuch mit der Gitarre. Sie ging zu der Nische, glitt hinein und kniete sich auf das Polster, um an die Les Paul auf der Ablage heranzukommen. »An Ihrer Stelle würde ich das lassen«, sagte Huxley, was Randie erneut erstarren ließ. Sie blickte Darren an, der sanft den Kopf schüttelte. Sie brauchten Geneva. Er sah, wie Huxley seine Zeitung zuschlug und sie sich unter den Arm klemmte. »Betty macht mir die Hölle heiß, wenn ich diese Woche nicht mindestens einmal zum Mittagessen nach Hause komme«, sagte der ältere Mann.

»Waren Sie am Mittwochabend hier, Sir?«, fragte ihn Darren.

»Ich bin immer hier.«

»Haben Sie meinen Mann gesehen?«, fragte Randie.

Huxley stand auf und blickte sie an. »Mein herzliches Beileid, Ma'am. Doch die Antworten auf das, was Ihrem Mann passiert ist, liegen nicht hier. Ich weiß nur, dass er so gegen fünf, sechs Uhr reinkam und 'ne Kleinigkeit gegessen hat. Mittwochs gibt's Seewolf. Er hat sich mit Geneva unterhalten, aber Tim und ich haben Karten gespielt, und ich hab nicht genau zugehört. Irgendwas von wegen ein Zimmer in ihrem Trailer für eine Nacht, doch dann ist er gegangen und nicht mehr wiedergekommen. Und jetzt heißt es, er wäre oben im Eishaus gewesen. Vielleicht sollten Sie sich dort mal umhören.«

»Aber wieso?«, stellte Darren die Frage, die sich Randie und der alte Mann wohl ebenfalls stellten. »Wieso ist Michael von hier ins Eishaus gegangen?« Obwohl Darren gestern auf der Suche nach einem Drink das Gleiche getan hatte.

»Ich weiß es nicht«, sagte Huxley. »Aber Lil' Joe war regelmäßig dort, und sehen Sie nur, was mit ihm passiert ist.«

»Lass meine Mama da raus«, fauchte Faith.

»Wer ist Lil' Joe?«, fragte Darren.

Vom Spiegel aus sagte Faith: »Mein Daddy.«

Bevor Darren fragen konnte, was mit Faiths Daddy passiert war und was ihre Mutter damit zu tun hatte, pingte sein Handy in der Hosentasche. Es war eine Textnachricht von Greg: *Obd.-Bericht ist unterwegs.*

12

Er sagte zu Randie, dass er einen Anruf machen müsse und murmelte etwas von seinem Lieutenant, irgendwas, das ihm ein paar Minuten verschaffte, um den Bericht des Gerichtsmediziners zu lesen. Das konnte er nicht in Randies Anwesenheit tun. Er würde ihr nur das Nötigste mitteilen, mehr nicht. Er ging hinaus, als in der Jukebox ein Stück von John Lee Hooker begann, und Randie ließ sich unter der Gitarre in die Nische sinken und blickte zu der Les Paul hinauf. *Bluebird, Bluebird, take this letter down South for me,* sang der Boogie Man, als Darren die Eingangstür des Cafés öffnete und die Glocke hinter ihm klingelte. Ihm brach der Schweiß aus, er brannte auf der Haut. Er setzte sich in die Fahrerkabine seines Trucks, in der es von der Mittagssonne warm war. Die Datei kam zusammen mit einer E-Mail, in der stand, dass die Obduktion von Missy Dale in der Gerichtsmedizin von Dallas noch nicht abgeschlossen sei.

Darren öffnete den Bericht über Michael Wright.

Die Bilder kamen als Erstes. Die Haut war von einem wächsernen, leicht violetten Grau, der Körper so aufgedunsen, dass er kaum mehr einem menschlichen Wesen glich. Die zwei Tage, die Michael im Wasser gelegten hatte – bevor er von einem weißen Farmer auf der anderen Seite des Bayous entdeckt worden war –, hatten sowohl den Körper als auch Beweisspuren zerstört, wie auf der ersten Seite des Berichts vermerkt war. Doch an Michaels linker Kopfhälfte war bei der gerichtsmedizinischen Untersuchung noch immer eine Verletzung sichtbar gewesen, die Haut an seinem Auge aufgeplatzt und verfärbt und über dem Ohr ein tiefer Schnitt. Er war so schwer verprügelt worden, dass er eine doppelte Schädelfraktur hatte, vermutlich verursacht durch einen Gegenstand mit dem Durchmesser eines Baseballschlägers, aber mit scharfen Kanten, die in seine Haut geschnitten hatten. Die Gerichtsmedizinerin namens Aimee Kwon hatte angemerkt, dass um die Verletzung herum zwei Fasern so tief in das Gewebe eingedrungen waren, dass, obwohl die Leiche mehrere Tage im Wasser gelegen hatte, eine Pinzette erforderlich gewesen war, um sie zu entfernen. Die Fasern hatten Ähnlichkeit mit dem Holzschliff unbehandelter Kiefern, würden jedoch noch näher untersucht werden müssen, um sicher zu sein. Wegen der begonnenen Verwesung in der Schädelhöhle konnte sich die Gerichtsmedizinerin nicht sicher sein, ob der Schlag auf Michaels Schädel ihn sofort außer Gefecht gesetzt hatte oder ob er noch aus eigener Kraft zum Ufer des Bayous hatte gehen können. Sein Blutalkoholspiegel lag bei 0,2 Promille, was bedeutete, dass er höchstens einen Drink gehabt hatte. Darren glaubte nicht, dass Alkohol eine Rolle gespielt hatte und die Gerichtsmedizinerin auch nicht. Sie hatte es ausgeschlossen. Das Bayouwasser in Michaels Lunge legte nahe, dass er ertrunken war. Doch ob er in den Bayou hineingefallen oder bewusstlos ins Wasser gezogen worden war, konnte die Obduktion nicht beantworten. Ohne weitere Informationen aus den Ermittlungen des Shelby Countys galt die Todesursache als ungeklärt. Es war offiziell weder ein Unfall noch Mord. Darren, der in dem flachen, schlammigen Bayou gestanden hatte, glaubte, dass jemand Michaels schlaffen, am Boden liegenden Körper ins Wasser gezogen hatte. Und mehr denn je glaubte er zu wissen, wer derjenige war.

· · ·

Er setzte Randie so behutsam wie möglich in Kenntnis, ohne ihr die Bilder und die Details des Berichts zu zeigen. Es überraschte ihn, dass sie ihm offenbar so sehr vertraute, dass sie nicht darauf bestand. Sie war stiller denn je. Sie lauschte seinen Worten, den auswendig zitierten Passagen der Obduktionsergebnisse. Sie nickte, stellte jedoch kaum Fragen. Irgendwann legte sie den Kopf an das Beifahrerfenster und weinte. Sie sagte nur, dass sie sich übergeben müsse, doch als sie die Tür öffnete und den Kopf über den grauen Asphalt beugte, kam nichts. Es gab keine Linderung, sie lehnte sich auf dem Sitz zurück und wischte sich einen Speichelfaden von der Unterlippe. Sie stützte ihre schwarzen Stiefeletten auf den Sitz, nachdem sie ihre Knie so fest angezogen hatte, dass sie sie umschlingen konnte, was ihren Körper zu einer Zuflucht gegen den Schmerz machte, der sie regelrecht schüttelte. Darren sagte leise ihren Namen. Er wollte sie an der Schulter berühren, tat es aber nicht. »Überlassen Sie den Rest mir, okay? Sie brauchen sich nicht damit zu quälen. Bringen Sie Ihren Mann nach Hause und begraben Sie ihn. Ich verspreche Ihnen, ich finde denjenigen, der Michael das angetan hat.«

Sie ließ abrupt ihre Knie los und setzte sich kerzengerade hin. »Ich gehe nirgendwohin.«

»Randie, lassen Sie mich meinen Job machen.«

»Ich gehe erst, wenn der Täter verhaftet wurde. Ich lasse ihn nicht im Stich«, sagte sie, als würde Michaels Seele für immer in Lark bleiben, wenn sie nicht bis zum Ende durchhielt. Sie hatte sich erneut verhärtet, und ihre Wut half ihr, sich zu fassen; das Zittern hörte auf.

»Na schön. Aber es gibt ein paar Dinge, die ich allein tun muss«, sagte Darren. Randie blickte ihn mit hochgezogenen Brauen an. »Ich gehe noch einmal in dieses Eishaus«, sagte er. »Und Sie können da nicht einfach reinspazieren.«

»Sie aber auch nicht.«

»Ich sagte nicht, dass ich hineingehen werde.«

Weil ihr Mietwagen am Motel stand, überließ er ihr seinen Truck mit der strikten Anweisung, ihn abzuholen, wenn sie entweder eine Textnachricht von ihm erhielt oder eine Stunde vergangen war. Sie setzte ihn an der FM 19 ab, an dem schmalen Waldstück zwischen Landstraße und Eishaus. Nachdem er aus dem Chevy gesprungen war, ging er zwischen dicht stehenden Kiefern und Eichen hindurch bis zu einer Lichtung auf der Rückseite des Eishauses. Countrymusik drang aus der Kneipe. Waylon Jennings sang darüber, in Luckenbach, Texas neu anfangen zu wollen. Außer dem schwächer werdenden Motorengeräusch seines Trucks und der plärrenden Musik war nichts zu hören. Er wartete, bis er glaubte, dass Randie verschwunden war.

Es gab einen Propangastank und einen Generator hinter dem Eishaus, außerdem einen Räucherofen, der mit Kiefernnadeln bedeckt war und schon vor Jahren Rost angesetzt hatte. Neben einem Plastikgartenstuhl war ein umgedrehter Farbeimer, auf dem ein angeschlagener Glasaschenbecher stand. So nah am Wald war der Kieferngeruch sehr intensiv, kam jedoch gegen den Gestank nach Müll und Bierresten in Flaschen, die sich in einer schwarzen Mülltonne stapelten, auf deren Deckel tote Fliegen klebten, nicht an. Darren steckte eine einzelne Zigarette in seine Hemdtasche und wartete. Es war fast drei Uhr nachmittags, und die Sonne war auf die andere Seite des Highways gewandert. Hinter Jeff's Juice House wehte ein leichter Wind und wirbelte ein paar Kassenbelege auf, die zwischen Grasbüscheln lagen. Kleine Plastikbeutel waren über den Boden verstreut, ein paar davon alt und halb in der Erde vergraben und so klein, dass man darin Knöpfe oder Wechselgeld oder Crystal Meth aufbewahren konnte. Wo die Arische Bruderschaft war, waren normalerweise auch Drogen. Darren beugte sich hinunter, hob einen mit seinem Taschentuch auf und steckte ihn als mögliches Beweismaterial ein. Er behielt den Hintereingang im Auge und wartete.

Um die Zeit totzuschlagen, nahm er das Telefon heraus und suchte nach Joe Sweet, dessen Name inzwischen mehrmals erwähnt worden war. Joe »Petey Pie« Sweet war laut Wikipedia 1939 als Joseph Sweet auf einer Farm außerhalb von Fayette, Mississippi geboren worden und eines von elf Kindern. Sein älterer Bruder Nathan hatte ihm das Gitarrespielen beigebracht, und im Alter von zwölf spielte er in Schwarzenkneipen, in denen er selbst nichts trinken durfte. In den späten Fünfzigern verließ er mit zwei seiner Brüder Mississippi und ließ sich zuerst in Gary, Indiana und anschließend in Chicago nieder, dem Mekka des Delta-Blues, den die Bewohner von dort in den Norden gebracht hatten. Joe schloss sich bald Muddy Waters und dem jungen Buddy Guy an, spielte in einer Band mit Little Walter und regelmäßig bei Sessions der Chess Brothers. Er tourte ein bisschen mit Bobby »Blue« Bland, probierte aber nichts Eigenes. In den späten Sechzigern hörte er auf zu touren und Platten einzuspielen und wurde 2010 bei einem Raubüberfall in Lark, Texas im Alter von einundsiebzig Jahren getötet. Von 1968 bis zu seinem Tod war er mit Geneva Sweet verheiratet gewesen. Gemeinsam hatten sie einen Sohn, Joe Sweet Jr., der 2013 gestorben war.

Aus Neugier klickte Darren noch ein paar andere Seiten an und fand Bilder eines Schwarzen mit tiefdunkler Hautfarbe, der schmale Krawatten und einen kurz geschorenen Afro trug. Darren musste immer wieder an eine Sache denken: *Sowas hatten wir hier nicht mehr, seit Joe gestorben ist.* Gefolgt von Tims provozierender Frage: *Welchen von beiden meinst du?*

Sie waren tot – Genevas Ehemann und ihr Sohn, Faiths Vater. Ihre beiden Joes, beide gestorben.

• • •

Die Hintertür des Eishauses ging plötzlich auf und als Darren aufblickte, sah er, wie die Barkeeperin von gestern Abend herauskam und sich eine Zigarette anzündete, bevor sie ebenfalls aufblickte und Darren sah. Sie ließ sich nicht aus der Ruhe bringen, sondern blies den Rauch durch die Nase aus und sagte: »Sie sollten sich hier lieber nicht mehr blicken lassen. Wenn Brady sieht, dass Sie hier rumschnüffeln, kriegen Sie Ärger und ich gleich mit dazu.«

»Ist das Ihr Boss?«

»Wally ist der Boss«, sagte sie. »Brady ist nur der Geschäftsführer.«

»Weiß er, was für Leute seine Bar frequentieren?«

»Ich weiß nur, dass er Sie dort nicht sehen will.«

»Ich rede von der Bruderschaft, Ma'am«, sagte er und dachte, dass eine Frau wie sie – heute trug sie ein Netz-Shirt über einem schmuddeligen weißen Trägerhemd, und an ihrem Hals waren noch mehr entzündete Stellen und Eiterpickel zu sehen – das Wort Ma'am nicht oft hörte und ein wenig Respekt nicht schaden konnte. »Ich rede von den Kerlen mit den ABT-Tattoos, von dem Dicken, der uns gestern Abend vom Grundstück gejagt hat.«

»Das ist Brady«, sagte sie.

Sie blickte über die Schulter.

Die Hintertür stand einen Spaltbreit offen, festgehalten von einem Stein.

Darren konnte Geschirrgeklapper aus der Küche hören.

»Und Wally weiß das?«, fragte er und fand selbst, dass er ziemlich naiv klang.

»Wally gehört nicht gerade zu denen, die beim Marsch nach Washington dabei waren«, sagte sie, und er fragte sich, wie alt sie sein mochte. Wenn die Falten in ihrem Gesicht vom Meth stammten, war das schwer zu sagen; die Droge hinterließ ihre Spuren. Er beobachtete, wie sie einen Zug von ihrer Zigarette nahm und ausgiebig seine Dienstmarke beäugte. Offensichtlich machte sie ihr Angst – vielleicht mehr als Brady.

»Wenn Sie mich was fragen wollen, tun Sie das lieber gleich, bevor meine Pause zu Ende ist.« Sie blickte noch zweimal zur Tür, während sie alle zwei Sekunden von einem Bein aufs andere trat und mal mit der einen und dann wieder mit der anderen Hand an ihren Haaren zupfte oder an ihrem Daumennagel knabberte. Sie trug Slipper von Keds, die vom Schmutz graubraun waren, und die Haut an ihren Beinen war trocken und blass.

»Keith Dale«, sagte Darren. »Ist er in der Bruderschaft?«

»Ich bin nicht die Clubsekretärin.«

Darren schenkte ihr einen wissenden Blick und stemmte seine Absätze in den Boden, um zu signalisieren, dass er nicht vorhatte zu gehen. »Er hängt hier ab«, räumte sie ein und drückte nach einem tiefen Zug und einem Husten ihre Zigarette aus. Dann zuckte sie mit den Achseln. »Eine Menge Leute kommen in die Kneipe. Ist 'n ganz netter Laden. Keith ist nichts Besonderes.«

»War er Mittwochabend hier?«

»Ich habe ihn nicht gesehen«, sagte sie und blickte über seinen Kopf hinweg zu den Kiefernwipfeln. Darren spürte, dass da mehr war, direkt unter der Oberfläche. Doch weil sie offenbar nichts mehr zum Rauchen hatte, wandte sie sich zum Gehen.

Er bot ihr die einzelne Zigarette in seiner Tasche an, wie Zuckerbrot und Peitsche. »Dealt Brady hier draußen mit Crystal?«, fragte er. »Van Horn mag darüber hinwegsehen, aber als Ranger kann ich das nicht. Nicht mit den Feds im Nacken, die dauernd Informationen von uns haben wollen. Vielleicht haben Sie ja gerade welches bei sich«, sagte er und unterstrich die Drohung, indem er mit seinen Blicken nach irgendwelchen Ausbuchtungen in ihren engen Jeans suchte. Sie wurde blass, schüttelte den Kopf und streckte, Darrens Camel zwischen den Fingern, abwehrend die Hände aus. Er beugte sich vor, um die Zigarette anzuzünden und sah ihr in die haselnussbraunen Augen, während sie vom

Rauch, den sie ausstieß, eingehüllt wurde. Er hatte sie aus der Fassung gebracht. Er spürte, wie sie überlegte. Auf der anderen Seite des Bayous räucherte jemand Wildfleisch, zwei Wochen vor der Jagdsaison. Darren bemerkte den süßlichen Geruch von Pekanholz. »Sie riskieren eine Anklage, wenn sie denen dabei helfen, irgendwelche Drogen zu verstecken.«

»Ich weiß davon nichts«, sagte sie bestimmt. Mit einer Hand fuhr sie sich über ihr dünnes, fettiges Haar und seufzte resigniert. »Also, Keith kam normalerweise rechtzeitig vom Sägewerk, um sich ein Bier zu genehmigen und dann mit Missy nach Hause zu fahren, wenn ihre Schicht zu Ende war. Aber wenn es im Sägewerk später wurde, lief sie nach Hause. Das Häuschen ist direkt an der FM 19, die auf der anderen Seite der Bäume entlangführt«, sagte sie und zeigte zu dem Waldstück, durch das Darren gerade gekommen war. »Ganz ehrlich, ich schwör's bei meinen Kindern, ich habe Keith Dale an dem Abend nicht gesehen.«

»Und wer hat den Fremden bedient?«

»Wen?«

Doch sie wusste, wen er meinte.

»Wie heißen Sie, Ma'am?«, fragte Darren. Er war direkt, aber nicht unhöflich. Doch sie sollte auf keinen Fall vergessen, dass er ein Gesetzeshüter war. »Ich habe nach Ihrem Namen gefragt.«

»Lynn.«

»Sagen Sie mir, Lynn, wer den Schwarzen bedient hat.«

Sie seufzte und spuckte es schließlich aus: »Missy.«

Sie betrachtete ihre Zigarette, als hätte das Nikotin es ihr verraten. Eineinhalb Zigarettenlängen bedeuteten, dass ihre Pause endgültig vorbei war. »Hör'n Sie, ich muss wieder rein. Das ist nicht böse gemeint, aber ich krieg echt Ärger, wenn ich mit 'nem Cop rede.«

»Haben Sie schon mit dem Sheriff darüber gesprochen?«

»Er hat erst Fragen über den schwarzen Typen gestellt, nachdem Missy tot war«, sagte sie und drückte die zweite Zigarette aus. »Er war heute Morgen hier.«

Deshalb ist er also zu spät bei Wally aufgetaucht, dachte Darren; er hatte versucht, seinen Rückstand aufzuholen und so getan, als hätte er die ganze Zeit am Mord von Michael Wright gearbeitet. »Und was haben Sie ihm erzählt?«, fragte er.

»Was ich Ihnen erzählt habe – dass sie ihn bedient hat.«

»Den Schwarzen? Michael?«, fragte er zur Sicherheit.

Sie nickte. »N' Haufen Leuten hat's überhaupt nicht gepasst, die beiden miteinander reden zu sehen.«

»Reden?« Das hatte van Horn ebenfalls gesagt.

»Mindestens eine Stunde. Missy saß sogar eine Weile an seinem Tisch. Ich musste ihr sagen, dass sie gehen soll. Es war schon zwanzig Minuten nach Schichtende und sie hatte noch nicht Schluss gemacht.«

»Ist sie allein gegangen?«, fragte Darren.

Michael hatte das Gästezimmer in Genevas Trailer gemietet, war aber nie zurückgekommen.

»Das war nicht meine Sache«, sagte sie ausweichend.

»Sagen Sie es mir, Lynn.«

Sie kratzte an einem Pickel am Kinn. »Ja, ich hab gesehen, wie sie mit ihm rausgegangen ist.«

»Sind Sie sicher?«

Sie nickte.

Darren schüttelte nachdenklich den Kopf. Er wünschte, es stimmte nicht, konnte sich kaum vorstellen, dass ein Mann, der mit Randie zusammen war, mit einer College-Abbrecherin aus einem winzigen Kaff in Texas herummachte. Und ganz bestimmt wollte er nicht derjenige sein, der diesen Teil der Geschichte der trauernden Witwe erzählte.

»Und was ist mit Keith?«, fragte er. »Sie haben gesagt, er wäre nicht in der Bar gewesen.«

»Nein. Ich habe gesagt, ich hätte ihn nicht gesehen. Aber vielleicht hat er ja den Kopf reingestreckt. Wenn sie nicht mehr da war, sammelte er sie manchmal auf der Landstraße auf, wenn sie zu Fuß auf dem Weg nach Hause war. Bestimmt hätte er sie gesucht«, sagte sie, bevor sie die letzten Worte geradezu ausspie: »Manche Leute lernen's nie.«

Darren verstand nicht gleich, was sie meinte. Doch er hatte jetzt eine Vorstellung, eine Theorie. Keith war vielleicht seiner Frau zusammen mit einem Fremden, einem Schwarzen, auf der Landstraße begegnet. Das war die engste Verbindung, die Darren zwischen Keith Dale und Michael Wright herstellen konnte. Doch er brauchte etwas Konkretes von ihr – am besten schriftlich –, wenn er Wilson dazu überreden wollte, weiter Druck zu machen, Keith Dale als Person von besonderem polizeilichen Interesse einzustufen.

»Hat Brady irgendwo einen Dienstplan?«, fragte er. »Ich meine, ich muss nicht wissen, was sonst noch in seinem Büro ist«, sagte er und deutete damit ganz beiläufig eine mögliche Durchsuchung wegen Drogen an, »aber ich brauche diesen Dienstplan, Lynn. Speziell den für Mittwochabend. Es ist sehr wichtig.« Er erwähnte nicht, dass sie eine eidesstattliche Erklärung abgeben müsste, damit das, was sie gerade erzählt hatte, als Beweis gelten würde. Und sie nickte, als sie wieder hineinging, weshalb er sie nicht drängte. Er schrieb Randie, dass sie ihn abholen könnte. Falls sie beim Geneva's wartete, wie er sie gebeten hatte, wäre sie gleich hier.

Die Hintertür des Eishauses ging erneut auf.

Zu schnell, dachte er. *Viel zu schnell.*

Noch bevor er aufblickte, wusste er, dass es Ärger geben würde, und statt Lynns nikotingelben Fingern, die ihm ein Beweisstück reichten, sah er Bradys Faust, die mit der Geschwindigkeit eines Fastballs auf ihn zukam. *Ich hätte wissen müssen, dass es nicht so einfach ist.* Der Gedanke explodierte wie ein Feuerwerkskörper in seinem Kopf, als ihn die Faust am Kinn traf.

Er wurde zurückgeschleudert und riss bei seinem Sturz die Mülltonne um. Er schnippte die Lasche an seinem Holster auf und hatte seinen Colt in der Hand, noch bevor er wieder auf den Füßen war. Doch Brady hatte bereits seine 357er auf ihn gerichtet. Und er war nicht allein. Darren brauchte einen Moment, um den Weißen mit seiner verschwitzten Baseballmütze, der neben Brady stand, zu erkennen. Es war Keith Dale. Brady bot ihm den tödlichen Schuss mit einer solchen Kälte an, dass Darren das Adrenalin wie brennende Säure durch die Adern schoss. »Das ist deine Trophäe, wenn du willst, Keith«, sagte Brady, ein schiefes und unheimlich selbstbewusstes Grinsen im Gesicht. »Damit kann ich dich reinbringen.«

Darren blieb vor Panik die Luft weg, als er den typischen Jargon der Bruderschaft erkannte. Brady blickte Beifall heischend in Keiths Richtung, damit sein Schützling die Bedeutung dieses Augenblicks begriff, das Geschenk, das ihm Brady machte. Keith stieß ein kurzes Triumphgeheul aus. Brady wurde ernst und sagte: »Tu es für Ronnie Malvo.«

Der Name hallte in Darrens Kopf wider.

Ronnie »Redrum« Malvo, der Mann, der letzten Monat unerlaubt Macks Grundstück betreten hatte und zwei Tage später tot aufgefunden worden war. Durch irgendwelche Seiten in den sozialen Medien, Facebook und Reddit-Foren, musste sich Darrens flüchtige Verbindung mit Malvos Tod bis nach Shelby County herumgesprochen haben. Darren war offiziell zur Zielscheibe geworden und würde gleich sein Leben verlieren, wenn er nicht sofort handelte.

Er kickte Brady die 357er aus der Hand, die in hohem Bogen nach links flog. Brady machte eine Bewegung in ihre Richtung, doch Darren hatte innerhalb von Millisekunden den Colt auf seinen Kopf gerichtet. Die Marke gab ihm das Recht zu schießen. Aber es konnte das Ende seiner Karriere bedeuten, wenn er auf einen unbewaffneten Mann schoss. Er war in einer Pattsituation mit sich selbst. Sein Zögern war ihm peinlich und machte ihn wütend.

»Hättest den Kerl erschießen sollen, als du die Gelegenheit dazu hattest«, raunzte Brady Keith an. Doch jetzt hatte Darren die Oberhand und hielt beide Männer mit dem Colt in Schach. Er betrachtete Keith von der Mütze bis zu seinen Arbeitsschuhen. Seine Fingerknöchel waren zerschrammt, und sowohl auf dem Handrücken als auch auf der Wange direkt unterm linken Auge hatte er eine Prellung. Sie hatte sich zu einem gelblichen Grün verfärbt, mit verblassenden Spuren von Violett in der Mitte. *Ein paar Tage alt.* »Woher haben Sie diese Prellungen, Keith?«

Keith blickte Darren verächtlich an und spuckte ihm vor die Füße. »Fick dich.«

»Du sagst kein weiteres Wort«, sagte Brady. »Van Horn kümmert sich darum.«

Da hörte Darren die Sirenen.

In ein paar hundert Metern Entfernung vielleicht, und sie kamen näher.

Darrens Handy, das umgedreht auf dem Boden lag, klingelte. Randie wartete auf der anderen Seite der Bäume auf ihn. Zumindest hoffte er, dass sie es war.

Aber nein: Sie war hier. Sie war nicht zum Geneva's gefahren, sondern hatte stattdessen neben dem Parkplatz vom Eishaus gestanden und auf ihn gewartet. Und jetzt kam sie mit seinem Truck um die Ecke des flachen Gebäudes und hatte Mühe, das riesige Ding über den holprigen Grund zu lenken. Sie trat so fest auf die Bremse, dass sie roten Staub aufwirbelte. Darren konnte kaum ihr Gesicht über dem Lenkrad erkennen.

Als sie die Waffen sah, schrie Randie.

Ihre Panik machte Brady nervös. Er starrte auf die Pistole zu seinen Füßen. Das könnte ins Auge gehen, wie Darren augenblicklich erkannte, und er wollte nicht, dass Randie ins Kreuzfeuer geriet. Er musste sofort von hier verschwinden. Während er nach seinem Telefon griff und zum Truck eilte, hielt Darren mit seiner Waffe die beiden Männer in Schach. Die Sirenen kamen näher, als er neben Randie in den Wagen stieg. Als Brady nach seiner 357er griff, brüllte Darren: »Fahren Sie!« Randie starrte ihn panisch an. Um den Chevy wenden zu können, musste sie zuerst in Richtung Eishaus zurücksetzen. Für einen kurzen Moment befanden sie sich Auge in Auge mit Brady, der vor dem Chevy stand und den Lauf seiner Waffe direkt auf sie richtete. Randie sah ihn durch die Windschutzscheibe und erstarrte inmitten ihres Wendemanövers. »Nehmen Sie den Fuß von der Bremse, Randie«, befahl ihr Darren, während er am Lenkrad kurbelte, um die Vorderreifen in Richtung Highway auszurichten. »Los jetzt«, sagte er. »Fahren Sie!« Sie drückte aufs Gaspedal und Darren stützte sich am Armaturenbrett ab, als sie vorwärts schossen. Tief übers Lenkrad gebeugt, steuerte sie den breiten Truck zwischen der baumbestandenen Wiese und der Seitenwand des Eishauses hindurch.

Darren hörte, wie es hinter ihnen zweimal unverkennbar knallte.

Ein Schuss traf den Außenspiegel auf Darrens Seite.

Der andere einen der Hinterreifen. Nachdem sie den Parkplatz überquert hatten, fuhren sie an van Horn vorbei, der vom Highway kam und den Blick auf Darren geheftet hatte. Beim Anblick eines Cops zögerte Randie, doch Darren befahl ihr weiterzufahren, bevor Bradys nächster Schuss traf, bevor er sie beide tötete.

13

Sie hielten erst wieder, nachdem sie die County-Grenze überquert hatten. Darren wies Randie an, auf den Parkplatz einer Kegelbahn in Garrison zu fahren. Er war ein Cop, der vor dem Gesetz davonlief, und so sehr ihn das sowohl amüsierte als auch maßlos ärgerte, war er nicht bereit gewesen, anzuhalten und sich einem Sheriff gegenüber zu erklären, der rangmäßig unter ihm stand. Einen verbalen Schlagabtausch mit lokalen Ordnungskräften über die Hackordnung würde Lieutenant Wilson bestimmt nicht gutheißen und ihm einen Vermerk einbringen, den sich Darren nicht leisten konnte, nicht nachdem er seine Marke gerade erst zurückbekommen hatte. Sollte sich van Horn doch mit dem gefährlichen Waffengebrauch herumschlagen. Darren würde sich nicht dafür kritisieren lassen, wie er eine Untersuchung durchführte, die ihm der Sheriff vor die Füße geworfen hatte.

Er befahl Randie auszusteigen. Sie war in Panik, ihre Gliedmaßen zitterten wie Draht, der unter Strom stand. Er musste sie zweimal bitten, vom Chevy wegzubleiben, während er den Hinterreifen wechselte, durch den die Kugel sauber hindurchgegangen war. Als er auf dem Boden lag, um den Ersatzreifen zu montieren, schrammte er mit der Schulter über den Beton und riss sich das Hemd kaputt. Er schwitzte, während er arbeitete, und der Schweiß lief ihm in Rinnsalen über den Rücken. Randie zitterte, während die Dämmerung hereinbrach. Sie hatte den hellen Mantel nicht dabei und trug nur T-Shirt und Jeans. Er hatte den Reifen in weniger als fünfzehn Minuten gewechselt und rief gleich danach seinen Vorgesetzten an. Er wollte einen Durchsuchungsbefehl wegen möglichen Drogenbesitzes mit Handelsabsicht, wobei er die Bruderschaft als hinreichenden Verdacht anführen würde. Bei der Durchsuchung von Wallys Eishaus wollte er Missys Dienstplan beschlagnahmen. Es war die Art von Täuschungsmanöver, das Cops häufig benutzten. Doch Wilson war wütend.

»Ranger, Sie haben weniger als zwölf Stunden, bis irgendein Korrespondent aus Chicago in Texas aufschlägt und herumschnüffelt, und Sie verschwenden Ihre Zeit mit irgendwelchen Methdealern? Sie haben regelrecht darum gebettelt, erinnern Sie sich? Sie sind dort, um Beweise im Mordfall Michael Wright zu sammeln, das ist alles.«

»Und ich sage Ihnen, er steht in Verbindung mit dem Mord an Melissa Dale.«

»Das wissen Sie nicht.«

Darren erklärte seine Strategie: Sie könnten die Drogen dazu benutzen, um reinzukommen; sie konnten mithilfe des Durchsuchungsbefehls an die Dienstpläne der Angestellten kommen. Sie wären mögliches Beweismaterial dafür, dass die beiden Verstorbenen an dem Abend zusammen waren, an dem Michael Wright verschwand. Aber Wilson ließ sich nicht erweichen.

»Das ist kein Drogenfall.«

»Warten Sie«, sagte Darren. »Als ich bei der Sondereinheit war, durfte ich Rassenverbrechen nicht zur Sprache bringen, und jetzt bin ich mitten in einem Rassenverbrechen und soll auf einmal Drogen nicht zur Sprache bringen?« Randie stand auf der anderen Seite der Truck-Kabine. Sie hatte jedes Wort mitbekommen.

»Sie wissen nicht, ob das ein Rassenverbrechen ist«, sagte Wilson.

»Wollen Sie mich auf den Arm nehmen?«

»Passen Sie auf, Darren.«

»Wieso fällt es Ihnen so schwer, das zuzugeben, wo Sie es direkt vor der Nase haben? In diesem Ort wimmelt es nur so von Mitgliedern der Arischen Bruderschaft, und zwei von ihnen haben eben versucht, aus meinem Hintern eine Trophäe zu machen.«

»Was?«

Darren bremste sich. Er hatte dem Lieutenant nichts von der Schießerei erzählt; ein Teil von ihm rechnete nicht damit, von seinem Department Unterstützung zu bekommen. Wenn er ein Wort über Ronnie Malvo sagte, bevor das Urteil der Grand Jury gefallen war, würde Wilson ihn augenblicklich von dort abziehen, und Randie wäre auf sich gestellt. An Wilsons Ende wurde es still, bis auf das leise Klingeln der Telefone im Hintergrund. Darren erinnerte sich daran, wie ruhig es in dem mit Teppich ausgelegten Hauptquartier in Houston war, wie zivilisiert die Untersuchungen in der Welt der Wirtschaftsverbrechen vonstattengingen, während er in einem Ort voller Hinterwäldler am Rand von Shelby County auf rissigem Asphalt stand und gerade ein Mitglied der Arischen Bruderschaft auf ihn geschossen hatte. Er teilte Lieutenant Wilson mit, dass er ein paar Hinweisen nachgehe und beendete das Telefonat, so schnell er konnte, wobei er leise fluchte. Randie verschränkte die Arme vor der Brust.

»Was jetzt?«

Darren sagte das Einzige, dessen er sich in diesem Moment sicher war: »Ich brauche einen Drink.«

Er warf sein Werkzeug auf den schmalen Rücksitz und ging in Richtung Bowlingbahn. Randie schien irritiert zu sein, folgte ihm aber. Weil die Bar in der Bowlingbahn nur Bier und Wein hatte – *zum Teufel damit* –, kehrten sie rasch zum Truck zurück und landeten schließlich in einem Schuppen mit einem Blechdach am Highway. Auf dieser Seite der Countygrenze konnte er ein wenig freier atmen. Es wurde Blues gespielt, als Darren Randie die Tür aufhielt, ein Song von Koko Taylor, der den Raum erfüllte. Es waren hauptsächlich Schwarze da, die schon tagsüber getrunken hatten und sich nun langsam auf den Heimweg machten. Ein paar Männer in T-Shirts bauten für eine Show am Abend auf und trugen Schlagzeuge und tragbare Lautsprecher herein.

Darren versuchte sich daran zu erinnern, welcher Tag heute war, und wie lange es her war, dass Greg ihn auf die beiden Morde in Lark angesetzt hatte. Ein Teil von ihm wusste, dass es ein Fehler war, in dieser Bar zu sitzen, dass ihn der Zusammenstoß mit Brady und Keith Dale aufgewühlt hatte und sein Urteilsvermögen getrübt war. Es war noch nicht einmal achtzehn Uhr: Die Sonne war noch nicht untergegangen, als sie den Parkplatz verlassen hatten. Falls Randie nichts trank, wollte er es bei einem Drink belassen. Doch sie zog mit und bestellte einen Wodka Martini, der aus zwei Shots Wodka mit Sprite und einer Maraschinokirsche bestand. Randie nahm einen Schluck, verzog das Gesicht und kippte den Drink dann zur Hälfte hinunter. Sie saßen eine Weile schweigend da. Die Musik spielte, während zwei Männer um die sechzig, die fast identische, karierte Hemden trugen, am Nachbartisch Domino spielten. Die Steine klackten hell und im Rhythmus der Bluesnoten, die aus den Lautsprechern kamen, auf der hölzernen Tischfläche. Darren überlegte, wie er sich Zugang zum Eishaus verschaffen könnte, wie er beweisen könnte, wo Missy am Mittwochabend war, als Randie ihr Glas ein bisschen von sich wegschob und die Arme verschränkte. Sie sprach so leise, dass Darren sich vorbeugen und die Ellbogen auf den klebrigen Tisch stützen musste. Das Ding kippelte, Darren erschrak und beinahe wäre Randies Drink umgekippt. Doch sie zuckte nicht einmal zusammen.

»Ich wollte ihn verlassen«, sagte sie. »Ich habe es nie ausgesprochen. Ich wollte ihn freigeben.« Sie griff nach ihrem Drink und nahm einen großen Schluck. Das Geständnis musste schwer auf ihr lasten, denn sie ließ die Schultern hängen, als wäre sie von brennender Scham erfüllt. »Ich hätte ihn nie heiraten dürfen. Es war nicht ernst gemeint. Die Liebe … ja. Das Leben … nein.«

»Das ist nicht Ihr Fehler, Randie«, sagte er. »Sie sind nicht daran schuld.«

Er war in diesem schwierigen Bereich der Polizeiarbeit geschult worden, er wusste, dass Leute, die mit einem unerwarteten Todesfall rangen, häufig bis zu einem bestimmten Grad sich selbst die Schuld dafür gaben, auch wenn es keinen Sinn ergab. Nach dem Tod von Onkel William hatte er eine so tiefe Schuld empfunden – obwohl er nicht einmal in der Nähe der Verkehrskontrolle gewesen war, die diesen das Leben gekostet hatte –, dass er wochenlang in schwere Depressionen über den Verlust seines Lieblingsonkels verfallen war, den er als sein Vorbild betrachtet hatte. Weder schlief noch aß er regelmäßig und seine Noten litten, was ihm die Entscheidung, die juristische Fakultät zu verlassen, leichter machte. William war von einem Mann getötet worden, den er wegen abgelaufener Plaketten herausgewinkt und der ihm zweimal ins Gesicht geschossen hatte, sobald er an die Fahrertür getreten war. Es war nicht fair und es war nicht Darrens Schuld. Und den Rangern beizutreten, würde William nicht wieder lebendig machen. Er wusste das alles. Doch Jahre später trug er die Marke immer noch.

»Ich bin der Grund, weshalb er hierhergekommen ist«, sagte Randie schließlich.

»Wie meinen Sie das?« Auf einmal fiel ihm das Geneva's und die Auseinandersetzung wieder ein, kurz bevor er den Bericht des Gerichtsmediziners erhalten hatte. »Die Gitarre«, sagte er und versuchte ihr zu folgen. »Hat Michael sie nach Lark gebracht?«

»Er war hinter einer Liebesgeschichte her.«

»Ich verstehe nicht.«

»Er hat sie mir bestimmt ein Dutzend Mal erzählt«, sagte sie, und ein bittersüßes Lächeln breitete sich auf ihren Lippen aus. »Die Geschichte hinter der Gitarre. Er ist mit ihr großgeworden. So hat er sich das mit uns vorgestellt. Eine Liebe, die das Leben von einem Tag auf den anderen auf den Kopf stellt, eine Liebe, die alles ändert.« Sie griff über den Tisch nach ihrem Drink und kippte den Rest hinunter. »Sein Onkel, Booker, hat die Geschichte wieder und wieder erzählt.«

»Booker Wright?« Er hatte den Namen in Joe Sweets Wikipedia-Eintrag gesehen.

Sie nickte und fuhr mit dem Finger über den Rand ihres Glases. »Booker.«

Er spielte Bass in einer Band mit Joe Sweet. So begann die Geschichte jedes Mal, erzählte sie. Irgendwann 1967 hatten Booker und Joe eine Reihe von Gigs mit Bobby Bland. Beginnend in Detroit, Gary und Columbus oben im Norden bis nach Missouri, Kansas City und Joplin und weiter nach Little Rock. In jenem Sommer waren sie auf dem Weg nach Houston, wo sie ein paar Auftritte im Eldorado Room und Pin-up Club hatten. Sie, Joe und Booker, hatten sich Ende der Fünfzigerjahre in Chicago kennengelernt und den größten Teil ihrer musikalischen Laufbahn zusammen gespielt, entweder bei Tonaufnahmen lokaler Labels, die Rhythm and Blues einspielten, oder sie hatten Chitlin'-Circuit-Tours bestritten und Etta James und Wilson Pickett, Johnnie Taylor und O.V. Wright begleitet, waren einmal sogar bei mehreren Shows von Otis Redding in Atlanta und den beiden Carolinas eingesprungen. Sie waren Männer, die ständig unterwegs waren, von Stadt zu Stadt, von Gig zu Gig, die in Motels schliefen, die an Schwarze vermieteten, oder in ihrem Wagen – einem 59er Impala, den sie gemeinsam angeschafft hatten. Sie waren beide nicht verheiratet, obwohl Booker Mädchen in verschiedenen Städten hatte, und sie waren auch nicht scharf darauf. Die Musik stand an erster Stelle und an zweiter, sich ein paar Dollar zu verdienen. Sie fuhren auf dem Highway 59, vorbei an Texarkana in Richtung Houston, brausten durch die texanischen Wälder, wo Booker aufgewachsen war. Er und Joe waren im ersten Wagen, ein paar aus Bobbys Band folgten ihnen, ebenfalls auf der Jagd nach einem Traum. Zahlreiche Telegramme waren bei Don Robey, dem Chef von Peacock Records, eingegangen, und es hieß, er könnte ihnen einen Platz in einer Revue besorgen, die er zusammenstellte, etwas Dauerhaftes in der Gegend von Houston. Sie dachten, dass Robey sie vielleicht etwas einspielen ließ, das sie unter ihrem eigenen Bandnamen, die Joe Sweet Midnight Revelers, aufnehmen könnten.

Alle Welt hielt es für ihren großen Durchbruch, eine Chance, von Peacock unter Vertrag genommen zu werden. Ein, zwei neue Anzüge aus Borosoleder waren bestellt und mehrere Paar Schuhe von Stacy Adams auf dem Vordersitz des Impala poliert worden, wo Booker mit einem Schuhputzkasten zu seinen Füßen saß, Bürste und Politur in der Hand, während Joe sie über den Highway kutschierte.

Und an dieser Stelle nahm die Geschichte immer eine Wendung, wenn Booker sie erzählte. *Joe schaffte es nie bis Houston*, erzählte er Michael, der es Randie erzählte, die es Darren erzählte, dem sie jetzt in einer Schwarzenkneipe gegenübersaß, gar nicht so weit von der entfernt, wo Joe und Booker an einem Juliabend vor über vierzig Jahren gehalten hatten.

Sie hieß Geneva's und war eine ordentlich gezimmerte Hütte aus geschliffenen Holzbrettern mit abgerundeten Schindeln auf einem Dach, an dessen Rändern winzige bunte Glühbirnen hingen. Sie war von Hand errichtet worden, die Sorte gemütlicher Laden, in dem Schwarze einkehrten, die Osttexas auf der Nord-Süd-Achse verließen oder dorthin zurückkehrten. Damals gab es noch keine Zapfsäule; es gab nicht einmal eine richtige Küche, nur eine Nische mit einem minzgrünen Emailherd an der Rückseite der Hütte. Und natürlich kein Personal. Nur eine Frau namens Geneva, die ihnen um Viertel nach elf noch einmal aufmachte, obwohl sie bereits geschlossen hatte. Sie waren zu sechst, hungrig und nicht dazu in der Lage, den Rest ihrer langen Autofahrt durch Klangebiet fortzusetzen, wo das Gesetz der Stadt auf seinen hässlichen, rassistischen Cousin in Gestalt von Kleinstadtcops und Provinzsheriffs traf – jedenfalls nicht mit leerem Magen. Geneva briet ein paar Schweinekoteletts mit Zwiebeln und dünn geschnittenen Kartoffeln und erlaubte ihnen, sich aus der Kühlbox zu bedienen. Für einen Dreivierteldollar bekam jeder zwei Bier und einen Schluck oder zwei von dem Gin, für dessen Ausschank sie keine Lizenz besaß.

Es dauerte nicht lange, bis sie ein wenig jammten, nachdem Geneva gesagt hatte, dass sie gegen ein bisschen Musik nichts einzuwenden hätte. Sie hatte erst kürzlich ihren einundzwanzigsten Geburtstag gefeiert und nichts gegen eine kleine Party. Sie besaß selbst ein paar Bluesplatten, war aber nie über Timpson hinausgekommen und hatte noch nie eine Live-Show gesehen. Die bekam sie jetzt. Joe holte als Erster seine Gitarre heraus, die Gibson Les Paul, die so viele Schicksale ändern sollte – zuerst Joes und dann Michaels und jetzt Randies und Darrens. Als Geneva ihn spielen hörte, blieb sie wie angewurzelt stehen.

Joe näherte sich den dreißig. Er war ein tiefdunkler Mann in einem blauen Baumwollhemd mit bis zum Ellbogen aufgerollten Ärmeln und die sehnigen Muskeln seiner Unterarme zuckten bei jedem Ton, den er spielte. Er spielte einen Ausschnitt einer Lightnin'-Hopkins-Nummer, *Better make it up in your mind, baby … little girl, do you know you traveling a little too slow,* und er hielt seinen Blick auf Geneva gerichtet, als sie den dampfenden Teller vor ihn hinstellte, und er mit fast schwarzen Augen in ihre großen, ovalen Augen blickte, die im Licht der Gaslampen über ihren

Köpfen golden schimmerten. Während Joe für sie sang, bemerkte Booker, dass die Luft um sie herum auf einmal wie elektrisiert war, spürte, wie es in dem Café warm und feucht wurde vom Atem von sieben Personen, die sich an einem Sommerabend in einer winzigen Hütte drängten – fünf Personen zu viel, nach den Gesichtern von Joe und Geneva zu urteilen. Noch nie hatte Booker eine solche Anziehungskraft zwischen zwei Menschen gesehen. Seit Joe das Café betreten hatte, hatte Geneva ihren Blick nicht mehr von ihm abgewandt, und dieser beobachtete sie dabei, wie sie sich beim Kochen bewegte, wie sie im Rhythmus nickte, während sie Fleisch wendete und die Zwiebeln in Schweineschmalz briet. Er nahm die Gitarre und sah, wie sie die Hüften in ihrem feuchten Chambraykleid wiegte. Tommy und Bones, die aus Bobbys Band abgehauen waren, spielten als Nächstes ein Set, während Booker sich sinnlos betrank, Joes unangetastetes Bier und den Flachmann aus dem Handschuhfach des Impala in sich hineinkippte, während Houston langsam entschwand.

Er erinnerte sich nicht daran, wann Joe verschwunden war, nur dass irgendwann alles aufgegessen war und die Teller noch immer auf dem Tisch standen. Bones, Tommy und Amon Richmond, noch einer von Bobbys Jungs, redeten davon, die Fahrt fortzusetzen, dachten, sie könnten es bis Sonnenaufgang nach Houston schaffen, außer das Mädchen hätte einen Platz zum Übernachten für sie. Wegen des Alkohols konnte sich Booker nicht daran erinnern, ob er hinausgeschickt worden war, um Geneva nach einem Schlafplatz zu fragen, oder um Joe mitzuteilen, dass es Zeit für die Weiterfahrt war. Er erinnerte sich nicht einmal mehr daran, woher er wusste, dass sie draußen waren – wo hätten sie sonst sein sollen? –, aber er musste sich sowieso dringend erleichtern. Er zog gerade seinen Reißverschluss herunter, als er sah, wie die beiden an einer Eiche lehnten, Joe klebte das Hemd am Rücken und Genevas Hals war schweißüberströmt, während Joe seine Hand unter ihr dünnes Baumwollkleid schob. Booker fand es komisch, seinen Johnny in der Hand zu halten, während das passierte, und er ging rasch wieder hinein. Minuten später kam Joe ins Café zurück und sagte, dass er nicht nach Houston mitkommen würde. Sie könnten gern über Nacht bleiben – was Geneva mit einem Nicken bestätigte und so tat, als hätten sie das gemeinsam entschieden –, aber Joe würde in Lark bleiben.

Es brach Booker das Herz auf eine Weise, dass er Jahre brauchte, um es zu verdauen. Es war zuerst und vor allem ein Verrat; jetzt würde es keine Joe Sweet Midnight Revelers mehr geben. Doch es warf auch ein Licht auf eine Leere, die Booker in seinem Leben spürte: unter all den Frauen, mit denen er geschlafen und an die er sich nachts geschmiegt hatte, war nicht eine, die er bei Sonnenaufgang hätte ansehen wollen. Er hoffte, dass Joe es nach dem Aufwachen nicht bereute, doch so oder so wäre Booker nicht da, um es mitzuerleben, wollte ihm bei Tag nicht in die Augen schauen. Joe überließ ihm den Wagen, und als sie ihre Sachen packten, landete Joes Les Paul in der Hektik wieder in dem Impala. Booker war bereits zehn Meilen hinter Space City, als er feststellte, dass sie auf dem Rücksitz lag.

Im Laufe der Jahre gab es immer mal wieder den Plan, sie zurückzugeben, doch während seiner restlichen Karriere, ob nun bewusst oder unbewusst, war er nie wieder auf dem Highway 59 gefahren – jedenfalls nicht in Osttexas. Keiner der Wrights war je wieder nach Texas zurückgekehrt. Es gab andere Strecken, um nach Chicago, in seine Wahlheimatstadt, zurückzukommen. Das Herz findet immer eine Möglichkeit, dem Schmerz auszuweichen. Joe Sweet war wie ein Bruder für ihn gewesen, es war ein Verlust, den er jahrelang nicht verwand, was nur noch schlimmer wurde, als er erfuhr, dass Joe gestorben war, bevor Booker die Gelegenheit gehabt hatte, Frieden zu schließen. Als bei Booker Lungenkrebs im Endstadium diagnostiziert wurde, gab er die Gitarre seinem Neffen, zusammen mit einer Notiz über eine hübsche, dunkelhäutige Lady unten in Osttexas, die die rechtmäßige Besitzerin war.

»Eine wunderschöne Geschichte«, sagte Darren.

Randie zuckte mit den Schultern. Sie war inzwischen bei ihrem zweiten Drink, und er liebäugelte mit einem dritten, wobei er sich genau auf dem Grat zwischen Spaß und Leichtsinn befand. »Zu schön, um wahr zu sein«, sagte sie ausdruckslos. Doch Darren kaufte ihr den Zynismus nicht ab. Joe und Geneva waren über vierzig Jahre zusammen gewesen; es war real und sie wussten es, auch wenn sie diese Art von Hingabe selbst nie erlebt hatten.

»Nicht gerade eine Romantikerin, was?«, sagte er, während er sich fragte, wie eine Frau eine solche Geschichte hören und nicht davon berührt sein konnte.

»Sie ärgert mich.«

»Wieso?«

»Mit dieser Geschichte versuchte Michael stets anzudeuten, dass ich ihn nicht genug liebte, um für ihn mein unstetes Leben aufzugeben«, sagte sie. »Es war manipulativ und unfair.«

Darren ertappte sich dabei, wie er sich auf Michaels Seite schlug und erst, als er die Worte aussprach, wurde ihm bewusst, dass er wie Lisa klang. »Vielleicht hat er es aus Liebe getan. Vielleicht wollte er einfach, dass Sie öfter zu Hause sind.«

Zumindest wollte er glauben, dass es das war, was Lisa wollte. Sie hatte sich mit der Vorstellung von ihm als Ranger hinter einem Schreibtisch abgefunden, doch Mitglied einer Sondereinheit zu werden und sein Wunsch, mehr Zeit auf der Straße zu verbringen, hatte etwas zwischen ihnen verändert. Die Stiefel, der Truck und der schimmernde fünfzackige Stern waren Teil einer Lone-Star-Arroganz, die einen starken Kontrast zu dem jungen Jurastudenten, den sie geheiratet hatte, und dem Mann, den das Leben aus ihm gemacht hatte, bildete. Ihm machte der

Gedanke Angst, dass ihre Ehe vielleicht auf der Basis von Klein-gedrucktem geschlossen worden war, das er nie gelesen hatte, Erwartungen, die seine Frau unter tausend Küssen und den tausend Malen, die sie ihm gesagt hatte, dass sie ihn liebte, versteckt hatte. »Vielleicht wollte er Sie gar nicht zu einer Entscheidung drängen«, sagte er mit sehnsüchtiger Hoffnung im Gesicht, die sein eigenes Unbehagen beim Thema eheliche Loyalität verriet. Er sah Randie über den Tisch hinweg an und lächelte, um die Situation zu entspannen, was ihm nicht gelang. Inzwischen spielte die Band einen Song von Sam Cooke, einen langsamem Ragtime in der Hoffnung, für einen Moment die Zeit anzuhalten. *To say it's time to go, and she says, yes, I know, but just stay one minute more.*

Darren verspürte ein Ziehen in der Magengrube und erkannte klar, welcher Sache er sich bisher nicht gestellt hatte, so als hätte die Wahrheit einen Stuhl an den Tisch herangezogen und sich bereit erklärt, die nächste Runde zu schmeißen. Seine Augen wurden feucht und die Neonbierschilder an den Wänden verschwammen zu einem bunten Kaleidoskop.

Randie nickte in Richtung seines Rings an der linken Hand. »Was ist mit Ihnen?«

Es war eine Einladung zum Reden, wenn er wollte. Sie schob ihre Hand ein Stück über den Tisch, und erschrocken dachte er, dass sie sie womöglich ausstrecken und ihn berühren würde, dass schon eine aufmunternde Geste ihn dazu bringen könnte, Dinge auszusprechen, die er selbst noch nicht glauben wollte. Er und Lisa – er war sich nicht sicher, ob sie es schaffen würden. Er lehnte sich auf seinem Stuhl zurück und errichtete aus den losen Steinen der gescheiterten Ehe eines anderen Mannes einen Damm gegen seine aufsteigenden Emotionen, indem er wieder auf den Fall zu sprechen kam.

»Es gibt etwas, das ich Ihnen erzählen muss.«

Einen Moment lang herrschte bedrücktes Schweigen, bevor sie sprach.

»Das weiße Mädchen«, sagte sie achselzuckend, als hätte sie gewusst, was kommt.

»Ich weiß nicht, ob irgendetwas passiert ist«, sagte er vorsichtig.

»Es wäre nicht das erste Mal gewesen«, erwiderte sie.

Plötzlich fielen ihm Lynns Worte draußen hinterm Eishaus wieder ein. *Manche Leute lernen's nie.*

»Weiße Frauen?«, fragte er.

»Spielt das eine Rolle?«

»Hier in der Gegend schon.«

Randie seufzte und wandte den Blick ab. Im Profil sah sie irgendwie jünger aus. Bei Tageslicht hatte er sie auf sechsunddreißig oder siebenunddreißig geschätzt, doch in der schummrigen Kneipe, die in das bernsteinfarbene und rosa Licht der Neonschilder getaucht war, war ihr Gesicht so glatt und wirkten ihre Züge so zart, dass sie geradezu mädchenhaft aussah, was sich noch verstärkte, als sie der Barkeeperin, einem pummeligen Mädchen um die zwanzig, das in ein Handy sprach, während es auf einem anderen Textnachrichten schrieb, Zeichen machte und ihr Glas hob. Darren legte eine Hand auf Randies Arm, um sie davon abzuhalten. Er durfte sich einen vierten Drink nicht erlauben, doch er könnte auch nicht widerstehen, wenn man ihn an den Tisch brachte. Er berührte noch immer ihren Arm, als Randie sagte: »Es gab Frauen – schwarz, weiß, keine Ahnung. Ich weiß nicht, wie viele. Er hat es nie erzählt, ich habe nie gefragt.« Sie verstummte einen Moment lang und blickte zu dem Gitarristen auf der Bühne, einem Mann um die siebzig, der einen grauen Anzug mit breitem Revers trug. »Ich war ziemlich viel unterwegs.«

»Das hier ist nicht Ihre Schuld.«

»Das habe ich auch nie behauptet.«

»Ich will Sie nicht verletzen.« Aber er hatte versucht, von seinem eigenen Schmerz abzulenken. Er sagte leise: »Ich wollte Sie nur wissen lassen, dass es vielleicht eine Verbindung zwischen Ihrem Mann und einer anderen Frau gibt.«

»Ich wusste, dass die Möglichkeit bestand, als ich ins Flugzeug gestiegen bin«, sagte sie. »Und ich bin noch immer hier.«

Sie bestellte einen weiteren Drink bei dem Mädchen und er auch, als er ihr von seinem Verdacht erzählte, dass Michael die Kneipe zusammen mit Missy verlassen und Keith sie draußen auf der Landstraße angetroffen hatte und es dort zu einer Konfrontation gekommen war.

Doch etwas an der Geschichte stimmte nicht.

Er spürte einen Phantomschmerz, etwas, das einen Juckreiz auslöste, dem er nicht Herr wurde. Der Bourbon und die Musik, die Wärme, die von den zu einem Jackie-Wilson-Song tanzenden Körpern verströmt wurde, all das wirbelte durcheinander und hinderte ihn daran, einen klaren Gedanken zu fassen.

Irgendwann sagte Randie etwas, das vom Bassspieler übertönt wurde, und er musste sich so weit vorbeugen, dass ein paar ihrer Haarsträhnen seine Wange streiften. Sie drehte den Kopf, ihre Lippen klebrig von dem süßen Getränk, und flüsterte ihm ins Ohr: »Ich war eine schlechte Ehefrau.«

Darren legte ihr eine Hand auf den Rücken und sie beugte sich ebenfalls nach vorn, damit er ihr etwas ins Ohr flüstern konnte: »Es gibt genügend Beweise, dass ich ein schlechter Ehemann war.«

14

Sie verzichteten auf weitere Drinks, kurz nachdem das erste Set der Band beendet war, denn es war laut geworden und schwierig, die Aufmerksamkeit der Barkeeperin zu gewinnen. Sie gingen also noch immer aufrecht, als sie die Kneipe verließen. Trotzdem warf Darren Randie die Schlüssel zu und bat sie zu fahren. Sie hatte einen Drink weniger, weshalb es vernünftig zu sein schien, sie fahren zu lassen, bis sie den Chevy erreichten, der am anderen Ende des Schotterparkplatzes stand. Neben der Fahrertür wirkte sie auf einmal so zerbrechlich, dass er gar nicht begreifen konnte, wie er sie je ans Steuer gelassen hatte. Der Chevy stand auf der Nordseite des Gebäudes, die dunkelblau gestrichen war und beinahe mit dem Nachthimmel um sie herum verschmolz. Die Kneipe hatte nur eine Außenbeleuchtung, eine Scheunenlampe aus Blech, die sich über der Eingangstür befand. Das Licht war zu schummrig, weshalb er das Blut nicht gleich bemerkte. Er roch es, bevor er es sah. Das hatte weniger mit seiner Polizeiarbeit als mit seiner Kindheit in Camilla zu tun, wo seine Onkel Wildbret an der hinteren Veranda ausbluten ließen, wobei das eisenhaltige Blut das Gras tränkte, und Darren den Schlauch hielt, um es den Hügel hinunterzuspülen, einen Blutstrom, der in der Erde versickerte und bis zum nächsten schweren Regen einen schwachen Kupfergeruch in der Luft zurückließ.

Im Augenblick drang dieser intensiv aus dem Truck. Darren bat Randie, zurückzutreten. Seine Taschenlampe hatte er beim Bayou verloren, natürlich hatte er noch eine in seinem Truck, doch er würde nichts anfassen, bevor er nicht wusste, was hier los war. Mit der Taschenlampe seines Handys beleuchtete er den Tatort. Da waren dicke Blutstropfen, die auf den Schottersteinen neben der linken Truckseite fast schwarz aussahen, doch an der Tür selbst war nichts zu sehen.

»Was ist das?«, fragte Randie.

Darren antwortete nicht. Stattdessen zog er seinen Hemdzipfel heraus, schlang den Stoff um seine Hand und öffnete die Tür. Sobald er das tat, kippte der Kopf eines Rotfuchses aus dem Truck. Man hatte ihm die Kehle durchgeschnitten, das Blut um die Wunde herum war geronnen und klebte in schwarzen Klumpen im Fell. Jemand hatte den Fuchs in die Kabine von Darrens Truck gelegt. Randie schrie und Darren bat sie erneut, vom Wagen wegzubleiben. »Fassen Sie nichts an«, sagte er. Sein Verstand raste, als er sich umdrehte, zuerst den Highway 59 entlangblickte und anschließend den gesamten Kneipenparkplatz absuchte. Er sah niemanden, hörte nur das Wummern der Musik. Ihn traf nicht so sehr die Symbolik des geopferten Tiers – der hinterlistige Fuchs wird bestraft für seine Cleverness, für das Betreten eines Waldes, der nicht seiner ist –, als vielmehr die Tatsache, dass man ihm und Randie gefolgt war. Er öffnete die Lasche seines Holsters, damit sein Colt einsatzbereit war, und zog dann mit bloßen Händen den Tierkadaver aus dem Truck, was sein letztes sauberes Hemd ruinierte. Nachdem er das tote Tier ins hohe Gras am Parkplatzrand gelegt hatte, zog er das Hemd aus und stand schweratmend im Unterhemd da. Mit Lappen, die er in einer Kiste auf der Ladefläche des Trucks aufbewahrte, wischte er sich so gut es ging das Blut ab. Wahrscheinlich war der Fuchs woanders getötet und dann in seinen Truck gelegt worden, den jemand ohne eine Spur von Gewalt geöffnet hatte. Jemand von der anderen Seite der County-Grenze, der jetzt Blut an den Händen hatte.

Ihm fiel nur ein Ort ein, wo man um diese Uhrzeit hinfahren und die Sauerei im Wagen beseitigen konnte, der eine Ort in Shelby County, wo man nicht viele Fragen stellen würde und wo die Hautfarbe einen gewissen Schutz darstellte – den er, selbst mit Marke, an einem Abend wie diesem wahrscheinlich gebrauchen konnte. Ihm stand nicht der Sinn danach, auf einem hell erleuchteten Rastplatz in Garrison oder Timpson einem Angestellten das Blut zu erklären. Er ließ Randie fahren – obwohl sie zittrig und unsicher war –, damit er sich auf die Ladefläche setzen konnte. Während ihm bei siebzig Meilen die Stunde der Fahrtwind in den Augen brannte, ließ er den Highway, der hinter ihm in der Dunkelheit verschwand, nicht aus den Augen. Den geladenen Colt im Schoß, vergewisserte er sich, dass ihnen niemand folgte, und er betete dafür, dass Randie sie in Sicherheit brachte.

Das Café war leer bis auf Genevas Enkelin Faith, die in einer der Nischen auf einem Laptop tippte, und Isaac, der ein paar Haarbüschel neben dem grünen Friseurstuhl zusammenfegte, als Darren mit dem Blut auf Unterhemd und Hose hereinkam.

Faith blickte auf und japste erschrocken nach Luft.

»Ist Ihre Großmutter da?«, fragte Darren.

Faith blickte zu Randie, die hinter ihm hereingekommen war, und deren Locken von der Fahrt schlaff wie schwarze Baumwollflusen vom Kopf hingen; sie war mit offenen Fenstern gefahren, um sich nicht übergeben zu müssen. Sie und Darren atmeten beide schwer, als wären sie die fünf Meilen von Garrison über die Countygrenze gerannt. »Schließen Sie die Tür ab«, sagte Darren. Faith stand auf und befolgte den Befehl, wobei die kleine Glocke bimmelte, als sie den Messingschlüssel im Schloss umdrehte. »Wo ist Geneva?«, fragte Darren noch einmal. Darren war bereits hinterm Tresen, als Faith sagte, ihre Großmutter sei in der Küche.

Darren stieß die Schwingtür auf, wo Dennis, Genevas Koch, gerade eine schwarze Mülltüte zuknotete, aus der am Boden eine dunkle Flüssigkeit lief, und Geneva Schweinekoteletts in Alufolie wickelte und in Tupperware legte. Sie hatte einen Industriekühlschrank, der einen Großteil der kleinen Küche ausfüllte und beinahe an den achtflammigen Herd stieß. Als sie die Kühlschranktür schloss, sah sie Darren und das Blut.

»Was in Teufels Namen ist passiert?«, fragte sie, trat einen Schritt zurück und blickte erschrocken zu Dennis, während sich Darren nach einem Lappen umsah.

Eine Sekunde später ertönte ein Schuss, der die Wände erbeben ließ.

Im Café hörten sie Glas bersten und Faith auf eine Weise schreien, die Darren Angst machte. Er nahm die 45er aus dem Holster und ging ins Café. Faith stand neben der Eingangstür, in der sich direkt über dem Türgriff, wo die Messingglocke noch immer leise klimperte, ein Loch von der Größe eines Baseballs befand. »Weg da«, sagte Darren und stieß sie zur Seite.

Randie kauerte auf dem Fußboden hinter dem Tresen. Er unterdrückte den Wunsch, zu ihr zu gehen. Stattdessen hob er die Pistole und trat genau in dem Moment hinaus, als sich ein Paar roter Rücklichter von Genevas Parkplatz entfernte und auf dem Highway verschwand. *Richtung Norden,* stellte Darren fest. Mit gezückter Waffe suchte er den Parkplatz und das Areal um das Café herum ab. Er vergewisserte sich, dass niemand hinter Genevas Laden lauerte, wobei er sich in der Dunkelheit verwundbar fühlte, als er über den unebenen Grund aus Gras und Erdklumpen und Unkraut stolperte, wegen des schwachen Lichts nicht dazu in der Lage, irgendetwas zu erkennen und unsicher, in welche Richtung er überhaupt blicken sollte. Das Herz hämmerte ihm in der Brust; sein Atem ging stoßweise. Die Lichter im Trailer brannten, doch die Räume waren leer, wie er feststellte. Drei Schlafzimmer, eine schmale Küche, Kühlschrank und Herd in olivgrün, und der ganze Wagen war mit einem rötlich-orangen Flauschteppich ausgelegt. Das war Genevas Zuhause, die ganzen fünfundfünfzig Quadratmeter, und es roch nach ihr, nach einer Mischung aus Sandelholz und Zucker.

Er erinnerte sich, dass Wendy etwas über Geneva und eine Schrotflinte gesagt hatte.

Auf dem Weg zurück zum Café bat er sie, eine Handvoll Patronen in ihre Schürzentasche zu tun, damit die Zwölferflinte einsatzbereit war; es würde diese Art Nacht werden. Als Nächstes sah er nach den anderen. Isaac murmelte wieder und wieder: »Hab sie nicht kommen seh'n, Sir«, während er seine aschfarbenen Hände rang. Zwischen den einzelnen Wörtern machte er ein brummendes Geräusch und wippte leicht vor und zurück. Er trug eine schlecht sitzende Hose und Pennyloafers, deren Lederimitat sich an den Nähten löste. Darren fragte sich, ob der Mann geistig behindert war – im Jargon von Osttexas *verwirrt*. In dem Moment, als Faith Geneva sah, rannte sie zu ihrer Großmutter, die das Mädchen in ihre Arme schloss. Geneva war gerade aus der Küche gekommen, Dennis auf den Fersen. Seine Augen funkelten und sein Kiefer war vor Zorn angespannt. »Ich wusste, dass so was passiert«, sagte er. Darren wandte sich schließlich zu Randie um. Er schob seine Waffe ins Holster und legte ihr, ohne nachzudenken, beide Hände auf die Schultern. Er suchte nach Verletzungen, entweder von einer verirrten Schrotkugel oder herumfliegenden Glassplittern. Doch sie war unversehrt.

Sie schlang ihre Arme um ihn und hielt sich an ihm fest, als würde sie sich an einem Stück Treibholz in tosendem Wasser festklammern. Er konnte ihr pochendes Herz durch den dünnen Baumwollstoff seines Unterhemds spüren, konnte fühlen, wie ihre

Tränen seine Brust benetzten. Etwas in Randie, das über bloße Trauer hinausging, hatte an einer Angst gerührt, die in jedem Schwarzen jenseits der Mason-Dixon-Linie schlummerte. Darren flüsterte ihr zu: »Ich bin hier.« *Ich bin auch hier.* Wie seine Familie, die Mathews', die schon seit Generationen hier waren, würde er nicht weglaufen. Während er Michael Wrights Witwe im Arm hielt, erneuerte er seinen Schwur, dessen Mörder zu finden.

Es war bereits Mitternacht, doch in Wallys Wohnzimmer auf der anderen Highwayseite brannte noch Licht. Darren schickte Geneva, Faith und Randie in den Trailer und platzierte Dennis mit der Schrotflinte in einem Gartenstuhl davor. Isaac machte sich trotz Darrens Einspruch zu Fuß auf den Heimweg. Geneva sagte Darren, dass er ihn gehen lassen sollte, dass mit Isaac nicht zu reden war, wenn er kopfscheu wurde. Darren gab zögernd nach, kletterte dann in den blutverschmierten Truck und fuhr das kurze Stück auf die andere Seite des Highways. Das Tor zum Monticello war noch immer offen, und van Horns Streifenwagen stand in der Auffahrt.

Darren sprang aus dem Truck und klopfte an die Haustür.

Sekunden später öffnete Wally die Tür, und Darren stürmte an ihm vorbei ins Haus. Wally warf einen Blick ins Wohnzimmer und sagte: »Parker, wir kriegen fröhlichen Besuch. Hab den Bourbon schon gerochen, bevor er geklopft hat.«

Van Horn erhob sich von seinem Stuhl am Esstisch, wo Papiere und Akten lagen und ein Kaffeebecher neben einem Computer stand, der eindeutig dem Sheriff zur Verfügung gestellt worden war. Kabel führten in alle Richtungen, die in einem wirren Haufen neben van Horns Füßen endeten. Der Sheriff sah das Blut auf Darrens Kleidung und dass er weder Hemd noch Marke trug. Wally stieß einen Pfiff aus. »Haben Sie den Schuss nicht gehört?«, fragte Darren. »Direkt auf der anderen Straßenseite und Sie sitzen hier rum und rühren keinen verdammten Finger?«

»Hüten Sie Ihre Zunge, mein Sohn.«

»Ranger«, sagte Darren.

»Welchen Schuss?«, fragte Wally, drehte jedoch gleichzeitig den Kopf in Richtung Vorderfenster, durch das er Genevas Café sehen konnte.

»Vor noch nicht einmal zehn Minuten hat jemand durch die Eingangstür von Genevas Café geschossen.«

»Das ist bedauerlich«, sagte Wally.

Van Horn war nicht so gleichgültig. Er rückte seine Hose zurecht und nahm den Autoschlüssel vom Esstisch. »Ich schau's mir mal an.«

Darren sagte, die Täter seien längst weg, und lieferte eine Beschreibung von der Rückseite eines Pick-ups und der Größe und Form seiner Rücklichter. Es war zu dunkel gewesen, um das Nummernschild lesen zu können, doch er meinte, eine Zwei und vielleicht eine Fünf erkannt zu haben.

»Wie viel haben Sie getrunken, Ranger?«, fragte der Sheriff.

»Ich weiß, was ich gesehen habe.«

»Wie gesagt, ich schau's mir an.«

»Ich kann nach der Patrone suchen, aber wenn Sie sie verfolgen, finden Sie vielleicht eine Waffe, die noch warm ist. Ich schlage vor, Sie fangen bei Wallys Kneipe an.«

»Mit Ihnen hat der Ärger doch erst angefangen«, blaffte Wally ihn an.

»Zwei von denen haben mich angegriffen und auf mich geschossen.«

»Das habe ich anders gehört.«

»Halt dich da raus, Wally«, sagte van Horn. Und zu Darren gewandt: »Ein Augenzeuge sagt, Sie hätten da draußen mit einer Pistole herumgefuchtelt.«

»Nachdem ich, ein Officer, angegriffen wurde.«

Der Sheriff nickte in Richtung Darrens Unterhemd, das voller rostbrauner Blutflecken war. »Und Sie haben sich als solcher zu erkennen gegeben? Haben die Marke getragen? Könnte sonst auch als Missverständnis gelten. Könnte so aussehen, als hätten Sie vielleicht …«

»Das hier«, sagte Darren und zeigte auf sein blutverschmiertes Unterhemd, »ist passiert, nachdem mich irgendein Arschloch nach Garrison verfolgt und mir ein totes Tier in meinen Truck gelegt hat.«

»Da kann ich leider nichts tun, das war jenseits der County-Grenze.«

»Wo Sie sich wohl ein paar Drinks genehmigt haben«, fügte Wally hinzu.

Darren fühlte sich stocknüchtern. Er ballte seine Linke zur Faust und schlug damit hart auf den Tisch. »Jemand terrorisiert Ihre Nachbarn und versucht mich an der Aufklärung des Mordes an Michael Wright zu hindern.«

»Der Schuss auf Genevas Café hat nichts damit zu tun«, sagte Wally. »Ein Mädchen von hier wurde hinter dem Lokal tot aufgefunden, das hat alte Feindseligkeiten gegenüber Leuten geweckt, die bei ihr ein- und ausgehen. Irgendwer nutzt das bestimmt, um sie dort rauszuekeln. Wenn sie an mich verkaufen würde, könnte sie es sich bequem machen und müsste auch nicht mehr zwölf Stunden am Tag schuften. Aber Geneva weiß nicht, wann es Zeit ist, aufzuhören.«

»Sie machen sich Sorgen wegen der Leute, die bei ihr verkehren, während Mitglieder der gewalttätigsten Gang im Staat aus Ihrem Eishaus kommen? Zwei von denen haben heute Abend eine Waffe auf mich gerichtet und dabei ’ne Sache der Bruderschaft mit den Rangern erwähnt.«

Sie hatten »Ronnie Malvo« gesagt.

»Wir haben einen Augenzeugen, der behauptet, dass nichts dergleichen passiert ist«, sagte Wally.

Wir, registrierte Darren. Dafür, dass er nicht dazugehörte, schien er bereits eine ganze Menge zu wissen. Er fragte sich, was er noch über Brady und Keith wusste.

»Wissen Sie, dass sie zur ABT gehören?«, fragte Darren.

»Wer?«

»Brady, Ihr Geschäftsführer, und Keith Dale.«

Van Horn ahnte, worauf er hinauswollte, und sagte: »Ich habe mir von Brady sagen lassen, es sei ein bisschen hitzig geworden, aber das ist eine schwerwiegende Anschuldigung.«

»Gestützt worauf?«, fragte Wally. »Wegen ein paar Tattoos?«

»Ich war bei der Fed-Sondereinheit, die gegen die Bruderschaft ermittelt. Ich weiß eine ganze Menge über ihre Aktivitäten und die Waffen und Drogen«, sagte er und sah dabei Wally eindringlich an, damit diesem klar wurde, dass das eine oder andere womöglich über sein Eishaus lief.

»Und ich weiß zufällig, dass man Sie aus der Sondereinheit entfernt hat«, sagte Wally. »Dass man Ihnen die Marke weggenommen hat, bis Sie wundersamerweise in Lark aufgetaucht sind.«

Woher hat er das nur, hm?, dachte Darren.

Offensichtlich hatte Wally genügend Beziehungen, um tief in Darrens Department wühlen zu lassen und mit seiner Personalakte aufzuwarten. Er fragte sich erneut nach Wallys Geschäften, wie er zu diesem riesigen Haus gekommen war und wie er mit der Polizei in Verbindung stand, ob auf ehrliche Weise oder die schmutzige Tour. Ließ er die Bruderschaft nur in seinem Eishaus verkehren, oder hatte er selbst damit zu tun? Wally blickte ihn verächtlich an, als er sagte: »Und jetzt stehen Sie hier betrunken rum und sehen aus wie ein räudiger Straßenköter. Kein Wunder, dass man Ihnen die Marke weggenommen hat.«

Irgendwo hinten im Haus weinte ein Kind.

Keiths Sohn, fiel Darren wieder ein. Er verstand nicht, weshalb der Junge noch immer hier war, wieso ihn sein Vater oder seine Großeltern nicht abholten.

»Ich bin nicht betrunken«, sagte Darren.

Doch er roch danach und er sah fürchterlich aus.

Er wandte sich an Sheriff van Horn und sagte: »Ich will Keith Dale.«

»Ich habe nicht vor, einen Mann auf Ihren Befehl hin zu verhaften.«

»Ich will ihn nur treffen, das ist alles«, sagte Darren. »Ihn befragen.«

Van Horn tat so, als würde er darüber nachdenken, obwohl er wusste, dass er einem ermittelnden Texas Ranger den Wunsch kaum abschlagen konnte. Darren brauchte ihn gar nicht zu bitten, doch er wollte die Befragung an einem Ort vornehmen, den ihm nur der Sheriff zur Verfügung stellen konnte.

»Lark hat keine Polizeistation«, sagte van Horn, »aber Sie können gern hier mit dem Mann sprechen, natürlich in meiner Anwesenheit.«

Er blickte zu Wally, um sich zu vergewissern, dass das in Ordnung war.

Darren schüttelte den Kopf. »Ich will das Gespräch im Polizeirevier in Center.«

»Solange ich dabei sein kann«, sagte van Horn. »Und es wird nicht gegen das Gesetz verstoßen. Ich erlaube es nur, wenn Sie sich bei der Befragung an die Regeln halten.«

Van Horn konnte ihm so viel erlauben, wie er wollte …

Keith Dale würde ihm demnächst in einem Befragungsraum gegenübersitzen.

15

Er holte sich einen Plastikeimer und einen Stapel Lappen aus Genevas Küche, füllte den Eimer mit Wasser, tat ein paar Spritzer Bleichmittel hinein und klemmte sich die Lappen unter den Arm. Dann ging er hinaus.

Im Licht seiner Scheinwerfer, die sich in der Frontscheibe des Cafés spiegelten, schrubbte er den Fahrersitz des Trucks mit dem Putzwasser ab, saugte mit den Lappen das Blut auf und warf sie auf den Asphalt, wenn sie vollgesogen waren. Er arbeitete schweigend vor sich hin, ein Ohr auf den Highway gerichtet und den 45er Colt an der Hüfte. Er hatte die kaputte Eingangstür arretiert weshalb er Faith nicht herauskommen hörte. Aus dem Augenwinkel sah er eine Bewegung und hatte die Hand an der 45er, bevor er ihre Stimme hörte. »Sie sollten für die Teppiche Ammonium nehmen«, sagte sie. »Aber Sie dürfen es nicht mit Bleiche mischen, weil das Löcher macht. Doch bei Blutflecken auf dem Teppich ist Ammonium besser.«

»Sie sollten nicht hier draußen sein«, sagte er. »Geht es Randie gut?«

»Sie und Großmutter schlafen«, sagte sie, bevor sie sich hinunterbeugte und die Lappen aufhob. Überhaupt nicht zimperlich ging sie an den Rand des Parkplatzes und wrang das übel riechende, rötlich gefärbte Wasser aus. Als sie mit den Lappen wieder zurückkam, blickte sie ihn an und fragte: »Mögen Sie sie?«

»Randie?«, fragte er, obwohl er wusste, wen sie meinte.

»Ich habe noch nie eine so junge Witwe getroffen.«

»Eine schlimme Sache, die da passiert ist«, sagte er und beließ es dabei. Er war sich nicht ganz sicher, wie sie die Frage gemeint hatte, oder was er darauf antworten sollte.

»Ich habe auch noch nie einen Texas Ranger getroffen.«

Darren drehte sich zu Faith um. Sie war ein kleines, zierliches Mädchen mit zarten Gesichtszügen. Der einzige Kontrast waren ihr üppiges Haar und ihre vollen Lippen, was ihr ein puppenhaftes Aussehen verlieh, obwohl sie mindestens achtzehn sein musste, um zu heiraten. Sie kaute auf der Unterlippe, weil sie noch etwas sagen wollte. Er dankte ihr für die Lappen und sie sagte: »Man nimmt Salz und Backpulver, um das Blut aus Kleidungsstücken rauszukriegen. Ich kann Ihre Sachen waschen, wenn Sie wollen.«

»Sie wissen eine Menge darüber, wie man Blutspuren beseitigt, junge Dame«, sagte er.

Er hatte versucht, einen Scherz zu machen, um der Situation die Schwere zu nehmen, doch Faiths Gesichtsausdruck ließ ihn sogleich bereuen, überhaupt etwas gesagt zu haben.

»Wohl wahr.«

Er war sich nicht sicher, ob sie noch etwas hinzufügen wollte und ob er es überhaupt hören wollte.

Stattdessen stellte er ihr eine allgemeine Frage.

»Wohnen Sie bei Ihrer Großmutter?«

»Im Moment, ja. Davor war ich auf dem Wiley College. Das ist in Marshall.«

Er kannte das Wiley. Die meisten Schwarzen in Osttexas gingen auf dieses College. Wiley, Texas A&M sowie die Texas Southern University standen seit Generationen für schwarze akademische Bildung. Seine Onkel hatten die gleichen Bachelorabschlüsse von der Texas A&M; Duke, Darrens Vater, war an der TSU in Houston angenommen worden, hatte das Studium aber aufgeschoben, um in die Fußstapfen seines großen Bruders William zu treten und sich für Vietnam verpflichtet.

»Was haben Sie studiert?«

»Public Relations im Hauptfach«, sagte sie. »Ich wollte nicht für immer hierbleiben. Ich dachte, ich würde irgendwann in Dallas oder Houston landen.«

»Das können Sie noch immer, oder nicht?«, sagte er. Er hatte das meiste von dem getrockneten Blut entfernt, auch wenn es viel Schweiß und Mühe gekostet hatte. Blieben noch die Teppiche, aber er hatte vor, sie erst einmal auf die Ladefläche zu werfen, bis er den Chevy nach Fingerabdrücken untersucht hätte. »Ein Abschluss in PR – damit können Sie überall hingehen.«

»Ich habe keinen Abschluss.«

Er ließ es auf sich beruhen.

Sie war ein nettes Mädchen, doch sie hatte Kleinstadtprobleme, die ihn nicht interessierten, während er mitten in der Nacht Blutflecken aus seinem Truck entfernte. Er wollte keine Geschichten hören. Er bat um etwas zu essen. Es war bald acht Stunden her, dass er außer Bourbon etwas in den Magen bekommen hatte. Faith ging in Richtung Küche und Darren folgte ihr mit Eimer und Lappen und fragte, ob es irgendwo Sperrholz gab, um die Eingangstür zu reparieren. Faith sagte ihm, er solle sich hinter dem Haus umsehen, was er tat, indem er sich durch Gemüsekisten, alte Sodaflaschen und Zeitungsstapel in einem feuchten Pappkarton wühlte. Noch mehr Pappkartons lehnten auseinandergefaltet neben dem Müllcontainer.

Darren nahm einen und eine Rolle Klebeband von dem hohen Regal über der Küchenspüle. Während Faith ein paar Koteletts briet, deckte Darren notdürftig das Loch in der Eingangstür ab, wobei er die Glocke an ihrem Platz ließ, damit sie weiterhin für

Genevas Gäste bimmeln konnte. Er roch das Schweineschmalz, das in der Pfanne brutzelte, und als Faith den Teller vor ihm auf den Tresen stellte, machte er sich darüber her. Sie schenkte ihm ein Dr Pepper ein. Er hätte wenigstens gern ein Bier gehabt, betrachtete sich aber als im Dienst und wollte hellwach sein. Faith lehnte sich neben der Kasse an den Tresen und sah ihm beim Essen zu. Als er fertig war, hätte er gern noch einen Nachschlag gehabt, wollte aber dem Mädchen weitere Umstände ersparen. »Diese Frau hat mein Leben zerstört … und das meiner Mama«, sagte sie auf einmal mit einer ordentlichen Portion Drama und Verbitterung. Es schien ihr zu gefallen, Darren als unfreiwilliges Publikum zu haben. »Deswegen will ich mit meiner Großmutter nicht nach Gatesville fahren, falls Sie sich das gefragt haben.«

Hatte er nicht.

Er nahm einen Schluck von der Limonade und stieß auf.

»Als sich in Wiley herumsprach, dass meine Mama meinen Daddy erschossen hat, haben mich die Mädchen von der Uni von der AKA-Warteliste gestrichen, ohne mir eine Chance zu geben, es zu erklären. Das hat mich völlig fertiggemacht, meine Noten haben sich verschlechtert, alles ging den Bach runter. Deshalb habe ich keinen Abschluss gemacht. Ich bin nicht vom College geflogen oder so. Ich hab mich einfach furchtbar geschämt. Es ist schon schlimm genug, Rodney sagen zu müssen, dass nur Großmutter zur Hochzeit kommen wird. Sein Daddy hat angeboten, mich zum Altar zu führen, aber das ist eigentlich nicht richtig.«

Darren legte seine Serviette neben die Knochen auf seinem Teller, sah zu, wie sie sich mit dem Fett vollsaugte und meinte: »Entschuldigen Sie, was haben Sie gesagt?«

»Es stand ein Artikel darüber in der Zeitung in Houston«, sagte Faith und fügte irritiert hinzu, »ich dachte, Sie wüssten es«, als würde ein Einspalter auf der letzten Seite einer Zeitung aus Houston Darrens Aufmerksamkeit erregen.

Vor zwei Jahren, erzählte Faith, hatte sich ihre Mutter, Mary Sweet, an ihren Mann Joe angeschlichen, als der in der Badewanne lag. Es gab nur ein Badezimmer in dem Haus mit den zwei Schlafzimmern, in dem Faith groß geworden war, einem kleinen Holzbungalow, ein paar Minuten Fußweg von Genevas Café entfernt. Lil' Joe hörte Musik aus dem Kofferradio, das auf dem Stuhl neben der Wanne stand. Mary hatte eine Pistole, einen mächtigen Groll und sie war bereit, eine Rechnung zu begleichen. Was folgte, konnte man nur soweit glauben, wie man einer verurteilten Verbrecherin zu glauben bereit war.

Mary hielt ihrem Mann die Pistole an die Stirn, während sie das Radio an seinem Griff packte. Sie hielt es über die Wanne und vergewisserte sich, dass das Kabel noch immer in der Steckdose steckte. Mit der Waffe in der einen und dem Radio in der anderen Hand sagte sie: »Wie hättest du's denn gern? Denn ich bin so oder so fertig mit dir.«

Lil' Joe lächelte seine Frau, mit der er seit zwanzig Jahren verheiratet war, an und missverstand die Situation als Gefühlstheater. Er schlief mit der anderen schon über ein Jahr, und Mary hatte deswegen nichts unternommen, außer hinter seinem Rücken die Fäuste zu ballen. Er hatte ein Zigarillo zwischen die Zähne geklemmt und machte sich nicht die Mühe, es herauszunehmen, als er zu Mary sagte: »Nun, dann erschießt du mich wohl besser.« Er wirkte völlig unbeeindruckt, doch in dem Moment, als Mary das Radio auf den rosafarbenen Badezimmerteppich fallen ließ und die 22er entsicherte, sprang Lil' Joe aus dem Wasser und stieß Mary um, als er zur Vorderseite des Hauses floh. Er hatte die Haustür fast erreicht, als sie ihm dreimal in den Rücken schoss.

Nachdem man ihre Mutter verhaftet hatte, säuberte Faith weinend auf Händen und Knien den Tatort höchstpersönlich, weil es niemanden gab, der es für sie getan hätte. Geneva war vom Verlust ihres Sohnes so kurz nach dem Tod ihres Mannes so am

Boden zerstört, dass sie das Restaurant für eine Woche schloss, etwas, das sie nicht einmal nach Joes Ermordung getan hatte. Nachdem Lil' Joe und Mary nicht mehr da waren, mussten sie das Haus verkaufen. Und seit sie das College verlassen hatte, wohnte sie im Trailer ihrer Großmutter. »Rodney sagt, dass wir nach der Hochzeit was Eigenes für uns suchen.«

»Warum hat sie das getan?«

»Daddy hatte sich mit einem weißen Mädchen eingelassen«, sagte Faith. »Sie war oft in Wallys Laden, dem Eishaus, bevor die dort einen solchen Hass schoben, dass die beiden rumgefahren sind und sich auf die FM 19 gestellt haben.«

Darren dachte an Huxleys Worte. *Aber Lil' Joe war regelmäßig dort und sehen Sie nur, was mit ihm passiert ist*, hatte er gesagt. Dann an Lynns abfällige Bemerkung über Missy, weil sie mit Michael geredet hatte. *Manche Leute lernen's nie.*

Das passte zusammen.

»Und das weiße Mädchen?«, fragte er, obwohl er bereits einen Verdacht hatte.

»Missy Dale.«

Faith nahm Darrens Teller und brachte ihn in die Küche. Darren stand auf, ging um den Tresen herum und folgte ihr. Das Wasser im Spülbecken lief und Faith spülte Darrens Teller mit einem alten Schwamm. Ihm fehlten gerade die Worte. »Er hielt sich für schlau, mein Daddy«, sagte Faith. »Manchmal benehmen sich die Männer, als wüssten sie nicht, wer ihre Sachen wäscht.« Sie deponierte Teller und Besteck auf einem Trockengestell und sagte: »Apropos, wenn Sie Hose und Hemd ausziehen, kann ich sie waschen.«

»Kannten Sie sie?«, fragte er. »Missy?«

»Nein. Wir waren ungefähr im selben Alter, sind auf dieselbe Highschool in Timpson gegangen, aber ich habe nie mit ihr geredet. Sie hat mich auch nie angesprochen; unsere Wege haben sich nicht gekreuzt«, fügte sie hinzu, wobei sie die Ironie ihrer Worte entweder nicht bemerkte oder ignorierte. Sie wischte sich die Hände an einem Geschirrtuch ab und dankte ihm dafür, dass er die Tür ihrer Großmutter repariert hatte.

Darren wurde bewusst, dass er noch nie ein Foto von Missy Dale gesehen hatte, nur die blonden Haarsträhnen, die unter der weißen Abdeckung hervorgeschaut hatten, an dem Morgen, als er nach Lark gekommen war. »War sie ein hübsches Mädchen?«, fragte er.

Faith zuckte mit den Schultern und sagte: »Das müssen sie gar nicht immer sein.«

Darren bekam nicht mehr als zwei Stunden Schlaf, weil er und Dennis bis Sonnenaufgang abwechselnd Wache hielten. Als er aufwachte, fand er seine Sachen noch immer warm vom Bügeln über der Armlehne des kleinen Cordsamtsofas. Im Trailer war es völlig still, kein Lebenszeichen von Geneva oder Randie, und der geflochtene Plastikstuhl draußen war leer. Er musste an den kleinen Jungen, Keith Jr., denken, der anscheinend bei Wallace Jefferson wohnte. Jetzt, wo er von der Beziehung zwischen ihrem Sohn und Missy Dale wusste, hatte er ein paar Fragen an Geneva. Dicke dunkelgraue Wolken zogen aus westlicher Richtung auf und kündigten Regen an. Wenn er den Chevy nach Fingerabdrücken untersuchen wollte, dann jetzt. Er hätte es gestern Abend tun sollen; es gab eine Menge Dinge, die er gestern Abend hätte anders machen sollen. Dank der fetten Schweinekoteletts, die er nach Mitternacht gegessen hatte, war er nicht verkatert.

Er benutzte die Ausrüstung, die er im Truck aufbewahrte, ging schweigend um den Chevy herum und bestäubte ihn, wobei er sich auf den Türgriff an der Fahrerseite konzentrierte, vor allem den Bereich um das Schloss herum, das geschickt geknackt worden war. Als er auf die Beifahrerseite ging, fielen die ersten Tropfen. Er verstaute die Ausrüstung und die Kärtchen mit den Fingerabdrücken, die er angefertigt hatte, im Truck und rannte über den Parkplatz zum Eingang. Das Stück Pappe war feucht, hielt jedoch unter dem schmalen Vordach. Drinnen war es voll – es waren mehr Gäste da, als Darren je im Geneva's gesehen hatte, einschließlich Huxley und Tim, der auf dem Rückweg von Chicago war. Die meisten Gesichter kannte er jedoch nicht. Die Nischen waren alle besetzt, weshalb der einzige freie Platz, den Randie hatte finden können, der Friseurstuhl am anderen Ende des Cafés war. Isaac war nicht auf seinem gewohnten Platz, und auch von Faith war nichts zu sehen. Er fragte Geneva über den Tresen hinweg nach ihr in der Hoffnung, an ihre Unterhaltung vom Vorabend über ihren verstorbenen Sohn und seine Affäre mit Missy anknüpfen zu können.

»Sie schläft«, war Genevas Antwort. Sie hatte alle Hände voll zu tun, brachte eine Bestellung nach der anderen aus der Küche herein, und bis auf ein Nicken in Richtung Eingangstür und ein »Nett von Ihnen, mein Sohn«, ignorierte sie ihn. Es war unmöglich, sie allein zu erwischen, um über etwas so Heikles zu sprechen – außer Darren benutzte seine Marke, um sie dazu zu zwingen. Doch er wollte sich ihr gerne als Freund nähern, dem sie freiwillig von den Affären ihres Sohnes erzählte. Als Randie ihn hereinkommen sah, sprang sie aus dem Friseurstuhl und eilte zu ihm, um ihn zu bitten, sie zum Motel zu fahren, wo sie sich duschen und umziehen wollte. Das Gespräch mit Geneva über Lil' Joe und Missy würde also warten müssen.

Sobald sie im Truck saßen, dessen Fahrerkabine noch immer nach Bleiche roch, schnallte sich Randie an und fragte: »War das real?« Sie hatte Ringe unter den Augen. »Hat dieser gestrige Abend wirklich stattgefunden?«

»Ganz und gar«, sagte er.

Er ließ sie als Erste duschen. Wenn es sein musste, würden ihm auch ein paar Spritzer kaltes Wasser ins Gesicht und Zahnpasta auf dem Finger genügen. Es gab eine in Plastik eingeschweißte Zahnbürste auf dem Waschbecken, doch Darren wollte sie Randie überlassen. Stattdessen wusch er sich die Hände und rieb sich das Gesicht mit einem kleinen Stück rosa Seife ein, während er sich der Tür zwischen Waschbecken und Bad bewusst war, die sie nicht geschlossen hatte. Er hörte das Wasser hinter dem Duschvorhang und spürte den heißen Dampf, der zu ihm herüberwaberte. Er empfand Dinge, auf die er nicht stolz war, eine Regung, die eher zärtlich als sexuell war und ein Gefühl der Wärme in seiner Brust. Egal ob richtig oder falsch, er schämte sich für seine Zuneigung zu ihr. Er spürte eine genauso große Verpflichtung, sie vor Schaden zu bewahren, wie er den Tod ihres Mannes sühnen wollte. Er wollte, dass sie sich in Texas täuschte, wollte ihr zeigen, dass es kein Ort war, an dem man einen Schwarzen einfach umbringen und damit ungestraft davonkommen konnte. Er trocknete sich das Gesicht mit einem rauen Handtuch ab und legte es wieder ordentlich zusammen, damit Randie es ebenfalls benutzen konnte.

Sein Handy am Rand des Doppelbetts klingelte.

Es war Wilson.

Er hatte Uhrzeit und Treffpunkt für die Befragung von Dale – zwei Uhr im Polizeirevier in Center, wie von Darren gewünscht –, zusammen mit klaren Anweisungen. Darren sollte in der Sache gründlich sein, aber den lokalen Ordnungskräften den gebührenden Respekt erweisen, was bedeutete, Fragen zurückzuziehen, die Sheriff van Horn nicht billigte. Der Mord an Melissa Dale fiel allein in die Zuständigkeit des Sheriffs, bis genügend Beweise vorlagen, die ihn mit dem Tod von Michael Wright in Verbindung brachten. »Wie soll ich die bekommen, wenn ich mit dem Mann nicht reden darf?«, fragte Darren.

»Niemand sagt, dass Sie mit dem Mann nicht reden dürfen. Ich rechne es van Horn hoch an, dass er Ihnen keine Steine in den Weg legt, und Sie schulden ihm was dafür. Denken Sie daran, dass wir mit diesen lokalen Departments auch noch kooperieren müssen, wenn das hier längst vorbei ist. Ranger können es sich nicht leisten, im Ruf zu stehen, eine Behörde nicht zu respektieren. Und wenn ich mich für Sie bei den Vorgesetzten im Hauptquartier in Austin einsetzen soll, dann muss ich denen sagen können, dass Sie nicht aus der Reihe tanzen.«

»Sie sollten mich besser kennen.«

»Ich kenne Sie, das stimmt. Und ich bitte Sie, dort draußen keine Grenzen zu überschreiten. Die Sache mit dem Mädchen ist heikel. Erste Ergebnisse aus dem Büro des Gerichtsmediziners heute Morgen werfen ein etwas anderes Licht auf die Sache.«

»Inwiefern?«

»Es ist mir nicht gestattet, darüber zu reden.«

»Aber Sie wissen was?«

»Wenn der richtige Moment gekommen ist, will van Horn seine Erkenntnisse weitergeben.«

»Haben Sie ihn gelesen?«, fragte Darren. »Den Obduktionsbericht?«

Wilson am anderen Ende verstummte. Darren hörte eine Armatur quietschen, als Randie die Dusche abstellte.

»Es besteht Interesse an Ihrer Verbindung zu der Frau, die das Café für Schwarze dort draußen betreibt. Ginny's oder Genevieve's, stimmt's? Eine ältere schwarze Frau?«

»Geneva. Was hat Missys Obduktion mit ihr zu tun?«

»Wenn der richtige Moment gekommen ist«, erwiderte Wilson. »Van Horn hat's versprochen.«

Darren beendete das Gespräch in dem Moment, als Randie aus der Dusche kam und so rasch wie möglich nach dem Handtuch griff, das auf dem Waschbeckenrand lag, und sich darin einwickelte, bevor sie aus dem Badezimmer trat. Darren drehte den Kopf weg und murmelte: »Verzeihung.« Randie sagte, sie könne sich im Badezimmer anziehen, doch Darren erwiderte, dass das nicht nötig sei. Er ging hinaus und beobachtete den Regen, der jetzt in dicken grauen Tropfen fiel und in Schnüren vom Dachvorsprung strömte, vor seinem Truck auf den Asphalt platschte und seine Stiefelspitzen vollspritzte. Er wählte Gregs Büronummer beim FBI und lauschte dem Klingeln.

In dem Moment bemerkte er den anderen Wagen auf dem Parkplatz. Es war ein grauer Buick, ein Weißer um die dreißig mit kurz geschorenen braunen Haaren saß am Steuer. Er stand in der Nähe der Lobby, doch die Front des Fahrzeugs zeigte in Richtung der Tür, vor der Darren stand. Er hatte beobachtet, wie Darren aus Randies Zimmer gekommen war, und jetzt wurde die Fahrertür geöffnet. Darren legte die Hand auf den Griff seines Colts und forderte ihn auf, sich nicht weiter zu nähern. Entweder hatte ihn der junge Typ nicht gehört oder es kümmerte ihn nicht, denn er ging einfach weiter. Der Mann trug ein kariertes Button-down-Hemd unter einem braunen Sakko und Rockport-Schuhe. Er hatte eine Brille auf, aber vielleicht war eine Kontrolle beim Optiker überfällig, denn er schien erst ein paar Schritte von Darren entfernt die Waffe und die Marke an Darrens Brust zu bemerken. Der Mann blieb wie angewurzelt stehen und ließ eine abgewetzte, lederne Messengertasche auf den nassen Asphalt plumpsen. Er war jünger, als Darren ursprünglich gedacht hatte, auf keinen Fall über dreißig.

Er griff hinter sich und Darren spürte, wie sein gesamtes Blut in den Finger am Abzug floss. Er spürte das Hochgefühl des Schützen, eine Macht, die sich wie ein Trip anfühlte, die sein Seh- und Hörvermögen schärfte und den Verstand in grauen Dunst hüllte. Er checkte ihn kurz ab: die Messengertasche und die schlecht sitzende Khakihose. Darren ließ die Waffe genau in dem

Moment sinken, als der Mann eine lederne Brieftasche aus seiner Gesäßtasche zog. Darren stieß die Luft aus, die er unbewusst angehalten hatte, und spürte, wie sein Herz vor Erleichterung implodierte. Der Mann zeigte seinen Ausweis, bevor Darren danach fragen konnte. Als Randie ein paar Minuten später aus dem Zimmer trat, stellte er ihr Chris Wozniak von der *Chicago Tribune* vor. Die Welt war in Lark angekommen und sie hatte ein paar Fragen.

16

Falls Chris Wozniak gern gewusst hätte, warum der Texas Ranger, der den Tod von Michael Wright untersuchte, um neun Uhr morgens aus dem Motelzimmer der Ehefrau kam, behielt er es für sich. Zweimal sah er Randie an und fragte: »Und Sie sind die Witwe?«, als müsste er sich vergewissern. Er sprach ihr sein Beileid aus und sagte, dass er sie ebenfalls gern interviewen würde. »Mein Redakteur sagte, Sie kennen Teresa Martin.« Randie nickte, ohne ihn anzusehen.

»Wir waren zusammen auf der SAIC. Dem Kunstinstitut von Chicago«, fügte sie für Darren hinzu. Sie trug eine schwarze Hose und ein purpurfarbenes T-Shirt, das dünn wie Krepppapier war. Sie zitterte und hatte die Arme fest vor der Brust verschränkt. Darren war versucht, reinzugehen und ihren hellen Mantel zu holen, doch es war Oktober in Texas und noch vor Mittag würde es fünfundzwanzig Grad haben.

»Ich kenne das Institut«, sagte er. »Ich habe ein paar Jahre in Chicago gelebt.«

Sie blickte ihn eigentümlich an, so als würde die Information nicht zu den Stiefeln und der Marke des Mannes passen, der vor ihr stand. »Ach ja?«, fragte sie.

Darren nickte. »Ich war auf der juristischen Fakultät an der UC.«

Juristische Fakultät passte ebenfalls nicht. Doch bei der Erwähnung musste sie lächeln.

»Michael war auch an der UC«, sagte sie.

»Ja, das ist gut«, sagte Wozniak. »Ich möchte das alles genau wissen. Den Hintergrund des Opfers … und interessant, dass Sie diese Gemeinsamkeit haben«, sagte er zu Darren, als er in die Tasche griff und Stift und Block herausholte. Er machte eine kurze Notiz und wandte sich dann an Darren, der erschrocken über die Taktlosigkeit des Reporters war. »Hören Sie«, sagte er, »ich erwarte ein Kamerateam. In ein paar Stunden, hoffe ich. Und ich würde gern wissen, wie die Faktenlage ist, ganz zu schweigen von dem Drumherum, um's mal so zu sagen. Da war irgendwas mit einer Redneck-Kneipe in dem Ort.« Er blickte zu Randie hinüber. Es gab noch mehr, was er wissen wollte, doch offensichtlich nicht in ihrer Gegenwart.

»Ich kann fahren«, sagte Darren schnell.

Wozniak hatte einen digitalen Camcorder in seinem Mietwagen, wollte so schnell wie möglich Bilder vom Tatort und meinte, dass Darren ihn während der Fahrt doch ins Bild setzen könnte. Aber Darren wollte wieder zu Geneva's Café, wollte mehr erfahren über die Verbindung zwischen Missy Dale und dem Laden. Es war hilfreich zu wissen, dass Michael wahrscheinlich seine letzten Stunden in Wallys Eishaus verbracht hatte. Diese beiden Etablissements, die sich an den entgegengesetzten Ortsausgängen befanden, waren wie der doppelte Pol in der Geschichte dieser beiden Morde: Es war unmöglich, den einen ohne den anderen zu verstehen. Und jetzt hatte van Horn angeblich etwas gegen Geneva in der Hand. Darren hatte keine Ahnung, was das sein sollte.

Mehr denn je hatte er das Gefühl, dass der Schuss auf Genevas Café letzte Nacht ihm gegolten hatte. Die Arische Bruderschaft von Texas hatte einen Feind in Shelby County, vielleicht brachte er Randie tatsächlich in Gefahr, je öfter sie zusammen gesehen wurden. Er warf einen Blick auf den regennassen Highway, der am Motel vorbeiführte, und von dem Regenwasser in von Unkraut überwucherte Gräben lief, und entwickelte einen Plan. Er war nicht bereit, dem Reporter überhaupt etwas zu erzählen, solange er nicht wusste, wie das ins Gesamtbild passte. Und im Moment hatte er kein Gesamtbild.

Er wollte mehr über Missy und Lil' Joe, Genevas Sohn, erfahren. Seit gestern Abend hatte ein Gedanke in seinem Kopf Gestalt angenommen. Wenn Keith Dale das von seiner Frau und Lil' Joe gewusst hatte, wer wollte dann behaupten, er hätte seine Wut nicht an Michael Wright ausgelassen, weil ihm das bei Lil' Joe verwehrt geblieben war? Es bot eine Erklärung für die Reihenfolge der Morde, die sich für Darren plausibel anhörte. Keith sieht, wie Michael und seine Frau vom Eishaus auf die Landstraße fahren, und er tötet den Schwarzen, von dem er glaubt, dass er mit seiner Frau rummacht. Zwei Tage später bringt er seine Frau in einem Wutanfall um. Beide Leichen werden im gleichen brackigen Wasser gefunden. Warum sich Keith zwei Tage Zeit ließ, bis er seine Frau tötete, konnte Darren nicht sagen. Er würde bei der Befragung im Sheriffbüro mehr über den Zeitablauf erfahren.

Doch zuerst wollte er mit Geneva sprechen.

Er warf Randie einen flehenden Blick zu und teilte Wozniak mit, dass Ranger angewiesen seien, der Familie eines Verstorbenen die Gelegenheit zu geben, mit der Presse zu sprechen, bevor es eine offizielle Stellungnahme vom Department gab. Die Lüge ergab keinen Sinn. Aber er war ziemlich groß und trug Marke und Waffe, was ein überzeugendes Gesamtpaket darstellte. Und Wozniak stellte es nicht infrage. Randie würde bei dem Reporter bleiben und über Michael und das, was sie über seine Reise nach Texas wusste – oder eigentlich nicht wusste – reden. Darren hatte keine Einwände. Es war ihre Geschichte. Und es würde ihm Zeit verschaffen. Sie fragte, wann er zurück sei und sah dabei etwas verloren aus. Er erwähnte die Befragung von Keith Dale nicht vor dem Reporter, doch er blickte sie an und gab ein Versprechen. Er wäre bald zurück.

Wendy saß vor dem Café, als er mit dem Chevy auf den Parkplatz fuhr, der noch immer voll war. Geneva war mindestens genauso beschäftigt wie am Vormittag, als er gegangen war, und er wusste nicht, wie schwierig es werden würde, sie allein zu erwischen. Das Thema war heikel und privat. *Bis es das nicht mehr ist,* dachte er. Lark war wirklich ein winziger Ort. Jeder bei Geneva's schien zu wissen, dass Lil' Joe Zeit im Eishaus verbracht hatte und Lynn, die Barkeeperin, hatte auf Missys Vorliebe für Schwarze hingewiesen. Vielleicht war die Beziehung zwischen Missy und Lil' Joe ja allgemein bekannt gewesen, auch wenn nicht darüber gesprochen wurde.

»Sie schnüffeln hier noch immer herum?«, fragte Wendy.

Sie hatte eine Dose Bier im Schoß, gemeinsam mit ihrer rostigen 22er, und wachte über das heutige Warenangebot: Marmeladengläser und gusseiserne Töpfe, ein hölzerner Perückenhalter und eine gelbrote Coca-Cola-Kiste, die bestimmt dreißig Jahre alt war. Es war Krempel, über den sie eindeutig bei sich zu Hause gestolpert war, Gegenstände, die, von einer schillernden alten Dame auf einer Decke drapiert, genügend historische Bedeutung hatten, um sich damit ein kleines Taschengeld zu verdienen. Darren bewunderte den Schwindel. »Die erlauben Ihnen nicht, dass Sie jemanden wegen der Morde verhaften, keinen von denen«, sagte sie. Es hatte aufgehört zu regnen und die Sonne brach zwischen zwei Wolken hervor.

Wendy beschirmte ihre Augen mit einer Hand.

Darren lächelte und sagte: »Erst recht ein Grund, mir die Wahrheit zu sagen.« Dann sagte er ohne Überleitung: »Das Kind ist also von Lil' Joe, stimmt's?«

»Sieh an, da hat aber einer die Weisheit mit Löffeln gefressen.«

»Und Geneva weiß es?«

Wendy sah ihn an, als wäre er schwer von Begriff.

»Keith ebenfalls?«, fragte er.

»Er hat dem Jungen seinen Namen gegeben, aber das kann niemanden hinters Licht führen.«

»Wieso zum Henker will van Horn Listen von Genevas Gästen, von Leuten, die in Lark nur einen Zwischenstopp machen, wenn der Ehemann der Toten das Kind eines anderen großzieht?«, fragte Darren. Ein Kind, das Keith und seine Familie bei Wally und Laura Jefferson abgeladen hatten, eine nachträgliche Lossagung von einem Jungen, der nicht von ihnen abstammte. Wendy winkte ihn neben sich, damit sie nicht die ganze Zeit in die Sonne starren musste. Also stellte er sich unter das Vordach und in dem bisschen Schatten, den es bot, sah er, dass Wendys Augen von einem helleren Braun – einem warmen Honigton – waren, als er gedacht hatte. Sie sagte: »Sie sind ein Junge aus Texas, Sie wissen, wie der Hase läuft.«

Wally sei es gewesen, der angefangen habe, Gerüchte zu streuen.

»Er hegt 'n bösen Groll.«

Wendy war sich sicher, dass er den Sheriff in eine Richtung gelenkt hatte, die *ihm* nützlich war.

»Wissen Sie, die Familie von Wallace Jefferson hat diesen Ort aufgebaut«, sagte sie.

Lark war ursprünglich eine Plantage gewesen, vor über einhundertsiebzig Jahren. »Das dort ist der alte Familiensitz«, sagte sie mit einem Nicken in Richtung Wallys Haus auf der anderen Straßenseite. Wallys Familie bildete sich etwas darauf ein, entfernt mit dem dritten Präsidenten der Nation verwandt zu sein und betrachtete sich als direkte Erbfolgerin der amerikanischen Geschichte. Und wie der alte Thomas Jefferson prosperierten sie als

Sklavenhalter, mit reinem Gewissen und vollen Taschen. June-teenth und damit die Abschaffung der Sklaverei änderte die Situation für sie, aber nicht sehr; es gab immer eine Möglichkeit, ein paar Dollar zu verdienen. Die meisten Schwarzen in Lark stammten aus Familien von Baumwollpflückern, die ihr Leben als Arbeitssklaven gegen ein Leben mit erdrückenden Pachtschulden eingetauscht hatten, nur ein Sprung vom offenen Feuer in die Bratpfanne, von der Gewissheit der Hölle in die langsame, quälende Folter der Hoffnung.

Die Jefferson-Familie verdiente eine ordentliche Stange Geld, als der Staat einen brandneuen Highway direkt durch die Ortsmitte bauen ließ. Wendy vermutete, es lag an seinem Geschäftssinn, dass Wally eine Generation später noch immer in hochgezüchteten Trucks herumfahren und Diamantringe tragen konnte. Das und die Tatsache, dass Wally neunzig Prozent des Grund und Bodens in diesem Zipfel des Countys besaß – alles, bis auf Genevas Laden. Darren fragte sich, wie eine junge, alleinstehende Schwarze in den Sechzigerjahren ein Grundstück am Highway kaufen konnte. »Genau das versuche ich Ihnen gerade zu erzählen.«

Geneva Marie Meeks kam nie über die elfte Klasse hinaus, weil in dem Jahr ihr Vater krank wurde und sich nicht länger um die Baumwolle auf seinen zehn Morgen kümmern konnte. Ihre Mutter und Brüder packten mit an, doch die Familie geriet mit den Zahlungen so sehr in Rückstand, dass sie beschloss, sogar die Jüngste, Geneva, zum Arbeiten zu schicken. Sie hatte früh kochen gelernt, hatte die sechsköpfige Familie mit Essen versorgt, als sie kaum groß genug war, um an das oberste Regal im Küchenschrank zu kommen, weshalb sie eine Beschäftigung in Jeffersons Küche annahm – was hieß, an sechs Tagen in der Woche Frühstück, Mittag- und Abendessen zuzubereiten wie auch das Lunchpaket für Wallace Jefferson III. zu packen, der in Timpson auf die

Highschool ging und einen kleinen Ford Fairlane besaß, den ihm sein Vater gekauft hatte, sodass er zweimal am Tag stilgerecht den Highway entlangflitzen konnte. Wally trug immer ein bisschen zu dick auf. Doch er vergötterte seinen Vater und imitierte ihn in allem, angefangen damit, seine Reithose eng um die Hüften zu tragen, festgehalten von einem Gürtel mit Sterlingsilberschnalle, bis zu der vornehmen Art, durch den Ort zu flanieren, den Damen die Tür aufzuhalten und niemals das Wort *Nigger* in gemischter Gesellschaft zu benutzen. Wallace Jefferson II., der von seinen Leuten Jeff genannt wurde, war damals zum zweiten Mal verheiratet. Nachdem seine erste Frau, Wallys Mutter, überraschend gestorben war, war er regelmäßig bis nach Marshall und Dallas gefahren, um auf Zusammenkünften der Kirchengemeinden nach einem braven Mädchen zum Heiraten Ausschau zu halten, um wieder ein richtiges Zuhause zu haben. Doch die zweite Mrs. Wallace Jefferson II., Phyllis Slatterly of Longview, blieb ihm nicht lang erhalten, da sie die Freuden des Plantagenlebens weit überschätzt hatte. Ihr wurde bald langweilig in einem Ort mit gerade mal zweihundert Einwohnern, von denen viele zu schwarz und zu arm waren, um ihre soziale Stellung als Mrs. Wallace Jefferson II. ausreichend würdigen zu können. Außerdem musste sie beinahe drei Stunden bis nach Dallas fahren, um Jeffs Geld auf befriedigende Weise verpulvern zu können. Es dauerte keine achtzehn Monate, bis sie die Flucht ergriff und die Ehe auf dem Amtsgericht ihres Heimatortes annullieren ließ. Jeff ließ sie gehen und zog seine Jungs – Wally und seinen jüngeren Bruder Trent, der in seinem ersten Jahr an der Texas A&M University bei einem Autounfall ums Leben kam – allein groß. Er fand sich mit seinem Leben als Junggeselle ab und gab die Liebe auf. Weshalb er überhaupt nicht auf Geneva vorbereitet war.

Sie war viel zu jung für ihn, das wusste er.

Tatsächlich entgingen ihm die Blicke nicht, die sein älterer

Sohn Wally Geneva zuwarf, wenn sie durch das Zimmer ging, in dem er sich gerade aufhielt, oder wie Wally ihr eine kalte Cola den ganzen Weg von Timpson mitbrachte und sie bat, eine Pause einzulegen und sich zu ihm auf die Verandastufen zu setzen. Wally und Geneva lagen altersmäßig nicht weit auseinander, von ihrem Temperament her jedoch schon. Selbst mit achtzehn war er noch ein Wichtigtuer, der seinen eigenen Ansprüchen hinterherhinkte und gern mit Geld prahlte, das er nicht verdient hatte. Geneva war ein stilles Mädchen, klug und witzig, wenn man sie in der richtigen Stimmung antraf, und sie wusste, was harte Arbeit war. An zwei oder drei Abenden in der Woche blieb sie länger, um Essen für den nächsten Tag vorzubereiten, damit sie morgens mehr Zeit hatte, um Essen für ihre eigene Familie zu kochen.

So kamen sie ins Plaudern, der ältere Jefferson und Geneva. Spät am Abend, einen Whiskey auf dem Küchentisch, sah Jeff Geneva dabei zu, wie sie Teig für Klöße knetete oder einen Kohl Blatt für Blatt wusch, um sicher zu sein, dass sie sämtliche Raupen erwischt hatte. Ein paarmal erbot er sich, ihr zu helfen, doch sie sagte ihm, er solle sich wieder hinsetzen, und das tat er auch.

Sie redeten über die Schule. Vermisste sie sie? Ja.

Sie redeten über ihren Daddy. Ging es ihm besser? Nein.

Sie redeten über Jeffs erste Frau und dass er immer noch wegen ihr weinte.

An manchen Abenden tauschten sie alte Familiengeschichten aus, seine Vorfahren gegen ihre.

Er hätte die Finger davon lassen sollen, doch sie war so verdammt hübsch.

»Sie wird es Ihnen erzählen«, sagte Wendy. »Sie wird Ihnen erzählen, dass sie sich in ihn verguckt hat.«

Jeff ging dazu über, Geneva an den Abenden, an denen sie länger blieb, nach Hause zu fahren. Sie wohnte kaum zehn Minuten entfernt, doch irgendwann hatte er ein seltsames Gefühl dabei, sie nach Mitternacht zu Fuß nach Hause gehen zu lassen. Und auch sonst hatte er ein seltsames Gefühl. Ein heißes Prickeln auf dem Hals, wenn sie ihn anblickte. Ein schreckliches Verlangen unterhalb der Gürtellinie, wenn sie zu dicht neben ihm stand. Und ein Bedürfnis, sie überall zu berühren, zu erfahren, wie sich diese Locken anfühlten, wenn er sie um seine Finger wickelte.

Eines Abends sagte sie zu ihrer Mutter, dass die Jeffersons sie die Nacht durcharbeiten lassen wollten und als Jeff in seinen Pick-up stieg, um sie wie gewohnt nach Hause zu fahren, bat sie ihn, stattdessen irgendwo zu halten. Er blickte in der Kabine zu ihr hinüber und spürte das Blut in seinem Körper rauschen. In dem Wissen, was passieren würde, kaute er auf seinen Fingernägeln, als er bis ganz zur Grenze des Grundstücks fuhr, auf dem sein Herrenhaus stand. Er hatte noch nie ein farbiges Mädchen gehabt, weshalb er, als er sie zum ersten Mal küsste – ein Kuss, der beinahe eine Stunde dauerte – nicht wusste, ob es Geneva war, die so köstlich schmeckte, oder ob es an ihrer Hautfarbe lag.

Es war ihr erstes Mal, und er nahm sich vor, es langsam angehen zu lassen.

Doch er konnte nichts für das, was geschah. Bald schon stand der Truck wippend auf dem Feld, während sich Jeff mit der einen Hand am beschlagenen Beifahrerfenster abstützte und mit der anderen ihre linke Hüfte umfasste. Sie bewegten sich rhythmisch, Geneva schrie auf und biss ihn ins Ohrläppchen. In weniger als zehn Minuten war es vorbei und sie lagen vorn im Truck beisammen, bis die Sonne aufging.

Es war möglich, dass Wally nicht mitbekommen hatte, was geschehen war, als er am nächsten Tag zum Frühstück die Treppe herunterkam und Geneva zur Arbeit »erschien«, wobei sie noch immer die Sachen vom Vortag trug. Doch was er mit Sicherheit mitbekam, war, dass sein Vater kurz nach dieser schicksalhaften Nacht ohne ein Wort der Erklärung damit begann, eine kleine

Hütte direkt gegenüber von ihrem Zuhause am Highway zu bauen. Er errichtete sie eigenhändig und zahlte Isaac, der für die Jefferson-Familie Arbeiten auf dem Grundstück erledigte, fünf Extradollar die Woche, damit er das Holz zurechtsägte. Isaac war damals erst zwölf und genauso dickköpfig wie heute, erzählte Wendy. Wally dachte zuerst, es würde ein Haus für Geneva, was schon schlimm genug war, doch ein Café auf dem Grundbesitz der Familie ärgerte den Jungen noch viel mehr. Sein Daddy hatte dem Mädchen, das er, Wally, liebte, ein Geschäft errichtet. Jeff malte das Schild mit ihrem Namen darauf persönlich von Hand, und es war Genevas Idee, ein paar Lichter außen anzubringen, um ihren Laden fröhlich und einladend zu gestalten. Es war damals das einzige schwarze Café in weitem Umkreis, und sie machte ordentlich Umsatz, genug, damit ihre Familie schließlich das gepachtete Farmland aufgeben konnte. Als ihr Daddy schließlich am Krebs starb, begrub sie ihn in einem mit Satin ausgeschlagenen Sarg und hatte genug Geld für einen Marmorgrabstein und ein Meer von Blumen – Lilien, die Lieblingsblumen ihrer Mutter. Sie bildeten eine seltsame Familie, Jeff, der zu den Mahlzeiten ins Restaurant kam und am selben Tisch aß wie die farbige Familie, die für ihn arbeitete, und Wally, der sich weigerte, ihnen Gesellschaft zu leisten.

Jeder, der sie gesehen hatte, hätte behauptet, sie wären glücklich, Geneva und Jeff.

Doch dann kam Joe.

An dem Abend, als sie Jeff von dem Musiker erzählte, war Joe bereits seit zwei Tagen im Trailer hinter dem Café. Die beiden waren verliebt und hatten sich vom ersten Moment an die Wahrheit gesagt. Und Joe hatte genug davon, sich zu verstecken.

Sie platzierte Jeff am besten Tisch und brachte ihm ein Stück Zitronenbaiser-Torte und ein Glas Whiskey, was er beides nicht anrührte. Er hatte sie mit dem viel jüngeren und viel schwärzeren

Mann gesehen und sagte nur: »Ist es das, was du willst, Neva?«
Und als sie das bejahte, stand er vom Tisch auf.

»Na schön.«

Das waren die letzten Worte, die er je mit ihr sprach.

Joe fand Jeff mit dem Geld seiner Gagen ab und Jeff, Gott sei
seiner Seele gnädig, war innerhalb eines Jahres tot. Doch Geneva
war noch immer da und verdiente gutes Geld mit Wallys Grund
und Boden, jedenfalls sah er das so.

Sie hatte es ihm gestohlen, und seit Jahrzehnten bedrängte er
sie, es ihm zu verkaufen, doch nur, um es abzureißen. »Das ist das
Problem mit ihm, verstehen Sie?«

»Und wann genau nach Joes Ankunft wurde Lil' Joe geboren?«

Es war wirklich eine heikle Angelegenheit.

»Junge, ich hab das nicht im Kalender stehen«, sagte Wendy.
»Aber wenn Sie wissen wollen, ob Lil' Joe mit Joe verwandt ist,
dann ist die Antwort nein. Spielte keine große Rolle. Joe liebte den
Jungen, als wär's sein eigener. Solche wie Joe gibt's nicht mehr.«

»Dann waren also Wally und Lil' Joe Brüder?«

»Sie kapieren schnell«, sagte sie mit einem Augenzwinkern.

»Das Baby – mein Gott, dann ist Missys Kind Wallys Neffe.
Weiß Wally das?« Keith Jr. war seit dem Mord in seiner Obhut.

»Ich weiß nicht, was dieser Mann weiß.«

Eine korpulente Schwarze kam aus Genevas Café und fuhr-
werkte mit einem Zahnstocher in ihrem Mund herum. Sie warf
einen Blick auf Wendys Ware vor der Tür und beugte sich hinunter, um sie sich genauer anzusehen, besann sich und watschelte zu
ihrem burgunderroten Honda Civic. Der Wagen neigte sich stark
nach links, als sie sich hinters Steuer setzte, und Wendy sagte: »Ich
hab ein Korsett in meinem Wagen. Bestimmt hätte sie das gekauft.«

Als der Honda zurückstieß und den Parkplatz verließ, bot sich
Darren ein seltsames Bild. Ein Streifenwagen vom Shelby County

fuhr mit blauweiß blinkenden Lichtern auf den Parkplatz. Die Sirene war ausgeschaltet, für Darren passten Geräuschkulisse und Geschwindigkeit nicht zusammen, was ihm das Gefühl gab, die Welt um ihn herum bewegte sich in Zeitlupe. Ein zweiter Streifenwagen folgte und fuhr ebenfalls auf den Parkplatz. Als van Horn aus dem ersten Wagen stieg, stieß Wendy einen tiefen Pfeifton aus. Darren verspürte ein Engegefühl in der Brust, und ein Stein der Hoffnung fiel in einen Schacht, als die Schwerkraft ihr Spiel der Unausweichlichkeit spielte. Es würde immer so enden, oder nicht? Würde jemand in Genevas Café für den Mord an Missy in den Knast wandern? Er streckte eine Hand aus, bevor van Horn die Tür des Cafés erreichen konnte. »Was ist los?«, fragte er, während er zwei Deputys aus dem zweiten Wagen steigen sah. Wozu bloß so viele Polizeikräfte? Van Horn forderte Darren auf, zurückzutreten, und teilte ihm mit, dass das nicht seine Angelegenheit sei. Dann ging er, gefolgt von den beiden Deputys, die sich neben der Jukebox an die Wand lehnten, hinein. Als Darren hinterherkam, stießen sich die bewaffneten Männer des Sheriffs von der Wand ab. Geneva hinterm Tresen bemerkte Darren und die County-Männer im selben Moment und sah überrascht aus, so als wären sie gemeinsam gekommen, als wäre das ein koordinierter Einsatz.

»Geneva«, sagte van Horn. »Wir bringen das ohne Aufsehen über die Bühne, okay?«

Er bat sie, mit ausgestreckten Händen hinterm Tresen hervorzukommen. Dann nickte er einem seiner Männer zu, der jünger und dicker war als van Horn. Er nahm die Handschellen von seinem Gürtel und wartete geduldig darauf, dass Geneva nach vorn kam. Sie blickte auf die Szenerie vor sich, als fände sie zu ihrer Unterhaltung statt, als wären die Männer schlechte Schauspieler, die nach einem misslungenen Drehbuch agierten.

»Parker, was zum Teufel soll dieser Unsinn?«

»Sagen Sie nichts, Geneva«, sagte Darren. »Sagen Sie kein Wort.«

»Wir verhaften Sie wegen Mordes an Melissa Dale«, sagte der Sheriff.

Huxley schwang auf seinem Hocker herum, Tim stand auf.

»Seid ihr verrückt?«, sagte Tim. »Wie kommt ihr darauf, dass Geneva Missy an dem Abend getroffen hat?«

»Wir haben Beweise, die nahelegen, dass Mrs. Sweet sie als Letzte lebend gesehen hat.«

»Ach – hab ich sie etwa auch vergewaltigt?«, fragte Geneva.

Der Deputy mit den Handschellen sagte: »Wir gehen nicht davon aus, dass sie vergewaltigt wurde.«

»Das reicht«, fauchte van Horn seinen Deputy an und befahl ihm, ihr umgehend die Handschellen anzulegen. Sowohl Huxley als auch Tim versuchten den Deputy daran zu hindern, sich Geneva zu nähern. »In dem Streifenwagen ist auch Platz für drei«, sagte der Sheriff, worauf Huxley und Tim zurückwichen. Der Deputy ging hinter den Tresen und legte Geneva – ziemlich behutsam, wie Darren fand – Handschellen aus Metall um ihre dünnen Handgelenke. Die Küchentür ging auf, Faith kam herein und schrie.

»Was macht ihr da mit meiner Großmama?«

Darren blickte von ihr zu Huxley und Tim und schließlich zu Geneva, als sie, die Hände auf dem Rücken gefesselt, an ihm vorbeiging. Der Deputy hatte eine Hand fest auf Genevas Schulter. Darren folgte ihnen hinaus und sah zu, wie der Cop Geneva den Kopf hinunterdrückte, damit sie ihn sich nicht am Türrahmen des Streifenwagens stieß. Sie hielt inne und warf einen Blick auf ihren Laden, um den sich ihr gesamtes Leben drehte.

»Huxley«, sagte sie. Er war zusammen mit Tim und ein paar Gästen herausgekommen, um zu sehen, was mit ihr geschah. »Schließ den Laden und ruf diesen Anwalt in Timpson an, der gekommen ist, als Joe erschossen wurde.« Dann sah sie Darren an.

Ihre Unterlippe zitterte, es war der erste Riss, den er in ihrer undurchdringlichen Fassade sah, das erste Mal, dass er ihre Angst bemerkte. »Sagen Sie nichts, auf keinen Fall«, befahl er ihr. Dann machte er ein Versprechen, obwohl er nicht sicher war, ob es halten konnte. »Ich hole Sie da wieder raus.« Sie nickte, als sie auf den vergitterten Rücksitz glitt.

Vierter Teil

17

Nachdem Sheriff van Horn seine Festnahme beendet hatte, war Melissa Dales Obduktionsbericht ein Grund, stolz zu sein. Oh, er war nur allzu gern bereit, die Erkenntnisse mit Darren zu teilen, hätte sie sogar in Geschenkpapier gewickelt, wenn er gekonnt hätte, so zufrieden war er mit der Wendung der Ereignisse, stolz darauf, zumindest einen Mordfall gelöst zu haben, auch wenn es bedeutete, eine Frau Ende Sechzig verhaften zu lassen, was für Darren nicht den geringsten Sinn ergab.

Das Polizeirevier war holzgetäfelt und eiskalt, oder zumindest der Raum, in den ihn van Horn führte. Der Teppichboden war verfilzt und grau und von den Stiefelabsätzen stellenweise abgenutzt. An den Wänden hingen Fotos von der Junior Football League – ein Team, das vom Department des Sheriffs von Shelby County gesponsert wurde –, die die Entwicklung der Jungen von Knirpsen zu Teens zeigten, und ein Wandkalender mit Wildblumen aus Texas. Darren saß unter dem Kalender an einem Tisch, auf den eine Sekretärin ein Zierdeckchen als Untersetzer für Styroporbecher und Zuckerwürfel neben die Kaffeemaschine von Mr. Coffee gelegt hatte. Darren schob alles beiseite und schlug die Akte auf.

Die Bilder waren nicht ganz so blutig wie die von Michael Wright. Im Gegensatz zu Michael war Missys Gesicht unversehrt geblieben: es war ziemlich rund, mit Aknenarben am Kinn, doch alles in allem ein hübsches Mädchen, oder was man im kleinstädti-schen Texas für hübsch hielt. Allein mit blonden Haaren würde man es in dieser Gegend weit bringen, und Missy hatte dichte gol-dene Strähnen ohne dunkleren Haaransatz. Im Kopfbereich gab es keine Anzeichen von Gewalteinwirkung. Ihre Augen waren ge-schlossen, so als befände sie sich in einem Traum, der gerade eine schlechte Wendung genommen hatte. Was sich unterhalb ihrer Kinnlinie befand, verriet, was tatsächlich geschehen war. Auf bei-den Seiten ihres Halses waren vertikale Kratzer von Fingernägeln, wo sie ihren Angreifer abzuwehren versucht hatte. Darren konnte die Abdrücke der Finger sehen, die sie erwürgt hatten. Die Bluter-güsse waren dunkelrot und mitternachtsblau, die Haut gesprenkelt von den geplatzten Gefäßen. Laut Gerichtsmediziner hatte Missy nicht so lange wie Michael Wright in dem säurehaltigen Wasser des Attoyac Bayous gelegen. Keine Spur des Attoyacs in ihren Lungen – kein Bayouwasser oder Schlick –, was bedeutete, dass sie schon tot war, bevor sie dort gelandet war. Als Todesursache war Ersticken durch Strangulation vermerkt. Ihr Zungenbein war an zwei Stellen gebrochen. Als Todesart war Mord vermerkt.

Der Bayou hatte als Schauplatz gedient, wie Darren feststellte, eine Inszenierung, die eine Verbindung zwischen dem Mord an Missy und dem an Michael Wright herstellen sollte, die einen Kausalzusammenhang suggerierte, der vielleicht gar nicht exis-tierte. Es war ein schlauer Trick. Hatte nicht van Horn genau unter dieser Annahme ermittelt – dass der eine Mord als Vergel-tung für den anderen geschehen war? Aber was das alles mit Ge-neva zu tun haben sollte, verstand Darren nicht – bis er zur vor-letzten Seite kam. Unten am Rand, unter dem Vermerk des Blutalkoholwerts, der null Prozent betrug, lüftete Missys Magen-inhalt das Geheimnis, wie sie die letzten Stunden ihres Lebens verbracht hatte.

. . .

»Van Horn hat vielleicht Nerven«, sagte Geneva zu Darren. Sie war im Gefängnis des Bezirksgerichts bereits erkennungsdienstlich behandelt worden, und man hatte ihr die Schürze und den Ehering abgenommen. Eine schmale, goldene Armbanduhr, die sie in ihrer Tasche trug, damit Mehl und Fett nicht das Armband verklebten, hatte man ihr ebenfalls weggenommen. Ihr Anwalt war ein korpulenter Weißer mit einem weißen Haarschopf, der sich gleichzeitig lichtete und hochstand. Er sah wie ein typischer Verteidiger aus, mit einem Dresscode, der einen unkonventionellen Touch hatte. Darrens Onkel Clayton war bekannt für seine Sammlung verrückter Socken, kariert, gepunktet und gestreift, die er stolz in jeder erdenklichen Kombination trug. Frederick Hodge, der Verteidiger von Mrs. Sweet, trug unter seiner Anzugjacke ein mit Perlmuttknöpfen besetztes Hemd im Westernstil und derbe Cowboystiefel, die in seiner Berufsgruppe eigentlich nichts zu suchen hatten. Er hatte sein Bestes getan, um seine Klientin davor zu bewahren, mit Mitgliedern der Strafvollzugsbehörde zu sprechen, doch wie Darren vermutete, versprach sich van Horn etwas davon, Darren bei Geneva freie Hand zu lassen, weil der Besucherraum, sofern man nicht Mitglied der Anwaltskammer war, höchstwahrscheinlich abgehört wurde.

»Erzählen Sie«, hatte er gesagt.

Der Raum war klein und die stickige Luft roch durchdringend nach Schimmel. An der Decke waren Wasserflecken, die wie schmutzige Wolken aussahen. »Der hat wirklich Nerven«, wiederholte Geneva und rang die Hände.

»Nerven? Oder einen hinreichenden Verdacht?«

Geneva verengte die Augen, als sie Darren über die Schulter blickte. Da waren zwei Deputys, die die Unterhaltung hinter dem schmutzigen Glas einer Fensteröffnung verfolgten, die man in die Gipskartonwand eingelassen hatte. Darren passte auf, was er sagte, doch er spürte, dass er gegenüber einer Frau, die er kaum kannte, an seine Grenzen kam. Sie hatte ihm ein Gefühl von Heimat vermittelt, wie die Frauen, in deren Nähe er in Camilla aufgewachsen war, Frauen, die jene Mutterfigur verkörperten, die er nie gehabt hatte, und er befürchtete, es hatte sein Urteilsvermögen getrübt, und er hatte womöglich ein mütterliches Gesicht mit einem friedvollen Herzen verwechselt.

»Das ist nicht gut, Geneva.«

»Der Anwalt sagt, man darf mich nicht viel länger hier festhalten. Dass alles auf Indizien beruht. Dass sie in Panik sind, weil es schon drei Tage her ist und sie noch immer nicht wissen, wer es getan hat und was passiert ist. Er sagt, sie dürfen nicht …«

»Ihr Anwalt hat den Obduktionsbericht noch nicht gesehen.« Er nahm den anderen Platz am Tisch ein, setzte sich ihr direkt gegenüber, um ihr Gesicht sehen zu können, wenn er die teilweise verdauten Speisen, die man aus Missys Magen und Dünndarm entnommen hatte, aufzählen würde: Rind und Rinderfett, Letzteres in einer Menge, die vermuten ließ, dass es sich um Ochsenschwanz handelte, dazu Augenbohnen, rohe grüne Tomaten und Essig; gebackener Teig und Puderzucker; Aprikosen aus der Dose und Rohrzuckersirup. Bis auf den Nachtisch war es genau die gleiche Mahlzeit, die er im Geneva's gegessen hatte – am selben Tag, an dem Missys Leiche nicht einmal hundert Meter vom Café entfernt entdeckt worden war.

»Nur Indizien«, sagte sie erregt.

Sie hatte zwei Morde miterlebt und meinte, das eine oder andere über Schuldfähigkeit zu wissen. Er konnte sehen, dass sie sich ein wenig beruhigt hatte und noch entschlossener war, seit man sie auf den Rücksitz eines Streifenwagens verfrachtet hatte. Etwas Neues war in ihrem Gesicht mit den feinen Fältchen um ihre Augen und den angespannten, spröden Lippen zu erkennen: Es war eine tiefe Empörung. Es machte Darren wütend, wie falsch sie ihre Situation einschätzte. »Sie haben mich angelogen«, sagte er.

»Nein. Ich habe Ihnen nur Dinge nicht erzählt, die Sie nichts angehen.«

»Aber Sie haben Missy an dem Abend, an dem sie gestorben ist, gesehen.«

»Und wenn schon.«

»Hatten Sie nicht vor, es jemandem zu erzählen?«

»Sie behalten auch so einiges für sich.« Sie verschränkte die Arme und stützte ihre spitzen Ellbogen auf den Tisch. »Sie haben nicht erzählt, dass Sie 'n Ranger sind, als Sie um die Ecke gekommen sind, und auch kein Wort darüber, dass man Sie suspendiert hat.«

Wally und Geneva hatten sich also unterhalten. Darren verstand die Beziehung zwischen Geneva und Wally ums Verrecken nicht. Sie war offen feindselig und gleichzeitig seltsam familiär in der Art, wie sie einander tolerierten, sogar akzeptierten. Ob es ihnen nun gefiel oder nicht, sie kamen nicht darum herum: Sie gehörten zu einer Familie.

»Ich versuche, Ihnen zu helfen«, sagte Darren.

»Nicht, wenn Sie diese Marke tragen.«

»Ich bin nicht van Horn, Geneva.«

Sie dachte darüber nach, sah aber völlig unbeeindruckt aus.

»Ich weiß von Ihrem Enkel«, sagte er schließlich.

»Dann wissen Sie auch, dass sie deswegen gestorben ist.«

»Keith?«

»Wer sonst?«

»Man wird behaupten, Sie seien die Letzte gewesen, die sie gesehen hat.«

»Ich hatte jedes Recht dazu«, sagte sie und schlug mit der Faust auf den Tisch. Darren hatte sich getäuscht. Es war nicht Entrüstung, die ihr schlanker Körper verströmte. Es war Zorn. Sie stieß ihren Stuhl vom Tisch zurück, unter dessen abgeplatzter Lackierung Holz zum Vorschein kam. Beinahe hätte sie den Stuhl umgeworfen. »Ich habe jedes Recht, meinen Enkel zu sehen. Das werde ich Missy stets hoch anrechnen. Sie hat alles dafür getan, damit ich ihn sehen konnte, aber ohne Keith damit zu provozieren. Sie hat mich hin und wieder in meinem Trailer besucht, normalerweise, wenn sie dachte, dass Keith erst spät aus dem Sägewerk in Timpson kommt. Ein paarmal im Monat macht er Überstunden.«

»Worüber haben Sie sich unterhalten?«, fragte er. »Sie und Missy.«

In seinem Kopf hörte er die Stimme von Onkel Clayton: Finde eine Lücke in der Abfolge der Ereignisse, mein Sohn. Darren hatte im Sommer nach seinem ersten Jahr an der juristischen Fakultät bei einem gemeinnützigen Rechts- und Prozesshilfebüro in Cook County gearbeitet und häufig mit Clayton bis spät in den Abend hinein telefoniert, wobei sie ein paar der schwierigeren Fälle, die Darren bearbeitet hatte, analysierten. So nah hatten sie sich noch nie gestanden, und im Augenblick brauchte er Claytons Einfluss auf ihn mehr als Williams. Die Obduktion hatte ergeben, dass Missys Mageninhalt »stark zersetzt« war; ein Teil davon war bereits im Dünndarm angekommen, was bedeutete, dass sie schätzungsweise vier Stunden vor ihrem Tod gegessen hatte. Wenn Geneva und sie nicht im Trailer gesessen und sich stundenlang unterhalten hatten, bevor Geneva aufgestanden war und sie erwürgt hatte, war es möglich und *wahrscheinlich*, dass Missy noch woandershin gegangen war, nachdem sie Geneva's Café verlassen hatte.

Geneva seufzte und sagte: »Sie wusste, dass ihr nicht viel Zeit bleiben würde.«

Während sie so dastand, schienen ihre Knie ein wenig nachzugeben, als sie über Missy und das Baby sprach. »Obwohl der Junge blond ist, kann man seine eigentliche Hautfarbe nicht übersehen. Missy hatte deswegen eine Zeit lang Panik. Diesen Sommer hat sie ihm trotz der Hitze so oft was Langärmeliges angezogen, dass er einen leichten Hitzeschlag erlitten hat, und er musste mehrmals zum Kinderarzt in Timpson. Ich hab ihr gesagt, dass sie damit aufhören soll. Dass sie dem Kind noch die Luft abschnürt. Ich habe dem kleinen Racker sogar einen Haufen Sachen gekauft, wo Arme und Beine rausschauten. Ich sagte ihr, sie soll die Sonne für die Farbe verantwortlich machen, wie es die Leute schon seit hundert Jahren tun. Niemand hat sich darum geschert, außer Keith. Er hatte dem Jungen schon seinen Namen gegeben, also brauchte sie sich keine Sorgen zu machen. Ich hab ihr das jedes Mal gesagt, wenn sie ihn vorbeibrachte. Manchmal haben wir gestritten, das geb ich zu. Doch meistens hat Missy uns in Ruhe gelassen. Sie hat ferngesehen, während ich mich mit dem Kleinen beschäftigt habe.« Genevas Gesicht hellte sich auf. »Ich schaukle ihn auf den Knien, was ich schon mit Lil' Joe gemacht habe. Er mag das. Und meine Zuckerkekse ebenfalls.« Sie seufzte und ließ sich wieder auf den Stuhl sinken. »Jetzt, wo Missy tot ist, weiß ich nicht, ob ich ihn noch sehen darf.«

»Er ist bei Wally.«

»Ich weiß.«

Das schien sie beinahe genauso zu beunruhigen wie die Vorstellung, ihren Enkel überhaupt nicht mehr zu sehen; dass Wally uneingeschränkten Zugriff auf den Jungen hatte, wurmte sie. »Wahrscheinlich freut er sich, wenn ich hier drin verrotte.«

»Geben Sie mir etwas, womit ich das anfechten kann.« Darren wies mit einer Kopfbewegung hinter sich zu den Deputys. »Um wie viel Uhr hat sie Ihren Trailer verlassen? Hat sie irgendetwas gesagt, wo sie hinwollte, als sie gegangen ist?«

»Ich weiß, wo sie hin ist«, sagte Geneva ohne Umschweife. »Ich habe sie nach Hause gefahren.«

»Nach Hause?«

»Nach Hause.«

»War Keith da?«, fragte Darren.

»Sein Truck war es.«

»Dann hat er sie als Letzter gesehen?«

»Das kann ich nicht beweisen. Ich habe sie schließlich nicht zur Tür gebracht oder bin auf ein Glas Tee reingebeten worden. Ich bin noch nie drin gewesen. Ich wollte nur dafür sorgen, dass sie und der Kleine sicher nach Hause kommen. Ich hatte seit 'ner Weile einen Kindersitz im Kofferraum, damit ich sie heimfahren konnte. Im Augenblick ist er auf dem Rücksitz.«

»Wieso zum Teufel haben Sie nichts gesagt?«

»Keith hat mich nicht gesehen. Es wäre sein Wort gegen meins.«

»Aber wenn van Horn es wüsste, würde er Keith dazu befragen.«

»Sie sind lang genug hier, um zu wissen, dass das nicht unbedingt passieren wird.«

Sie blickte auf ihre Hände in ihrem Schoß. Sie zupfte eine Fluse am Rand ihres übergroßen Pullovers ab. »Außerdem«, sagte sie, »dachte Missy wirklich, niemand wüsste, dass der Junge nicht von Keith ist. Es war ihr wichtig, das geheim zu halten. Und ich wollte nicht gleich nach ihrem Tod mit ihren persönlichen Angelegenheiten hausieren gehen.«

Es galten Anstandsregeln, die sie wegen Missys Tod nicht aufgeben wollte; sie fand, es stünde ihr nicht zu, Missy zu *outen*, nur weil das Mädchen nicht länger für sich selbst sprechen konnte. Sie hatte ihr versprochen, das Geheimnis zu hüten, als sie noch am Leben war, und hatte versucht, Missys Entgegenkommen ihr gegenüber zu honorieren, indem sie kein Wort hatte verlauten lassen. Dass sie damit letztlich Keith schützte, war der Preis, den Geneva jetzt zahlte. Doch Darren war nicht in Lark aufgewachsen und kannte diese Leute nicht. *Zum Teufel mit den Anstandsregeln.* Van Horn hatte die falsche Person verhaftet und Darren würde das nicht auf sich beruhen lassen.

18

Das Sägewerk, in dem Keith Dale arbeitete, lag im Norden von Timpson, auf dem Weg nach Carthage und Marshall. Es befand sich auf einem zehn Morgen großen Grundstück am Highway 59. Wie der diensthabende Vorarbeiter Darren am Telefon sagte, war Keith Dale an seinem Arbeitsplatz. Seine Schicht bei der Paketieranlage auf der Rückseite des Sägewerks, wo sein Team die Paletten mit dem Holz überwachte, wenn sie nach der Verarbeitung vom Förderband kamen und anschließend mit einer weißen Plastikbanderole umwickelt wurden, auf der »Timpson Timber Holdings« stand, war zur Hälfte vorbei. Der Vorarbeiter erbot sich, Ranger Mathews zu Keith zu begleiten – »Hat man den gefunden, der seine Frau umgebracht hat?« –, doch Darren sagte, dass das nicht nötig sei. Oh, ich habe ihn gefunden, dachte er bei sich, als er seinen silbernen Chevy auf dem Parkplatz neben dem sechs Meter hohen Eingangstor parkte und die Buchstaben TTH einen Schatten auf seine Windschutzscheibe warfen. Mehrere Sattelzüge standen neben dem Lager, die darauf warteten, dass Gabelstapler Paletten mit fertig verarbeitetem Holz auf ihre Flachbettauflieger luden. Soweit Darren das erkennen konnte, gab es auf dem gesamten Grundstück keinen Quadratmeter, auf dem nicht unbearbeitetes Kiefernholz lag. Die Luft war noch immer feucht vom Regen und erfüllt vom harzigen Geruch von frisch geschnittenem Holz. Er hatte das

Sheriffbüro verlassen, ohne van Horn zu sagen, wohin er fuhr. Er sagte sich, dass er sich lediglich mit Keith unterhalten würde, dass er die Befragung durchführen würde, die sonst im Zuge von Genevas Verhaftung womöglich unter den Tisch fiel.

Das Lager hatte die Größe eines Drittel-Football-Feldes und war auf zwei Seiten offen. Darren ging an einem Gabelstapler vorbei, dessen Fahrer auf das Signal eines Kollegen wartete. Der Mann beäugte Darren – seine gebügelten Sachen und erst recht den Stern – und sah dabei zu, wie er zwischen einem Dutzend Männern in fluoreszierenden gelben Sicherheitswesten mit Schutzhelmen hindurchging, deren Arbeitsschuhe voller Erde und Matsch waren. Darren entdeckte Keith auf der anderen Seite, wo er ein großes Stück Plastikverpackung von Timpson Timber Holdings um eine ein Meter zwanzig große Palette mit rohen Kanthölzern wickelte, von denen jedes etwa fünf mal zehn Zentimeter dick war. *Stumpfe Gewalteinwirkung. Schädelbrüche. Holzfasern, eingedrungen in die Haut.* Darren bekam Gänsehaut auf den Armen, als er vor dem Mann stand, der – dessen war er sich jetzt sicher – Michael Wright umgebracht hatte, ihn fast totgeschlagen und anschließend in sein flaches, nasses Grab geworfen hatte. Er war sich noch nie so sicher gewesen und er wusste, dass er das nicht nach Wilsons Regeln spielen konnte.

»Keith Dale«, rief er.

Mehrere Männer drehten sich um, bevor Keith es tat. Tatsächlich war er einer der Letzten, die den schwarzen Ranger bemerkten. In dem Moment breitete sich langsam ein Grinsen auf seinem Gesicht aus. Unter dem gelben Schutzhelm sah seine Haut fahl aus, und sein Lächeln wirkte gefährlich. Anders als seine Kollegen, die Darrens Anwesenheit mit einer Art respektvollen Belustigung aufnahmen, weil auf den ersten Blick verschiedene Dinge nicht zusammenpassten – *Ein schwarzer Ranger? Hier?* –, schien sich Keith Dale absurderweise zu freuen.

»Ich weiß bereits, dass man die alte Lady für den Mord an Missy verhaftet hat.«

Zwei Männer in seiner Nähe blickten einander an, und als der eine Keith teilnahmsvoll auf die Schulter klopfte, blieb Keith völlig ungerührt.

»Ich weiß auch, dass Sie versucht haben, ihn mir anzuhängen.«

»Ich möchte, dass Sie mit mir nach draußen gehen«, sagte Darren. Je zahlreicher und weißer sein Publikum war, desto schwieriger würde es, mit Keith zu reden. In der Ecke stand ein Schwarzer, der trotz des Dramas, das sich vor seinen Augen abspielte, weiterarbeitete.

»Lieber nicht«, sagte Keith. Er trat von der Palette weg, die er mit Plastikfolie umwickelt hatte, und zog dann zuerst seinen rechten und dann seinen linken Handschuh aus. Er steckte sie in die Gesäßtasche seiner verwaschenen, verdreckten Jeans. Seine Geste hatte etwas Bedrohliches, als würde er sich für etwas bereit machen, das körperliches Geschick erforderte. Darren trat einen Schritt vor, um deutlich zu machen, dass er sich nicht einschüchtern ließ.

»Ich möchte Ihnen ein paar Fragen stellen, Keith.«

»Ich muss Ihre Fragen nicht beantworten.«

»Ich fürchte, das stimmt nicht.«

Keith blickte zu ein paar seiner Kameraden, und sein Lächeln wurde noch breiter. Darren sah Zähne, spitz und mit Tabakflecken gesprenkelt. Keith amüsierte sich bestens und sagte den nächsten Satz so laut, dass der Schwarze in der Ecke ihn ebenfalls hören konnte.

»Schieben Sie Ihren Niggerarsch hier raus und verschwinden Sie von meinem Arbeitsplatz.«

Darren schluckte es, denn *ein* Nigger war es nicht wert.

Einen Nigger konnte er ertragen, wenn es bedeutete, die Oberhand zu behalten.

Nachdrücklich sagte er: »Das wird nicht passieren. Sie müssen mich zum Polizeirevier in Center begleiten. Es wird Zeit für eine richtige Befragung.«

»Ich gehe nirgendwo mit Ihnen hin.«

»Ich rate Ihnen, freiwillig mitzukommen und keine Szene zu machen«, sagte Darren. »Ansonsten muss ich andere Saiten aufziehen.«

»Gar nichts werden Sie.«

Andere Saiten aufziehen bedeutete Handschellen, die er extra an seinen Gürtel gehängt hatte. Doch es gab noch eine andere Möglichkeit: Falls Keith vor seinen Kumpeln eine Show abziehen wollte, würde er ihm die stehlen. »Ich weiß das von Ihrem Sohn«, sagte er.

Keiths gesamter Körper versteifte sich. Seine Augen schnellten erst nach links, dann nach rechts, um zu sehen, ob die Männer um ihn herum wussten, wovon Darren sprach, ob etwas in ihren Gesichtern verriet, dass ihnen das Gerücht zu Ohren gekommen war.

»Keith Junior ist nicht *Ihr* Junior, oder?«

»Fresse halten!«

»Gehen wir, Keith. Wir können uns auf der Fahrt zum Polizeirevier unterhalten.«

Er bot ihm einen Ausweg, doch Keith rührte sich nicht vom Fleck. Er trat noch dichter vor Darren hin, und als einer seiner Kumpel seinen Namen flüsterte und ihn am Arm packte, damit er keine Dummheit machte, teilte ihm Keith mit, er solle sich verpissen. Der Typ, Anfang dreißig mit rötlichem Bart und einem mädchenhaften Rosentattoo auf dem Unterarm, nannte Keith ein Arschloch und ging weg.

»Was ist passiert?«, fragte Darren. »Hatten Sie Angst, Missy würde Sie verraten, würde jedem erzählen, was Sie mit Michael Wright getan haben?«

»Ich habe den Mann nie zuvor gesehen.«

»Oh doch, Keith. Sie haben ihn und Ihre Frau auf der Landstraße gesehen. Und Sie haben Ihre Frau dort draußen schon mit einem anderen Schwarzen erwischt und Ihnen war egal, um welchen Schwarzen es sich handelte, aber jemand musste dafür bezahlen, dass man Sie zum Narren gemacht hat.«

»Moment mal. Damit hatte ich nichts zu tun.«

Die Erwähnung des Mordes an Wright, für den im Moment niemand in Shelby County in Haft saß – verbunden mit der Tatsache, dass noch ein paar Männer von ihm abrückten –, löste etwas in Keith aus. Im Lager wurde es still, bis auf das gleichmäßige Rumpeln des Förderbands, das alle zwanzig Sekunden zersägtes Holz herauskatapultierte. Es begann sich am Fuß des Förderbands zu stapeln, weil jede Tätigkeit zum Erliegen gekommen war; keiner arbeitete mehr. Sogar der Schwarze konnte dem Spektakel schließlich nicht mehr widerstehen. Darren griff nach seinen Handschellen, als er sah, dass Keith sich das nächste Kantholz schnappte. Als er damit ausholte, rief jemand: »Keith!«

Darren duckte sich und das Kantholz traf ihn an der Schulter.

Vor Schmerz sank er auf die Knie. Keith hob das Kantholz erneut, doch bevor er noch einmal zuschlagen konnte, zückte Darren seine Waffe, gab einen Schuss über Keiths Schulter hinweg ab und zerschoss eine Deckenlampe. Glas regnete auf den Lagerboden herab. Keith zuckte zusammen und ließ das Kantholz fallen. Er sah sich in der Halle um und versuchte erneut, sein Ansehen unter den Männern abzuschätzen. Die meisten blickten ihm nicht in die Augen, und Keith, wohl weniger beschämt von seinem Verhalten als von dem Geheimniss, das im Lager zur Sprache gekommen war, senkte den Kopf.

Darren zückte seine Handschellen und legte sie Keith an.

»Angriff auf einen Officer«, sagte er. »Jetzt muss ich Sie mitnehmen.«

»Setzen Sie sich.«

Er machte Keith, der noch immer mit Handschellen gefesselt war, Zeichen, sich auf den Stuhl gegenüber der Tür des winzigen Befragungsraums zu setzen, vier Gipskartonwände und ein Tisch, an dem man kaum eine Runde Karten hätte spielen können. Die Decke war niedrig und Keith, der ein, zwei Zentimeter größer war als Darren, hätte sie berühren können, wenn er nicht in Handschellen gewesen wäre. Van Horn kam hinter ihnen herein und griff bereits nach den Schlüsseln an seinem Gürtel.

»Was fällt Ihnen ein?«, blaffte er.

Keith streckte van Horn seine gefesselten Handgelenke entgegen. Er setzte offenbar auf van Horns Wut darüber, dass Darren in dessen County ohne Erlaubnis jemanden verhaftet hatte. Der Sheriff war Darren auf den Fersen, seit er die Station betreten und Keith ohne ein Wort der Erklärung durch das Gebäude geführt hatte. Van Horn wäre beinahe explodiert. Jetzt griff er nach Keiths Handgelenken und versuchte, den Schlüssel in Darrens Ranger-Handschellen zu stecken.

»Dieser Mann ist verhaftet«, sagte Darren.

»Auf wessen Befehl?«

»Auf meinen.«

»Der Nigger ist zu mir auf Arbeit gekommen«, sagte Keith, dessen Haare ihm dort, wo der Schutzhelm gesessen hatte, feucht am Kopf klebten. Darren hatte Keith den Helm abgenommen, als er ihn in den Truck geschubst hatte. »Hat über mein Privatleben geredet und sich über Sachen ausgelassen, die ihn nichts angehen – was mich betrifft, hat er sich das verdient.«

Van Horns Gesicht lief rot an. »Was haben Sie getan, Keith?«

»Er wollte mir ein Stück Holz auf den Schädel schlagen, ein Fünf-auf-zehn-Kantholz, der Waffe, mit der Michael Wright angegriffen wurde, verdammt ähnlich. Wenn Sie ihm die Handschellen abnehmen, Sheriff, werde ich Sie wegen Behinderung einer offiziellen Ermittlung verhaften.«

Van Horn schnaubte schwer, ein schwacher Protest, bevor er schließlich nachgab.

Entnervt oder einfach erschöpft von dem Adrenalinschub, schnappte er sich einen zweiten Stuhl und stellte ihn mit theatralischer Geste ein Stück vom Tisch entfernt wieder hin. Er zog ein Taschentuch aus seiner Hosentasche und wischte sich die Stirn ab.

»Ich habe diesen Schwarzen nicht getötet«, sagte Keith und sah van Horn an, »da können Sie erzählen, was Sie wollen.«

»Einen Texas Ranger anzugreifen, ist nicht gerade hilfreich.«

Darren befahl van Horn, sich zurückzuhalten. »Ich mache das.« Wieder zeigte er auf Keith. »Hinsetzen.«

»Sie machen alles viel schlimmer, als es eigentlich ist«, murmelte der Sheriff, entweder an Keith oder an Darren gewandt. Es war schwer zu sagen, wem gegenüber er loyal war. »Beantworten Sie die Fragen von dem Mann, damit wir das hinter uns bringen.«

»Es ist ganz einfach, Keith«, sagte Darren. »Keiner weiß, wo sich Missy von dem Zeitpunkt an, als sie das Geneva's verließ, bis zum nächsten Morgen, als man sie fand, aufgehalten hat. Wie kommt es also, dass Sie niemanden angerufen haben? Ihre Frau ist seit fast zwölf Stunden verschwunden, während Sie mit dem Kleinen zu Hause sind und am Morgen aufstehen und zur Arbeit gehen, als wäre nichts geschehen, obwohl Ihre Frau nicht nach Hause gekommen ist.«

Van Horn richtete sich kerzengerade auf, als hätte jemand an einem Faden gezogen. »Jetzt Moment mal«, sagte er. »Ich habe Ihnen erlaubt, den Jungen wegen des Kerls aus Chicago zu befragen. Aber in dem andern Fall haben wir jemanden festgenommen. Geneva Sweet sitzt in Untersuchungshaft. Das ist längst überholt.«

Doch Darren ließ nicht locker.

»Außer, sie ist doch nach Hause gekommen«, sagte er.

Er betrachtete Keiths teilnahmsloses Gesicht. Seine Haut war gerötet, doch ansonsten verriet seine Miene nichts. Keith blickte zu van Horn, seinem angeblichen Verbündeten. »Das reicht, Ranger«, sagte van Horn. »Das ist noch immer mein Department.«

»Geneva Sweet schwört, sie hat Missy an dem Abend, an dem sie gestorben ist, zu Hause abgesetzt«, sagte Darren. »Sie sagt, Ihr Truck stand in der Auffahrt. Was bedeutet, Sie waren der Letzte, der Missy lebend gesehen hat.«

»Der Truck besagt gar nichts.«

»Sagen Sie nichts mehr, Keith«, sagte van Horn. Es war das erste Mal, dass Darren während einer Befragung diese Worte aus dem Mund eines Cops hörte. Der wiederholte Impuls des Sheriffs, den jungen Mann zu schützen, machte Darren wirklich stutzig.

»Geneva hat Sie gesehen, Keith«, sagte Darren.

»Sie lügen.«

Das stimmte.

Er versuchte, Keith eine Falle zu stellen.

»Sie sagt auch, Sie hätten sie ebenfalls gesehen.«

»Ich dachte, Sie wären hier, um den Mörder von Michael Wright zu finden«, sagte van Horn. Er legte eine Hand auf den Tisch in Keiths Richtung, ein Zeichen, das Darren nicht deuten konnte. Doch es hatte etwas Konspiratives für ihn, so als wollte van Horn ihm klarmachen, dass er in dieser Polizeistation das Sagen hatte.

»Ich suche nach Michael Wrights Mörder«, sagte Darren. »Aber ich will mich ebenfalls vergewissern, dass Geneva Sweet nicht für etwas ins Gefängnis geht, das sie nicht getan hat.«

»Ich wusste, dass das wieder so 'ne Sache zwischen Schwarzen ist«, sagte Keith. »Sehen Sie, wie sie füreinander eintreten?«

»Sie mochte Missy, Keith«, sagte Darren. »Und sie liebt Ihren Sohn. Ich glaube nicht, dass sie dem Jungen je seine Mutter hätte wegnehmen wollen.« Er ließ diesen letzten Satz wirken, einen Moment lang herrschte Stille in dem stickigen Raum, in dem es nach Keiths Schweiß roch. Bei der Erwähnung seines Sohns verhärtete sich seine Miene. Darren konnte die Adern zählen, die wie angeschwollene Flüsse über Keiths Stirn führten.

Keith lächelte, um zu zeigen, wie wenig Darren ihn kratzte.

»Hören Sie, wir wissen von der Beziehung zwischen Missy und Joe Junior«, sagte van Horn. »Was mein Department betrifft, sind Missys Beziehung mit Genevas Sohn und das Baby, das daraus hervorgegangen ist, ein mögliches Motiv für Mrs. Sweet, das Verbrechen zu begehen. Sie hatte einen Groll wegen ihrem toten Sohn.«

Er verkündete das mit dem Gespür eines Staatsanwalts, der wusste, wie man aus einem alten Stück Holz eine Geschichte schnitzt. Darren brachte ihm rasch in Erinnerung: »Nicht Missy hat Lil' Joe erschossen.«

»Nein, aber wenn sie die Beine nicht breit gemacht hätte, wäre er noch am Leben«, sagte Keith.

Das Lächeln war verschwunden, an seine Stelle war eine tiefe Verachtung getreten, verwoben mit einem Zorn, der so schwer im Zaum zu halten war wie ein Bulle in einem rostigen Pferch. Sein Körper hatte die Temperatur im Raum merklich ansteigen lassen. Van Horn war inzwischen hochrot im Gesicht.

»Kann man das auch über Michael Wright sagen?«, fragte Darren. »Wenn Missy nicht mit ihm rumgemacht hätte, wäre er noch immer am Le…«

»Ich habe den Mann nicht getötet.«

»Aber Sie haben ihn verprügelt.«

Es war ein Schuss ins Blaue.

Keith sagte lange Zeit gar nichts, die einzigen Geräusche im Raum waren das Summen der Neonröhre über ihnen und das schwere Atmen van Horns. Er keuchte beinahe.

Darren fragte Keith ganz direkt: »Haben Sie Ihre Frau und Michael Wright am Mittwochabend draußen auf der Landstraße gesehen?«

Keith reagierte, als hätte Darren ihn nach dem kürzesten Weg nach Dallas gefragt. »Was macht das für einen Unterschied?«

»Keith.« Van Horn sagte seinen Namen leise, als wäre es eine Warnung oder Bitte.

»Sie haben einen anderen Schwarzen mit Ihrer Frau gesehen und ihn zusammengeschlagen.«

»Ich habe ihn nicht getötet.«

»Sie haben ihn also geschlagen?«

»Das habe ich nicht gesagt.«

»Ich habe noch immer nicht gehört, dass Sie es abgestritten hätten«, sagte van Horn. Es war ein Wink, eine unsichtbare Rettungsleine für einen jungen Mann, dessen Jähzorn ihn jeden Moment zerstören konnte. Keith stieß sich plötzlich mit solcher Kraft vom Tisch ab, dass sich die Vorderbeine seines Stuhls vom Linoleum hoben und mit solcher Wucht wieder zurück auf den Boden knallten, dass Keiths Zähne zusammenschlugen. Er blickte an Darren vorbei zu dem anderen Weißen im Raum. »Was hätten Sie getan, Sheriff?« Er verschränkte die Arme, die Muskeln aufs Äußerste gespannt. Darren suchte nach Tattoos, dem SS oder einem Umriss vom Staat Texas mit den Initialen der Arischen Bruderschaft, und er war überrascht, dass Keiths Haut bis auf Sommersprossen und ein paar Leberflecke unberührt war.

Van Horn, der stinksauer darüber war, dass Keith sein Hilfsangebot nicht beherzigte, überließ ihn sich selbst.

»Ich weiß nicht, mein Sohn«, sagte van Horn. »Meine Frau schläft zu Hause.«

Die Allianzen im Raum hatten sich verändert.

Keith spürte es noch vor Darren.

»Sheriff, Sie wissen, dass ich mit dem Ganzen nichts zu tun hatte.«

»Der Staatsanwalt ruft Sie in den Zeugenstand, wenn die Sache vor Gericht geht, und er wird fragen, wo Sie an dem Abend waren, als Ihre Frau verschwand, und wieso Sie nicht mich oder Missys Eltern angerufen haben. Was werden Sie dann sagen, mein Sohn?«, fragte ihn van Horn.

»Sie lassen sich von dieser beschissenen Kakerlake umdrehen und stellen sich gegen mich?«

»Die Wahrheit ist«, sagte van Horn, »ich habe zwei Morde, und Ihr Name taucht im Zusammenhang mit beiden zu oft auf.«

»Das muss für Sie demütigend gewesen sein«, sagte Darren. »Ein Kind anzuerkennen, das nicht Ihres ist, ein Junge, der als Erwachsener viel mehr Ähnlichkeit mit mir haben wird, als Ihnen lieb ist.«

»Sie haben das missverstanden. Keith Junior ist mein Sohn. Ich liebe den Jungen. Punkt.«

»Ich wette, die Bedienung unten im Eishaus sieht das ein wenig anders. Können Sie mit der ABT überhaupt noch rechnen, wenn Sie einen Mischling großziehen? Oder hat Missy Ihnen das ebenfalls vermasselt?«

Es war die erste Erwähnung der Bruderschaft, und man hätte meinen können, van Horn hätte unter seinem Stuhl einen Berg Feuerameisen entdeckt. »Jetzt Moment mal. Wir hatten eine Vereinbarung. Das ist ein lokales Verbrechen. In Shelby County. Wir öffnen nicht die Pforten für eine staatsweite Ermittlung und schon gar nicht lassen wir irgendwelche Sondereinheiten des FBI durch die Hintertür rein.« Er sah Keith an – ziemlich eindringlich, wie Darren fand, wie ein Coach, der seinen Runningback nicht auf Linie bringt. »Du musst dich dazu nicht äußern, Keith.«

Doch Keith hörte nicht zu. Er ließ den Kopf leicht hängen und schüttelte ihn hin und her. »Ich hatte nichts mit Junior zu tun«, stieß er hervor.

»Was?«, sagte Darren. »Was meinen Sie?«

Keith ignorierte ihn. Er bat van Horn um eine Zigarette und eine Cola, als dämmerte ihm langsam, dass er hier nicht so bald wieder rauskommen würde. Van Horn hatte nicht vor, die beiden allein zu lassen, weshalb eine Coke nicht infrage kam. Darren bot Keith eine Zigarette aus der Packung in seiner Jackentasche an und warf eine Streichholzschachtel auf den Tisch. Sie war aus dem Eishaus. Keith steckte die Zigarette zwischen seine spröden Lippen und zündete sie an.

»Ich weiß, dass Sie den Jungen bei Wallace Jefferson untergebracht haben.«

»Was hätte ich sonst tun sollen?«, sagte Keith. »Ihre Leute wollen ihn nicht, und meine leben in Montgomery. Laura, Mrs. Jefferson, hat mir angeboten, sich eine Weile um den Jungen zu kümmern. Jetzt, wo Missy tot ist, habe ich sonst niemanden. Also habe ich …«

»Was ist mit der Großmutter des Kleinen? Geneva?«

»Das war Missys Idee. Ich wollte nicht, dass der Junge bei den Leuten ist.«

»Sie meinen, bei seiner Familie.«

»Ich meine Nigger«, sagte er. Doch nach einem Blick auf seine Zigarette murmelte er: »Nichts für ungut.«

»Was ist passiert, Keith?«, fragte van Horn. »Waren Sie da, als sie von Geneva nach Hause kam? Wenn es ein Streit war, der außer Kontrolle geraten ist, können wir was tun, können wir zeigen, dass Sie sie nicht vorsätzlich getötet haben.« Er warf Darren einen Blick zu, von Cop zu Cop. *Ihnen wird er es nie erzählen,* sagte sein Gesichtsausdruck.

»Ich habe dieses Mädchen kein einziges Mal geschlagen, seit ich sie kenne, und wir waren seit der elften Klasse zusammen. Sie hat es nur einfach nicht lassen können, hat immer weitergemacht damit.«

»Weitergemacht womit?«, fragte van Horn.

»Ich wollte nicht zurück. Auf gar keinen Fall wollte ich zurück.«

»Zurück wohin?«

»The Walls«, sagte er und meinte damit die Strafvollzugsanstalt von Huntsville.

»Dann erzählen Sie uns was, womit wir was anfangen können, Keith, etwas, um Sie vor der Spritze zu retten«, sagte van Horn. »Wenn es ein Unfall war, mein Sohn, beides … der schwarze Kerl und dann Missy, dann können wir vielleicht …«

»Ich habe ihn nicht getötet!« Er drückte die Zigarette direkt auf der Tischplatte aus. Der Rauch kringelte sich um seinen Kopf, bevor er sich auflöste. Er fuhr sich mit den Fingern durch das fettige Haar. »Deshalb sollte Missy ihren verdammten Mund halten.« Sie hatten ihn so weit und keiner der beiden Officer sagte etwas. Darren hatte Angst, eine plötzliche Bewegung zu machen und damit den Bann zu brechen.

Keith legte seine Hände auf die Tischfläche. Sie waren schwielig und trocken. Auf den Handrücken hatte er Kratzer – feine rote Linien, wo sie ihn erwischt hatte, dachte Darren. Es waren die Spuren von Missy, als sie um ihr Leben gekämpft hatte. Keith rieb die Kratzer geistesabwesend. »Ich habe sie geliebt«, sagte er. »Sie hat nicht mehr damit aufgehört, hat die ganze Zeit gesagt, dass wir beide in den Knast gehen würden, weil ich den falschen Nigger verprügelt hätte. Und Sie haben recht«, sagte er und blickte van Horn an, »es ist ein bisschen aus dem Ruder gelaufen, das ist alles. Ich wollte niemanden umbringen, nur dafür sorgen, dass sie die Klappe hält.«

Dann sah er den schwarzen Ranger an und sagte: »Doch ich schwöre, ich habe den Mann auf der Landstraße am Leben gelassen. Ich hab ihn aus dem Wagen gezerrt und hab ihm ein paar verpasst, ich geb zu, ich hatte ein paar üble Ideen. Ich hab ein Kantholz aus dem Truck geholt, das stimmt. Aber Missy fing an zu schreien, als würde sie gleich durchdrehen, und irgendwie hat's dann Klick gemacht, als hätte eine Stimme in meinem Kopf

Stopp gesagt. Und da hab ich aufgehört, auf der Stelle. Ich hab das Holz fallenlassen, wir sind in den Wagen gestiegen und weggefahren.«

Van Horn seufzte, was klang wie das Quietschen abgefahrener Bremsen; die Sache hatte eine unerwartete Wendung genommen. Er starrte Keith an, als hätte dieser ihn verraten.

»Ich verstehe nicht«, sagte Darren. »Wenn Sie Michael Wright nicht umgebracht haben, wieso waren Sie dann so besorgt, geschnappt zu werden?«

»Wegen des Wagens.«

Darren wurde flau.

»Der Wagen«, sagte er. Er hatte ihn die ganze Zeit unterschwellig beschäftigt, denn es war der Teil, der nicht passte. Wenn es kein Diebstahl gewesen war, wo war der Wagen dann?

»Missy hat mich den ganzen Abend gedrängt, noch mal hinzufahren, um zu sehen, ob er okay war. Sobald wir zu Hause waren, hörte sie nicht mehr auf damit. Damit endlich Ruhe war, sind wir wieder in den Wagen gestiegen, Keith Junior zwischen uns, und sind die FM 19 runtergefahren«, sagte Keith. »Und so sicher, wie ich hier sitze, sage ich Ihnen, dass er weg war. Ich meine, keine halbe Stunde, nachdem wir ihn dort zurückgelassen hatten, waren er und der Wagen verschwunden.«

19

Keith holte sie auf der Landstraße ein, seine Frau und den Nigger, nur ein paar Meilen von dem Haus entfernt, für das Keith jeden Monat die Miete zahlte. Später sagte Missy immer wieder, dass er sie nur nach Hause fahren wollte, dass Keith das in den falschen Hals gekriegt hätte; sie hätten sich bloß unterhalten. Doch in dem Augenblick kümmerte Keith das nicht. Er ließ die Reifen in der roten Erde durchdrehen und fuhr dem dunklen Wagen frontal entgegen. Michael Wright musste eine Vollbremsung machen, um nicht in Keiths Truck zu knallen. Der Nigger hob die Hand, um seine Augen vor dem gleißenden weißen Licht zu schützen, das in seinen Wagen schien. Er wirkte ehrlich bestürzt über das, was passierte, und das heizte Keiths Wut nur noch mehr an – dass der Mann nicht einmal wusste, dass er einen Fehler beging, nicht aus der Gegend kam und nicht wusste, dass man so was hier einfach nicht machte. Im Scheinwerferlicht von Keiths Ford waren Nummernschilder aus Illinois zu erkennen, die Plakette auf der Motorhaube in dem klassischen Blauweiß, der Nigger zu blöd, um zu wissen, dass er die Lieblingsmarke des Führers fuhr. *Wie findest du denn die Zierleisten?* Keith war selbst nie weiter als bis Oklahoma gekommen und glaubte, dass die Welt außerhalb von Texas ein Sündenpfuhl gemischter Rassen war und ein Irrtum darüber herrschte, wer dieses Land aufgebaut hatte, während Schwarze und Latinos die Hand ausstreckten und um alles Mögliche bettelten, keinen einzigen Tag in ihrem Leben anständig gearbeitet hatten und trotzdem die Jobs der rechtmäßigen Einwohner des Landes wollten und ihre Frauen und Töchter obendrein. Und jetzt passierte es sogar im ollen kleinen Lark. Und ihm schon zum zweiten Mal.

Missy stolperte als Erste aus dem Wagen. Sie hatte ein weißes T-Shirt und einen Rock mit Blumenmuster an den Seiten an, und er stellte sich vor, wie leicht man mit der Hand an ihrem Oberschenkel hinaufgleiten konnte. Er sah auf einmal das Gesicht seines Sohns vor sich und musste es sich verkneifen, aufs Gas zu steigen und die beiden über den Haufen zu fahren, sie wie Bowlingkegel umzuwerfen. Er hatte sie hier draußen schon ein paar Mal erwischt, einmal nur ein paar Monate vor Juniors Geburt. Er wusste um die Möglichkeit, dass das Baby nicht seins war, bevor es violett und nass herauskam und die Welt anschrie. Er hätte Lil' Joe selbst erschossen, wenn dessen Frau, diese dürre, kleine Niggerschlampe, es nicht getan hätte. Ob schwarz oder nicht, er zollte ihr Respekt für ihre Entschlossenheit, mit der sie die Sache durchgezogen hatte. Doch seine Zuneigung zu dem Mädchen und zu seinem Sohn hatte ihn daran gehindert. Das mit ihm und Missy war eine Highschool-Liebelei gewesen. Er hatte sie zu seinem Abschlussball mitgenommen und war im ersten Jahr extra vom Angelina College gekommen, um an ihrem teilzunehmen. Sie mochten dieselbe Musik, Jagen und Fischen. Sie war ein Mädchen vom Lande, süß, aber stark. In der ersten Jagdsaison, in der sie zusammen waren, war er mit ihr und ihrem Dad am Eröffnungstag losgezogen und sprachlos gewesen, als sie in der ersten Stunde von ihrem Stand aus einen Bock erlegt hatte. Und, gütiger Gott, sie war hübsch, grüne Augen und blondes Haar, ein praller Hintern und eine Taille, die er mit einem Arm umfassen konnte. Sie war erst das zweite Mädchen gewesen, mit dem er zusammen war. Ein Kuss und es war um ihn geschehen. Er heiratete sie so schnell wie möglich und fand ein Häuschen zur Miete. Sie wollten Babys, viele Babys. Dann wurde er wegen Drogenhandels eingesperrt, sechsundzwanzig Monate Knast, und schon in der ersten Stunde, als er wieder zu Hause war, wusste er, dass er sie verloren hatte. Es war die Art, wie sie den Kopf zur Seite drehte, wenn er sie küssen wollte. Seine Lippen landeten auf ihrer Wange, da wusste er, sie war fertig mit ihm.

Sie hielt die Hände vor sich hoch und die Scheinwerfer bildeten dunkle Schatten unter ihren Augen, während Wolken roter Erde um ihre Füße wirbelten. »Nein, Keith«, sagte sie. Der zunehmende Mond war zu schwach, um Licht durch die dichten Reihen von Kiefern und Pappeln hindurchzulassen, die Dunkelheit jenseits des Lichtkreises um die beiden Fahrzeuge herum war absolut. »Es ist nicht, was du denkst«, sagte sie.

Als Nächstes stieg der Nigger aus dem Wagen.

»Ich bring die Lady nur nach Hause«, sagte er.

Er hatte keine Angst, noch nicht, und das machte Keith nur noch wütender.

Er sprang aus der Fahrerkabine und stürzte sich auf den Nigger, packte ihn am Kragen und stieß ihn gegen den glänzenden schwarzen Wagen, der mehr wert war als Keith in den letzten beiden Jahren verdient hatte. Der Mann schlug mit dem Kopf gegen den Dachrand, und da sah Keith, dass der andere es nun endlich mit der Angst zu tun bekam, allein auf einer Landstraße mit zwei Weißen, und er, Keith, hatte den Typen an der Gurgel gepackt. Die Panik in seinem Gesicht animierte Keith erst recht, ihm wehzutun, und er schlug dem Mann mitten ins Gesicht. Missy schrie ihn an, er solle aufhören. Sie kam von der anderen Wagenseite herübergerannt und trommelte ihm mit den Fäusten auf den Rücken. Keith schlug den Mann noch einmal, mit roher Gewalt. Doch der Nigger war noch nicht ausgeknockt. Bevor er zu Boden ging, veränderte sich etwas in seiner Körperspannung, ein Adrenalinschub hatte auf der Kampf-oder-Flucht-Waage das Gewicht auf die Kampfseite verschoben. Er schwang die Faust, als er hochkam, und Keith musste zugeben, dass der Nigger ihm ein paar ordentliche Kopfschläge verpasste, nicht kräftig genug, um ihm eine Platzwunde zuzufügen, doch genug, um sich nicht von den Klamotten des Mannes und seinen weichen Lederslippern täuschen zu lassen. Der Nigger konnte kämpfen, würde Keith sogar besiegen, wenn er es zuließ.

Keith beugte sich hinunter, nahm eine Handvoll Erde und schleuderte sie ihm in die Augen. Es war ein fieser Trick, doch solange Missy die einzige Zeugin war, war Keith das egal.

Es genügte, um die Oberhand zu gewinnen. Er ging mit beiden Fäusten auf den Mann los, bearbeitete ihn von allen Seiten und schlug so lange zu, bis die Haut aufplatzte, bis er Knochen spürte, bis er im Licht der Truckscheinwerfer Blut auf seinen Fingerknöcheln sehen konnte.

»Hör auf, Keith!«, schrie Missy, weil der Nigger nicht länger für sich selbst sprechen konnte. Keith befahl seiner Frau, augenblicklich ihren niggerverliebten Hintern in den Truck zu befördern. Er trat ein paar Schritte zurück, und sowohl Missy als auch der Nigger verstanden das falsch, weil sie dachten, er würde sich zurückziehen. Sie sah nicht, wie Keith zur Rückseite des Fords ging, bekam nicht mit, dass er ein Kantholz von der Ladefläche nahm, bis er sich über sie und den Mann am Boden beugte und zu Missy sagte: »Geh aus dem Weg.«

Er hob das massive Stück Holz und befahl dem Nigger, die Augen zu öffnen. Er wollte, dass er ihn anblickte, als er sagte: »Lass deine dreckigen Pfoten von meiner Frau.«

»Verdammt, Keith, wag es nicht.«

Der Nigger spuckte Blut auf die Erde. Er hob abwehrend eine Hand. »Ich wollte sie nur nach Hause fahren, Mann«, krächzte er. »Das war alles.«

Keith war kurz davor, dem Mann das Kantholz auf den Schädel zu schlagen, als Missy dazwischenging. »Wenn du das tust, musst du mich ebenfalls umbringen. Du kannst vielleicht einen Toten erklären, aber ich weiß, dass du nicht schlau genug bist, um mit zweien davonzukommen. Denn ich werd's melden – bild dir bloß nicht ein, dass ich das nicht tue.« Die Scheinwerfer hinter ihm bildeten einen Lichthof um seinen Kopf herum, Missy konnte also seine Augen, die im Schatten lagen, nicht erkennen. »Hier geht es nicht um Junior«, sagte sie. »Das hat nichts damit zu tun.« Und als Keith das Holz noch immer nicht fallen ließ, sagte sie: »Du bist gerade erst rausgekommen, Keith.«

Die Erwähnung des Knasts ernüchterte ihn schlagartig.

Er ließ das Kantholz fallen, gab dem Nigger einen abschließenden Tritt in den Unterleib und spuckte ihm auf den Kopf. Dann packte er Missy und zerrte sie zum Truck. Die Scheinwerfer des BMW waren noch immer an. Sie bezeugten, wie Keith mit dem Truck zurückstieß, damit er wenden und um die Kurve in Richtung seines Häuschens weiter oben an der Straße fahren konnte. Der Nigger atmete noch. »Ich schwör's.«

»Er lügt«, sagte van Horn. »Wie er zuerst wegen Missy gelogen hat. Er hätte da drin beinahe gestanden.« Er hatte die oberen Knöpfe seines Hemds geöffnet, und Darren konnte sehen, wie gerötet seine Haut war. Van Horn zog ein Taschentuch aus seiner Hosentasche und wischte sich die Stirn ab.

»Er hat nur den Mord an Missy zugegeben«, sagte Darren.

Sie standen vor dem Befragungsraum in einem schmalen Flur, der die gleichen abgeschlagenen Linoleumfliesen und die gleichen zu hellen Neonröhren hatte. Van Horn sah sowohl niedergeschlagen als auch erleichtert aus, als er Darren mitteilte, den Staatsanwalt bitten zu wollen, Anklage gegen Keith Dale zu erheben.

»Er hat sie umgebracht, um den anderen Mord zu vertuschen«,

sagte van Horn. »Dann hat er ihre Leiche hinter Genevas Café gelegt, weil er wusste, dass ich einen ihrer Leute verdächtigen würde. Hab ihn gar nicht für so schlau gehalten.«

Darren konnte nicht glauben, was van Horn da von sich gab.

»Ich glaube nicht, dass er es getan hat«, sagte er. »Jedenfalls nicht allein.«

Van Horn winkte ab. »Er hat das Mädchen kaltblütig ermordet.«

»Missy ja. Aber nicht Michael.«

»Sie glauben dieser Ratte?«

»Da gibt es noch jemanden.« *Es konnte nicht anders sein.* Brady fiel ihm ein. Etwas an ihrem Zusammenstoß hintern Eishaus kam Darren komisch vor.

»Warten Sie mal«, sagte van Horn. »Seit Sie die Countygrenze überschritten haben, behaupten Sie, dass Keith Dale dafür infrage kommt.«

»Und wo ist der Wagen?«

»Was weiß ich? Vielleicht hat er ihn ja in den Trinity River gefahren. Aber es ist völlig ausgeschlossen, dass er den Kerl an dem Abend nicht kaltgemacht hat.«

»Außer, er war nicht allein.«

Van Horn schüttelte den Kopf und schritt mit den klackenden Absätzen seiner Stiefel den Flur entlang, was Darren zwang, ihm in sein Büro im vorderen Gebäudeteil zu folgen. Wie der Raum, in dem Darren gesessen und die Einzelheiten von Missys Obduktion gelesen hatte, war er ganz mit Holz verkleidet. Nur dass es mit militärisch grauem Teppich ausgelegt war, der sich mit den billigen Paneelen biss. Van Horns riesiger Schreibtisch war aus heller Eiche, und bis auf das Telefon, einen Messingbriefbeschwerer, eine Getränkedose und das angebissene Sandwich, das er gerade essen wollte, als Darren mit Keith Dale in Handschellen in die Station gekommen war, leer. Es war selbstgemacht – Schinkenpastete zwischen zwei dicken Scheiben Weißbrot, aus dem hauchdünne Tomatenscheiben und rote Zwiebeln herausschauten. Darren ertappte sich dabei, wie er sich nach Familienfotos umsah und an van Horns linker Hand nach einem Ring suchte. Als er beides nicht finden konnte, sah er plötzlich den Sheriff vor sich, wie er frühmorgens in Shorts am Küchentresen stand und seinen Lunch zubereitete, und es irritierte ihn auf eine Weise, die er nicht so recht begriff. Er konnte es sich nicht leisten, hinter der Sheriffmarke einen Menschen aus Fleisch und Blut zu sehen. Van Horn schloss die Tür hinter Darren.

Als die beiden Männer allein waren, sagte der Sheriff: »Hören Sie, das hier können Sie sich auf die Fahne schreiben: Sie haben ihn hergebracht, das wird man Ihnen nicht vergessen.«

»Brady«, begann Darren.

»Wer?«

»Der Geschäftsführer vom Eishaus. Er hat Keith vorgeschlagen, jemanden zu töten. Nämlich mich. Er hat mich vorgeschlagen.« Darren spürte, wie ihm bei der Erinnerung das Blut in den Kopf stieg. Es war sein Tiefpunkt als Ranger und Mann gewesen, dem man beigebracht hatte, sich zu behaupten. »Als Initiation für die Bruderschaft.«

»Hören Sie, ich weiß, dass Sie einen Brass auf die Bruderschaft haben«, sagte van Horn, um ihn zum Schweigen zu bringen. »Ich weiß, dass man Sie aus der Sondereinheit rausgeworfen hat …«

»Stimmt nicht.«

»Das hier ist ein Streit unter Eheleuten, der eskaliert ist, das ist alles. Keith Dale ist der Kragen geplatzt, weil er sein Mädchen zum zweiten Mal mit einem …«, er hielt gerade noch rechtzeitig inne, bevor ihm ein bestimmtes Wort entschlüpfte, »Schwarzen erwischt hat, er ist ausgetickt, hat ihn verprügelt und umgebracht, und dann hatte er Angst, dass Missy es jemandem erzählen würde, und hat auch sie umgebracht, um das zu verhindern. Hier geht es um einen Mann, der seine Frau nicht kontrollieren konnte, aber unbedingt das letzte Wort haben wollte.«

»Aber wenn er Michael Wright getötet hätte, wieso sollte ihm Brady dann Tage später vorschlagen, mich zu erledigen, um dem ABT beitreten zu dürfen? Er hätte seine Initiation bereits hinter sich gehabt.«

»Sie hören nicht zu, mein Sohn«, sagte van Horn. Er stand hinter seinem Schreibtisch, betrachtete sein zur Hälfte gegessenes Sandwich und warf es in den Papierkorb. Durch die jähe Bewegung breitete sich ein Schwall Zwiebelgeruch im Raum aus. »Keith Dale hat viel zu viel Schiss, um Mitglied in der Bruderschaft zu werden.« Er sagte das, als hätte Keith es nicht geschafft, sich für den aktiven Dienst bei den Marines zu qualifizieren, als wäre eine Mitgliedschaft in der Arischen Bruderschaft von Texas eine Art Auszeichnung.

»Hören Sie, ich bin noch immer mit den Ermittlungen beauftragt«, sagte Darren.

»Das waren Sie nie.«

»Die Ranger haben mich hierhergeschickt, um den Mord an Michael Wright zu untersuchen, und ich bin ihnen und dem Staat gegenüber verpflichtet, den wahren Mörder zu finden.«

»Und ich habe vor, Keith sowohl für den Mord an Wright als auch an Missy zu verhaften.«

»Wenn Sie Keith verhaften, dann sage ich dem Staatsanwalt, dass der Fall eine Farce ist. Wenn die Sache vor Gericht geht, und Sie verlieren, wird es im besten Fall so aussehen, als wären Sie inkompetent – und im schlechtesten, als wollten Sie das Ganze eiligst Keith anhängen, um eine Verbindung zur ABT zu vertuschen. Und dann ist das FBI im Handumdrehen hier im County, darauf können Sie Gift nehmen.«

Er wusste, dass ihn das überzeugen würde. Irgendwie schien jede Bemerkung darüber, dass die Arische Bruderschaft von Texas in Shelby County aktiv sei, van Horn in Angst und Schrecken zu versetzen.

»Sie wollen den Jungen hier rausmarschieren lassen?«

»Behalten Sie ihn wegen der Körperverletzung beim Sägewerk hier. Geben Sie mir ein bisschen Zeit, um überzeugendere Beweise zu finden. Wenn es Keith war, okay. Aber wenn noch jemand die Finger im Spiel hat, dann geben Sie mir Zeit, ihn zu finden.«

»Wenn ich ihn wegen Körperverletzung festhalte, bedeutet das, dass Geneva Sweet als Einzige wegen des Mordes an Missy hier ist«, sagte van Horn, »und sie bleibt in der Arrestzelle.«

Er stellte sich vor, wie Geneva eine Nacht lang – allein, wenn sie Glück hatte – in einer rostigen Zelle verbrachte, mit einer Pritsche, die an einer Zementwand festgemacht war, der Fußboden rissig und fleckig von weiß Gott was, Gitterstangen, die zu dicht standen, um die Faust hindurchzustecken. Sie war bereits einige Stunden dort, doch es fühlte sich anders an, wenn die Sonne unterging, wenn jedes Geräusch einen unheimlichen Klang annahm. Ihm war nicht wohl bei dem Gedanken, dass sie die Nacht dort verbrachte. Er versuchte sich daran zu erinnern, was sie anhatte. Waren die Sachen warm genug, wenn die Temperaturen nachts sanken?

»Dann verhaften Sie Keith wegen Missy«, sagte er. »Ich bin damit einverstanden.«

»Kommt nicht infrage. Sie haben mich doch dazu gebracht, alles in Frage zu stellen«, sagte van Horn mit einem verschlagenen Grinsen. Er spielte seine Karte gnadenlos aus. »Geneva Sweet bleibt im Gefängnis. Ich habe achtundvierzig Stunden, bis ich sie einem Richter vorführen muss.« Er hob die Dose mit Diätlimo und kippte ihren Inhalt hinunter. Er stieß ein lautes Rülpsen aus und sagte: »Sie haben zwei Tage, Ranger.«

20

Die Treppe des Bezirksgerichts war glitschig vom Regen und die Wolken hatten beschlossen, keine Sonne durchzulassen und den Himmel mit Grau zu überziehen. Osttexas gab dem Herbst an diesem Nachmittag eine Chance, auch die Luft hatte sich spürbar abgekühlt. Zum ersten Mal, seit er in Shelby County war, hatte Darren den Eindruck, ein Sakko oder gar die Windjacke zu brauchen, die er in seinem Truck hatte. Er spürte, wie der Wind durch die dünne Baumwolle seines Hemds drang.

Er hatte versucht, Geneva noch einmal zu sehen, um sein Versprechen, sie dort rauszuholen, zu erneuern; er bräuchte nur ein wenig Zeit. Doch van Horn hatte Darrens Besuchsrecht aufgehoben, und ohne das kam er an den Deputys im dritten Stock nicht vorbei. Er beeilte sich, zu seinem Truck zu kommen und nach Lark zurückzufahren, als er den Reporter der *Tribune*, Chris Wozniak, und Randie aus dem Wagen von Wozniak steigen sah, der nur wenige Plätze von Darrens Pick-up entfernt auf dem Parkplatz des Bezirksgerichts stand. Als sie ihn sah, rannte sie praktisch von der Beifahrerseite des Buick zu ihm hinüber. »Darren, was ist los?« Sie nickte in Richtung Wozniak und sagte: »Er behauptet, Geneva sei verhaftet worden. Wegen Missy. Aber dann hat man Keith Dale hierhergebracht. Heißt das, er wurde wegen Michael verhaftet?« Sie zitterte, entweder wegen des Temperaturabfalls oder der Wendung der Ereignisse, die sie offensichtlich sowohl freuten als auch verwirrten. Sie trug wieder den Kaschmirmantel. Nach ein paar Tagen in Osttexas war er an den Schultern schmutzig.

»Ich habe Keith verhaftet«, sagte Darren. »Aber ein paar Dinge sind noch immer ungeklärt. Wir haben noch nicht alle Fakten beisammen.« Es war ihm unangenehm, mit ihr in der Sprache einer vorläufigen Presseerklärung zu sprechen. Darren hatte ihr versichert, dass Keith Dale die Antwort auf die Frage sei, was mit ihrem Mann passiert war. Keith war derjenige, den Darren seiner gerechten Strafe zuführen wollte, um den Alptraum zu beenden, und es war irgendwie grausam, Randie das wieder zu nehmen, wenn er sonst nichts anzubieten hatte. Wozniak schenkte Darren kaum Beachtung und ging rasch an ihm und Randie vorbei auf die Eingangstür des Bezirksgerichts zu. »Warten Sie!«, rief Darren, um ihn aufzuhalten. »Bevor Sie reingehen, müssen Sie ein paar Dinge wissen, Chris. Ich brauche noch mehr Informationen, bevor ich einen Kommentar zu dem Fall abgeben kann.«

Randie packte ihn unsanft am Arm, als sie merkte, dass er ihr ausgewichen war. »Hey«, sagte sie. Doch er machte sich los und ging auf Wozniak zu. Dessen Hose war getrocknet, jedoch völlig zerknittert, und er umklammerte seine Messengertasche, als befürchtete er tatsächlich, Darren könnte sie ihm entreißen. In diesem Moment wurde Darren klar, dass sich etwas zwischen ihm und Wozniak, der nur Zentimeter von der Tür entfernt zu ihm herumwirbelte, verändert hatte.

»Ich spreche in dieser Sache nicht mehr mit den Rangern.«

»Wie bitte?«

»Lassen Sie mich das klarstellen … ein Doppelmord mit einem deutlichen rassistischen Beigeschmack, ein Sheriff-Department, das anfänglich dem Mord an einem Schwarzen keine Beachtung schenkt, bis die Texas Ranger einen suspendierten Officer schicken …«

»Ich bin nicht suspendiert.« Doch er war sich selbst nicht mehr sicher, ob das stimmte. Er trug die Marke im Augenblick nur aufgrund einer Ausnahmegenehmigung. Seine Zukunft bei den Rangern hing von mehr als der Grand Jury in San Jacinto ab.

»Wissen Sie, was mir das sagt?«, zischte Wozniak. »Dass die Ranger niemals wirklich vorhatten, diese Sache aufzuklären. Sie sind auch nicht besser als die anderen Jungs hier draußen. Sie sind sogar schlimmer, weil Sie nicht einmal merken, dass Sie benutzt werden.«

Seine Worte trafen Darren wie ein Schlag in die Magengrube und lösten schwere Selbstzweifel in ihm aus, weil er nicht mit Sicherheit sagen konnte, dass es nicht stimmte.

»Nicht die Ranger haben mich geschickt«, erwiderte er. »Es war ein Freund im Justizministerium, der mir den Tipp wegen der Morde in Lark gegeben hat.«

»Greg Heglund. Ich weiß«, sagte Wozniak. »Er hat mich angerufen.«

»Er hat Sie angerufen?«

»Ich besorge mir ab jetzt meine Informationen von den Feds.«

Wozniak hielt einen Moment inne und blickte zu Randie, die hinter Darren stand. »Kommen Sie?«, fragte er. Und als sie nicht sofort reagierte, stürmte er hinein und ließ die Tür hinter sich zufallen.

»Was ist eigentlich los, Darren?«

Sie hatte kaum ihren Sicherheitsgurt angelegt, als er auf den Parkplatz eines Schnapsladens ein paar Blocks weiter fuhr und den Wagen ruckartig auf Parken stellte. Was hatte das zu bedeuten, dass Greg den Reporter von der *Tribune* angerufen hatte? Brauchte er die berufliche Veränderung so dringend, dass er sich in das einmischte, was Darren hier draußen tat? Als er aussteigen wollte, fragte Randie: »Was tun wir hier?«

Er ignorierte die Frage.

Es war drei Uhr nachmittags, und er hatte noch immer seine Uniform an, das Button-down-Hemd, die Stiefel und die Marke, aber die schwarze Lady hinter dem Tresen zuckte nicht mit der Wimper, als er einen Zwanziger und einen Fünfer für eine Flasche Jim Beam hinblätterte, das Beste, was er in diesem Kaff bekommen konnte. Als er wieder auf den Sitz des Chevys glitt, hatte er bereits die Plastikumhüllung um den Deckel abgemacht. Randie starrte ihn an, als hätte sie ihn noch nie gesehen, als wäre er ein Fremder, der in den falschen Truck gestiegen ist. Als er die Flasche aufmachte, zwei Fingerbreit trank und das Brennen genoss, als ihm der Bourbon durch die Kehle rann, sagte sie: »Ich fühle mich nicht wohl dabei, wenn Sie trinken und Auto fahren.«

Er warf ihr kurzerhand die Schlüssel zu, stieg aus und ging zur Beifahrerseite, während Randie auf den Fahrersitz rutschte.

Als sie auf dem Highway 59 waren, schraubte er demonstrativ die Flasche zu, um zu zeigen, dass er nur einen kleinen Schluck gebraucht hatte, dass es nicht mehr als ein Jucken war, das mit ein bisschen Kratzen wieder verschwand.

Randie umklammerte das Lenkrad. Sie hatte den Sitz nicht auf ihre Größe eingestellt und saß vorn auf der Kante, damit sie mit den Füßen Gaspedal und Bremse erreichte. Sie sagte nichts, bis sie ungefähr eine Meile von Lark entfernt waren. »Sie haben Keith in Gewahrsam, und wozu? Glauben Sie auf einmal, er hätte es nicht getan?«, sagte sie. Darren, dem warm war vom Bourbon, öffnete das Fenster, um einen kräftigen Luftschwall hereinzulassen. Er pfiff ihm um die Ohren und wirbelte durch die Truckkabine. Er saß einen Moment lang einfach da, mit schwerer Zunge und bangem Herzen, diese Frau im Stich zu lassen.

Als sie von Norden wieder in den Ort hineinfuhren, kamen sie zuerst am Eishaus vorbei. Darren bat sie zweimal, auf den Parkplatz zu fahren und als sie es nicht tat, griff er ins Lenkrad. Sie stieß ihn weg, lenkte den Truck jedoch auf die Schotterfläche und stellte den Motor ab, der knackte, während er abkühlte, und einen Augenblick lang war es das einzige Geräusch in der Kabine, bis auf das vertraute Plärren der Countrymusik, die in der Kneipe lief.

Schließlich ergriff sie das Wort. »Verraten Sie mir, was hier eigentlich vor sich geht«, sagte sie, während sie nach der Bourbonflasche zwischen ihnen auf dem Sitz griff und sie auf den schmalen Rücksitz warf. »Wehe, Sie vermasseln die Sache.«

»Da ist vielleicht noch jemand beteiligt.«

Es klang wie eine Beichte – oder zumindest wie eine Bitte um Verständnis. Er war sich schrecklich unsicher, was die Verzögerung von Keiths Verhaftung betraf. *Was, wenn ich falsch liege?*

»Wie?« Doch was sie eigentlich meinte, war *warum*. Wie kam er darauf? Er erzählte ihr von dem vermissten BMW und Keiths Geschichte, wie er zum Tatort zurückgekehrt war und festgestellt hatte, dass sowohl der Wagen als auch Michael weg waren, als hätten sie sich in Luft aufgelöst oder wären von der Dunkelheit verschluckt worden. Doch Randie schien das nicht zu beeindrucken. Es war die Erwähnung der Arischen Bruderschaft als mögliche Komplizen und die Tatsache, dass sich ein paar von ihnen in Wallys Eishaus genauso zu Hause fühlten wie in ihrem eigenen Wohnzimmer, was Randies Aufmerksamkeit erregte, wobei sie mehrmals nickte und ihm das Gefühl gab, seinem Instinkt zu vertrauen. Er wusste, dass hinter der Geschichte mehr steckte. »Ich kann den Schnaps in Ihrem Atem riechen«, sagte sie. Sein Puls beschleunigte sich bei dem Gedanken, dass sie nah genug war, um seinen Atem überhaupt zu riechen. Es hatte etwas Erregendes, was er nicht näher benennen wollte und es deshalb dem Bourbon zuschrieb. Als er eine Wasserflasche aus dem Handschuhfach nahm und sie zur Hälfte leerte, sagte sie: »Ich glaube, Sie sollten da nicht reingehen.«

»Glauben Sie mir: Es hat sich inzwischen rumgesprochen, dass Keith Dale verhaftet wurde. Die Bruderschaft ist bestimmt scharf darauf, Vergeltung zu üben. Ich habe keine Lust, rumzusitzen und auf die nächste Schießerei zu warten, wenn ich da reingehen und eine klare Botschaft überbringen kann. So wird es nicht laufen. Nicht mit mir.«

Der Schnaps hatte ihn mutig gemacht – oder tollkühn.

Das würde sich gleich herausstellen.

Randie wartete im Truck.

Darren hatte sie gebeten, ihn zu wenden; so könnte sie jedes Fahrzeug sehen, das auf den Parkplatz fuhr. Beim ersten Anzeichen von Ärger sollte sie auf die Hupe drücken und nicht mehr loslassen. Durch den Rückspiegel beobachtete sie, wie Darren auf die Veranda trat und die Tür der Kneipe öffnete.

Drinnen ging er als Erstes zur Jukebox und zog das dicke schwarze Kabel heraus. Die Musik verstummte, und das Klicken der Kugeln auf dem Billardtisch war das einzige Geräusch im Raum. Die Gesichter in den Fernsehern, auf denen tagsüber die Sender Fox News und Food Network liefen, waren stumme Zeugen, als Darren seinen Colt aus dem Holster zog. Er hielt die Waffe seitlich am Körper, während er den Leuten im Raum befahl, zu ihm zu kommen. Um diese Tageszeit waren es nur fünf: Lynn hinter der Bar; zwei Männer am Billardtisch, beide längst im Pensionsalter und mit am Hinterteil ausgebeulten Jeans; einer, dessen T-Shirt sich über seinen fetten Wanst spannte, saß allein am Tresen über eine Schüssel Chili gebeugt, und Brady, der feststellte, dass er keine nennenswerte Unterstützung hatte und nach dem Handy, das an seiner Taille klemmte, griff.

»Legen Sie das weg« sagte Darren.

Er machte Brady Zeichen, näher zu kommen, wobei er den Colt benutzte, um seine Bitte zu unterstreichen. »Kommen Sie her«, sagte er noch einmal. Lynn rührte sich erst, als sich Brady in Bewegung setzte. Und er kam auch erst, nachdem er dem weißen Jungen am Tresen auf den Hinterkopf geschlagen und vom Stuhl geschubst hatte. Er war der einzige Weiße unter siebzig, und Brady sagte zu ihm: »Wach endlich auf.« Er und der dicke Junge kamen näher. Darren stellte sich so hin, dass er sowohl Eingangs- als auch Küchentür im Blick hatte. Ihm blieb nichts anderes übrig, als Lynn zu glauben, die ihm versicherte, dass hinten niemand sei. Den Raum zu verlassen, würde Brady Zeit und Gelegenheit für weiß Gott was geben. Dass er nicht in der Sekunde, in der Darren hereingekommen war, nach seiner Zwölferflinte unterm Tresen gegriffen hatte, verriet ihm, dass die anderen nicht zu Bradys Klan gehörten. Sonst hätte er längst reagiert, im Vertrauen darauf, dass seine ABT-Brüder ihn bei jedweder Aktion, egal wie gewalttätig sie wäre, unterstützten. Es bedeutete, dass Darren eine Chance hatte, lebend aus der Sache herauszukommen. Brady verschränkte seine fleischigen Arme, die Tattoos wie Flaggen im Wind gekreuzt. Lynn nagte an ihrer Unterlippe. Die Haut um ihren Mund herum war rötlich gefleckt und an einigen Stellen verkrustet, eitriger Wunden, an denen sie herumpuhlte. Die beiden Älteren hatten ihre Queues weggelegt. Der fette Junge schielte sehnsüchtig nach seinem Chili.

Einer der Älteren hob seine Hände, als wäre das ein Raubüberfall und als könnte er den fünfzackigen Stern auf Darrens Hemd entweder nicht sehen oder dessen Bedeutung nicht erfassen. »Wir wollen hier keinen Ärger«, sagte er. Sein Billardgegner nickte.

Darren richtete seine Botschaft ausschließlich an Brady, der seinen Brüdern mitteilen sollte, dass Geneva's Café nicht angerührt und jeder, der in Randies oder Darrens Nähe auch nur ein finsteres Gesicht machte, erschossen würde. »Falls ich höre, dass irgendein Schwarzer hier im Ort in Schwierigkeiten steckt, komme ich wieder hierher und erschieße den erstbesten Weißen, den ich sehe, und behaupte, Sie hätten eine Waffe gehabt. Ich würde Ihnen sogar eine in die Hand drücken. Dazu ein paar von den Tüten, die Sie hinten in Ihrem Büro haben.«

Mit dem, was er sagte, verstieß er gegen mindestens drei Gesetze.

Doch es war ihm egal.

Er wollte, dass sie die gleiche lähmende Angst verspürten, die er empfunden hatte, als Brady ihn hinter dem Eishaus in die Enge getrieben und Darren geglaubt hatte, vielleicht sterben zu müssen.

»Das wäre also geklärt«, ergänzte Darren.

»Verdammt noch mal, Brady, erzähl ihm endlich von Keith«, sagte Lynn. »Der Rest interessiert ihn doch nicht.«

»Halt den Mund«, sagte Brady.

»Ich hab Kinder, Mann. Ich darf nicht in den Knast.«

»Ich weiß Bescheid über Keith«, sagte Darren. »Wer noch?«

Brady warf Lynn einen warnenden Blick zu, und sie behielt den Rest für sich.

»Mittwochabend«, fuhr Darren fort. »Sie meinten, ein paar Leuten hätte es nicht gepasst, dass sich Missy und Michael unterhalten haben. Wer war das?«

»Niemand Bestimmtes«, sagte sie. »Ich wollte nur sagen, dass das hier nicht der richtige Ort für so was ist.« Sie blickte zu Brady, um festzustellen, ob das seine Zustimmung fand. Er nickte ihr leicht zu, und sie lächelte. Sie hatte die Haare seitlich zu einem Zopf geflochten und ihre Fingernägel waren blau lackiert, kleine Farbflecke, die zu der eingerissenen Nagelhaut im Kontrast standen. Sie roch nach Weingummi und hatte einen Körpergeruch, den Darren nicht wirklich als schlecht bezeichnet hätte, aber angenehm war er auch nicht.

»Keith ist gekommen, um Missy abzuholen«, sagte Darren. »Jemand muss ihm gesagt haben, wo sie war, mit wem sie das Lokal verlassen hat. Mit wem hat Keith also an dem Abend geredet?«

Lynn machte den Mund auf, doch Brady legte ihr eine Hand auf den Arm.

Sie dachte kurz nach und sagte dann: »Also ich habe Keith den ganzen Abend nicht gesehen.« Es klang wie eine Drehbuchzeile, die ihr auf einmal wieder eingefallen war. Darren konnte die Erleichterung in ihrem Gesicht sehen. Es war Brady, dem sie zuspielte, den sie zufrieden stellen wollte. Sie war so unbeständig wie das Wetter, und gerade wehte es eiskalt aus Bradys Richtung. Er machte ihr mehr Angst als die Vorstellung, dass sie vielleicht wegen Drogenmissbrauchs ins Gefängnis ging, was Darren, wie sie richtig vermutete, nicht interessierte. Das würde ihn nicht weiterbringen.

Danach fuhren sie noch über eine Stunde umher, suchten jeden Quadratzentimeter Ackerland und Dickicht ab, durch das sie mit dem Wagen durchkamen. Darren jagte den Chevy über Landstraßen und unbefestigte Wege, die durch von Unkraut überwucherte Wiesen führten. Zweimal stieg er aus, um in verlassenen Gebäuden nachzusehen: Ein Pferdestall aus verwittertem Holz, von dem ganze Bohlen abgefallen waren, die in wucherndem Weidelgras lagen und verrotteten; und eine leere Scheune, deren Dach von einem gewaltigen Sturm von der Golfküste, der sich seinen Weg von Houston bis hierher gebahnt hatte, abgedeckt worden war. Im schwindenden Tageslicht suchte Darren nach Reifenspuren. Doch er fand keine.

Wortlos stieg er wieder in den Truck. Diesmal fuhr er.

Er überquerte die Grenze nach Nacogdoches County, wo er sich im winzigen Garrison umsah, dem Ort, an dem sie den gestrigen Abend verbracht hatten. Wieder fuhr er auf der Suche nach dem BMW durch Straßen und Wiesen mit hohem Gras, bevor er kehrtmachte und noch einmal von vorn begann. Als er auf den Highway 59 zurückkehrte und sie an der Kneipe vom Vorabend vorbeifuhren, sagte Randie, dass ihr schlecht sei. Sie denke an das tote Tier und das Blut und könne es in ihrer Kleidung riechen, sagte sie. Sie könne es in jedem Winkel der Truckkabine riechen. Sie löste den Sicherheitsgurt und zerrte den Mantel herunter. Sie öffnete das Fenster auf der Beifahrerseite und streckte gierig den Kopf in die hereinbrechende Nacht. Sie war grau im Gesicht, ihre Stirn schweißbedeckt.

»Sie werden den Wagen niemals finden.«

»Ich muss danach suchen«, sagte er.

»Sie werden den Wagen nicht finden. Weil er weg ist. Weil es keine Rolle spielt.« Ihre Worte wurden vom Rauschen des Fahrtwinds beinahe verschluckt, und er fragte sich, wie es ihr ging. Sie klang durcheinander.

»Wenn ich nicht wenigstens danach suche …«

»Keith ist im Gefängnis, Darren. Wieso genügt Ihnen das nicht?«

Sie schloss das Fenster, und der Fahrtwind, der plötzlich aus der Kabine ausgesperrt wurde, schien sie in ein Vakuum einzuschließen, jetzt bemerkte er ebenfalls den schwachen Geruch nach Tierkadaver.

Sie drehte sich so weit auf ihrem Sitz herum, dass sie ihm direkt ins Gesicht blicken konnte.

»Ich bin müde, Darren«, sagte sie mit brüchiger Stimme. »Ich will nach Hause. Ich will Michael in Dallas abholen und nach Hause bringen.«

»Ich bin nicht überzeugt davon, dass es Keith war.«

»Das ist mir egal.«

»Wollen Sie etwa, dass ein Unschuldiger dafür verurteilt wird?«

»Er ist nicht unschuldig.«

Ihre Stimme war rau vor Wut. »Er hat Michael verprügelt und dann hat er ihn da draußen liegenlassen. Damit er dort stirbt, soweit wir wissen. Das genügt mir, Darren. Etwas Besseres hat die

Rechtsauffassung dieser Hinterwäldler nicht zu bieten. Also nehme ich, was ich kriegen kann, und ich will Michael nach Hause bringen. Sie haben einen Mann in Gewahrsam. Keith Dale genügt mir. Ich will eine Verhaftung und dann will ich nach Hause fahren.« Trauer sprach aus ihr. Und man konnte spüren, wie wenig sie die Wahrheit noch interessierte, wie dringend sie diesem Ort, diesem County, diesem Staat den Rücken kehren wollte. In Darrens Augen war das egoistisch und kurzsichtig. Für einen Ranger würde weniger als die Wahrheit nie genügen und das sagte er ihr auch.

»Hier geht es nicht um Sie.« Sie spie ihm die Worte regelrecht ins Gesicht.

»Doch, das tut es«, erwiderte er. »Ich habe Ihnen etwas versprochen – und ob er es nun wusste oder nicht, ich habe auch Michael etwas versprochen in dem Moment, in dem ich mir die Marke angesteckt habe.«

»Sie haben auch Geneva Sweet etwas versprochen«, sagte sie. »Aber Sie fahren lieber durch die Gegend, als ihren Leuten gegenüberzutreten und ihnen zu sagen, dass Sie der Grund dafür sind, weshalb sie heute Abend nicht nach Hause kommt.« Damit wandte sie sich von ihm ab, griff nach der Flasche Jim Beam auf dem Rücksitz und nahm einen ordentlichen Schluck. Er musste ihr in der Kehle brennen, denn sie bekam feuchte Augen, und bevor es ihm bewusst war, weinte sie tatsächlich. Es klang wie ein verwundetes Tier, das versuchte, sich aus einer Falle zu befreien, während ihr ein unaufhörlicher Strom von Tränen und Rotz übers Gesicht lief. Sie schnappte ein paarmal nach Luft, bis Darren auf der Standspur hielt. Noch bevor er seinen Gurt lösen konnte, ließ sie sich in seine Arme sinken, legte ihren Kopf an seine Brust und weinte.

21

Randie hatte den ganzen Tag fast nichts gegessen.

Er schuldete Faith eine Erklärung oder wollte ihr zumindest den Eindruck vermitteln, dass man ihre Großmutter nicht vergessen hatte. Er hoffte nur, sie verstand, was er zu tun versuchte, verstand, welchen dornigen Pfad er zu gehen versuchte. Er war ein Gesetzeshüter und er spürte die Anspannung, es beiden Seiten recht machen zu wollen: Er wollte Geneva vor einem ungerechtfertigten Gefängnisaufenthalt bewahren, während er gleichzeitig den wahren Mörder seiner gerechten Strafe zuführen wollte. Er betete, dass er an dem einen nicht scheiterte, während er das andere wahrzumachen versuchte. *Pop*, dachte er und rief damit seine beiden Onkel mit dem gleichen Spitznamen an. *Helft mir.* Er hätte es beinahe laut gesagt. Was hätte er dafür gegeben, die Sache mit seinen Onkeln am Esstisch zu besprechen, wie sie es getan hatten, als sie noch zu dritt waren, bevor William Naomi geheiratet und seine eigene Familie gegründet hatte, bevor die beiden Brüder sich entzweit hatten. Was würde er nicht dafür geben, die Zeit zurückdrehen zu können, um die Sache bei einem Bohneneintopf, Claytons Spezialität, auszudiskutieren – sie beide zu fragen, den Anwalt und den Gesetzeshüter, was er tun sollte, während sich die Brüder stritten und dabei kleine Schlucke aus einer Flasche Tennessee-Whiskey nahmen. Als Kind

hatte Darren an einem Glas Apfelsaft genippt und so getan, als
wäre es die gleiche rauchige Flüssigkeit, die seine Onkel dazu
brachte, sich in Träumen über eine sichere Welt für Schwarze zu
ergehen.

Das mit Missy Dale tat ihm natürlich leid. Aber es gab genügend Leute, die sich um ihren Fall kümmerten. Die ganze Welt
hatte den Blick auf Missy Dale gerichtet. Van Horn konnte bis
morgen zwanzig Ranger bekommen, damit sie Beweise im Fall
Melissa Dale sammelten, er brauchte nur zu fragen. Kein Bezirksstaatsanwalt würde die Verurteilung von Missy Dales Mörder ver-
schleppen. *Dateline* würde rausfahren, um eine Story über Missy
Dale zu bringen – *48 Hours* und *20/20* ebenfalls. Doch Wozniak
hatte recht: Um den ungeklärten Todesfall eines Schwarzen im
ländlichen Texas zu klären, hatte Wilson einen einzigen Mann mit
eingeschränkt gültiger Marke entsendet. Im Grunde war es nicht
einmal Wilson gewesen, der ihn geschickt hatte: Er hatte nur auf
eine Situation reagiert, die zu einem PR-Problem für das Department zu werden drohte. Es war buchstäblich das Mindeste, was
er hatte tun können. Es war Greg gewesen, der als Erster die
Morde in Lark erwähnt hatte, der Michael Wrights Namen genannt hatte. Er sollte ihn anrufen. Er würde diese Berichte über
Keith Dale, um die er gebeten hatte, vom Texas Department of
Criminal Justice nie bekommen. Als er bei Geneva's Café auf den
Parkplatz fuhr, ging gerade die Sonne unter. Randie stieg als Erste
aus, wobei sie sich die Flasche mit dem Bourbon vom Rücksitz
schnappte und ins Café mitnahm.

Sie kippte eiskalte Schlucke Dr Pepper dem Bourbon hinterher,
während sie auf das Essen warteten. Dünne Scheiben Schweinefleisch, im eigenen Schmalz knusprig gebraten, Dirty Rice und
gegrillte Zwiebeln, dazu eingelegter Kohl und Tomatenwürfel.
Die ersten beiden Drinks stürzte Randie auf leeren Magen hinun-

ter und wurde seltsam still, während sie mit den Fingerspitzen im Rhythmus der Slidegitarre, die aus der Jukebox tönte, über die Tischplatte strich. Sie blickte zu der Gitarre in der Nische, der Les Paul, die ihr Mann in den Süden gebracht hatte. Darren stand vorn am Tresen und sprach mit Faith, die entgegen dem Wunsch ihrer Großmutter den Laden geöffnet hatte.

»Sie wird nicht lange drin sein«, sagte er zu ihr und Huxley.

Wendy saß auf dem Hocker neben Huxley und war über einen Teller mit gebackenem Hühnchen und Süßmais gebeugt, wobei sie das Essen herumschob, als schuldete es ihr Geld oder hätte sie persönlich beleidigt. Sie bat Faith zweimal um Salz – »Lawry's oder so.«

Darren sagte Folgendes zu ihnen: »Ich verspreche Ihnen, ich tue alles, um Geneva da rauszuholen.« Ihnen war noch nicht zu Ohren gekommen, dass Keith Dale ebenfalls wegen potenziell überlappender Vorwürfe die Nacht im Gefängnis verbrachte, und obwohl ihm die Schamesröte ins Gesicht stieg, weil er nicht die ganze Wahrheit rausließ, brachte es Darren eine gewisse Sympathie ein, als er es ihnen erzählte. Die Stammkunden verschwanden nach und nach, während Darren und Randie es sich schmecken ließen und die großen Portionen mit Shots von Jim Beam hinunterspülten. Wie als Reaktion auf Freddie King in der Jukebox, dessen Gitarre über gebrochene Herzen weinte, sagte Wendy: »Was für ein Schlamassel.« Und Huxley nickte, als Faith ihm eine zweite Tasse Kaffee einschenkte. »Geneva hat nicht mal zugemacht, als Joe getötet wurde.«

»War das ein Überfall?«, fragte Darren.

»Es war das erste Mal seit Jahren, dass Geneva Joe allein gelassen hatte«, sagte Huxley.

»Grandma ist mit mir nach Timpson gefahren, um ein Kleid für meinen Abschlussball am Junior College zu kaufen. Großpapa kümmerte sich allein um den Laden«, erklärte Faith. Aus der

Schürzentasche ihrer Großmutter zog sie ein weißes Tuch und wischte den Tresen damit ab.

»Was ist passiert?«, fragte Darren.

Randie, das Gesicht aufgedunsen vom Alkohol, sagte langsam und mit schwerer Zunge: »Er hat meinen Mann geschlagen. Keith hat ihn geschlagen.« Wendy hörte sie und begriff, dass sie mit etwas zu kämpfen hatte, das über diese Situation hinausging. Sie stand auf und ging auf ihren dürren Beinen zur Nische hinüber. Wortlos glitt sie neben Randie auf die Kunstlederbank. Sie tätschelte der jungen Frau die Hand und nahm sie dann in ihre.

»Nach dem, was wir gehört haben, waren sie zu dritt«, sagte Huxley.

»Nach dem, was ich gehört habe, ebenfalls«, sagte Wendy.

»Isaac sagte, sie seien nach Mitternacht gekommen.«

Darren blickte an Faith vorbei zu der winzigen Friseurecke, die um diese Zeit leer war, kein Besucher auf dem Drehstuhl, kein einziger Kamm in dem stahlblauen Barbicide-Desinfektionsglas. Keine Spur von Isaac.

Faith sagte: »Er war heute nicht da. Seit durchs Fenster geschossen wurde, hat er Angst.«

»Er ist ein Nervenbündel, Isaac«, fügte Wendy hinzu. »Und wirr im Kopf.«

»Jedenfalls hat Isaac erzählt«, sagte Huxley, »er hätte gerade den Müll rausgebracht und beim Reinkommen die Schüsse gehört. Zwei, nacheinander, einfach so.« Er klopfte in rascher Folge zweimal mit den Fingerknöcheln auf den Tresen, eins, zwei. »Er hat erzählt, er hätte die Männer nur noch wegfahren sehen, als er aus der Küche kam.« Er nickte in Richtung Vorderfenster. Hinter der Zapfsäule und Darrens Truck war der Himmel tiefblau, der honigfarbene Sonnenuntergang war einem intensiven Indigo gewichen, während die Nacht langsam hereinbrach. »Es waren drei Weiße, sagte er.«

Darren folgte Huxleys Blick in die Dämmerung.

»Woher wusste er, dass sie weiß waren?«, fragte er.

Huxley zog eine Braue hoch und blickte zu Wendy, die zu Darren sagte: »So wie Sie wussten, dass der Mann, der durch diese Tür hier geschossen hat, weiß war.« Sie zuckte leicht mit den Schultern, als wollte sie sagen: Wer hätte es sonst sein sollen? »Das ist nichts Neues.« Darren war nur Sekunden nach dem Schuss hinausgerannt. Doch er hatte kaum ein paar Ziffern auf dem Nummernschild des Trucks erkennen können, geschweige denn Gesichter in der Fahrerkabine. Es waren die Umstände, die den Rest zutage befördert hatten.

»Die Leute haben den Mann geliebt«, sagte Wendy über Joe. »Für viele, die ihr Leben auf der Straße verbringen, haben er und Geneva das hier zu 'ner Art Zuhause gemacht.«

»Er hat alles für sie aufgegeben«, sagte Huxley. »Die Musik, die Großstadt.«

Faith lächelte und sagte: »Großpapa hat hier aus Liebe Wurzeln geschlagen.«

»Dieser Mann bedeutete Geneva alles«, sagte Wendy.

»Was passiert ist, hat sie gebrochen«, sagte Huxley. »So sehr, dass keiner von uns es je erwähnt.« Er blickte von seinem Kaffee auf und zu Randie hinüber. »Bevor Ihr Mann kam, hatte lange Zeit niemand mehr nach Joe gefragt.«

Randie setzte sich gerade hin, doch es war Darren, der als Erster sprach: »Hat sich Michael Wright nach dem Überfall erkundigt?«

»Das hat Geneva gesagt.«

»Das hat er immer getan«, sagte Randie leise. Sie zog Wendy ihre Hand weg und schenkte sich noch einen ein. Sie tranken aus Keramikschnapsgläsern, auf denen ein Bild von Big Tex in Dallas war. Faith hatte sie aus der selten benutzten Vitrine in der Küche genommen. Randie trank zuerst den Shot und anschließend die

Limonade. Inzwischen klangen ihre Worte ziemlich undeutlich. »Ich fand, er hätte sich auf Strafrecht spezialisieren sollen. Vielleicht hätte er das auch, wenn ich nicht gewesen wäre, und das Geld. Er hat für mich Dinge aufgegeben.« Sie wurde erneut weinerlich und wiederholte sich. Darren sagte ihren Namen, doch sie redete weiter. »Er hat das immer getan, aus allem einen Fall gemacht. Er fühlte sich zu Strafrecht hingezogen. Ich hätte ihn stärker ermutigen sollen. Ich hätte ihm sagen sollen, dass ich ihn dann noch mehr lieben würde. Ich hätte ihm sagen sollen, er soll …«

Sie hielt plötzlich inne.

»Ich fühle mich nicht gut«, sagte sie und rutschte aus der Nische. Wendy war überraschend flink auf den Beinen, um sie rauszulassen. Randie schaffte es durch die mit Pappe verklebte Eingangstür hinaus und vorbei an der einzelnen Zapfsäule, bevor sie auf die Knie sank und alles erbrach. Den Bourbon und das Schweinefleisch und den Reis und die klebrig süße Limonade, die sauren Tomaten und den in Essig und Cayennepfeffer eingelegten Kohl. Es kam mehrmals in einem milchig rosa Schwall, ihr schmaler Körper wurde geschüttelt. Darren rannte hinaus und hörte die Türglocke hinter sich bimmeln, als er Randie an den Schultern packte und ihr aufhalf.

Sie waren beide nicht mehr in der Lage zu fahren.

Faith überließ ihnen ein Zimmer im Trailer. Sie sagte, sie hätte kein gutes Gefühl dabei, jemandem im Zimmer ihrer Großmutter schlafen zu lassen, auch wenn Geneva es heute Nacht ganz bestimmt nicht brauchte, doch Darren erwiderte, dass er das verstehe, und sagte zu Randie, dass er ihr das Gästezimmer überlassen und auf dem Sofa schlafen würde. Doch sobald Faith frische Handtücher und Bettwäsche herausgelegt hatte und gegangen war, um das Café abzuschließen, fragte Randie Darren, ob er bei ihr bleiben könnte, und er stimmte zu. Sie legte sich in ihren Sachen aufs Bett. Und Darren setzte sich auf einen zierlichen Messinghocker, der keinen passenden Tisch oder Spiegel hatte – zumindest nicht in diesem winzigen Zimmer, das mit Holzfurnier verkleidet war und den knallorangenen Teppich hatte. Weil er keinen anderen Platz dafür fand, stellte er die Bourbonflasche zwischen seine Füße. Er wusste, dass er ihr lieber nichts mehr davon anbieten sollte, doch der Texas-Gentleman in ihm tat es aus Reflex. Sie schüttelte den Kopf und sah ihm einfach dabei zu, wie er direkt aus der Flasche trank. Randies Haare lagen wie ein Fächer auf dem Kopfkissen ausgebreitet und sie hatte die Augen geschlossen. Dann sagte sie auf einmal: »War das der Grund für Ihre Suspendierung?«

Sie meinte den Schnaps.

Er stellte die Flasche neben seine Füße und schüttelte den Kopf.

»Das«, sagte er, »wurde erst zum Thema oder Problem oder was auch immer, als das mit Mack passiert ist.« Es war das erste Mal, dass er in Zusammenhang mit seinem Trinken das Wort *Problem* benutzte. Es betäubte seine Gedanken und ließ seine Welt an den Rändern auf eine Weise verschwimmen, die nicht unangenehm war.

»Ich habe erst angefangen, so viel zu trinken, als ich wegen der Sache mit Mack in Schwierigkeiten geriet, als die Sache einen Keil zwischen mich und Lisa trieb.«

»Ich verstehe nicht.«

»Die Suspendierung lieferte ihr einen Vorwand – einen Vorwand, um mir zu sagen, dass ich leichtsinnig sei, dass vor allem die Idee, zu den Rangern zu gehen, leichtsinnig sei«, sagte er und erzählte ihr von Macks Haus im San Jacinto County, dem Vorfall, der zu seiner vorübergehenden Suspendierung und der möglichen Verurteilung eines Mannes geführt hatte, der nur versucht hatte, seine Familie zu beschützen. Als er wieder zu ihr hinübersah, hatte sie die Augen noch immer fest geschlossen, und er beugte sich vor und zog eine Ecke der Überdecke hoch und legte sie ihr über die Beine. Sie rollte sich auf die Seite und Darren lehnte sich auf dem Messinghocker zurück. Er wollte gerade wieder nach der Flasche greifen, als Randie sich auf einen Ellbogen aufstützte und auf einmal sagte: »Wieso haben Sie es getan?«

Die Frage erschreckte Darren. Er spürte einen Anflug von Panik, als ob er sich irgendwie angreifbar gemacht hätte, dass sie den Abend in San Jacinto County meinte, bis sie klarstellte, was sie meinte. »Wieso sind Sie hierher zurückgekommen? Sie hatten die Möglichkeit, von hier wegzugehen. Michael hatte die Möglichkeit, von hier wegzugehen. Da waren Notre Dame und dann die juristische Fakultät an der UC. Er hatte Texas hinter sich gelassen.« Sie blickte hinüber zu Darren. Im schummrigen Licht der Stehlampe in der Zimmerecke, einem Tiffany-Imitat aus buntem Glas, sah er dunkle Ringe unter ihren Augen und er fühlte sich auf einmal furchtbar müde und war sich nicht sicher, ob er gegen das Schweregefühl in seinem Körper ankäme. Am liebsten hätte er sich irgendwo ausgestreckt. Er ging zur Tür, um sich nebenan aufs Sofa zu legen. »Legen Sie sich zu mir«, bat ihn Randie.

An der Tür blieb er stehen, die Hand am Türrahmen, und ein durchdringender Geruch stieg von seinen feuchten Achselhöhlen auf. Die Flasche war ihm egal, er wollte nur noch seinen Kopf irgendwohin legen.

»Legen Sie sich einfach zu mir.«

Er ließ den Bourbon in dem orangefarbenen Teppichmeer stehen und schlüpfte aus den Stiefeln. In Socken setzte er sich auf die gehäkelte Tagesdecke und streckte seinen Körper ein paar Zentimeter von Randies entfernt aus. Den Kopf bettete er auf einen Arm und starrte an die niedrige Decke. Im Stehen konnte er sie beinahe berühren. Jetzt, wo er auf dem Rücken lag, schien sie meilenweit entfernt zu sein. »Wieso sind Sie zurückgekommen?«

»Es ist meine Heimat.«

Randie konnte mit seinen Worten nichts anfangen. Sie hatte den größten Teil ihrer Kindheit in Washington und Baltimore verbracht, war anschließend mit ihrer Familie nach Delaware gezogen, wo sie ihrem Vater, einem Handlungsreisenden, von Stadt zu Stadt gefolgt waren. Als sie in der Highschool war, waren sie nach Ohio gegangen und hatten sich danach, im Sommer vor ihrem Collegeabschluss, endgültig in Illinois niedergelassen. An ihr Geburtshaus und die Stadt, in der sie die ersten sechs Jahre ihres Lebens verbracht hatte, konnte sie sich kaum erinnern. Sie war direkt nach dem Masterabschluss nach Washington zurückgekehrt; ihr erster Job war ein besseres Praktikum bei einem Politikmagazin gewesen. Sie hatte nach dem Reihenhaus gesucht, wo sie aufgewachsen war, und war orientierungslos die 16th Street auf- und abgelaufen, weil sie sich nicht daran erinnern konnte, ob ihre Familie, die Winstons, in nordwestlicher oder südwestlicher Richtung gewohnt hatten.

Es war ein Nachmittagsausflug gewesen; ein kleiner Spaß. Sie hatte fotografiert, anschließend in einem schäbigen Café etwas getrunken und war vor Einbruch der Dunkelheit wieder in ihrer Wohnung gewesen, nicht sicher, ob sie an ihrem früheren Zuhause vorbeigelaufen war. Doch im Grunde spielte es keine Rolle, ob sie das Haus fand oder nicht. Der Ort bedeutete ihr nichts, nicht so, wie Michael Texas immer etwas bedeutet hatte. Es war, als hätte ein Teil von ihm die rote Erde von Texas nie verlassen, etwas, das Randie nicht verstand.

Das konntest du nicht, dachte Darren.

»Die Wahrheit ist aber, er ist fortgegangen. Denn er wusste, dass dieser Ort nichts für ihn war. Sie haben es bis zur University of Chicago geschafft«, sagte sie und faltete ein flaches Kissen unter ihrem Kopf. »Sie hätten sonst wohin gehen können.«

»Ich weiß.«

Sie nickte und sah ihn in dem gedämpften Licht an. »Aber wieso hierher zurück?«

»Jasper«, sagte er leise.

Er starrte an die Decke, die vom Lampenschirm in gelb und blau getaucht wurde. Einer von ihnen müsste irgendwann aufstehen und das Licht ausschalten, falls sie schlafen wollten. »Jasper«, sagte Randie langsam. »Ich erinnere mich daran. Es war in meinem ersten Collegejahr. So etwas hatte ich in meinem ganzen Leben noch nicht gesehen; wie man einen Menschen nur so hinter einem Auto herschleifen kann. Und ich dachte nur … Texas.«

»Das war mein elfter September.«

Randie schwieg einen Moment, und Darren zog sein Handy aus der Hosentasche und legte es neben Lederholster und Stiefel auf den Boden. Seine Frau hatte nicht mehr angerufen, seit er gesagt hatte, dass er nicht nach Hause käme. Und ein Teil von ihm wusste, dass ihr nächstes Gespräch über Dinge entscheiden würde, denen er sich noch nicht gewachsen fühlte. Er holte tief Luft, bevor er sagte: »Es war ein Weckruf. Es war eine Linie im Sand für mich, eine Linie, die man nicht überschreiten durfte, nicht mit mir. Die Marke sollte sagen, das ist auch mein Grund und Boden, mein Staat, mein Land, und ich laufe nicht davon. Ich kann auch hier meinen Mann stehen. Meine Leute haben das hier aufgebaut, und wir gehen nirgendwohin. Ich habe unter anderem die Arische Bruderschaft ins Visier genommen und ich habe mein Leben den Rangern gewidmet, dieser Marke hier«, sagte er und zeigte auf den Stern an seiner Brust. Und als Randie nichts erwiderte und er in dem honigfarbenen Licht ihren Gesichtsausdruck nicht erkennen konnte, sagte er: »Sie hat es auch nicht verstanden.« Er drehte sich zur Bettkante, von wo aus er die Stehlampe ausschalten konnte. »Lisa versteht nicht, was mir das bedeutet. Ich meine, sie weiß, was im ländlichen Texas los ist. Sie hält die Arbeit auch für wertvoll, aber sie will, dass andere sie tun. Sie will, dass ich jeden Abend nach Hause komme.«

»Das kann ich ihr nicht verübeln«, sagte Randie.

Darren machte schließlich die Augen zu. Er hörte das Knarren der Sprungfedern, als sich Randie auf der anderen Seite des Bettes zur Wand drehte. »Ich will Sie nicht beleidigen«, flüsterte sie im Dunkeln. »Aber was immer Sie hier unten versuchen, es wird nicht funktionieren. Er hätte nie zurückkommen dürfen.«

22

Wieder wurde er von Wilson geweckt.

Eine halbe Minute lang glaubte er zu träumen. Er konnte das Zimmer und die Frau, die neben ihm schlief, nicht einordnen, eine Frau, deren Atem er auf seinem Kinn spürte, da sie ihren Körper an seinen geschmiegt hatte, den Kopf zurückgelegt, nur Zentimeter von seiner Schulter entfernt. *Lisa,* dachte er. Doch das Haar, das seinen Hals streifte, war ganz anders, es war dick, während das von Lisa dünn und glatt war, und ihre Haut roch herb und säuerlich, anders als der Vanillegeruch der teuren Cremes, auf die seine Frau schwor. Randie. Er flüsterte ihren Namen, bevor er begriff, was der Lieutenant sagte. Seufzend rollte sie von ihm weg und drehte sich zur anderen Seite. Darren setzte sich auf und schwang die Beine über die Bettkante. Er hatte das Handy am Ohr – er konnte sich gar nicht daran erinnern, rangegangen zu sein. »Sie müssen augenblicklich nach Center fahren«, blaffte Wilson. »Die Sache findet im Bezirksgericht statt, und das Hauptquartier in Austin will, dass Sie sich vor die Kameras stellen.«

»Wovon reden Sie da eigentlich?«

»Von der Pressekonferenz.«

»Welcher Pressekonferenz?«

»Sagen Sie, Ranger, waren Sie die letzten vier Stunden unter einem umgekippten Baum eingeklemmt oder haben Sie meine Anrufe absichtlich ignoriert?«

Darren blickte auf sein Telefon. Es war gerade mal kurz nach neun Uhr morgens und er hatte acht Sprachnachrichten, die seit fünf Uhr morgens eingegangen waren. Er erkannte sowohl Wilsons als auch Gregs Nummer. Mindestens drei der Anrufe waren von Greg aus seinem Büro beim FBI in Houston. Darren hatte sie offensichtlich verschlafen. »Warten Sie«, sagte er, als er sich die verklebten Augen rieb und den Stoff zwischen seinen Beinen glattstrich. »Wer hält eine Pressekonferenz?«

»Man hat Keith Dale verhaftet.«

»Für den Mord an seiner Frau?«

»Für beide Morde.«

»Nein«, sagte Darren und stand auf. »Nein. Van Horn hat mir mehr Zeit für den Michael-Wright-Fall gegeben. Er hat mir versprochen, nichts zu unternehmen, bis ich …«

»Ranger, Sie haben Ihren Fall gelöst«, sagte Wilson, wobei er nicht ganz zu verstehen schien, was das Problem war. Er hatte die mangelnde Begeisterung in Darrens Stimme als Groll interpretiert, so als wartete sein Officer auf irgendeine Entschuldigung. Wilson schnaubte verärgert. »Ich hab falsch gelegen, okay? Sie haben Ihre Verhaftung.«

»Auf welcher Grundlage?«

»Es gibt ein Geständnis.«

»Das ist nicht wahr«, sagte Darren. Er verließ das Zimmer, um Randie nicht zu wecken, doch als er die Tür hinter sich schließen wollte, sah er, dass sie sich aufgesetzt hatte und ihn anblickte. »Ich war dabei«, sagte er, als er die Tür zuzog und sich an die Wand des schmalen Flurs lehnte. »Er hat ausgesagt, er hätte Wright geschlagen, mehr nicht.«

»Van Horn will ihm beide anhängen.«

»Es fehlt etwas«, sagte Darren. »Zum einen der Wagen.«

»Irgendwas passt immer nicht; Sie kennen das.«

»Wenn er es getan hat, dann womöglich nicht allein. Dahinter könnte eine größere ABT-Verbindung stehen. Das Eishaus hier draußen ist ein Stützpunkt der Bruderschaft. Wallace Jefferson weiß das ganz genau, aber er unternimmt nichts dagegen, dass Mitglieder einer kriminellen Bande sich in seinem Lokal treffen. Wenn wir ein bisschen tiefer graben …«

»Hören Sie, das ist genau das, was das County und die Feds nicht wollen.«

»Die Feds?«, wiederholte Darren und dachte an Gregs Anrufe.

»Das ist irgend so ein idiotisches Ariergetue, Mathews, und Sie wissen das«, sagte Wilson. »Das haben Sie vom ersten Tag an behauptet. Aber das Letzte, was wir brauchen, ist, dass die Arische Bruderschaft in Osttexas außer Kontrolle gerät, oder dass sich Schwarze und Weiße in diesem Staat gegenseitig umbringen. Die ganzen Proteste, die im Rest des Landes stattfinden – Texas braucht so etwas nicht auch noch. Die Leute hier haben das mit den Schüssen auf die Cops in Dallas noch nicht überwunden. Fangen wir wegen eines dämlichen Rednecks keinen Rassenkrieg in Shelby County an. Im Augenblick gibt es nicht den kleinsten Beweis dafür, dass die Bruderschaft ihre Finger drin hat, nehmen wir also, was wir kriegen können und machen keinen Kreuzzug daraus.«

Trotzdem stimmte etwas nicht.

Darren spürte das, auch wenn er wusste, dass er keine andere Wahl hatte, als seinen Vorgesetzten im Bezirksgericht von Center, Texas, dem County-Sitz, zu treffen, wohin Wilson Darren in weiser Voraussicht ein sauberes weißes Hemd und eine gebügelte schwarze Hose aus seiner unteren Schreibtischschublade in Houston mitgebracht hatte. Er zog sich auf der Herrentoilette im ersten Stock um, die sich direkt neben dem Standesamt befand, vor dem Leute Schlange standen, um ein Aufgebot zu bestellen oder eine Geburtsurkunde abzuholen.

Nachdem Wilson gesagt hatte, dass man ohne ihn nicht anfangen würde, beeilte sich Darren. Er steckte das Hemd in die Hose, die vom vielen Bügeln glänzte, und strich sie glatt. Er wusste nicht mehr, wie lange die Hose schon in der Schublade gelegen hatte, und er schämte sich für den Kick, den ihm die Erkenntnis gab, dass man seinen Schreibtisch in seiner Abwesenheit nicht ausgeräumt hatte, er von den Rangern vielleicht wieder aufgenommen würde und zwar dieses Mal richtig. Vermutlich hatte er das Michael Wright zu verdanken und dieses perverse Gefühl von Dankbarkeit war getrübt von einer schrecklichen Schuld, die ihn regelrecht lähmte. Bis zu dem Augenblick, in dem er seinen Stetson aufsetzte, war er sich nicht sicher, ob er das durchziehen würde. Wenn er das tat, wenn er dort hinausging und zuließ, dass man sein schwarzes Gesicht dazu benutzte, einem Haufen Reportern zu erzählen, dass es nichts zu sehen gab, dass sie den Schuldigen gefunden hatten, dass der Tod eines Schwarzen aus Chicago und einer Weißen aus der Gegend lediglich auf einen Ehestreit zurückzuführen waren, dass Ranger und County für die Ermittlungen einen schwarzen Officer eingesetzt hatten, um einen sensiblen Umgang mit dem Thema Hautfarbe zu gewährleisten – wenn er diese Vereinfachung zuließ, dass Keith Dale nicht mehr war als ein eifersüchtiger Ehemann, der die Kontrolle verloren hatte, wenn er, wie van Horn es formuliert hatte, sich das auf die Fahne schrieb, konnte er seine Marke zurückbekommen und nach Hause fahren. Die Tür zur Toilette ging auf und Greg steckte den Kopf herein. »D«, sagte er und lächelte, als sich ihre Blicke begegneten.

Er war kleiner als Darren.

Doch das waren die meisten.

Er trug einen marineblauen Anzug, der um seinen Oberkörper

herum ein wenig zu eng saß. Greg sah darin aus wie ein Teenie, der sich für eine überraschende Beerdigung in seinen einzigen guten Anzug gezwängt hatte, einen Anzug, aus dem er längst herausgewachsen war. Seine Stimmung war aufgekratzt, obwohl sie hätte nüchtern sein sollen, und passte irgendwie nicht zum Anlass. Er kam herein und machte Anstalten, Darren zu umarmen, doch weil der steif und unbeholfen wirkte, beließ es Greg bei einem Schulterklopfen. »Du hast es geschafft, Mann, spitzenmäßig.«

»Hat dich das FBI geschickt?«

Greg nickte. »Sobald mein Vorgesetzter erfahren hat, dass ich derjenige war, der dir einen Tipp zu dem Doppelmord gegeben hat, hat er mich von der Schreibtischarbeit befreit und hier raufgeschickt, um den Jungs vom County meine Hilfe anzubieten.« Sein Haar war sandbraun, er trug es mittlerweile kurz geschoren im Gegensatz zu dem gegelten Bürstenhaarschnitt, mit dem er in der Highschool versucht hatte, Aufsehen zu erregen und ausgesehen hatte, als hätte er einen nassen Finger in eine Steckdose gesteckt. Seine Augen waren groß und von grün-brauner Farbe. Und im Gegensatz zu Darren war er frisch rasiert. Wie Lisa einmal zu Darren gesagt hatte, war Greg ein attraktiver Typ, und Darren wusste um die Wirkung, die sein Freund auf Frauen hatte. Als Teenager war er darauf eifersüchtig gewesen, wie leicht Greg Mädchen dazu brachte, Dinge zu tun, zu denen sie, wie sie anderen erzählten, nicht bereit waren. Darren, der nicht ganz verstand, was Greg bei der Pressekonferenz zu suchen hatte, öffnete die Tür, und die beiden Männer gingen hinaus, wobei Darrens Stiefel auf dem grauen Fußboden klackten.

»In Keith Dales Gefängnisakte steht nichts, was darauf hinweisen könnte, dass er sich drinnen der ABT angeschlossen hat.« Greg sagte, er habe beim Texas Department of Criminal Justice angefragt und gestern erst einen Bericht bekommen.

Darren sagte: »Wenn der Sheriff behauptet, es gibt keine ABT-Verbindung, wozu dann das FBI?«

»Wir wissen nicht, worum es geht. Er ist noch nicht unter Anklage gestellt worden.«

»Findest du es nicht seltsam, dass sie eine Pressekonferenz abhalten, obwohl er bisher für keins der Verbrechen angeklagt wurde?«

»So wie ich das sehe, sind die Ermittlungen abgeschlossen«, sagte Greg. »Ich meine, du hast den Kerl geschnappt, Darren. Die Nachricht über die Verhaftung wird die Leute beruhigen. Und meine Anwesenheit wird ihnen das Gefühl geben, dass der Sheriff und seine Männer keine Tricks versuchen.«

»Mit anderen Worten, wir sind nur Requisiten.«

»Wir machen nur unseren Job, Alter«, sagte Greg und klang ein wenig verärgert darüber, dass Darren die Gelegenheit, die er ihm auf dem Silbertablett servierte, nicht zu schätzen wusste. »Jemand wird für diese Sache in den Knast gehen. Wenn du nicht wärst, würde der Sheriff noch immer von Raubüberfall reden. Und wenn ich dich nicht angerufen hätte.« Letzteres musste unbedingt erwähnt werden.

»Hast du mit dem Typen aus Chicago gesprochen? Diesem Wozniak?«, fragte Darren.

Greg nickte und sagte: »Die Sache ist inzwischen größer geworden. Ein Korrespondent von der *Times* ist hier. CNN hat ein Kamerateam aus Houston hergeschickt. Sie werden bestimmt auch mit dir sprechen wollen«, sagte er, als wäre ihm gerade etwas eingefallen, obwohl sein aufgeregtes Gehabe und die Art, wie er vorwärts stürmte, verrieten, dass ihn die Sache in den letzten vierundzwanzig Stunden schwer beschäftigt haben musste. »Übrigens, ich habe für uns beide ein Interview bei *Nightline* arrangiert, du weißt schon, um zu erzählen, wie ich dich zuerst angerufen habe.« *Da ist es schon wieder,* dachte Darren. Es machte ihn traurig, wie versessen Greg auf Anerkennung war, dass er sich nach drei Jahren hinterm

Schreibtisch so dringend nach einer Beförderung sehnte, dass ein Doppelmord vor allem ein Sprungbrett bedeutete und erst an zweiter Stelle ein Verbrechen. Aber hatte Darren nicht eine gewisse Mitschuld daran?

Keith Dale hatte seine Frau umgebracht und zugegeben, Michael Wright fast zu Tode geprügelt zu haben. Randie hatte recht: Er war *nicht* unschuldig. Vielleicht war Gerechtigkeit vertrackter als Darren bewusst war, als er sich die Marke an die Brust geheftet hatte; sie war letztlich eine Illusion, getragen von dem Wunsch nach einer sauberen Lösung, die keine Zweifel mehr zuließ. Keith Dale verdiente eine Gefängnisstrafe, das auf jeden Fall, doch Darren wurde das Gefühl nicht los, dass sich das, was mit Keith geschah, nicht viel von dem unterschied, was man den Schwarzen jahrhundertelang angetan hatte. Schnappt euch irgendeinen, egal wen, und fragt nicht weiter.

»Denk daran, du hattest noch nie von Lark gehört, als ich dir die ersten Informationen zu dem Fall geschickt habe«, sagte Greg. »Vielleicht ist das ein guter Aufhänger für die Geschichte.«

»Du weißt, dass ich nicht mit den Medien sprechen darf, ohne vorher mit der Einheit Rücksprache zu halten.«

»Nach dem hier darfst du tun, wonach dir der Sinn steht.«

Sie waren in dem provisorischen Presseraum auf der anderen Seite des Bezirksgerichts angekommen. Auf dem Schild an der Tür stand LOUNGE, doch der Raum war für die Pressekonferenz umgeräumt worden. Durch das Drahtgeflechtfenster konnte Darren mindestens ein Dutzend Reporter erkennen, die hinter einer Gruppe von Videokameras standen, deren Linsen und Mikrofone auf das Podium gerichtet waren, wo Wilson, van Horn und einer seiner Deputys auf Gregs und Darrens Ankunft warteten.

Darren sagte während der gesamten Veranstaltung kein Wort, von der Bekanntmachung von Keith Dales Verhaftung für die

Morde an Michael Wright und Melissa Dale und der Erläuterung der Beteiligung der Texas Ranger bis zu den ausdrücklich an ihn gerichteten Fragen, deren Beantwortung er Wilson und van Horn überließ. Sollten sie ihre Geschichte ruhig verkaufen. Er stand mit vor dem Körper verschränkten Händen da, den Rücken so gerade wie ein Pappelstamm, Stiefel fest auf dem Boden.

Greg redete. Natürlich tat er das.

Er schwadronierte über die Rolle der Bundesregierung bei der Wahrung von Recht und Gesetz, die Erfahrung hatte im Umgang mit Verbrechen sensibler Natur – ohne das Wort *Hassverbrechen* zu benutzen. Von Missy sprach er nur, um die Geschichte zu vervollständigen; er sprach von der Notwendigkeit, keine voreiligen Schlüsse über die Motive für den Mord an einem Schwarzen in Texas zu ziehen. Während er zuhörte, hatte Darren ein seltsam unwirkliches Gefühl, so als befände er sich in einem Traum, in dem er die Welt um sich herum sowohl erkannte als auch nicht erkannte, und die Worte, die in seiner Sprache gesprochen wurden, sowohl verstand als auch nicht verstand. War diese gesamte Pressekonferenz nicht eigentlich ein Versuch, die ganze Sache kleinzureden und damit zu verharmlosen?

Es war vorbei, bevor den Reportern die richtigen Fragen einfielen. Wie Darren vor ein paar Tagen auch, hatten die meisten noch nie von Lark gehört. Im Zeitraum von zwölf Minuten wurden ihnen sowohl das Rätsel als auch dessen Lösung präsentiert. Und das auf zufriedenstellende Weise, so als ergänzte man das letzte, noch fehlende Puzzleteil, mit dessen leisem Schnappen das Bild vollständig war, eine unerschütterliche Wahrheit.

Danach klopfte Wilson Darren auf den Rücken und sagte, dass er jetzt etwas Handfestes für das Hauptquartier habe, um Darrens Suspendierung aufzuheben. Er müsse zwar warten, bis die Grand Jury ein Urteil wegen Rutherford McMillan fällte, doch er habe zum ersten Mal die Hoffnung, dass Darren seinen Dienst wieder aufnehmen könne.

»Vor allem, wenn die Hausdurchsuchung in Camilla nichts zutage fördert.«

»Die ist schon Wochen her.«

Wilson, der einen olivfarbenen Teint und grau melierte Haare hatte, beugte sich zu Darren vor, um leiser zu sprechen und trotzdem noch gehört zu werden. »Hören Sie, ich hätte ja was gesagt, wenn ich gekonnt hätte, aber das wäre auf mich zurückgefallen. Der Staatsanwalt wollte, dass sich noch mal jemand umsieht. Das war nicht meine Entscheidung, Mathews.«

Sie hatten sein Haus ein zweites Mal durchsucht.

»Herrgott.«

»Sie waren heute Morgen dort.«

»Weil sie wussten, dass ich nicht daheim war«, sagte Darren. Er wurde das Gefühl nicht los, dass Wilson dem Staatsanwalt von San Jacinto County diese Information gesteckt hatte, und er versuchte auch gar nicht, sich in seinem vorwurfsvollen Ton zu mäßigen.

»Wenn da nichts ist, dann ist das so«, sagte Wilson. »Kein Grund, Angst zu haben.«

»Da ist auch nichts.«

Aber warum sein Haus durchsuchen, wenn die Grand Jury bereits sämtliche Zeugen zu Mack gehört hatte – wenn sie bereits beratschlagten?

Gab es etwa neue Vorwürfe? Vorwürfe gegen ihn, Darren? Bei dem Gedanken geriet er in Panik.

»Ich würde mir deswegen keine Sorgen machen«, sagte Wilson. »Sie sind ein anständiger junger Mann. Und vor Ihrem Onkel William hatte ich einen Höllenrespekt. Mal sehen, was die Grand Jury sagt, und mal sehen, ob ich Sie wieder in den Außendienst schicke, wo Sie hingehören, Ranger.« Darren habe, sagte Wilson,

Bereitschaft gezeigt, Fakten über Gefühle zu stellen, und sein Onkel wäre stolz auf ihn. Darren verübelte ihm die Erwähnung seines Onkels und hätte am liebsten gesagt, dass William Mathews niemals sein Unbehagen über eine Ermittlung im Mordfall eines Schwarzen für sich behalten hätte, nur um den Weißen ein gutes Gefühl hinsichtlich der Zustände in Texas zu geben. Er hätte am liebsten gesagt, dass er seiner Pflicht, die Wahrheit herauszufinden, so unangenehm und kompliziert sie auch sein mochte, nicht nachkam – eine Aufgabe, die ihm von den Mathews', die ihn großgezogen hatten, auferlegt worden war. Doch er hütete seine Zunge und zückte stattdessen sein Handy. Als der letzte Reporter samt Kamerafrau das Gebäude verlassen hatte, suchte er eine ruhige Ecke im Flur und hinterließ eine Nachricht auf dem Anrufbeantworter seiner Mutter, in der er ihr mitteilte, dass ein paar Hundert Dollar drin wären, wenn sie zum Haus der Mathews' in Camilla fuhr und das Durcheinander, das die Deputys des Sheriffs wahrscheinlich hinterlassen hatten, beseitigte – und noch mehr, wenn sie es nicht herumerzählte. Er wollte vor allem nicht, dass sich Clayton Sorgen darüber machte, die Sache mit Mack könnte eine bedrohliche Wendung für ihn nehmen. *In dem Haus ist nichts.* Abgesehen davon würde die Nachricht, dass das Sheriffdepartment das Haus seiner Familie ein zweites Mal auf den Kopf gestellt hatte, Claytons Feindseligkeit gegenüber den Polizeikräften nur verschlimmern, und Darren wollte im Moment nichts davon wissen.

Als er seinen Anruf beendet hatte, kam van Horn zu ihm und teilte ihm lapidar mit: »Geneva Sweet kann nach Hause gehen.«

Sein erstes Angebot, sie nach Hause zu bringen, schlug sie aus und wollte weiter auf ihre Enkelin warten. Doch nachdem Darren Faith in Lark angerufen und sie gemeint hatte, ein wenig Hilfe im Café gebrauchen zu können, lenkte Geneva schließlich ein. Vor dem Bezirksgericht standen noch immer die Übertragungswagen auf der San Augustine Street und ein paar Kameraleute hielten Ausschau nach einem abschließenden Bild vom Gerichtsgebäude, nach etwas, das den gedrungenen, kastenförmigen Backsteinbau ein wenig majestätischer aussehen ließ, als er war. Weil der Name Geneva Sweet bei der kurzen Pressekonferenz keine Erwähnung gefunden hatte, bestand kein Interesse an der beinahe siebzigjährigen Frau, die von Darren, der seinen Hut abgenommen hatte und wie ihr Sohn oder Neffe aussah, langsam zum Parkplatz geleitet wurde.

Er wollte ihr in den Truck helfen, doch sie schlug seine Hand weg und mit einem Stoßseufzer gelang es ihr, in die hohe Kabine zu klettern. Als Darren auf den Fahrersitz glitt, hatte sie bereits den Gurt angelegt und ihre Hände ruhten in ihrem Schoß. Er legte den Stetson zwischen ihnen auf die Sitzbank und ließ den Motor an.

In den Chevy zu klettern, hatte sie wohl ein wenig erschöpft, als Darren zu ihr hinübersah, bemerkte er ihre glänzende Stirn und dass ein paar ihrer krausen Locken wie Mücken auf Fliegenpapier daran klebten. Sie änderte die Stellung des Lüftungsgitters vor sich und rührte sich ansonsten nicht.

Sie machten sich auf den Weg über den State Highway 87.

Darren überlegte, ob er über die malerischen Landstraßen quer durchs County fahren sollte. In dieser Gegend lagen eine gewisse Feuchtigkeit und ein Hauch von Moosgeruch in der Luft, den die texanischen Lebenseichen verbreiteten; es war eine atemberaubende Landschaft. Doch er nahm an, dass Geneva so schnell wie möglich nach Hause wollte, also fuhr er in Richtung Timpson, wo er auf den Highway 59 in Richtung Lark wechselte. Er akzeptierte ihr Schweigen während der ersten Minuten. Doch schließlich musste einer das Wort ergreifen. »Ich hatte nichts mit Ihrer Verhaftung zu tun«, sagte er zu ihr. Er wollte das unbedingt klarstellen. Aber wenn er geglaubt hatte, dass das ihre ausdruckslose Miene aufhellen würde, hatte er sich getäuscht. Er fragte sich, wie viel sie wusste, sowohl über Keiths Verhaftung als auch die Tatsache, dass Sheriff van Horn sie gestern Abend hatte gehen lassen wollen – dass es Darren gewesen war, der um mehr Zeit gebeten hatte, auch wenn es für Geneva eine kalte Nacht im Gefängnis bedeutete. »Ich wollte Ihnen nicht schaden«, sagt er und blickte vom Highway zum Beifahrersitz hinüber. Weder nickte noch sprach noch lächelte sie, schenkte ihm keinerlei Beachtung, was in Darrens Brust eine leichte Wut entflammte. Alte Dame oder nicht, sie benahm sich wie ein bockiges Kind, eigensinnig und stur.

»Sie mögen mich nicht besonders«, sagte er.

»Ich kenn Sie nicht.« Die Worte kamen ganz unvermittelt, wie ein Rülpsen, das ihr versehentlich entschlüpfte. »Hab keinen Grund, Ihnen zu vertrauen, das ist alles.«

»Ich bin hier, um zu helfen.«

»Sie sehen ja, wie das für mich ausgegangen ist«, sagte sie und strich die Vorderseite ihres Kleides glatt, eine helle Baumwollmischung, die während ihrer Nacht in der Arrestzelle fleckig geworden war.

»Man hätte Sie sowieso wegen Missy verhaftet, ob ich nun einen Fuß nach Lark gesetzt hätte oder nicht. Sie haben selbst dafür gesorgt, weil Sie nicht damit herausgerückt sind, dass Sie Missy an dem Abend, als sie gestorben ist, gesehen haben, obwohl Sie wussten, dass der Sheriff auf der Suche nach jemandem war, dem er den Mord anhängen konnte«, sagte Darren und umklammerte das Lenkrad so fest, dass er sich die Fingernägel in die Handflächen bohrte. »Hätte ich nicht die Aufmerksamkeit auf Keith gelenkt, wären Sie wahrscheinlich noch immer in dieser Gefängniszelle, während der Staatsanwalt eine Grand Jury einberufen hätte, damit Sie dort bleiben.«

»Sie haben bekommen, was Sie wollten, weshalb Sie jetzt wieder dorthin zurückkehren können, wo Sie hergekommen sind und uns hier am besten in Ruhe lassen«, sagte sie, während sie die Arme verschränkte und auf die Straße starrte. »Der Rest von uns muss schließlich hier weiterleben, wenn Sie schon längst über alle Berge sind.«

»Was soll das heißen?«, fragte er. Ihre Worte hatten ihn hellhörig gemacht. Er vernahm auf einmal Angst in ihrer Stimme und spürte, wie sie zwischen ihnen in der schmalen Kabine des Trucks vibrierte. Er sah zu ihr hinüber und versuchte, ihren Gesichtsausdruck zu entziffern.

»Es gibt keinen Beweis, dass Keith es getan hat.«

»Natürlich hat er das Mädchen getötet. Dieser Mistkerl hat meinem Enkel die Mutter genommen, die sich um ihn gekümmert hätte.« Sie saß steif und kerzengerade da, während sie vor Zorn wie ein Draht unter Strom bebte. »Und Sie sind ein Dummkopf, wenn Sie glauben, dass er den schwarzen Burschen nicht auch getötet hat. Ich kann Leute nicht ausstehen, die hierherkommen, an einen Ort, wo wir schon gelebt haben, als Sie noch aufs Töpfchen gegangen sind, einen Ort, den Sie nicht verstehen, und glauben, alles besser zu wissen. Sie und das Mädchen.«

»Ich bin im San Jacinto County geboren«, sagte er. »Und das Mädchen hat einen Namen.«

Randie.

»Woher soll ich den kennen, nachdem sie bei mir reinschneit, ohne mir den geringsten Respekt zu erweisen.«

»Sie hat ihren Mann verloren, Geneva.«

»Da ist sie nicht die Einzige.«

Joe.

Er hatte Angst, den Namen laut auszusprechen, den Bann zu brechen.

»Ich habe den, den mir Gott gegeben hat, geliebt«, sagte sie. »Ich wusste, was ich an ihm hatte.«

Geneva sagte nichts weiter, und Darren beschloss, ebenfalls den

Mund zu halten. Doch er hatte das Gefühl, Randie verteidigen zu müssen und konnte die Empörung nicht verstehen, die Geneva bei der Erwähnung ihres Namens anscheinend empfand. »Sie wissen nichts über ihre Ehe mit Michael.« Er dachte an Missy und die Gerüchte und an Randies Geschichten von anderen Frauen, die ihre Ehe belastet hatten.

Geneva zuckte gleichgültig mit den Schultern.

»Ich weiß, was er mir erzählt hat«, sagte sie. »Und Missy«

»Missy?«

Sie blickte durch das Fenster auf die grün und honiggolden vorbeiziehende Landschaft und den Himmel, der von einem gleichmäßigen Blau war. »Wissen Sie, worüber sie sich mit Michael an dem Abend unterhalten hat?« Sie drehte den Kopf, und ihre Blicke begegneten sich. Er hatte das dringende Bedürfnis, zu verstehen.

»Verlorene Liebe«, sagte sie. »Mein Sohn; seine Frau. Beiden ist etwas entrissen worden, auf verschiedene Weise und aus unterschiedlichen Gründen. Missy hat in Michael etwas gesehen, das ich auch gesehen habe, sobald er in mein Café gekommen ist.«

23

Er erinnerte sie an ihren Sohn.

Es war nichts Bestimmtes, bis auf das Alter. Es war einfach so, dass der Anblick eines Schwarzen in einem gewissen Alter und mit einem gewissen Habitus – einem sanften Wiegen der Hüften, einer verhaltenen Anmut seiner Bewegungen – Genevas Herz stets einen Stich versetzen würde. Sogar Darren habe sie, als er zum ersten Mal bei ihr hereinkam, an ihren Sohn erinnert, sagte sie. Letzten Mittwoch, als sie rote Bohnen in der Küche eingeweicht und einen Truthahn für Dennis zum Räuchern in Salzlauge gelegt hatte.

Gegen fünf Uhr nachmittags war sie durch die Schwingtüren in den Gastraum gegangen und hatte sich die Hände am Schürzenzipfel abgewischt. Sie hörte die Glocke an der Tür, als Lightnin' Hopkins Song den Musikautomaten aufleuchten ließ. *Have you ever loved a woman, man, better than you did yourself?* Einer von Joes Lieblingssongs, dachte sie, als sie lächelnd aufsah und Michael Wright erblickte. Er trug ein schwarzes T-Shirt und Jeans, und die Sonnenstrahlen, die sich im Glanz des schicken Wagens brachen, mit dem er vorgefahren war, fielen durch die Fenster und tauchten die Luft um ihn herum in einen warmen Bernsteinton. Wie sie jetzt wusste, war es der letzte Tag seines Lebens gewesen, und der Augenblick hatte sich ihr eingebrannt.

Er hatte die Gitarre in einem Koffer dabei, dessen billiges Leder nach fast fünfzig Jahren zerschrammt war. Huxley stand neben Isaacs Friseurstuhl und unterhielt sich mit Tim, der sich einen Haarschnitt verpassen ließ, bevor er seine Fahrt fortsetzte. Vielleicht spielten sie nebenbei Karten auf der Armlehne. Michael setzte sich auf Huxleys Hocker am Tresen und legte die Gitarre auf die beiden anderen.

»Spielen Sie?«, fragte Geneva, als sie ihm eine Speisekarte aus Papier hinlegte, die auch als Tischset diente. Ohne zu fragen, schenkte sie ihm ein großes Glas Wasser ein.

»Nein«, sagte Michael und blickte sie an, als hätte er einen Entschluss gefasst.

»Er hatte ungefähr Ihre Farbe«, sagte Geneva jetzt zu Darren. »Doch seine Augen waren dunkler und er trug eine runde Brille aus brüniertem Metall.«

»Nein, Ma'am«, sagte Michael. »Ich habe nie gespielt.«

»Was darf ich Ihnen bringen?«

»Den Seewolf.«

»Mit welchen Beilagen?«

Er warf erneut einen Blick auf die Karte. »Ähm … Erbsen und Tomaten-Okra-Gemüse.«

»Wollen Sie außer Wasser noch was trinken?«

»Wenn Sie haben, gern ein Bier.«

Geneva drehte sich zur Kühlvitrine um, in der Glasflaschen mit Limonade und Bier standen. Sie nahm ein Coors und öffnete den Kronkorken mit dem Flaschenöffner, der an einer Schnur an der Kühlvitrine hing. Sie reichte Michael die Flasche und rief dann Dennis in der Küche zu: »Einen Fischteller mit Erbsen und Okra.«

Michael hob die Bierflasche an die Lippen, wobei Geneva den Ehering sah.

Sie konnte ihn nicht einordnen. Auf den Nummernschildern

draußen stand Illinois, doch etwas an ihm kam ihr vertraut vor, so als wäre er in diesem schlichten Café im ländlichen Osttexas zu Hause. Wenn sie daran zurückdachte, war es vielleicht auch die Gitarre, die den Eindruck erweckte, als passte sie dorthin. Sie fragte ihn noch einmal danach. »Wenn Sie nicht spielen, wozu schleppen Sie das Ding dann hier rein?«

Er stellte das Coors hin, ein kleines Stück neben den bereits feuchten Kreis von dem Wasserglas auf der Karte. Er blickte auf, betrachtete ihr Gesicht und ließ die Sekunden verstreichen, während Lightnin' sang. *Have you ever tried to give 'em a good home same time she act a fool and left?* Er klopfte mit der Hand auf den Gitarrenkoffer.

»Die hat Joe Sweet gehört«, sagte er und wartete ihre Reaktion ab. »Joe ›Petey Pie‹ Sweet.« Er beobachtete, wie Geneva um den Tresen herumkam und den Koffer öffnete. Es war eine 1955er Les Paul, eine Schönheit. Sie strich mit den Fingern über das Holz, vor allem über die Stellen, an denen der Lack matt war. Michael starrte sie an und verkniff sich ein Lächeln, in seiner Stimme schwang Erleichterung darüber mit, dass er den ganzen Weg nicht umsonst gemacht hatte.

»Sind Sie seine Frau?«

»Ist das Joes Gitarre?«

»Ja, Ma'am. Ich hatte gehofft, sie ihm zurückgeben zu können«, sagte er ein wenig zögernd. »Ich meine, ich hätte es gern getan, doch er ist wohl verstorben. Also gehört sie jetzt Ihnen.«

»Woher kannten Sie Joe? Sie wollen mir doch nicht erzählen, Sie seien sein verloren geglaubter Sohn oder so was?« Sie betrachtete eingehend seine Nase und seinen Mund.

»Nein, Ma'am«, sagte er schmunzelnd. »Er und mein Onkel haben früher zusammen gespielt. Booker Wright. Er und meine Familie stammen aus Tyler.« Er nickte in Richtung Fensterfront, als wäre Tyler direkt hinter den Bäumen auf der anderen Straßenseite. »Er war der Erste, der Texas verlassen hat. Dann hat meine Mama meinen Daddy geheiratet, sie sind seinem Bruder in den Norden gefolgt und haben sich in Chicago niedergelassen und nie zurückgeschaut. Und für mich war es wohl oder übel ebenfalls Vergangenheit. Tut mir leid, dass es so lang gedauert hat, meinem Onkel seinen letzten Wunsch zu erfüllen. Er wollte, dass Sie sie bekommen.«

»Booker.« Sie hatte den Namen seit Jahren nicht ausgesprochen. Sie erinnerte sich gut an ihn, erinnerte sich an seine Silhouette auf der Türschwelle des alten Geneva's, wo er lange genug herumgestanden hatte, um Joe eine Gelegenheit zu geben, es sich noch einmal zu überlegen und zu ihm und dem Rest der Band in den Impala zu steigen. Danach hatte zwischen den Männern jahrzehntelang Verbitterung geherrscht. Joe hatte im Laufe der Jahre ein oder zwei Postkarten geschickt. Doch die einzigen, die es in Shelby County, Texas, gab, zeigten entweder Lone Stars oder Lebenszeichen, blaue Wiesenlupinen oder Prärie und Viehherden, was nicht dazu beitrug, die glühende Verachtung zu dämpfen, die Booker wegen des Verlusts des besten Gitarristen, den er je gekannt hatte, für das ländliche Texas empfand. »Joe hat ihn geliebt«, sagte sie.

»Ich weiß.«

Sie lächelte Michael an und genoss die Erinnerungen, die bei der Erwähnung von Joe Sweet erwachten. »Sind Sie sicher, dass Sie Joe nie begegnet sind?«, fragte sie.

»Ich habe nur die Geschichten gehört«, sagte er. »Obwohl ich ihn gern gekannt hätte. Booker hat von der Liebesgeschichte zwischen Ihnen und Joe damals erzählt.«

»Joe hat immer gesagt, ein Mann kann nicht ewig auf Tour sein.«

Die Küchentür schwang auf und Dennis kam mit einem Teller mit in Maismehl paniertem Fisch, Lawry's Seasoned Salt, ergänzt durch Genevas Gewürzmischung, und dem Gemüse herein. Dennis stellte den Teller vor Michael hin und schob eine Flasche mit scharfer Sauce über den Tresen. Eine Zeit lang ließ Geneva ihn in Ruhe essen. Sie trug die Gitarre und den Koffer zu einer leeren Nische und stellte beides dort auf den Tisch. Es war dieselbe Nische, über der die Gitarre jetzt hing. Michael ließ es sich schmecken und bestellte ein Stück Weißbrot, um die scharfe Sauce, das Fett und die Tomatenbrühe auf dem Teller aufzutunken. Er trank ein zweites Bier und schien gut gelaunt zu sein, gesättigt nach einer Mahlzeit, wie er sie seit seiner Kindheit nicht gehabt hatte. Er schwang auf dem Kunstlederhocker herum und beobachtete Geneva mit der Gitarre.

»Tut mir leid, dass ich so lange damit gewartet habe«, sagte er.

Sie winkte ab, ohne den Blick von dem Instrument abzuwenden.

»Sie haben eine Frau und ein eigenes Leben.« Sie deutete auf seinen Ehering. Michael versteifte sich ein wenig. Er sah weg, drehte sich langsam auf dem Hocker zum Tresen zurück und nippte an seinem Bier. Geneva spürte die Veränderung mehr als sie zu sehen, so als wäre die Sonne hinter einer Wolke verschwunden. Sie ließ den Koffer in der Nische und kehrte an ihren Platz zurück. Sie ließ etwas Zeit verstreichen, indem sie Michaels Teller abräumte und die Theke abwischte. »Ich habe Teigtaschen.«

»Nein danke, Ma'am.«

Er blickte auf seine Armbanduhr, der Zauber war gebrochen.

»Haben Sie Kinder?«, fragte sie.

»Nein.«

»Seit wann sind Sie verheiratet?«

»Seit sechs Jahren.«

»Sechs Jahre ist eine lange Zeit ohne kleine Trappelfüße.«

»Meine Frau ist viel auf Reisen«, sagte er. Er hob die Bierflasche, um zu signalisieren, dass er noch eines wollte, überlegte es sich aber anders. Er stellte die leere Flasche vor sich hin und pulte mit dem Daumennagel am Etikett. »Beruflich.« Er hatte das Bedürfnis, es zu erklären. »Sie ist wahnsinnig erfolgreich, und ich gönne es ihr. Aber ich werde deswegen auch nicht meinen Job aufgeben und ihr von Auftrag zu Auftrag um die Welt folgen. Es wäre nicht fair, sie darum zu bitten, das für mich aufzugeben, das weiß ich. Aber sagen Sie mir eins, Ma'am, vielleicht habe ich das auch ganz falsch verstanden: Ich dachte immer, die Männer wären die Wandervögel.«

»Die Leute tun, was sie wollen – egal ob Mann oder Frau.«

Es lag etwas Vorwurfsvolles darin, Michael ging in die Defensive.

»Sie ist eine gute Frau und ich bin selbst nicht perfekt«, sagte er. »Die Wahrheit ist, ich weiß nicht, ob ich fremdgegangen bin, weil sie nicht zu Hause war, oder ob sie nicht zu Hause war, weil ich fremdgegangen bin. Ich weiß nur, dass wir es irgendwie vermasselt haben. Wir haben uns einmal geliebt. Ich tue es noch immer.«

Darren, der Geneva aufmerksam zuhörte, spürte ein Ziehen in der Brust. Das mit Michael und Randie klang ganz nach ihm und Lisa, nur in umgekehrten Rollen. Darren war derjenige, den es hinauszog, der nicht wusste, wie man ein Zuhause schuf. *Die Leute tun, was sie wollen – egal ob Mann oder Frau.* Wussten Randie und Darren besser, was sie wirklich wollten, als sie zuzugeben bereit waren?

Im Geneva's ließ Michael von seiner Bierflasche ab und fragte, ob es ein Lokal gab, wo man etwas Richtiges zu trinken bekam. Er fühlte sich offenbar plötzlich unbehaglich bei ihr und suchte nach einer Fluchtmöglichkeit. Sie sagte ihm, dass es ein Stück die Straße hinauf ein Eishaus gab, er aber gut daran täte, nicht hinzugehen. Ihre Worte hatten einen warnenden Unterton, doch er bemerkte es nicht. »Sie möchten mit Wallys Laden sicher nichts zu tun haben«, sagte Huxley, als er aus Isaacs Friseurnische kam, um seine Kaffeetasse aufzufüllen. Dann kehrte Huxley zu Tim und Isaac zurück, und Michael fragte Geneva nach ihrem Leben. »Haben Sie Kinder?«

»Nur einen Jungen«, sagte sie. »Wir wollten noch eins. Aber ich hab sie alle verloren. Also haben wir den einen Sohn geliebt, den uns Gott geschenkt hat.«

»Joe ist bei einem Raubüberfall ums Leben gekommen?«

Geneva nickte. »Am ersten Abend, an dem ich ihn allein gelassen habe. Ich bin mit meiner Enkelin nach Timpson gefahren, um ein Kleid für ihren Abschlussball zu kaufen, und drei Männer kamen nach Mitternacht rein. Haben die Einnahmen einer Woche gestohlen und meinen Mann kaltblütig erschossen.« Sie faltete den Lappen zusammen, mit dem sie den Tresen abgewischt hatte, und legte ihn weg. Die Erinnerung brachte Trauer und Angst zurück, und sie wirkte auf einmal angespannt.

»Schrecklich, was passiert ist«, sagte Huxley, und Geneva und Michael wurde bewusst, dass die anderen zuhörten. Isaac verharrte mit der Schere in der Luft.

»Isaac hat das Ganze mit angesehen«, sagte Tim.

Isaac räusperte sich und ließ die Schere zuschnappen. »Ich hab gerade den Müll rausgebracht, als sie zum Vordereingang reinkamen.« Geneva hielt den Kopf gesenkt und Isaac, der ihre Gefühle entweder nicht bemerkte oder bemerken wollte, redete weiter. Die Erinnerung daran hatte ihn aufgeputscht und er wollte die Gefährlichkeit der Situation mit dem entsprechenden Pathos darstellen. »Ich hab einen Schuss gehört. Bumm! Wie ein Donnerschlag, einen Gewehrschuss, und als ich aus der Küche in den Laden kam, konnte ich nur noch sehen, wie sie in ihrem Wagen davonfuhren.« Er zeigte auf das Vorderfenster, vorbei an Michaels schwarzem BMW zur Zapfsäule und dem Highway dahinter.

Michael folgte seinem Blick.

»Es waren drei Weiße. Mr. Joe lag hier blutend am Boden«, sagte Isaac und zeigte auf die Stelle hinterm Tresen neben der Kasse, nicht weit von dem Platz, auf dem Michael saß. »Ich war es, der die Polizei gerufen hat.«

Michael blickte von der Stelle am Boden zum Fenster und dann zu Isaac: »Woher wussten Sie, dass die Mörder weiß waren?«

»Wie bitte?«, fragte Isaac, der Tim gerade gebeten hatte, den Kopf zu senken, damit er ihm den Nacken ausrasieren konnte.

»Sie haben gesagt, es war dunkel«, sagte Michael. »Und Sie haben sie wegfahren sehen. Woher wollen Sie wissen, dass es Weiße waren?«

Darren hatte die gleiche Frage gestellt. Er war über die gleiche Unstimmigkeit in der Geschichte gestolpert, die Geneva jetzt wiederholte, wobei sie sowohl Darrens als auch Michaels Frage mit der Bemerkung weggewischt hatte, dass der Sheriff da gewesen sei und sich alles genau angeschaut hätte, und was das jetzt noch für eine Rolle spielte, wo ihre beiden Männer doch unter der Erde lagen.

Sobald sie bei Genevas Café auf den Parkplatz fuhren, entdeckte Darren zwei vertraute Fahrzeuge: Randies Mietwagen und Wallys riesigen Truck, dessen verchromte Stoßstangen in der Sonne glänzten und einen weißglühenden Lichthof bildeten, der in den Augen blendete. Darren bestand darauf, Geneva aus dem Wagen zu helfen und ignorierte ihren Protest. Er nahm sie vorsichtig am Ellbogen, als er sie zur Tür des Cafés geleitete. Als sie an dem blauen Ford vorbeigingen, den Randie seit Tagen fuhr, warf Darren einen Blick hinein, ohne genau zu wissen, was er sich davon erhoffte, doch war es nicht das, was er sah: Ihre lederne Reisetasche stand auf dem Beifahrersitz, die schwarze Fototasche oben drauf. Es war so weit. Sie reiste ab. Darren ebenfalls – wahrscheinlich heute noch. Das Rätsel, was mit Michael Wright passiert war – einem Mann, den Darren zu kennen und zu verstehen glaubte, einem Mann, der eine Jugend in Osttexas mit ihm gemeinsam hatte –, war ihm entglitten. Er hatte den Mann irgendwie enttäuscht, und es blieb das nagende Gefühl, dass sie einen Fehler gemacht hatten.

Im Café stand Wally hinterm Tresen und nahm sich ein Bier aus der Kühlvitrine. Er machte es mit dem Flaschenöffner auf, der an der Tür hing, nahm einen Schluck und nickte zur Begrüßung, als Geneva und Darren hereinkamen, als wären sie gerade in sein Wohnzimmer getreten, wo er mit kalten Getränken und Smalltalk aufwartete. Er wies mit der Bierflasche auf die fleckige Pappe an der Eingangstür, die den Klang der Messingglocke dämpfte. »Ich hab jemanden, der gleich morgen früh kommt, um die Tür zu reparieren«, sagte er zu Geneva. Es war noch nicht einmal Mittag, und Wally hatte bereits zu tief ins Glas geschaut und das Glühen eines Trinkers im Gesicht.

»Diese Tür wird repariert, wenn ich es sage«, erwiderte Geneva.

Sie sagte es auf ihre nüchterne Art, ohne Kränkung oder Zurechtweisung. Sie wartete einfach darauf, dass er wieder zur Besinnung kam und endlich von ihrer Kasse wegging. Sie musste es nur einmal sagen. Wally ging zur Vorderseite, vorbei an Geneva, als sie ihren rechtmäßigen Platz am Ruder ihrer Welt, auf der Küchenseite des Tresens mit Blick auf den Highway 59, wieder einnahm. Als sie nur eine Handbreit voneinander entfernt waren, packte Wally sie am Arm, so als hätte er ein Recht darauf, während er sie mit einem flehenden Ausdruck in den Augen um etwas bat, das unausgesprochen blieb. Sie tauschten Blicke, die die Atmosphäre im Raum aufluden. Darren registrierte außerdem Genevas warnende Miene, als sie sich von Wally losriss und an ihm vorbeidrängte. Wally stand da und starrte ihr eine volle Minute lang nach, bevor er sich auf einen der roten Hocker setzte, zwei Plätze von Huxley entfernt, der auf seinem Stammplatz saß, einen Becher Kaffee und die Zeitung vor sich. Wendy saß in einer Nische am Fenster, unter Joes Les Paul. Sie spielte ein kompliziertes, selbst erdachtes Solitaire, bei dem sowohl Damesteine als auch zwei Kartensätze zum Einsatz kamen. Sie wollte ihren betagten Körper aus der Nische hieven, um Geneva richtig zu begrüßen, doch die sagte ihr, sie solle sich die Mühe sparen. Sie würde niemanden und nichts anfassen, bevor sie nicht eine Viertelstunde lang heiß geduscht hätte. Sie hatte ihre Hand an der Küchentür, als Wally erneut das Wort ergriff. »Lark schläft heute Nacht bestimmt gut, mit einem kaltblütigen Mörder hinter Gittern.«

»Wir haben geschlossen, Wally«, sagte Geneva, um jedes weitere Gespräch zu beenden.

Und als sich Wally demonstrativ die ausgestellten Speisen, die essenden Leute und die Geschäftigkeit in jeder Ecke besah, fügte sie ausdruckslos hinzu: »Das hab ich gerade so entschieden.«

Er lächelte, als schaffte es Geneva immer wieder, ihn zu amüsieren.

Er nahm noch einen Schluck Bier, als wollte er den Moment der Schwäche vorhin damit kompensieren. Er spielte am Diamanten seines Eherings und streckte die Beine aus, damit er sie unterm Tresen übereinanderschlagen konnte. Ein Paar eng sitzende Stiefel aus Alligatorenleder schauten aus seiner schwarzen Wrangler heraus. »Ich hoffe, zwischen uns ist alles klar.«

Geneva hielt auf der Türschwelle zur Küche inne, einen argwöhnischen Ausdruck im Gesicht.

Wally zuckte mit den Achseln, als wäre nichts gewesen. »Ich musste dem Sheriff sagen, was ich gesehen habe, wie Missy an dem Abend, als sie getötet wurde, aus deinem Laden kam.«

Darren trat vor. »Sie haben das van Horn erzählt?«

»Ich hätte wohl gleich zu Beginn was sagen sollen, als noch völlig unklar war, wer's getan hat, und Parker nur Fragen gestellt hat.«

Huxley sprang rasch von seinem Hocker, als wäre Verrat ansteckend. Er ging auf Abstand zu Wally, indem er Wendy gegenüber in die Nische glitt.

Darren setzte sich auf den frei gewordenen Platz und sah Wally direkt in die Augen.

Er schüttelte leicht den Kopf, als wollte er einen Gedanken verscheuchen, den letzten Zweifel über die Morde, der noch irgendwo in einem Winkel seines Gehirns schlummerte.

»Nein«, sagte er. »Es war die Obduktion …«

»Die hat es bestätigt, ja«, sagte Wally. »Die Speisereste und all das.«

Er blickte mit trotziger Abwehr zu Geneva, die er wie einen Schild gegen das hochhielt, was sie vielleicht mit ihm tun würde dafür, dass er geredet hatte. »Hör zu, van Horn weiß, dass ich seit über fünfzig Jahren auf der anderen Seite des Highways lebe und von meinem Fenster aus alles mitbekomme, was hier läuft.«

»Ich hab gesagt, es ist geschlossen«, sagte Geneva, preschte mit einem wütenden Schnauben durch die Schwingtür und rief: »Wo ist Faith?« Die Tür schwang zurück und trug die Worte mit einem Schwall warmer Luft herein, die vom Duft nach Lorbeerblättern und Knoblauch geschwängert war. Wally schien das Geplänkel gefallen zu haben. Dass sie nicht zum Schlag ausgeholt oder ihn aus ihrem Laden verbannt hatte, zauberte ein Lächeln auf sein Gesicht. Er leerte den Rest seines Biers und rülpste, bevor er seine Aufmerksamkeit Darren zuwandte.

»Hat ja auch wunderbar funktioniert«, sagte er zu ihm. »Sie haben Keith als Doppelmörder überführt und können diesen kleinen Ort genau so verlassen, wie Sie ihn vorgefunden haben.«

Er richtete sich zu seinen ganzen eins neunundachtzig auf; er war einen Fingerbreit kleiner als Darren. Zum Abschied klopfte er auf den Tresen, drehte sich um und verließ das Café.

Darren sah ihm nach.

Er schwang auf seinem Hocker herum und folgte jeder seiner Bewegungen, beobachtete, wie er in den Ford stieg, mit dem Oversize-Truck zurückstieß und das kurze Stück über den Highway 59 fuhr, der Genevas Café von seiner Haustür trennte. Was hatte Wally gesagt? Dass er seit über fünfzig Jahren gegenüber vom Geneva's wohnte und von seinem vorderen Fenster aus alles mitbekam, was hier passierte. Darren blickte zu Genevas Stammgästen, Huxley und Wendy. »Hat man rausgefunden, wer's getan hat?«, fragte er.

»Reden Sie von Keith?«, fragte Wendy verwirrt.

»Nein. Von den Männern, die Joe Sweet getötet haben.«

Huxley und Wendy tauschten Blicke, einen Moment lang waren beide still; der Anstand gebot es. Wendy brach das Schweigen zuerst, nicht mit Worten, sondern mit einem leisen Pfeifen, einer Blue Note, die in der Luft hing, einer Aufforderung, die nach einer Antwort verlangte. »Und?«, fragte Darren und blickte zwischen den beiden hin und her.

Wendy schüttelte den Kopf. »Nö. Es wurde keiner erwischt.«

»Das wurde nie aufgeklärt«, sagte Huxley.

»Die ganze Sache wurde nie richtig aufgeklärt«, sagte Wendy. »Aber wir haben nur diesen einen Sheriff, und er hat unter die ganze Sache einen Strich gezogen, noch bevor Geneva Joe unter die Erde gebracht hatte.«

»Die Geschichte ergibt keinen Sinn«, sagte Darren.

»Nein, tut sie nicht«, bestätigte Huxley.

Darren blickte zu dem Friseurstuhl, der genauso leer war wie das Kabuff selbst, in dem Isaac sonst Haare schnitt. Erst jetzt wurde ihm bewusst, dass er den Mann seit den Schüssen auf den Laden nicht mehr gesehen hatte. »Glauben Sie, Isaac hat gelogen?«

»Ach, Isaac ist dumm wie Brot«, sagte Huxley. »Das mit den

drei Weißen hat er erst gesagt, nachdem es der Sheriff behauptet hatte.«

»Was Isaac da in der Nacht gesehen hat, muss ihn zu Tode erschreckt haben«, sagte Wendy. »Es ist, als wäre die ganze Sache gemeinsam mit Joe begraben worden.«

»Und keiner hat sich getraut, es anzusprechen … bis der junge Schwarze hier reinspaziert ist.«

»Michael?«, fragte Darren.

Er spürte ein Beben in seiner Brust, eine Vibration, die sich verstärkte, wie beim Herannahen eines Zugs, das intensive Gefühl, dass er einer Sache näher kam.

Huxley nickte.

Wendy sagte: »Geneva wollte nicht darüber reden.«

»Noch immer nicht«, hörten sie jemanden sagen, als die Küchentür aufschwang. Geneva kam herein, sie hatte immer noch die Sachen an, die sie im Gefängnis getragen hatte. »Das Mädel läuft hinterm Haus rum und sucht nach Ihnen«, sagte sie. »Ich nehm an, Sie brechen bald auf.« Sie sagte das, als hätte sie alle Zeit der Welt, dort zu stehen und zuzuschauen, wie er ging.

»Was hat van Horn Ihnen gesagt, was Joe passiert ist?«, fragte Darren.

»Was soll das bringen?«

»Etwas stimmt nicht, oder? Mit Isaacs Geschichte.«

»Wir leben seit sechs Jahren damit«, erwiderte sie. »Es war ein Raubüberfall.«

Das Gleiche, was man Randie über den Tod ihres Mannes erzählt hatte, als sie im Shelby County ankam.

»Und finden Sie es nicht seltsam«, fragte Darren, »dass es ausgerechnet in der Nacht passiert ist, als Joe allein im Café war?«

»Keine Ahnung, was das für eine Rolle spielen soll, solange Sie nicht behaupten, dass ich schuld daran bin«, sagte Geneva. »Und wenn Sie glauben, dass ich das nicht schon seit Jahren mit mir herumtrage, dann sind Sie nicht nur hundsgemein, sondern dumm obendrauf.«

»Ich will damit sagen, dass es so aussieht, als hätte jemand gewusst, wann er zuschlagen muss, jemand, der einen guten Überblick über das hat, was hier läuft, direkt von seinem Wohnzimmerfenster aus.«

Erkenntnis blitzte kurz in ihren Augen auf, doch sie spielte nicht mit. »Lassen Sie's gut sein, hören Sie?« Sie wurde richtig wütend, doch Darren spürte noch etwas anderes, eine tief sitzende, bohrende Angst.

»Wovor haben Sie solche Angst?«

»Ich habe keine Angst«, entgegnete Geneva, vielleicht stimmte das sogar, oder zumindest war ihre Angst nicht so, wie er sie verstand. Vielleicht war das Unbehagen, das sie ausstrahlte, eher einer besonderen Vorsicht geschuldet, einer Furcht davor, gegen den Stacheldraht zu stoßen, der sich mit der Zeit um ihr Herz gelegt hatte, um keine falsche Hoffnung aufkeimen zu lassen. »Ich lebe in diesem Staat schon viel länger als Sie und ich weiß, wie das Gesetz für Leute wie mich funktioniert.«

Sie glaubte nicht mehr an die Wahrheit, genau wie Randie.

Es machte ihn sowohl traurig als auch zornig, dass er eine Marke trug, die den beiden Frauen nichts bedeutete, dass Recht und Resignation so untrennbar miteinander verbunden waren, dass Letzteres kaum zu vermeiden war.

»Zeig ihm die Karte, die dir der Mann gegeben hat«, sagte Huxley auf einmal.

Geneva winkte ab.

Huxley sah Geneva an und obwohl er wissen musste, dass er sich auf dünnem Eis bewegte, ließ er nicht locker. »Der Anwalt, Michael. Er hat Geneva eine Karte gegeben, von einem Büro, das sich um alte Fälle kümmert, Leute, die er aus Chicago kannte.«

»Haben Sie sie noch?«, fragte Darren.

Geneva zuckte mit den Achseln, doch Huxley ging kurz entschlossen um den Tresen herum und holte die Karte, die unter einer Ecke der Kasse klemmte. Er reichte sie Darren, der die geprägte Schrift betrachtete: LENNON & PELKIN INVESTIGATIVE SERVICES. Er sah Geneva an, die einen tiefen Seufzer ausstieß.

24

Es war ein privates Ermittlungsbüro von zwei ehemaligen Cops, die im Laufe der Jahre häufig von einem lokalen Ableger des Innocence Projects beauftragt worden waren, das von einem früheren Juraprofessor der University of Chicago geleitet wurde. Ein paar Telefonate und eine sorgfältige Google-Recherche von Darren erklärten, weshalb Michael Wright Geneva vorgeschlagen hatte, sich dort Hilfe zu holen. Während die beiden Ermittler Fälle von Männern und Frauen untersucht hatten, die meisten von ihnen Schwarze oder Latinos, die fälschlicherweise angeklagt und für Jahrzehnte ins Gefängnis gewandert waren, hatten sie ein Muster erkannt: In jeder Geschichte über eine schwarze Mutter, Ehefrau oder Schwester, die um einen Mann weinte, der unschuldig hinter Gittern saß, gab es eine schwarze Mutter, Ehefrau oder Schwester oder einen Vater, Ehemann oder Bruder, die oder der einen geliebten Menschen verloren hatte, dessen Tod nie geahndet wurde. Für Schwarze hielt die Justiz eine doppelte Portion Ungerechtigkeit bereit. Lennon und Pelkin hatten in ihrem Ermittlungsbüro inzwischen eine ganze Abteilung, die ungelöste Mordfälle bearbeitete, bei denen die Rassenzugehörigkeit eine Rolle spielte – dahingehend, dass Ermittlungen der Strafverfolgungsbehörden nur im Schneckentempo vorangingen, bis ihr Interesse daran schließlich komplett zum Erliegen kam. Die *New York*

Times hatte einen Bericht über das Ermittlungsbüro und seine Gründer und die ungelösten Morde, die sie wieder aufgegriffen und gelöst hatten, veröffentlicht. Michael hatte Geneva einen Weg aufgezeigt, wie sie Joes Mörder finden konnte.

Als er draußen vor dem Café stand, fragte sich Darren, ob Wally wusste, dass Michael Stunden vor seinem Tod Fragen über die Ermordung von Joe Sweet gestellt hatte und wo Wally in diesen Stunden gewesen war. Die Frage schien ihm wichtig zu sein und er griff bereits nach den Autoschlüsseln, als er von seinem Telefon aufblickte und sah, wie Randie um das Café herumkam. Sie berührte seinen Unterarm, als sie ihm sagte, dass sie gewartet hatte, um sich von ihm zu verabschieden.

»Man hat den Leichnam freigegeben«, sagte sie. »Ich bringe Michael nach Hause.«

»Gehen Sie nicht.« Er sagte es, ohne nachzudenken.

»Es ist vorbei, Darren«, sagte sie. »Hören Sie, ich wollte …«

»Randie.«

»Danke, Darren. Ich weiß zu schätzen, was Sie für mich und für Michael getan haben. Ich verstehe diesen Ort und diesen Staat nicht, aber Michael hat es getan. Er hätte Respekt für das gehabt, was Sie hier unten zu tun versuchen. Er hätte Sie gemocht.«

»Randie, warten Sie.«

»Ich kann nicht«, sagte sie. »Ich habe hier nichts mehr verloren.« Sie ging zur Fahrerseite ihres blauen Fords. Er packte sie an ihrem linken Arm.

»Ich glaube, Keith sagt die Wahrheit über das, was er mit Michael gemacht hat«, sagte er.

Randies Gesicht war wie versteinert, als sie sich losriss. »Hören Sie auf damit!«

»Ich glaube nicht, dass er ihn getötet hat.«

»Ich kann das nicht, Darren«, sagte sie und öffnete die Tür ihres Mietwagens.

»Was, wenn Michaels Tod überhaupt nichts mit Missy Dale zu tun hat?«

»Was dann?« Sie schrie beinahe, die Augen gerötet vor Zorn. »Wieso ist mein Mann dann tot, Darren?«

»Joe Sweet.«

Sie sah ihn verständnislos an. Einen Moment lang schien sie den Namen, die Gitarre und die Liebesgeschichte, also den eigentlichen Grund, weshalb Michael nach Osttexas gekommen war, vergessen zu haben. Und als es schließlich Klick machte, war sie allein bei dem Gedanken daran, was Darren ihr da zumuten wollte, erschöpft. Noch mehr Fragen, ohne unbedingt eine Antwort zu bekommen, während sie einfach in ihren Wagen steigen und losfahren konnte.

»Michael hat Fragen über die Nacht gestellt, in der Joe Sweet ermordet wurde.«

»Ja und?« Sie machte die Wagentür so weit auf, dass sie wie eine Mauer zwischen ihnen war.

»Jemand in diesem Ort hatte vielleicht Gründe, dem einen Riegel vorzuschieben.«

Darren blickte über die Schulter auf die andere Seite des Highways zu Wallys Monticello, während er überlegte, wie er seinen Verdacht beweisen sollte.

»Gehen oder bleiben Sie« sagte er zu ihr. »Aber ich bringe das zu Ende.«

Er wollte eines wissen: Hatten sich an dem Abend, als Michael starb, Wallys und seine Wege gekreuzt? Michael war zuletzt in Wallys Eishaus gesehen worden, bevor er auf der Landstraße eine Tracht Prügel bezog. Darren wollte herausfinden, was Wally an dem Abend gemacht hatte. Er überquerte den Highway und fuhr durch das Tor von Wallys Herrenhaus. Niemand machte auf, obwohl Darren Wallys riesigen Truck in der kreisförmigen Auffahrt stehen sah. Darren hatte direkt hinter ihm geparkt. Als er ein drittes Mal auf die Klingel drückte, hörte er auf der Rückseite des Gebäudes Schritte, die durch Laub raschelten, und dann, wie eine Tür geöffnet und wieder geschlossen wurde. Das Geräusch hallte in den Eichenbäumen wider, die wie Geister um das Haus standen, und deren dicke Äste dunkle Schatten auf das Dach warfen. »Wally«, rief Darren. Als keine Antwort kam, ging er zur Rückseite des Hauses und kam dem schwarzen Labrador an seiner Kette in die Quere. Er wollte sich knurrend auf Darren stürzen. Der Hund kam ihm so nahe, dass er seinen warmen, feuchten Atem durch sein Hosenbein spürte. An die Hauswand gepresst, schob er sich an dem Hund vorbei, und die rauen Kanten der roten Backsteinmauer bohrten sich ihm in den Rücken.

»Wally«, rief er erneut, weil er dachte, er müsste hinten im Hof sein.

Doch niemand antwortete. Außer dem Rascheln der Blätter und dem Flattern der Vögel, die sich aus den Bäumen erhoben, als wüssten sie etwas, das er nicht wusste, und als spürten sie drohendes Unheil, war nichts zu hören. Darren spürte es ebenfalls, es herrschte eine Stille um ihn herum, der er nicht traute.

Das Gelände hinterm Haus war eher urwüchsiger Wald als gestaltete Landschaft. Es war übersät von den knotigen Wurzeln einer Gruppe Lebenseichen. Die für Osttexas typischen Kiefern standen in Reihen nördlich und südlich der Grundstücksgrenzen. Hinten gab es ein paar Gebäude, die von Laub und skeletthaften Kiefernzapfen bedeckt waren: ein schmales Gewächshaus, das ebenfalls als Werkzeugschuppen diente und eine Art Scheune, deren Wände über die Jahre verwittert waren und ein stumpfes Grau angenommen hatten. Die Torflügel waren einen Spalt breit geöffnet, und das Vorhängeschloss hing wie eine nutzlose Dekoration von seinem Riegel. Darren blieb wie angewurzelt stehen, als er etwas vor der Scheune entdeckte. Eine doppelte Reifenspur führte in das Dunkel hinter dem Tor.

Wo ist der Wagen?

Das fragte er sich seit Tagen. Es war dieses fehlende Puzzleteil, das ihn davon überzeugt hatte, dass Keith Dale womöglich die Wahrheit sagte. Darren konnte aus Reifenspuren nicht mehr herauslesen als aus Teeblättern, doch das, was er womöglich auf der anderen Seite dieser Türen finden würde, verursachte ihm ein beklemmendes Gefühl. Er zog den einen Flügel auf und zuckte bei dem durchdringenden Quietschen der verrosteten Angel zusammen. Dieses Geräusch hatte er gehört, als er vor dem Haus gestanden hatte.

Bevor sich seine Augen an die Dunkelheit gewöhnen konnten, hörte er, wie der Hahn einer Waffe gespannt wurde, und er wusste, er war nicht allein. Im Licht der dünnen Sonnenstrahlen, die durch die Löcher im Dach fielen, und durch den aufgewirbelten Staub, der in der Luft hing, sah er, wie sich Isaac an die Rückwand presste und eine winzige Pistole auf seinen Kopf richtete. Darren griff nach seinem Colt, doch bevor er ihn aus dem Holster ziehen konnte, feuerte Isaac einen Schuss ab. Die Kugel pfiff an Darren vorbei, der eine Hand vor seinen Körper hielt und mit der anderen nach seiner 45er griff. »Isaac, legen Sie die Waffe weg.«

Isaac schoss erneut und zersplitterte eine Latte im Scheunentor.

Darren hörte, wie eine Frau im Haus schrie.

»Wally, da draußen schießt jemand!«

Sie sind also doch zu Hause, dachte Darren.

Er dachte an das Kleinkind dort drin und ihm wurde mulmig.

»Das wird Wally nicht gefallen«, stammelte Isaac.

Darren hob die Hände. »Erzählen Sie mir, was Sie gesehen haben, Isaac.«

Er sah, wie verängstigt Isaac war, seine Augen weit aufgerissen und gerötet. Vielleicht hatte er geweint. Er rückte näher zur Tür, während Darren Abstand hielt, sodass die beiden einen seltsamen, kleinen Tanz vollführten, indem sie sich umeinander drehten, bis Darren tief in der Scheune stand, in der außer alter Farbdosen nichts war. Der BMW, falls er hier gestanden hatte, war weg. Isaac schlüpfte durch die Torflügel hinaus ins Tageslicht und rannte los.

Darren griff nach seiner Waffe und spurtete hinterher.

»Isaac, ich will Ihnen nichts tun, Mann.«

Doch Isaac war flink auf den Beinen und hatte den Vorteil, die Umgebung besser zu kennen als Darren. Zwischen den Bäumen verlor Darren ihn innerhalb von Sekunden aus den Augen. Er machte sich auf den Weg zur Hintertür des Hauses, als er Wally begegnete. Der hatte ein schiefes Grinsen aufgesetzt, während er beim Anblick von Darrens Waffe die Hände hob.

»Wo ist der Wagen, Wally?«

»Ich hab diesen Burschen aus Chicago nicht umgebracht.«

»Wo ist der verdammte Wagen?«

Darren hörte, wie auf der anderen Seite des Hauses ein Fahrzeug in die Auffahrt preschte. Eine Tür wurde geöffnet und wieder zugeschlagen, und Darren hörte schwere Schritte, als der Deputy des Sheriffs keuchend um die Ecke kam. Wallys Lächeln wurde breiter und Darren begriff, dass er das Ganze für ihn inszeniert hatte. »Legen Sie die Waffe weg, Sir«, sagte der Deputy und wedelte mit seiner Pistole.

»Er wollte mich umbringen«, sagte Wally.

»Ich habe gesagt, Waffe weg!«

»Sie sprechen mit einem Texas Ranger«, erwiderte Darren. Er hatte Angst, eine zu schnelle Bewegung zu machen, wenn er seine Marke zeigte. »Rufen Sie van Horn an und sagen Sie ihm, der Mörder ist hier.«

»Er ist auf dem Weg«, sagte der Deputy. »Laura hat eine Schießerei gemeldet, ein Einbrecher oder so etwas. Ein paar Deputys suchen auf dem Highway 59 nach ihm.«

»Können Sie ihm bitte sagen, er soll seine Waffe runternehmen?«, sagte Wally.

»Dieser Mann ist verhaftet«, konterte Darren.

Der Deputy blickte zwischen Darren und Wally hin und her. Er hielt noch immer seine Waffe in Darrens Richtung, unsicher, wem er glauben sollte. Das Walkie-Talkie an seinem Gürtel krächzte. Er griff danach, und sie hörten eine Stimme sagen: »Sheriff, hier ist Redding. Haben wir noch immer einen Fahndungsbefehl für dieses neue BMW-Modell, schwarz?«

Van Horns Stimme erklang in dem offenen Kanal. »Verstanden. Ja, haben wir.«

Darren wurde mulmig, als er Redding sagen hörte: »Wir haben ihn nicht weit von Lark entfernt erwischt, als er zur Countygrenze unterwegs war. Daniels und Armstrong haben den Fahrer in Gewahrsam genommen. Die Witwe von Mr. Wright ist noch immer beim Café. Sie bringen den Wagen jetzt dorthin.«

In einem County voller Polizeifunkgeräte verbreitete sich die Nachricht in Windeseile. Und als Darren auf den Parkplatz vom Geneva's fuhr, stand das Publikum bereits vor der Tür. Geneva und Dennis, Huxley und Faith, ein paar Gäste des Geneva's. Auch Wendy. Und Randie. Sie war also doch geblieben. Sie hatte die Arme zum Schutz gegen eine Spätnachmittagsbrise verschränkt, die vereinzelt Blätter und rote Erde auf den benachbarten Feldern aufwirbelte. Sie zitterte und sah über den Parkplatz des Cafés zu ihm hinüber. Ihre Blicke begegneten sich, und er überlegte, ob er zu ihr gehen und ihre Hand halten sollte. Doch er blieb bei seinem Truck und bei Wally und dem Deputy, der hinter dem Haus gewesen war. Mr. Jefferson, wie der junge Deputy Wally nannte, war damit einverstanden gewesen, vorn im Streifenwagen mitzufahren. Der Cop hatte Fragen zu dem, was er gesehen hatte, und der Plan war, van Horn hier zu treffen. Zuerst kreuzte der Wagen eines Deputys auf, der Daniels hieß. Darren sah Isaacs Silhouette hinter dem Gitter des Rücksitzes. Er hielt den Kopf tief gesenkt. Keine Minute später hielt der BMW vor dem Café. Bei seinem Anblick bekam Randie weiche Knie. Es war Geneva, die sie festhielt, damit sie nicht auf den Asphalt sank. Der Deputy mit Namen Armstrong hatte ihn gebracht. Der junge Mann, stiernackig und mit den Schultern eines Footballspielers, stieg aus dem Fahrzeug und ging zu van Horn, der schon vor Ort war. »Das ist doch der Wagen von dem Mann, oder?«, fragte Armstrong. »Den wir aus dem Bayou gezogen haben?«

Randie riss sich von Geneva los und rannte zu dem Streifenwagen, in dem Isaac saß, wo sie mit den Fäusten gegen die Seitenscheiben trommelte und schrie: »Was haben Sie getan?!« Wally sah mit versteinerter Miene zu, wie sie auf die andere Wagenseite rannte, während Isaac sich in den Sitz duckte. Ihre Stimme hörte sich an wie eine Klaviersaite, die bis zum Äußersten gespannt und nur noch ein heiseres Flüstern war: »Was haben Sie getan?« Erst als Darren zu ihr trat, wandte sie den Blick von Isaac ab, drückte ihr Gesicht an Darrens Brust und weinte so bitterlich, als wäre die Trauer neu erwacht. Van Horn blickte von Randie zu dem schmächtigen, sommersprossigen Schwarzen auf dem Rücksitz des Streifenwagens. »Bringen Sie ihn von hier weg.«

25

Er hatte die ganze Sache mit angesehen. Wie Keith Dale Michael aus dem Wagen zerrte und ihm die ersten Schläge verpasste, und wie Missy zu kreischen anfing, als wäre der Teufel hinter ihr her, und Keith ihr befahl, sofort damit aufzuhören. Er hatte das Blut gesehen, wie Michael ins Taumeln geraten war, hatte gesehen, wie Keith zu seinem Truck gegangen und das Kantholz herausgenommen hatte, was schlagartig alles änderte. Isaac hatte alles durch die Bäume zwischen Landstraße und Rückseite des Eishauses hindurch beobachtet, im Schutz der Dunkelheit und ebenfalls geschützt von dem Umstand, dass niemand aus Lark, der aussah wie er, sich in der Nähe einer Spelunke für weiße Arschlöcher wie dem Jeff's Juice House herumtrieb. Es war nicht immer so gewesen. Als er noch ein junger Kerl gewesen war, konnte man da reingehen und sich eine Cola kaufen, wenn man Lust darauf hatte. Sie hatten Nehi Grape sogar dann noch, wenn das Geneva's keins mehr hatte. Es war nicht wirklich einladend oder so, aber man hatte auch nicht das Gefühl, gehäutet zu werden, nur weil man da war. Es waren die Weißen mit den Tattoos und rasierten Schädeln, die Isaac eine Heidenangst einjagten. Doch er wusste, dass Wally über den Mann, der im Geneva's gewesen war und Fragen über Joe Sweet gestellt hatte, Bescheid wissen wollte. Deshalb war er zum Hintereingang des Eishauses gegangen: Um

Wally zu sagen, dass die Probleme aus der Welt geschafft werden könnten, wenn sie sich beeilten.

Dass er selbst über das personifizierte Problem gestolpert war, das bereits halb tot am Boden lag, war ein Zufall, eine Gelegenheit, die beim Schopf zu packen war. Er sah vom Straßenrand aus zu, verborgen im Unterholz, als Keith Dale das Kantholz über Michaels Kopf hob, und er hörte Michael keuchen: »Ich wollte sie nur nach Hause fahren, Mann.« Und als Keith das Holz noch immer nicht sinken ließ, schrie Missy: »Wenn du das tust, musst du mich ebenfalls umbringen. Du kannst vielleicht einen Toten erklären, aber ich weiß, dass du nicht schlau genug bist, um mit zweien davonzukommen. Denn ich werd's melden – bild dir bloß nicht ein, dass ich das nicht tue.« Keith ließ das Kantholz fallen und stürmte, mit Missy im Schlepptau, zu seinem Truck. Er schleuderte sie beinahe auf den Vordersitz, bevor er zur Fahrerseite ging, während er die ganze Zeit vor sich hin fluchte. In Sekundenschnelle waren sie verschwunden.

»Was haben Sie gemacht?«, fragte Darren.

Er war wieder in dem winzigen Befragungsraum im Sheriffbüro von Center. Isaac hatte sich zuerst nicht setzen wollen, so als verdiente er es nicht, als könnte er sich selbst bestrafen. Doch die Befragung sowie die Schwere dessen, was er zu gestehen hatte, hatten ihn ausgelaugt, und er war in einer Ecke des Raums zu Boden gesunken, den Rücken an zwei schmutzige Wände gepresst. Darren war vor ihm in die Hocke gegangen, um ihm in die Augen schauen zu können.

»Er lag schon am Boden, als ich ihn gefunden habe«, sagte Isaac und legte Darren langsam seine krausen Gedanken von dem Abend dar. Er war sich nicht sicher, ob er Zeit hätte, sagte er, zu Fuß zu Wally zu gehen, um ihn über Michaels Fragen zu unterrichten. Er schien zu wissen, was sie getan hatten, das Geheimnis zu kennen, das Wally und er jahrelang gewahrt hatten. Was, wenn Michael in der Zeit, die er, Isaac, bräuchte, um Wally zu holen, zu sich kam und direkt zum Sheriff in Center fuhr? Wally würde bestimmt Isaac die Schuld geben, dass er es vermasselt hätte, und wer wusste, was dann passieren würde? Er war genauso besorgt darüber, dass Geneva es herausfinden könnte, wie darüber, ins Gefängnis zu müssen. Geneva war für ihn wie Familie; der Job in ihrem Laden war alles, was er hatte.

Also beschloss er, rasch zu handeln.

Er nahm das Kantholz, das Keith im Gras zurückgelassen hatte. Michael war noch bei Bewusstsein. Er hatte anscheinend Isaacs Schritte gehört und versuchte gerade aufzustehen, als Isaac die Holzstange mit aller Kraft auf seinen Kopf heruntersausen ließ. Michael erschlaffte wie eine Stoffpuppe. Isaac schlug noch einmal zu. In Panik wegen dem, was er getan hatte, schleifte er ihn von der Landstraße den ganzen Weg bis zum Attoyac Bayou und stieß ihn mit den Füßen ins flache Wasser. Irgendjemand würde bestimmt glauben, Keith hätte es getan. Doch als er zur Landstraße zurückkam, wurde ihm klar, welchen Fehler er begangen hatte, dass er, wie schon so oft, nicht bei klarem Verstand gewesen war. Er wusste, dass ihn die Leute für schwer von Begriff hielten und hinter seinem Rücken die Augen verdrehten. Und er bekam eine riesige Wut auf sich selbst. Er hatte den Wagen vergessen. Er stand noch immer auf der Landstraße, mit im Leerlauf tuckerndem Motor und eingeschalteten Scheinwerfern, die Nachtfalter anzogen. Isaac blieb nichts anderes übrig, als ihn verschwinden zu lassen. Er fuhr direkt zu Wally, der, sobald er begriffen hatte, was geschehen war, zu Isaac sagte: »Ich übernehme das jetzt.«

Sie waren schon einmal an dem Punkt gewesen, sie beide, die seit langer Zeit eine Lüge verband.

Isaac hatte Todesangst vor Wally, beschämt wegen dem, was er vor vielen Jahren getan hatte, wegen seiner schrecklichen Schwäche. Doch er brauchte ihn auch. Nur gemeinsam konnten er und Wally dafür sorgen, dass Geneva nie die Wahrheit erfuhr.

26

Es war nach Mitternacht und das Café schon geschlossen, in jener Nacht vor sechs Jahren.

Isaac war mit dem Wischen fertig und aß ein Stück Sandkuchen, das er in Dr Pepper tunkte, so wie er es mochte. Joe hatte ein Glas Whiskey auf den Kassenrand gestellt, während er die Tageseinnahmen zählte. Er war guter Dinge. Eine Nummer von Bobby Bland, bei dem er mitgespielt hatte, lief in der Jukebox, und Joe genoss sie und den Whiskey und schwelgte in Erinnerungen an sein unstetes Leben als Bluesmusiker, das er der Liebe wegen aufgegeben hatte. Er erzählte die Geschichte vielleicht zum fünfzigsten Mal, sprach von dem Augenblick, als er seine süße Geneva erblickt und die Erde stillgestanden hatte. »Nichts konnte uns mehr auseinanderbringen.«

Sie hörten beide die Türglocke.

Noch bevor er aufblickte, um zu sehen, wer es war, sagte er: »Wir haben geschlossen.«

Isaac wandte sich zur Tür und sah Wally als Erster. Er hatte seltsam glasige Augen und bewegte sich unbeholfen, Isaac brauchte einen Moment, um zu begreifen, dass er betrunken war.

Wally setzte sich an die Theke und legte eine Pistole auf die Resopalplatte.

Joe sah sie, blickte auf und schaute Wally an.

Keiner machte irgendeine plötzliche Bewegung. Isaac erstarrte auf seinem Platz am Tresen, wo er Wally so nah war, dass er den Alkohol riechen konnte – und noch etwas anderes, nämlich Schweiß und Zorn, die einen säuerlichen Gestank verbreiteten. Wallys Hals und Gesicht waren gerötet.

»Wann verkaufst du mir den Laden hier, Joe?«, fragte Wally. »Neva ist nicht hier, vielleicht kann ich wenigstens dich zur Vernunft bringen.«

Es war der Kosename, der Joe nicht gefiel, die Selbstverständlichkeit, mit der ihn der andere benutzte.

»Raus hier«, sagte er.

»Ich könnte ihn mir auch einfach nehmen«, sagte Wally mit einem betrunkenen Grinsen im Gesicht. Er trug ein zerknittertes Button-down-Hemd, und der Bund seiner Jeans saß unter einem kleinen Bauch, von dem Isaac nicht wusste, wann er ihn bekommen hatte. In seinem weinerlichen Trotz wirkte er ein wenig kindisch. Oh, er werde nirgendwohin gehen, sagte er. »Ich könnte mir einfach nehmen, was rechtmäßig mir gehört. Das Restaurant, das Grundstück, einfach alles.«

»Isaac, ruf den Sheriff an«, sagte Joe.

Isaac wollte vom Stuhl gleiten, doch Wally schlug mit der flachen Hand auf den Tresen, direkt neben der Waffe, und befahl Isaac sitzenzubleiben. »Bleib gefälligst, wo du bist.«

»Ich will keinen Ärger mit dir«, sagte Joe. »Also sag ich's einfach, wie's ist. Der Laden gehört mir, mir und Geneva. Zu einem fairen Preis deinem Daddy abgekauft und das weißt du genau. Du kämpfst anscheinend gegen einen Mann, der nicht mehr hier ist.«

»Daddy hatte kein Recht dazu. Das hier, dieses Grundstück, das ist mein Geburtsrecht. Ihr stehlt es mir. Jeder Dollar, den das hier einbringt, gehört mir. Und ich will verdammt sein, wenn der Niggerbastard von meinem Vater ihn eines Tages in die Hände kriegt.«

Er hatte es laut ausgesprochen.

Er hatte Joe ins Gesicht gesagt, dass sein Sohn nicht sein Sohn war.

Es gab Dinge, die man in Lark, Texas, einfach nicht tat.

Dazu gehörte, einen Stammbaum infrage zu stellen.

»Pass auf, was du sagst oder du musst das Lokal verlassen«, sagte Joe.

»Den Teufel werde ich, hörst du? Das hier gehört mir, das ganze Ding. Daddy hätte es mir geben sollen, Herrgott noch mal. Hörst du? Daddy hätte *sie* mir geben sollen.«

Bei dem »sie« fielen Joe und Isaac aus allen Wolken.

Isaac, der als Kind genau wie Geneva bei den Jeffersons gearbeitet hatte, erinnerte sich an Vormittage, an denen Wally Geneva nicht eine Sekunde aus den Augen gelassen hatte, erinnerte sich daran, wie er sie umschwärmt hatte, wie er sie sehnsüchtig angestarrt hatte, wenn sie in der Nähe war … und wie sich alles änderte, als sein Vater anfing, das Café für sie zu bauen.

»Was hast du gerade gesagt?«, fragte Joe.

Wallys Gesichtsausdruck verhärtete sich und er attackierte Geneva, verwandelte all die Jahre des Schmachtens in bittere Wut. »Daddy war ein Dummkopf. Hätte sie die Beine nicht für ihn breit gemacht …«

Joe wollte Wally an die Gurgel gehen, doch Wally war schneller.

Er griff nach der Pistole und richtete sie direkt auf Joes Kopf, während er seinen Gedanken zu Ende brachte. »Hätte sie das nicht getan, hätte keiner von euch Niggern überhaupt etwas.«

Joe nahm die Hände hoch. »Isaac«, sagte er Hilfe suchend.

Isaac stand auf und ging zum Münztelefon.

Er wählte gerade, als er den Schuss hörte. Er wirbelte herum und sah, dass Wally Joe mit einem Schuss in den Kopf getötet hatte. Joe war hinterm Tresen zusammengesunken und blutete.

Als Nächstes richtete Wally die Waffe auf Isaac. Er hielt ihn damit in Schach, während sie sich ihre Lüge zurechtlegten und Wally das Geld aus der Kasse nahm, um die Geschichte glaubwürdig aussehen zu lassen. Es war Isaac, der den Vorfall telefonisch meldete. Wally sorgte dafür, dass er auch das Richtige sagte und verschwand, als er eine Viertelstunde später die Sirenen auf dem Highway näher kommen hörte. Als die Deputys hereinkamen, erzählte Isaac die Geschichte von den weißen Räubern, wiederholte sie zweimal – einmal dem Sheriff und dann Geneva gegenüber, als sie und ihre Familie aus Timpson zurückkamen. Jetzt, Jahre später, sagte Isaac leise mit tränennassem Gesicht: »Sagen Sie Geneva, dass es mir leidtut.«

Darren war ganz benommen, als er vom Sheriffbüro wegfuhr, die weißen Linien des Highways verschwammen ihm vor den Augen, während er darüber nachdachte, wie er hatte übersehen können, was er direkt vor der Nase gehabt hatte: Das Gewirr von Familienbanden, die die Geschichte dieses Ortes bestimmten, und wie sie alle in Mord geendet hatten. Er versuchte sich die Worte zurechtzulegen, die er zu Geneva sagen wollte, wenn er sie sah, doch als er beim Café in Lark ankam, hatte der Oktoberwind sie bereits fortgetragen.

Die Glocke läutete, als er das Geneva's betrat.

Randie, die in einer der Nischen saß, erhob sich augenblicklich. Geneva hinterm Tresen drehte sich zu Darren um, der von hinten von der Sonne angestrahlt wurde, die durch das Fenster fiel. Sie wusste, was käme, und als er darum bat, allein mit ihr zu sprechen, nickte sie in Randies Richtung und sagte: »Das ist auch ihre Geschichte.«

Er ging mit den beiden Frauen zum Trailer, wartete, bis sie nebeneinander auf dem Sofa Platz genommen hatten, und erzählte die Geschichte von Anfang bis Ende, kehrte zurück zu der

Frühlingsnacht vor sechs Jahren, als Wally Joe Sweet getötet hatte, und schloss mit der Nacht, in der Isaac Michael Wright den tödlichen Schlag versetzt hatte. Geneva weinte. Es war mit das Herzzerreißendste, was Darren je gesehen hatte. Die Maske fiel restlos, sie sackte in sich zusammen, das Gesicht verzerrt und der Körper gekrümmt vor Schmerz über den Irrsinn, der ihren Mann das Leben gekostet hatte. Sie kippte einfach um und landete mit dem Kopf in Randies Schoß. Die erschrak zuerst, entspannte sich aber dann, während sich Geneva wie ein verletzter Vogel von ihr festhalten ließ. Sie waren in Sicherheit. Doch Darren blieb stundenlang bei den beiden Frauen und passte auf sie auf.

27

Er blieb noch zwei Tage länger, um dabei zu sein, wie Wally wegen vorsätzlichen Mordes an Joe Sweet verhaftet wurde, was nur eine von zahlreichen Anklagen war, die das Shelby County gegen ihn erhob, nachdem man sich die Mühe gemacht hatte, näher hinzuschauen. Die Fingerabdrücke, die Darren in seinem Truck an dem Abend genommen hatte, als er den blutbefleckten Fuchs in der Fahrerkabine fand, gehörten Wallace Jefferson III. Keiner konnte ihm den Schuss auf das Geneva's beweisen, aber van Horn – der angesichts der Tatsache, dass das alles direkt vor seiner Nase passiert war, selbst eine Menge Fragen beantworten musste – verhaftete Wally auch dafür. Doch was die Texas Ranger letztlich dazu veranlasste, Darren seinen Job zurückzugeben, waren die Anklagen gegen Wally wegen Drogenbesitzes mit Handelsabsicht, basierend auf den Beweisen, die während einer Durchsuchung des Eishauses sichergestellt worden waren: ein kleines Meth-Labor, das in der Küche eingerichtet worden war, dazu in rauen Mengen Tüten mit dem Zeug. Isaac war schon angeklagt worden und saß in einer Zelle im Countygefängnis. Darren hatte mit den Drogen und damit, dass die Arische Bruderschaft in Lark, Texas nicht behelligt wurde, recht gehabt, doch mit allem anderen nicht. Die Morde an Michael Wright und Melissa Dale waren Rasseverbrechen, was vor allem daran lag, dass Rasse in Lark, Texas eine so große Rolle spielte, besonders dann, wenn es um unverhoffte Liebe und Familienbande ging. Er hatte vergessen, dass der ursprünglichste Instinkt der menschlichen Natur nicht ist, zu hassen, sondern zu lieben, wobei beide, die Liebe und der Hass, untrennbar miteinander verbunden sind. Isaac hatte Michael getötet, um Genevas Zuneigung nicht zu verlieren, um einen Platz in ihrem Herzen zu haben. Wally hatte Joe getötet, weil er nicht hinnehmen oder nicht einmal verstehen konnte, was er für Geneva empfand, so wie er die Tatsache nicht ertragen konnte, dass sie alle miteinander verbunden waren.

Geneva, Lil' Joe, Keith Jr. und Wally.

Sie waren eine große Familie.

Genauso war es mit Keith, einem Mann, der gegen seinen Willen einen Sohn liebte, der die Gene eines schwarzen Mannes in sich trug. Es war eine Verbindung auf ewig, die ihn mit Scham erfüllte, etwas, das er nicht auslöschen konnte, egal wie viele Brotherhood-Tattoos er sich machen ließ, wenn er wegen des Mordes an Missy wieder im Walls in Huntsville einsaß, oder wie viel Abstand er zwischen seine weiße Haut und Genevas schwarze brachte. Wallys und Keiths Leben drehten sich um die Schwarzen, die sie angeblich so hassten, jedoch nicht in Ruhe lassen konnten. Es war, wie sein Onkel Clayton stets sagte, eine Obsession, die sie schwächte, die sie wütend und schließlich zu Sklaven ihrer eigenen Herzen machte, dachte Darren, als er die Sache von der anderen Seite betrachtete.

Am Morgen von Missy Dales Begräbnis rief seine Mutter zweimal an. Beide Male ließ Darren die Anrufe zur Mailbox gehen: *Wir müssen reden, mein Sohn.* Ein Begriff, der weder liebevoll noch als Tatsache gemeint war, ein bloßes Spiel, um seine Aufmerksamkeit und Zuneigung zu gewinnen. Als er schließlich seine Sachen im Truck verstaut hatte, um Lark endgültig zu verlassen, hatte er eine unheilvolle Ahnung, dass zu Hause Ärger auf ihn wartete.

Geneva hatte ihn zweimal gefragt, ob er hungrig sei und ihm schließlich ungebeten etwas für unterwegs eingepackt. Deutlicher konnte sie ihre Dankbarkeit nicht zum Ausdruck bringen. Dadurch und wegen der Art, wie sie ihn ein bisschen länger umarmte, als sie es hätte tun müssen. Für einen so dunklen Tag hatte sie strahlende Laune, denn Laura hatte das Baby vorbeigebracht.

»Ich glaube nicht, dass er weiß, was heute los ist«, sagte sie, als sie Keith Jr. seiner Großmutter übergab. »Missys Familie hat ihn in meiner Obhut gelassen, und ich glaube nicht, dass er unbedingt bei ihnen sein sollte.« Sie trug ein schwarzes Kleid mit Rüschenkragen, an dem sie herumfingerte. »Warum nehmen Sie ihn nicht?«

Geneva hatte den Kleinen auf der Hüfte, als sie Darren und Randie zum Auto begleitete. Als er vom Parkplatz fuhr, betrachtete er Geneva durch den Rückspiegel und bekam bei ihrem Anblick einen Kloß im Hals, weil er an seine eigene Mutter denken musste, sich sogar nach ihr sehnte, und zwar auf eine Weise, die ihm wehtat. Er hatte dafür gesorgt, dass Randies Mietwagen vom Autoverleih abgeholt wurde, damit er sie nach Dallas bringen konnte. Er wollte Zeit, um sich von ihr zu verabschieden, und um einem Mann die Ehre zu erweisen, für dessen Frau er zärtliche Gefühle hegte, dem er zu seinem Recht verholfen hatte, dessen Tod ihm die Bedeutung seines Schwurs als Ranger vor Augen führte. Während der Fahrt unterhielten sie sich über das, was vor ihr lag. Sie wolle eine Weile nicht arbeiten, sagte sie, und sich vielleicht eine Zeit lang woanders niederlassen. In der Nähe von Vancouver gab es einen Ort, in den sie sich vor ein paar Jahren verliebt hatte. Vielleicht war das ihre Chance, neu anzufangen. Was Chicago betraf, war sie sich nicht sicher, auch nicht, was den Rest des Landes betraf, wenn alles erledigt und Michael zur letzten Ruhe gebettet worden war. »Wollen Sie ihn dort oben begraben?«, fragte Darren. »In Chicago?«

»Wo sonst?«

Er blickte über die texanische Landschaft, die flachen Hügel und Kiefern.

Sie waren ungefähr vierzig Meilen von Tyler entfernt.

Randie verstummte. »Überlegen Sie es sich«, sagte er.

Schweigend fuhren sie nach Dallas hinein, und als er den Wagen vor dem Büro des Gerichtsmediziners parkte, ergriff sie seine Hand. »Ich hatte unrecht«, sagte sie. »In vielen Dingen.« Es spielte doch eine Rolle, dass Darren die Marke trug.

Camilla

Als er auf dem Heimweg die Interstate 45 hinter Huntsville verließ, um eine der kleineren Landstraßen zu nehmen, die ins San Jacinto County führten, erhielt er die Nachricht, dass die Grand Jury gegen eine Anklage von Rutherford McMillan gestimmt hatte. Damit war es offiziell. Darren fragte sich, ob Wilson informiert worden war, dass die Staatsanwaltschaft eine Strafverfolgung ablehnte, und ob das und nicht die Festnahme wegen Drogen in Lark der eigentliche Grund dafür war, dass Darren seinen Job wiederhatte. Doch es spielte keine Rolle. Wichtig war, dass Mack am Leben blieb. Darren fiel ein Stein vom Herzen. Clayton war völlig aus dem Häuschen, als er aus Austin anrief und sagte, er wolle Mack und dessen Enkelin Breanna am Abend in das Haus in Camilla einladen, und ob Darren bei Brookshire Brothers Rinderbrust und ein paar Hähnchen besorgen könnte? Darren versprach, den Räucherofen zu säubern und für ausreichend Hickoryholz zu sorgen, damit das Feuer lang genug brannte. Clayton sagte, er würde nach seiner letzten Vorlesung Naomi abholen und sie würden gemeinsam aus Austin kommen.

»Ich habe Lisa eingeladen.«

»Oh«, sagte Darren und spürte ein leichtes Flattern in seinem Brustkorb. Er freute sich wirklich darauf, seine Frau zu sehen, sie wieder zu berühren. Vielleicht könnte sie sich ja doch mit einem Ranger als Ehemann arrangieren. Er hatte es seinem Onkel noch nicht mitgeteilt, doch heute Abend würden es alle erfahren.

Er würde seine Marke behalten.

Er fuhr auf den Parkplatz des Supermarkts in Coldspring und rief endlich seine Mutter zurück. Er wollte wissen, wie schlimm das Haus nach der Durchsuchung durch die County-Deputys aussah, ein Umstand, den er noch immer vor seinem Onkel verheimlichte. Er hatte nur ein paar Stunden Zeit, um das Haus für eine Dinnerparty vorzubereiten. Bell ging beim zweiten Klingeln dran und fragte als Allererstes nach den dreihundert Dollar, die Darren ihr versprochen hatte.

»Haben sie irgendetwas kaputt gemacht?«

»Soweit ich gesehen habe, haben sie weder Glas oder sonst was zerbrochen«, sagte sie.

Sie schob ein Bonbon im Mund herum, Darren konnte hören, wie es gegen ihre Zähne klickte. »Was ist das überhaupt für eine Sache mit Mack im Bezirksgericht? Es heißt, er hätte jemanden umgebracht.«

Darren stand auf dem Parkplatz und blickte auf ein Kind, das auf einem elektrischen Pferd hin- und herschaukelte, während die Mutter mit einem weiteren Vierteldollar in der Hand daneben stand. Er spürte, wie ihm der Kleinstadttratsch seiner Mutter auf die Nerven ging, die vielen Halbwahrheiten und unvollständigen Geschichten, die er im Laufe der Jahre gehört hatte. Einmal hatte sie ihn davon zu überzeugen versucht, dass ein County-Richter eine der Hütten, die sie saubermachte, einmal die Woche für ein Stelldichein mit einer Frau mietete, die nicht seine war – bis sich schließlich herausstellte, dass der Nachname des Mannes Judge, also Richter, war, und es Bell Callis sowieso nichts anging, wer diese andere Frau war.

»Das stimmt nicht«, sagte er zu ihr.

»Das kann man nie wissen.«

»Ich muss Schluss machen, Mama. Wir bekommen Besuch.«

»Oh, okay, verstehe. Du bist jetzt ’ne große Nummer.«

Darren meinte zu hören, wie sie *Wir werden sehen* grummelte, bevor sie auflegte.

Im Supermarkt lief er die schmalen Gänge entlang und lenkte seinen Einkaufswagen so, dass er mit ihm nicht in einem der vielen Risse im Linoleum stecken blieb. Er kannte jeden einzelnen, hatte bei Brookshire Brothers jahrelang auf dem Nachhauseweg eingekauft. Er warf Paprika und Zwiebeln in den Wagen, Mais zum Rösten und Tüten mit Salat, weil Kohl zu lange bräuchte, um ihn zuzubereiten. Und die ganze Zeit hatte er ein beklemmendes Gefühl in der Brust. Er verweilte im Gang mit den Spirituosen, entschied sich jedoch dagegen, etwas zu kaufen. Lisa kommt, fiel ihm wieder ein.

Mack kam als Erster mit seiner Enkelin im Schlepptau und einer großen Flasche Texas-Bourbon, seinem Dank an Darren. Mehr brauchte es nicht. Als Clayton und Naomi ankamen, hatte er bereits zwei Drinks intus. »Pop«, sagte er und lächelte. Clayton, der noch nie ein Glas Bourbon ausgeschlagen hatte, holte innerhalb einer Stunde auf, und der Abend fühlte sich so golden und warm an wie die Sonne, die auf die hintere Veranda fiel. Clayton öffnete sowohl die Vorder- als auch die Hintertür, sodass der liebliche Hickoryrauch durchzog, als sie sich im Wohnzimmer versammelten, Mack in Jeans, wobei seine langen Beine bis weit unter den Sofatisch reichten, wo seine Stiefelabsätze auf dem indianischen Läufer ruhten, der schon so lange dort lag, wie Darren denken konnte. Die Wände waren weiß getüncht und mit Fotos vom Mathew-Clan vollgehängt. Clayton, William und Duke, der kleine Bruder, außerdem Großeltern und Urgroßeltern, von denen Darren nicht alle Namen kannte. Naomis Hochzeit mit Onkel William war hier ebenfalls verewigt. Mit ihren damals neunzehn Jahren war sie eine umwerfende Braut gewesen, die Haare zu einem Knoten hochgesteckt, ihre karamellfarbene Haut strahlend vor Freude. Darren hatte Wert darauf gelegt, das Foto dort zu belassen. Es schien dem neuen Paar nicht das Geringste auszumachen. Clayton hatte, was er schon immer gewollt hatte, und nahm seinem Neffen das Gedenken an längst Vergangenes nicht übel. »Reden wir über die Fakultät, mein Sohn.«

»Lieber nicht, Pop.«

»Wir hatten eine Vereinbarung, Darren«, sagte Clayton.

Er antwortete nicht, weil er die Schritte seiner Frau hörte.

Ihre hohen Absätze klackten auf eine Weise auf den Verandadielen, die ihn sowohl erregte als auch einschüchterte. Als sie auf der Schwelle der Vordertür stand, erhob sich Darren und ging ihr entgegen. Clayton, Naomi – deren langes korallenfarbenes Trägerkleid den Boden streifte –, Mack und Breanna gingen auf die hintere Veranda hinaus und ließen Darren mit seiner Frau allein.

Sie kam direkt von der Arbeit, mit hochgesteckten Haaren und einer taillierten hellgrauen Kostümjacke, und er sah ihr mit stummer Bewunderung dabei zu, wie sie das Jackett aufknöpfte und eine schwere Armspange von ihrem Handgelenk nahm. Sie umarmte und küsste ihn mit vollen und sinnlichen Lippen, die ihn erregten. Beinahe hätte er sie in eines der drei Schlafzimmer im Haus gezogen, als sie sich losmachte, ihn mit ihren braunen Augen ansah und sagte: »Du bleibst, oder?«

»Ich wollte gern nach Hause kommen«, sagte er.

»Du bleibst bei den Rangern, wollte ich sagen.«

Sie wusste es sofort, als sie ihn ansah.

»Ja.«

Sie gab ein resigniertes Seufzen von sich und sagte: »Okay.«

Ihre Worte und der Kuss machten ihn kühn. »Das heißt, wo auch immer mich der Job hin verschlägt?«, fragte er.

»Okay.«

»Okay, ich kann wieder nach Hause kommen?«

Sie hielt einen Moment inne. »Das Trinken gefällt mir nicht«, sagte sie.

Das ist wegen dir, wollte er sagen. *Das passiert mit einem Mann, wenn er allein und verlassen ist.*

Er war wütend auf sie. Ihm war nicht klar gewesen, wie sehr, bis er direkt vor ihr stand und ihr ins Gesicht blicken konnte. Sie war so wunderschön, so selbstsicher und elegant, hatte ihrer beider Leben so vollständig unter Kontrolle, dass er einen Groll verspürte, der vielleicht schon immer dagewesen war. Erst als er später auf diesen Abend zurückblickte, wurde ihm bewusst, dass er nie *Ja* gesagt hatte. Dass er nie gesagt hatte, er ginge mit ihr nach Houston zurück.

· · ·

Sie saßen am Esstisch nebeneinander und Lisa hatte während des Abendessens die Hälfte der Zeit ihre Hand auf seinem Oberschenkel. Mack sprach davon, ein eigenes Geschäft aufzuziehen, dass er eine zweite Chance im Leben bekommen hätte, wie er fand. Er kümmerte sich um das Grundstück der Mathews und ein paar anderer im County, doch er wollte in das lukrativere Bauholzgeschäft einsteigen. Bevor das Dessert serviert wurde, versprach ihm Clayton, eine Empfehlung zu schreiben.

Naomi brachte einen Zitronenkuchen und leckte sich die Finger ab, nachdem sie sechs Stücke auf blauweißes Chinaporzellan verteilt hatte. Die zarten Lachfältchen um ihre Augen herum kamen zum Vorschein, als Clayton Aussehen und Geschmack des Kuchens lobte. Als sich Darren gerade den vierten Drink einschenkte, vernahm er die Stimme seiner Mutter.

»Darren.«

Seine Hand über dem Glas erstarrte.

Bell Callis stand mit trotziger Miene in der geöffneten Tür, während sie gegenüber ihrem Erzfeind, seinem Onkel Clayton, in

Angriffsposition ging. Darren spürte einen Anflug von Panik. Er wusste, dass seine Mutter gern eine Gelegenheit hätte, von der polizeilichen Durchsuchung vom Haus der Mathews zu berichten, ein Affront und eine Rechtsverletzung, die die Familie Callis jahrelang ertragen musste. *Die Familie deiner Mama ist kein Abschaum,* pflegte Clayton zu sagen. Aber nach dem was Clayton erzählte, verbrachten die Brüder seiner Mutter so viel Zeit im County-Gefängnis, dass jeder von ihnen eine bevorzugte Zelle und sogar eine Decke hatte, die er fürs nächste Mal dort ließ. Sie waren ein Klan von Plünderern, für die harte Arbeit die letzte Zuflucht war. Bell gab Clayton die Schuld, dass Duke Mathews sie nicht geheiratet hatte. *Nur über meine Leiche,* hatte er mehrmals gesagt, als Duke noch lebte.

Darren hatte Angst, sie offen reden zu lassen.

Rasch erhob er sich vom Tisch und hinderte Bell daran, zu weit über die Türschwelle zu treten. Clayton wollte sie nicht im Haus haben und flüsterte seinem Neffen zu: »Lass sie nicht in die Nähe des Tafelsilbers«, von dem sie genau zwei Stücke hatten, eine Teekanne und einen einzelnen Servierlöffel, die beide schwarz angelaufen waren. Bell wollte genauso wenig dort sein, wie Clayton sie dort haben wollte. Sie hatte auch nicht vor, mit Darren im Haus zu reden und bat ihn deshalb, auf die vordere Veranda zu kommen.

Lisa streckte besorgt die Hand nach ihm aus. »Darren?«

»Ist schon in Ordnung«, sagte er.

Doch ihm war ein wenig schwindlig, als er mit Bell auf die Veranda trat und die Eingangstür hinter ihnen schloss, so als könnte jeden Moment der Boden hochklappen und ihn im Gesicht treffen.

Sterne waren inzwischen zu sehen, winzige Lichter am schwarzblauen Himmel.

Eine lange, unbefestigte Zufahrt führte zu dem ehemaligen Farmhaus.

Darren konnte nicht weiter sehen als bis zum zweiten geparkten Wagen, und das Licht auf der Veranda war nicht hell genug, um zu erkennen, woher seine Mutter gekommen und ob sie gefahren oder hergebracht worden war. Ihre schwarzen Ballerinas waren mit rotem Staub bedeckt.

»Wir müssen reden, Darren.«

»Ich habe keine dreihundert in bar, jedenfalls nicht dabei«, sagte er. »Ich fahr morgen zur Bank und komm dann gegen Mittag bei dir vorbei, okay?«

Sie unterbrach ihn mit den Worten: »Ich hab sie gefunden, Darren.«

»Wovon redest du?«

»Von der Pistole, die die Cops nicht finden sollten.«

Macks Waffe, dachte Darren.

Die, nach der die Cops gesucht hatten.

»Wieso sonst hättest du sie in der Erde vergraben sollen?«

»Hör zu, Mama, ich hab nicht …«

»Clay tut so, als wäre ich in diesem Haus nie willkommen gewesen, aber ich und Duke waren oft hier, wenn seine Brüder nicht zu Hause waren. Ich kenne es ziemlich gut«, sagte sie. In der Dunkelheit sahen ihre Augen kohlrabenschwarz aus, die Falten darum herum lagen im Schatten. Es gab ihrem Gesicht ein hexenhaftes Aussehen, und Darren bekam nur mühsam Luft und fühlte sich beklommen in der Nähe dieser Frau, die im Grunde eine Fremde war; er kannte sie nicht gut genug, um zu wissen, wie sie sich in einer solchen Situation verhielt … und ob sie wusste, in welchen Schwierigkeiten er steckte. »Nachdem ich das Chaos aufgeräumt hatte, wie du es mir aufgetragen hast, hab ich den Müll zu den Tonnen rausgebracht«, sagte sie und zeigte darauf. »Ich sah den Baum und wusste, dass er früher nicht da war.« Sie zeigte auf eine Bur-Eiche, die tatsächlich erst vor Kurzem gepflanzt worden war.

Darren hatte sie eine Woche, nachdem man den toten Ronnie Malvo gefunden hatte, bemerkt.

Es war ihm nie in den Sinn gekommen, dass sie Bell ebenfalls auffallen würde, sonst hätte er sie nie in die Nähe des alten Farmhauses gelassen.

Bell, das Gerede von Durchsuchungen durch das Sheriffdepartment und über den verdächtigen Mack noch im Ohr, hatte in der noch weichen Erde um den frisch gepflanzten Baum herum gegraben und die kurzläufige 38er nur Stunden, nachdem die Deputys des Sheriffs das Haus verlassen hatten, gefunden. Sie wusste nicht, wem sie gehörte, doch sie wusste, dass sie wichtig war und Macht über ihren Sohn bedeutete, nach der sie gierte. Sie konnte ihn jetzt zu allem zwingen. Sie konnte ihn zwingen, sie zu achten, vielleicht sogar, sie bei ihm wohnen zu lassen; sie konnte ihn dazu zwingen, sich um sie zu kümmern, wenn sie alt wurde.

Sie sagte nichts dergleichen, noch nicht.

Doch Darren sah das alles kommen.

Sie hielt seinem Blick im Dunkeln stand, bannte ihn damit. »Was hast du getan?«

Nichts.

Er hatte nichts getan.

Er wusste, dass Ronnie Malvo mit einer 38er getötet worden war, doch er hatte Mack nicht gefragt, wo seine Waffe war. Er hatte die neue Eiche auf seinem Grundstück bemerkt, doch er hatte Mack nicht gefragt, wann und warum er sie gepflanzt hatte. Er hatte nichts unternommen, weil Malvo ein übler Kerl war, ein Krebsgeschwür, ein hasserfüllter Mensch, der großen Schaden anrichten würde, wenn man ihm keinen Einhalt gebot. Er hatte nichts unternommen, weil es Darren in Wahrheit egal war, dass der Mann tot war. Er hatte nichts unternommen, weil Mack ein guter Kerl war, der noch nie mit dem County-Sheriff in Konflikt geraten war, mit seinen fast siebzig noch nie etwas Unrechtes getan hatte. Er, Darren, hatte alle Fakten direkt vor sich gehabt. Doch er hatte nichts unternommen. Er hatte Mack keine Fragen gestellt, hatte sich wie ein Verteidiger verhalten, obwohl er doch den Eid eines Cops abgelegt hatte. Er war sich manchmal nicht klar darüber, auf welche Seite des Gesetzes er gehörte, wusste nicht immer, wann es für einen Schwarzen sicher war, den Regeln zu folgen.

Er hatte nichts unternommen.

Machte ihn das kein bisschen besser als Mack, und Mack kein bisschen besser als die Mörder in Lark? Nein, das konnte nicht sein. Aber Darren war sich in seinem vom Bourbon vernebelten Hirn überhaupt nicht mehr sicher. Er blickte zu seiner Mutter. Ein Schwarm Mücken summte um ihren Kopf, doch sie stand vollkommen reglos da und hatte ein leichtes Grinsen im Gesicht. Er sah, dass sie mit ihren trockenen, schwieligen Händen eine paillettenbesetzte Handtasche umklammerte. Sie hat sich extra dafür hübsch gemacht, dachte er. Er sank auf den Gartenstuhl aus Metall, als ihm klar wurde, dass sie die Pistole natürlich eingesteckt hatte, dass sie sie in diesem Augenblick in ihrer Handtasche trug, und seine Karriere als Texas Ranger in ihren Händen lag.

Danksagung

Ich möchte Regan Arthur, Joshua Kendall, Sabrina Callahan und meiner neuen Familie bei Mulholland und Little, Brown für ihre Unterstützung und ihre Begeisterung danken, mit der sie mich und mein Buch aufgenommen haben.

Und wie stets möchte ich meine Dankbarkeit gegenüber Richard Abate zum Ausdruck bringen, auf den ich glücklicherweise als Manager und Freund zählen kann.

Mein Dank geht an Lieutenant Kip Westmoreland von den Texas Rangern, der nicht schuld daran ist, dass ich mir gewisse Freiheiten genommen und Fakten um einer guten Geschichte willen verändert habe. Er war so freundlich, mir seine Zeit zu opfern.

Ich danke meinen Eltern, Sherra Aguirre und Gene Locke, die eine tiefe Liebe zu Osttexas in mir geweckt haben.

Ich danke auch Dr. Cheryl Arutt für die donnerstäglichen Treffen während der Zeit des Schreibens.

Dieses Buch gäbe es nicht ohne die Liebe und das Verständnis meiner Familie, vor allem meiner Tochter Clara, die bei zahlreichen Fußballspielen auf ihre Mutter verzichten musste, weil ich am Schreibtisch saß, und meinem Mann Karl, der oft die Arbeit beider Elternteile übernommen hat. Ihr beide seid erhörte Gebete, Träume, die wahr geworden sind, und ein Geschenk auf Erden.

Garry Disher im Unionsverlag

INSPECTOR-CHALLIS-ROMANE

»Disher ist ein Meister der modernen Krimikomposition. Er entwickelt ein faszinierendes Erzähltempo, das flott und schnell, aber niemals atemlos oder gehetzt erscheint. Disher zu lesen, ist ein literarischer Genuss erster Güte.« *krimiblog.de*

Drachenmann	*Rostmond*
Flugrausch	*Leiser Tod*
Schnappschuss	*Funkloch*
Beweiskette	

CONSTABLE-HIRSCHHAUSEN-ROMANE

»Hirsch (fast) allein gegen Sheriff, Vorgesetzte, Dorfbonzen. Weizen, Wolle, früher Kupfer, leeres Land. Ganz, ganz fein, staubtrocken und herzenswarm.« *Tobias Gohlis, KrimiZeit-Bestenliste*

Bitter Wash Road
Hope Hill Drive
Barrier Highway

Hinter den Inseln
Liebe, Krieg und Verrat vor dem Hintergrund der zusammenbrechenden Kolonialreiche in Südostasien.

Kaltes Licht
Ein Skelett, ein jahrealter Mordfall und vergessene Geheimnisse – ein Fall für Sergeant Alan Auhl.

Stunde der Flut
Eine nagende Ungewissheit treibt Charlie Deravin in Ermittlungen gegen seine eigenen Familie.

Mehr über Autor und Werk auf *www.unionsverlag.com*

Linden Hills

Linden Hills – wer hier lebt, hat es geschafft. Lester und sein Kumpel Willie verabscheuen die noble Klientel, reinigen aber für ein paar Dollar ihre Auffahrten. Straße für Straße arbeiten sie sich den Hügel hinunter, bis ganz nach unten zum finsteren Luther Nedeed, wo das Versprechen eines besseren Lebens in schneidende Niedertracht zersplittert.

Die Frauen von Brewster Place

Mattie Michael und Etta Johnson wohnen schon ewig in Brewster Place und wissen absolut alles, was bei den anderen so passiert. Über Kiswana Browne mit ihren Black-Power-Parolen, oder Cora Lee, die immer mehr Kinder kriegt. Die Gerüchteküche brodelt und treibt den Geruch von Begierde und Fürsorge, Hoffnung und Verzweiflung durch die Straße.

Mama Day

Cocoa verbringt die Sommer bei ihrer Großtante Mama Day auf der Südstaateninsel Willow Springs, wo die Zeit stillzustehen scheint. Als sie aber ihren Freund George mitbringt, gerät das Leben auf der Insel aus dem Gleichgewicht, und der Ort wird für sie beide zur Bedrohung. Naylor entfesselt einen tosenden Wirbel aus Liebe, Wahn und Hoffnungen.

»Gloria Naylors Schreiben ist sinnlich und ihr Umgang mit den Menschen, die sie beschreibt, voller Achtung und Zärtlichkeit. Mit einer Palette von Komik, Slapstick und feinster Ironie verfügt sie über mehr Humor als Toni Morrison.«
Neue Zürcher Zeitung

New York Ghost

Candace Chen arbeitet für einen Verlagsdienstleister am Times Square, zuständig für die Herstellung von Themenbibeln in Asien. So hingebungsvoll folgt sie ihren täglichen Routinen, dass sie erst gar nicht bemerkt, wie tödliche Pilzsporen über New York hereinbrechen, importiert mit billigen Konsumgütern. Während das Fieber rasant um sich greift, bleibt Candace stoisch auf ihrem Posten. Anfragen wollen geschrieben, Deadlines eingehalten, Arbeitszeiten erfasst werden. Geködert von einem Bonus ihres Arbeitgebers, ist sie bald die letzte in ihrem Büro – und schließlich in ganz New York. Die beißende Satire auf den modernen Kapitalismus entwirft ein unheimlich vertrautes Schreckensszenario und fragt erbarmungslos, was uns wirklich wichtig ist.

»Bissig, traurig, poetisch und einfühlsam – Ling Mas Debütroman ist außergewöhnlich. Wertung: Grandios.« *Büchermagazin*

»Der Roman funktioniert als Drama ebenso wie als Satire, als originelle Gesellschaftsreflexion wie auch als Endzeitthriller. Es steckt eine Menge in diesem atmosphärisch dichten, amüsanten wie bedrohlichen Buch.« *Austria Presse Agentur*

»Im Kern von *New York Ghost* geht es um die Risiken globaler Wirtschaftsbeziehungen, um Migration und um Heimatlosigkeit. Aktuell, kritisch, klug – und sehr, sehr spannend.« *SWR*

Mehr über Autorin und Werk auf *www.unionsverlag.com*

Gestapelte Frauen

Im entlegenen Amazonasgebiet verfolgt eine junge Anwältin Gerichtsverhandlungen zu Frauenmorden. Immer näher kommt sie dem Leben der Opfer, immer eindringlicher werden die Bilder. Um der Wirklichkeit zu entkommen, flüchtet sie in eine Traumwelt an die Seite von Amazonen. Doch in der Realität scheint der Kampf um Gerechtigkeit ungleich schwerer.

Trügerisches Licht

In der glamourösen Serienwelt fühlt sich Fábbio wohl, jedes Autogramm eine Bestätigung seines Erfolgs. Sein Auftritt am Theater allerdings wird von der Kritik belächelt – bis er sich auf der Bühne erschießt. Selbstmord als Performance? Während die Presse sich überschlägt, ermittelt Azucena, Chefin der Spurensicherung, in einer grellen Scheinwelt.

Der Nachbar

Teuflisch krachend dringen die Geräusche des Nachbarn durch die Decke, bohren sich durchs Trommelfell, zerfetzen die Ruhe. Ein Plan muss her, der Frieden zurück. Eine offene Tür, ein falscher Schritt – und plötzlich findet sich der Geplagte mit einer Leiche wieder.

Leichendieb

Nahe der bolivianischen Grenze sitzt ein Mann am Flussufer und angelt, als plötzlich ein Flugzeug in den Strom stürzt. Darin findet er nur noch den toten Piloten – und ein Päckchen Koks. Er entscheidet sich, die Drogen zu behalten, und setzt damit eine rasante Entwicklung in Gang. Ein atemloser Roman über die Drogenmafia und das Böse in uns.

Mehr über Autorin und Werk auf *www.unionsverlag.com*

Kramer & Zondi ermitteln

»James McClure ist ein grandioser Schriftsteller, dessen sprachliche Präzision, seine Erzählökonomie, das Gefühl für kleinste Nuancen, seine überraschenden und verblüffenden Wendungen und sein Gespür für die fürchterliche Komik der Umstände auch heute nur selten erreicht werden.« *Thomas Wörtche, Deutschlandradio*

Song Dog
Lieutenant Kramer und
Sergeant Zondi ermitteln
im Mordfall an einer jungen
weißen Frau.

Steam Pig
Die Ermittler Kramer und
Zondi decken in Südafrika
unter dem Apartheid-
Regime eine Tragödie auf.

Caterpillar Cop
Der 12-jährige Boetie wird
erdrosselt und verstümmelt
aufgefunden. War er Opfer
eines Pädophilen?

Gooseberry Fool
Ein fliehender Diener, ein
Autounfall und Verfolgung
in entlegenen Dörfern:
Es geht an die Substanz.

Snake
Raubüberfälle und eine
von ihrer Python erwürgte
Tänzerin: Schlaflose Nächte
für Kramer und Zondi.

Sunday Hangman
Ein gekonnt erhängter
Bankräuber, keine Beute,
aber eine Bibel in der Hand.
Wer ist der *Hangman?*

Blood of an Englishman
Ein brutaler Riese versetzt
Trekkersburg in Schrecken –
wer sonst könnte so un-
menschlich kräftig töten?

Artful Egg
Kramer untersucht den
Mordfall an einer berühmten
Autorin, doch ein Postbote
spielt auch Detektiv.

Mehr über Autor und Werk auf *www.unionsverlag.com*